사기 열전 4

史記列傳

세계문학전집 410

사기 열전 4

史記列傳

사마천

김원중 옮김

민음사

57

◎

사마상여 열전
司馬相如列傳

    사마상여는 일찍이 탁왕손(卓王孫)의 집에 있다가 그 딸 문군(文君)을 꾀어 달아나 함께 살 정도로 낭만적이면서도 경박한 인물이다. 그는 인상여의 인물됨을 흠모하여 정치에 깊이 참여하고 싶었지만, 그의 재능은 정치 무대가 아니라 문학 방면에서 큰 빛을 드러냈다.

    교만하고 화려한 문사와 신선술을 좋아한 한나라 무제는 사마상여의 「상림부」, 「대인부」 등의 작품을 마음에 들어 했다. 사마상여는 그 시대의 웅대한 기상을 표현하면서도 정치상의 득실과 긴밀하게 연계시켜 풍간하려고 힘썼다. 특히 그는 「자허부」와 「상림부」에서 상림의 광대함을 찬양하여 무제의 대통일 정책을 적극 지지했다. 물론 그의 작품이 세상에 전해지는 것은 이 열전에 수록되어 있는 여덟 편에 의존한 덕이다.

    사마천은 사마상여의 혼인 과정과 문화 창작 활동 및 벼슬살이 과정에서의 부침을 두루 다루면서 사마상여에 대한 애틋한 동정심을 드러내고 있다. 이 편은 가장 상세한 문학가의 인물 열전으로 평가되는데 이 또한 사마천 개인의 감정이 이입되어 문학가인 사마상여를 역사의 영역에 집어넣어 재평가를 내린 것이다.

    이 편이 「서남이 열전」 뒤에 놓인 것은 사마상여가 무제의 서남이 정책을 지지했기 때문이다. 즉 사마상여는 촉을 거쳐 서쪽 중앙아시아로 나가는 도로를 건설하려던 무제의 정책에 반대한 촉의 부로(父老)들에게 글을 쓸 정도로 무제를 옹호했던 것이다.

사마상여의 대표작이 수록된 이 편은 『사기』 중에서 가장 난해한 편명으로 손꼽히지만 사마상여의 작품을 읽는 맛 또한 일품이다.

사마상여의 거문고 연주를 듣는 문군.

거문고 연주로 여자를 사로잡다

사마상여는 촉군(蜀郡) 성도(成都) 사람으로, 자는 장경(長卿)이다. 어려서부터 책 읽기를 좋아하고 격검(擊劍)을 배웠으므로 그 부모는 그를 견자(犬子)라고 불렀다. 사마상여는 공부를 마치자 인상여(藺相如)의 사람됨을 흠모하여 이름을 상여(相如)로 바꾸었다. 그는 많은 돈을 내고 낭(郞)이 되었다가, 효경제를 섬겨 무기상시(武騎常侍)800석을 받던 직책가 되었으나 이 벼슬을 달가워하지 않았다. 〔당시〕 효경제는 사부(辭賦)를 좋아하지 않았다. 그 무렵 양나라 효왕이 입조하였는데, 이때 제나라의 추양(鄒陽)과 회음(淮陰)의 매승(枚乘)과 오현의 장기부자(莊忌夫子) 등 유세객이 따라왔다. 사마상여는 그들을 만나 보고 기뻐하며 병을 핑계로 벼슬을 그만두고 양나라로 가서 두루 돌아다녔다. 양나라 효왕이 사마상여를 학자들과 같은 집에 머물게 하여, 그는 몇 해 동안 학자들이나 유세객과 같이 지낼 수 있었다. 이에 「자허부(子虛賦)」를 지었다.

마침 양나라 효왕이 죽었기 때문에 사마상여는 [고향으로] 돌아왔으나 집안이 가난하고 스스로 직업으로 삼을 만한 일거리도 없었다. 그는 평소 임공(臨邛)의 현령 왕길(王吉)과 사이가 좋았는데 왕길이 말했다.

"장경 그대는 벼슬을 구하기 위하여 오래도록 밖에 나가 있었는데도 뜻을 이루지 못하였으니 나에게 와서 지내시오."

그래서 사마상여는 그를 찾아가 도정(都亭)[1]에 살았다. 임공의 현령은 사마상여를 공경하는 척하며 날마다 문안하였다. 사마상여는 처음에는 그를 만났으나 나중에는 병을 핑계로 심부름하는 아이를 시켜 왕길을 만나지 않겠다고 거절하였다. 그렇지만 왕길은 더욱더 삼가며 사마상여를 공경하였다. 당시 임공현에는 부호가 많았는데 [그중에서도] 탁왕손(卓王孫)이라는 자에게는 노복이 800명이나 되고, 정정(程鄭)이라는 자에게도 [노복이] 수백 명이나 되었다. 이 두 사람은 서로 이렇게 말했다.

"지금 현령에게 귀한 손님이 와 있다고 하니 연회를 열어 함

께 초대합시다."

그들은 현령도 함께 초대했다. 현령이 도착했을 때 탁씨의 빈객은 100명을 헤아렸다. 정오쯤 되어 사마상여를 초대했는데 그는 병 때문에 갈 수 없다며 공손히 거절하였다. 그러자 임공의 현령은 음식에 손도 대지 않고 몸소 사마상여를 맞으러 나갔다. 사마상여는 하는 수 없이 따라나섰다. 그 연회에 모인 사람들은 한결같이 사마상여의 풍채를 보고 흠모해 마지않았다. 술자리가 한창 무르익었을 때, 임공의 현령이 앞으로 나가 거문고를 타며 말했다.

"제가 들으니 장경께서는 거문고 솜씨가 뛰어나다고 하던데 직접 즐기시길 바랍니다."

사마상어는 극구 사양하다가 그를 위하여 한두 곡 연주하였다. 이때 탁왕손에게 과부가 된 지 얼마 안 되는 문군(文君)이라는 딸이 있었는데 음악을 좋아하였다. 그래서 사마상여는 현령과 서로 매우 존중하는 체하고 거문고에 의지하여 그녀의 마음을 사로잡으려 했던 것이다. 사마상여가 임공으로 갈 때 거마를 뒤따르게 하였는데, 그 행동이 조용하고 의젓하며 아름답고 품위가 있었다. 사마상여가 탁씨 집에서 술을 마시며 거문고를 탈 때 문군은 문틈으로 그를 엿보고 마음이 끌려 좋아하게 되었으며 그와 짝이 될 수 없을까 봐 염려하였다. 연회가 끝나자 사마상여는 사람을 시켜서 문군의 시종에게 후한 선물을 주어 자기 마음을 은근히 전했다. 그러자 문군은 그날 밤에 상여에게로 도망쳐 나왔다. 사마상여는 곧바로 그녀와 함께 성도로 달려 돌아왔다. 그의 집은 네 벽만이 서 있을 뿐이었다.

탁왕손은 몹시 화가 나서 말했다.

"딸은 아주 쓸모가 없다. 나는 차마 죽이지는 못하지만 재산을 한 푼도 나눠 주지 않겠다."

사람들 중에는 탁왕손의 마음을 돌려 보려는 자도 있었지만 그는 끝내 듣지 않았다. 문군은 그러한 생활이 오랫동안 지속되자 견디지 못하여 말했다.

"장경, 함께 임공으로 가서 형제들에게 돈을 빌리면 생계를 꾸려 나갈 수는 있을 것입니다. 무엇 때문에 이렇게까지 스스로 고생해야 합니까?"

사마상여는 문군과 함께 임공으로 가서 말과 수레를 모두 팔아 술집 하나를 사들여 술장사를 했다. 문군은 노(鑪)흙을 쌓아 올려 술을 담을 수 있는 화로에 앉아 술을 팔고, 상여 자신은 독비곤(犢鼻褌)을 입고 머슴들과 함께 허드렛일을 하고 저잣거리에서 술잔을 닦았다. 탁왕손은 이 소문을 듣고 부끄러워 문을 닫아걸고 나가지 않았다. 형제들과 여러 공(公)들이 번갈아 가며 탁왕손에게 말했다.

"당신에게는 아들 하나와 딸 둘이 있고 재산은 부족하지 않습니다. 지금 문군은 사마상여에게 몸을 맡겼고, 상여는 오래도록 떠돌아다녀 가난하긴 하지만 그 사람됨과 재능만은 의지하기에 충분합니다. 또 그는 현령의 빈객입니다. 어찌하여 이처럼 그를 치욕스럽게 하십니까?"

결국 탁왕손은 어쩔 수 없이 문군에게 노복 100명과 100만 전(錢)과 시집갈 때 준비했던 옷, 이불, 재물 등을 나눠 주었

다. 문군은 이에 상여와 성도로 돌아가 밭과 집을 사서 부자
가 되었다.

유렵부: 향락이 지나치면 백성이 설 곳이 없어진다

오랜 시간이 지난 뒤 촉군 사람 양득의(楊得意)가 구감(狗
監)천자의 사냥개를 관리하는 직책이 되어 황상을 모시게 되었다.
황상은 「자허부」를 읽더니 잘 썼다고 하면서 말했다.

"짐은 어찌 이 사람과 같은 시대에 살 수 없을까!"

양득의가 말했다.

"신의 마을에 사는 사마상여라는 자가 이 부를 지었다고
합니다."

황상은 놀라서 곧 상여를 불러들여 물었다. 상여가 말했다.

"신이 지었습니다. 그러나 이 부는 제후들의 일을 말한 것으
로서 볼 만한 게 못 됩니다. 천자의 「유렵부(游獵賦)」를 짓게
해 주시면 부가 완성되는 대로 바치겠습니다."

황상은 이를 허락하고 상서(尙書)에게 붓과 찰(札)글을 쓸 수
있는 나뭇조각을 주도록 했다.

상여는 '빈말'이라는 뜻의 '자허(子虛)'로써 초나라의 아름
다움을 칭찬하고, '어찌 이런 일이 있겠는가'라는 뜻의 '오유
선생(烏有先生)'으로써 제나라를 비난하였으며, '이 사람이 없
다'라는 뜻의 '무시공(無是公)'으로써 천자의 대의를 밝히기로

하였다. 그는 이 세 사람의 가공 인물을 빌려서 문장을 만들어 천자와 제후의 원유(苑囿)[2]를 논하고, 그 마지막 장에서는 절약과 검소함을 논함으로써 풍간(諷諫)하려고 하였다. 천자에게 이 글을 올리자 천자는 매우 기뻐하였다. 그 부의 내용은 이렇다.

초나라에서 자허를 제나라에 사자로 보냈다. 제나라 왕은 나라 안의 선비를 죄다 부르고 대규모의 거마를 갖추어 사자와 함께 사냥을 나갔다. 사냥이 끝나자 자허는 오유 선생에게 들러 자랑했다. 마침 무시공도 그 자리에 있었다. 모두 자리를 잡고 앉으니, 오유 선생이 물었다.

"오늘 사냥은 즐거웠습니까?"

자허가 말했다.

"즐거웠습니다."

"많이 잡았습니까?"

〔자허가〕 말했다.

"조금 잡았습니다."

"그렇다면 무엇 때문에 즐거웠습니까?"

〔자허가〕 말했다.

"저는 제나라 왕이 저에게 수레와 말이 많음을 자랑하려고 했을 때 운몽(雲夢)의 일로써 대답한 것이 즐거웠다는 말입니다."

---

2) 짐승을 기르던 곳으로 규모가 큰 곳을 '원(苑)'이라 하고, 작은 곳을 '유(囿)'라고 했다. '유'에는 담장이 쳐져 있다.

〔오유 선생이〕 말했다.

"그 이야기를 들려줄 수 있습니까?"

자허가 말했다.

"좋습니다. 〔제나라〕 왕은 천승의 수레에 기병 만 명을 뽑아 바닷가에서 사냥을 하였습니다. 죽 늘어선 사졸들이 골짜기를 가득 메웠고 그물은 온 산에 둘러쳐졌습니다. 토끼를 그물로 덮치고, 사슴을 수레바퀴로 깔아뭉갰으며, 고라니를 쏘아 맞히고, 기린의 다리를 잡아 쓰러뜨리니 갯벌을 어지럽게 달린 수레바퀴는 찢긴 짐승의 피로 물들고 쏘아 맞혀 잡은 것이 많았습니다. 제나라 왕은 스스로 공을 으스대면서 저를 돌아보며 이렇게 말했습니다.

'초나라에도 사냥할 만한 평원과 넓은 못이 있어 이와 같이 아주 즐거울 수 있소? 초나라 왕이 사냥하는 것과 내가 사냥하는 것을 비교하면 어떻소?'

저는 수레에서 내려와 대답했습니다.

'신은 초나라의 하찮은 사람입니다. 다행스럽게도 10여 년간 숙위를 맡아볼 수 있었기에 때로는 왕을 모시고 나가 사냥한 일이 있는데 후원에서 사냥을 했습니다. 어떤 곳은 가 보고 어떤 곳은 가 보지 않았는데 어찌 궁궐 밖의 못을 말할 수 있겠습니까!'

제나라 왕이 말했습니다.

'설사 그렇더라도 그대가 본 것만 대강 말해 보시오.'

그래서 저는 대답했습니다.

'예, 알겠습니다. 신은 초나라에 못이 일곱 개 있다고 들었는데, 일찍이 그중 하나만 보았을 뿐 그 나머지는 보지 못하였습니다. 신이 본 것은 대체로 그중에서 가장 작은 것으로 이름이 운몽(雲夢)이라 합니다. 운몽은 사방이 900리이고 그 가운데에 산이 있습니다. 그 산은 굽이져 서렸는가 하면 높이 치솟아 험하고, 산봉우리와 암석이 들쭉날쭉하여 해와 달을 다 가릴 때도 있고 한 부분만을 가려 이지러지게도 합니다. 서로 어지럽게 뒤섞여 위로는 푸른 구름을 뚫고 우뚝 솟았고, 산비탈은 완만하게 경사져서 그 아래로 강과 시내에 닿았습니다. 그 (염색 원료로 쓰이는) 흙은 주사(朱砂), 석청(石靑)청색 염료를 만드는 데 씀, 자(赭)붉은 흙, 백악(白堊)흰 흙, 자황(雌黃)염색 재료로 쓸 수 있는 광물, 백부(白坿), 석(錫), 벽옥(碧玉), 금, 은 따위의 갖가지 색깔로 광채를 내어 용의 비늘처럼 찬란하게 빛납니다. 그곳의 돌로는 적옥(赤玉), 매괴(玫瑰)자주색 옥, 임(琳)옥석, 민(瑉)옥 다음가는 돌, 곤오(琨珸)아름다운 옥, 감륵(瑊玏)석(石)다음가는 옥, 현려(玄厲)검정색 돌, 연석(瓀石)흰색과 붉은색이 도는 돌, 무부(武夫)붉은 바탕에 흰색 무늬가 있는 돌 등이 있습니다. 그 동쪽으로는 향기로운 풀이 자생하는 동산이 있는데 두형(杜衡), 난(蘭), 지(芷)와 약(若), 사간(射干), 궁궁(穹窮), 창포(昌蒲), 강리(江離), 미무(蘪蕪), 감자(甘蔗), 박차(猼且)가 있습니다. 그 남쪽으로는 평원과 너른 계곡이 올라간 듯 내려간 듯 구불구불 구부러지고 길게 뻗쳐 있으며, 움푹 패어 들어갔다가 편편하고 넓게 퍼지곤 하며 큰 강에 잇닿아 무산(巫山)에서 끝이 납니다. 높고 건조한 곳에는 침(蔵), 사(蔵), 포(苞), 려(荔), 설(薜), 사(莎), 청번(靑薠)이 자라나고 그 낮고 습한 곳에는 장랑(藏莨), 겸가(蒹葭), 동장(東薔), 조호(雕胡), 연우(蓮藕), 고로(菰蘆), 암려(菴藺), 헌우(軒芋) 등이 자라는데 온갖 것이 다 모여 있어 그 모습을 전부 그려 낼 수가 없습니다. 그 서쪽으로는 솟아오르는 샘물과 맑은 못이 있어 거센 물살이 서로 떠밀듯 흘러가는데, 그 위로는 연꽃과 마름꽃들이 피어 있고 그 아래로는 커다란 바위와 흰모래가 감추어져 있으며 그 가운데에는 신령스러운 거북과 교룡(蛟龍)과 대모(玳瑁)아름다운 껍데기를 가진 거북 모양의 바다 생물와 별원(鱉黿)자라 등이 살고 있습니다. 그 북쪽으로는 그늘질 정도로 울창한 숲과 큰 나무들이 있고 편남(楩枏), 예장(豫章), 계초(桂椒), 목란(木蘭), 벽리(蘗離), 주양(朱楊), 사리(樝梨), 영률(梬栗)감 모양으로 크기가 작음, 귤유(橘柚) 등이 향기를 뿜어내고 있습니다. 그리고 그 나무들 위에는 적원(赤猨), 구유(蠷蝚)원숭이와 비슷하며 황색임, 원추(鵷鶵)봉황과 비슷한 새, 공작(孔雀), 난조(鸞鳥), 등원(騰遠), 사간(射干)여우와 비슷하게 생겼으나 몸집이 작고 나무를 기어올라 갈 수 있음이 살고 있고 그 나무 아래에는 백호(白虎), 현표(玄豹), 만연(蟃蜒), 추(貙)너구리와 비슷한데 몸집이 작음, 한(豻)오랑캐 땅에 사는 들개로 여우와 비슷하지만 몸집이 작음, 시상(兕象), 야서(野犀), 궁기(窮奇)전설 속의 사악한 짐승으로 소와 비슷한 모습을 하고 사람을 먹음, 만연(獌狿) 등이 살고 있습니다.

이곳에서 전제(專諸) 같은 용사에게 이런 짐승들을 맨손으로 잡게 합니다. 초나라 왕은 길들여진 박(駁)털 색깔이 순수하지 않은 말 네 마리가 끄는 옥으로 꾸민 수레를 타고 물고기 수염으로 만든 가느다란 깃대의 명월주 깃발을 바람에 날립니다. 간장(干將)명검을 만드는 장인의 예리한 창을 높이 들고, 조각한 오호(烏嘷)고대 이름 있는 활 활을 왼쪽에 두고, 하나라 때의 화살통에 모진 화살을 담아 오른쪽에 두었습니다. 양자(陽子)춘추 시대 진나라 때 말을 잘 몰던 손양(孫陽)가 수레를 같이 타고, 섬아(纖阿)가 수레를 몰아 달립니다. 수레를 서서히 달려 전력을 다해 빨리 달리기도 전에 사나운 짐승을 따라잡습니다. 공공(邛邛)을 깔아 죽이고, 거허(距虛)를 짓밟아 잡고공공과 거허는 이름만 다를 뿐 전설 속에 나오는 말 형상의 푸른색 동물로 아주 잘 달림, 야생마를 들이받고 도도(駒騊)전설 속의 동물로 북해에서 살며 말 형상을 하고 있음를 수레 축으로 받습니다. 유풍(遺風)천리마을 타고 내달리는 기(騏)말과 비슷하게 생김를 쏘아 죽입니다. 수레와 말은 우레처럼 날쌔게 움직이고 질풍처럼 빠르고 유성처럼 흐르며 벼락처럼 내리칩니다. 활은 헛되이 발사되는 일 없이 명중시켜 반드시 짐승의 눈꼬리를 찢거나 가슴을 꿰뚫어 겨드랑이를 지나 심장의 힘줄을 끊습니다. 이렇게 잡은 짐승은 마치 비가 쏟아지듯 풀을 덮고 땅을 가립니다. 그때 초나라 왕은 말고삐를 잡고 여유 있게 배회하고, 새가 날개를 펴고 나는 듯이 부드러운 모습으로 소요하며 그늘질 정도의 무성한 숲을 살펴보고 장수들의 성난 모습과 맹수들의 두려워하는 모양을 둘러봅니다. 지친 짐승의 앞을 가로막고 힘이 다한 것을 잡아 여러 사물의 다양한 자태를 골고루 살핍니다.

그러면 정나라의 아름다운 여인들은 부드러운 비단을 몸에 두르고 가는 삼베와 비단으로 만든 치맛자락을 끌면서 각양각색의 비단을 몸에 걸치고 안개처럼 엷은 비단을 늘어뜨립니다. 그녀들의 주름 잡힌 옷은 마치 나무가 우거진 깊은 골짜기처럼 겹쳐져서 구불구불하지만 긴 소맷자락은 정연하여 가지런하고, 섬(纖)부녀자들이 웃옷에 늘어뜨린 긴 끈은 날리고 소(髾)옷에 제비 꼬리 모양으로 장식한 것는 드리워졌습니다. 수레를 붙들고 공손히 따라갈 때마다 옷에서 사각사각 하는 소리가 납니다. 옷자락 아래로는 난초와 혜초를 스치고 위로는 깃털로 장식한 수레 위의 비단 덮개를 쓸고, 비취새 털로 만든 목걸이에 구슬로 장식한 수레의 끈이 걸리며, 가볍게 솟아올랐다가 다시 내려지는 것이 신선의 모습을 방불케 합니다.

그리하여 모두 함께 한밤에 향기나는 풀이 자생하는 들녘으로 가서 사냥을 합니다. 숲속으로 서서히 달려들어 금처럼 튼튼한 제방으로 올라가 그물로 물총새를 잡고 화살로 준의(駿鸃)를 쏘아 죽이고, 짧은 활에 가는 실을 매어 하늘 높이 날고 있는 흰 고니를 맞히고 잇달아 오리를 쏘고 학 두 마리를 쏘아 떨어뜨리니 검은 학이 소리에 맞춰 땅으로 떨어집니다.

귀찮으면 늦게 출발하여 푸른 연못 속에서 노닙니다. 물새 모양이 새겨진 배를 물에 띄우고, 계수나무 삿대를 올리고, 새털로 꾸민 장막을 치고, 새털로 꾸민 배 덮개를 세웁니다. 대모를 그물로 잡고 자패(紫貝)를 낚고, 황금 북을 치고 퉁소를 붑니다. 사공이 노래를 부르는데 그 노랫소리가 부드러웠다가 갑자기 장대해지니, 물속의 물고기들이 놀라고 파도가 끓어올라 분수를 내뿜는 것처럼 솟아올랐다가 한데로 모여 소용돌이칩니다. 물속의 돌들이 서로 부딪쳐서 울리는 소리는 수백 리 밖까지 들리는 우레 소리 같습니다.

사냥을 끝내고 돌아가려 할 때 북을 둥둥 치고 신호를 보내는 깃발을 올리면 수레가 행렬을 정돈하고 기병들은 각기 제 위치에 서며 실을 짜 놓은 것처럼 잇달아 서서히 앞으로 나아가는데, 마치 흐르는 물처럼 질서가 있습니다.

초나라 왕은 양운대(陽雲臺)에 올라 마음을 편안히 하고 조용히 있다가 작약으로 음식의 맛을 어우러지게 한 뒤에 먹습니다. 이것은 대왕께서 온종일 달리며 수레에서 내리지 않고 수레바퀴에다 피를 물들인 채 생고기를 찢어 소금을 찍어 입에 넣으며 스스로 즐거워하는 것과는 같지 않습니다. 신이 가만히 살펴보니 제나라는 초나라만 못한 것 같습니다.'라고 했습니다. 그러자 제나라 왕은 잠자코 저에게 아무 대답도 하지 못했습니다."

오유 선생이 말했다.

"어찌 이렇게 틀린 말씀을 하십니까! 당신은 1000리 길도 멀다 하지 않고 제나라에 와서 은혜를 내려 주셨습니다. 제나라 왕이 나라 안의 사졸을 모두 부르고 많은 수레와 말을 갖추어 당신을 모시고 사냥을 나간 것은 힘을 합쳐 짐승을 잡아 당신을 즐겁게 해 주려고 한 것이었는데 어찌하여 지나치게 자랑한다고 하십니까! 초나라에 그러한 곳이 있는가 없는가를 물은 것은 초나라 같은 큰 나라의 아름다운 풍속과 선생의 말씀을 들으려고 한 것이었습니다. 그런데 지금 당신은 초나라 왕의 두터운 덕행은 칭송하지 않고 오히려 운몽의 광대함만을 추켜세워, 스스로 대단한 것으로 생각하고 음탕한 즐거움을 지나치게 말하여 몹시 사치스럽다는 것을 드러냈습니다. 그대가 한 것을 내가 생각해 보니 취할 만하지 않습니다. 반드시 그대가 말한 바와 같다면 그것은 본디 초나라의 아름다움이 아닙니다. 만일 그런 일이 사실이라면 그것은 초나라 왕의 악행을 나타내는 것이고, 사실이 아니라면 그대의 신의를 손상시키는 것입니다. 그대 군주의 악행을 드러내고 사자의 신의를 손상시키는 것, 이 두 가지 중에서 하나도 옳은 것이 없습니다. 그런데도 선생이 그런 일을 하였으니 반드시 제나라는 당신을 가볍게 여길 것이고 초나라에 누를 끼치게 될 것입니다.

게다가 제나라는 동쪽에 큰 바다가 있고 남쪽에는 낭야산(琅邪山)이 있으며 성산(成山)에서 유람하고 지부산(之罘山)에서 활을 쏘며 사냥할 수 있습니다. 발해에 배를 띄우고 맹저(孟諸)에서 놉니다. 곁으로는 숙신국(肅愼國)과 이웃하고, 오른쪽으로는 탕곡(湯谷)으로 경계를 삼고 있습니다. 가을에는 청구(靑丘)에서 사냥하고 바다 밖에서 노닐기도 하는데 운몽 따위는 여덟아홉 개쯤 삼켜도 그 가슴속에 겨자 꼭지만큼도 걸리지 않을 것입니다.

이에 뛰어나고 비범하여 아름다운 문장, 진귀하고 특이한 물건과 여러 종의 기이한 새나 짐승을 말하면 물고기의 비늘처럼 그 가운데 가득 차 있어 다 적을 수 없습니다. 우임금일지라도 그것들의 이름을 다 말할 수 없을 것이며, 설(契)은나라 왕조의 시조도 그 수를 헤아릴 수 없을 것입니다. 그렇지만 제나라 왕은 제후 위치에 있기 때문에 감히 유렵의 즐거움이라든지 원유(苑囿)의 크기를 말하지 않을 것입니다. 그리고 선생을 빈객으로 모셨기 때문에 왕은 어떤 말로도 대답하지 않은 것입니다. 어찌 대답할 말이 없었겠습니까?"

무시공이 빙그레 웃으며 대답했다.

"초나라의 이야기도 틀렸지만 제나라의 이야기도 반드시 옳다고는 할 수 없습니다. 대체로 천자가 제후에게 공물을 바치도록 하는 것은 재물과 보배를 얻기 위해서가 아니라 그 직무를 이행하고 있는 상황을 진술하도록 하기 위해서이고, 흙을 쌓아 올려서 경계를 만드는 것도 수비와 방어를 위한 것이 아니고 분수를 넘는 행동을 막기 위해서입니다. 지금 제나라는 제후의 대열에 서서 동번(東藩)이 되었는데도 밖으로 숙신과 사사로이 왕래하여 제후국을 떠나 국경을 넘고 바다를 건너서까지 사냥하는 것은 제후의 본분상 해서는 안 되는 일입니다. 또 두 분의 논쟁은 군주와 신하의 도리를 밝히지도 않고 제후의 예의를 바로잡는 데에도 힘쓰지 않으며, 한갓 사냥의 즐거움과 동산 크기만을 다투면서 사치하는 것을 가지고 서로 이기려 하고 황음한 행동을 가지고 서로 뛰어나다고 자랑하고 있습니다. 이것은 명성을 드러내고 명예를 끌어올릴 수 있는 것이 아니라 군주를 깎아내리고 자신을 손상시키기에 알맞을 뿐입니다. 그리고 제나라와 초나라의 그러한 일이 어찌 말할 만하겠습니까? 여러분은 아직 저 거대하고 화려한 것을 보지 못한 듯합니다. 천자의 상림원(上林苑)에 대해서 들어 보지 못하였습니까?

〔상림원의〕 동쪽에는 창오군(蒼梧郡)이 있고, 서쪽에는 서극(西極)이 있으며, 단수(丹水)가 그 남쪽을 흐르고, 자연(紫淵)이 그 북쪽을 가로질러 흐릅니다. 패수(霸水)와 산수(滻水)는 상림원 안에서 시작하고 끝나며, 경수(涇水)와 위수(渭水)는 상림원 밖에서 흘러 들어왔다가 밖으로 나갑니다. 풍(酆), 호(鄗), 요(潦), 휼(潏)의 네 지류가 굽이굽이 뒤틀려 상림원 안을 돌다가

탕탕하게 흘러서 여덟 하천으로 갈라져 서로 등지고 각기 다른 모습으로 동서남북으로 뒤섞여 흘러가다가, 다시 산초나무가 자라고 있는 언덕 사이로 나와 섬의 물기슭에 이르러 계수나무 숲을 가로질러 넓은 들을 지납니다. 콸콸 흐르는 급류는 큰 구릉을 따라 흘러내려 좁은 해안 사이를 뚫고 나오면서 큰 돌에 부딪치고 툭 튀어나온 모래톱에 부딪혀 성난 듯 끓어오르고 세차게 출렁입니다. 물은 뛰어오르는가 하면 되돌아오고, 뭉쳤다가 솟아오르는가 하면 금방 또 달아나고 서로 부딪혀 소리를 냅니다. 옆으로 퍼졌다가 거꾸로 휘어져 포개지더니 가볍게 달리는데, 그 소리는 요란하고 세력에 기복이 있어 높았다 싶으면 갑자기 낮아지고 이어서 뒹굴어 한쪽으로 꼬부라지고 뒷 물결은 앞 물결을 넘어서 푹 꺼신 곳으로 달려가고, 물소리가 쏴아 하며 급류의 여울로 내려갑니다. 바위를 치고 구부러진 언덕을 찌르면서 달려가 치솟아 올랐다가 부서져 흩어집니다. 높은 곳까지 올라갔다가 낮은 곳으로 떨어지며 성나 부르짖는 물소리는 콸콸 하며, 솥에서 끓어오르는 것처럼 물결을 달리게 하고, 물거품을 토해 내며, 급하게 내쏟아 달려서 저 아득한 곳에서 또 다른 아득한 곳으로 흘러가고, 소리도 없이 고요히 길게 흐릅니다. 그런 다음에는 끝도 없이 위풍당당하게 흐르다가 서서히 배회하며 흰색 물빛으로 떠돌다가 동쪽으로 흘러서 태호(太湖)로 들어가 넘쳐흘러 작은 못이나 호수에 모입니다.

이곳에 이르면 교룡(蛟龍), 적리(赤螭), 긍맹(鮔鰽), 점리(螹離), 옹(鰅) 용(鰫), 건(鰬), 탁(魠), 우우(禺禺), 허(鱸), 납(魶)이 지느러미를 흔들고 꼬리를 움직이며 비늘과 날개를 힘껏 떨쳐 일어나고, 심연 속의 바위 아래에서는 물고기와 자라가 즐겁게 떠들며 무리를 이루고 있습니다. 명월(明月)과 주자(珠子)는 강기슭에서 반짝이고, 촉석(蜀石)과 황연(黃硬)과 수정이 산처럼 쌓여 찬란하게 빛나고 다투듯이 광채를 뿜어내 물 가운데 쌓여 있습니다. 홍곡(鴻鵠), 숙보(鸕鴇), 가아(駕鵝), 촉옥(鸀鳿), 교청(鵁鶄)긴 다리에 붉은 털을 가진 오리 모양의 물새, 환목(䴎目), 번목(煩鶩), 용거(鸕鸓), 침자(鱵鴟)검푸른 색 털을 가진 새, 교(鷞), 노(鸕) 등 온갖 물새가 물 위로 떼 지어 떠서 물결 따라 떠가고 바람 따라 떠돕니다. 파도와 함께 흔들리기도 하고 풀이 우거진 물가로 몰려가 물풀을 쪼아 먹고 연과 마름을 씹습니다.

여기에 높이 치솟은 산이 있는데 산세가 험준합니다. 산에는 수목이 울창하고 거목과 높낮이가 가지런하지 않은 바위들이 있습니다. 구종산(九嵕山)은 높고 험준하며 종남산(終南山)은 깎아지른 듯합니다. 암벽은 기이한 형상을 하고 있고 높고 굽이지며 험준합니다. 시냇물은 계곡으로 쏟아져 내렸다가 다시 골짜기를 지나 굽이굽이 시내를 이루었습니다. 큰 입을 벌리고 있는 크고 작은 언덕과 따로 떨어져 있는 섬들이 있는데, 높고 험준하고 울퉁불퉁하여 평탄하지 않습니다. 산세는 경사져 있는데 밑으로 내려오면서 점점 평평해집니다. 계곡 사이로 흐르는 물은 천천히 내려가다가 아주 넓은 평야를 이룹니다.

언덕 위 1000리 땅에는 그 어느 곳도 평평하게 다듬지 않은 곳이 없습니다. 향기 좋은 초록색 혜초(蕙草)나 강리(江離)로 뒤덮여 있고, 미무(麋蕪)와 유이(流夷)가 섞여 있으며, 결루(結縷)가 심어져 있고, 여사(戾莎)도 모여 있습니다. 게거(揭車), 형란(衡

蘭), 고본(藁本), 사간(射干), 자강(茈薑), 양하(蘘荷), 짐증(葴橙), 약
손(若蓀), 선지(鮮枝), 황력(黃礫), 장모(蔣芋), 청번(靑蘋)은 큰 못
에 두루 자라거나 넓은 들에 가득합니다. 서로 이어져 넓게 퍼
져 있으면서 바람 따라 쓰러져 흔들리며 여러 향기가 피어나
사람의 마음속까지 스며듭니다.

여기서 사방을 두루 살펴보면 뒤섞여 퍼져 있어 모양을 구
분할 수 없고 직접 눈으로 보면 끝이 안 보이고 자세히 살펴보
아도 끝이 없습니다. 해는 동쪽 못에서 나와 서쪽 언덕으로 사
라집니다. 그 남쪽은 날씨가 따뜻하여 아주 추운 겨울에도 초
목이 무성하게 자랄 수 있고 물이 살아 움직이고 물결이 일렁
입니다. 짐승은 용(猵)소의 일종, 모(旄), 맥(貘)곰과 비슷하게 생겼으
며 사납지 않음, 리(犛)검정색 들소, 짐우(沈牛)부소, 수미(塵麋), 적수
(赤首), 환제(圜題), 궁기(窮奇), 상서(象犀) 등이 있습니다. 그 북쪽
은 한여름에도 얼음이 얼고 땅이 갈라지므로 옷자락을 걷어들
고 빙판 위를 걸어서 내를 건넙니다. 그곳 짐승으로는 기린(麒
麟), 각단(角觸)돼지 형상을 하고 콧등에 뿔이 하나 있는 짐승, 도도
(駒騊), 낙타(駱駝), 공공(蛩蛩)말 형상의 청색 짐승, 탄해(驒騱)야생
마, 결제(駃騠)매우 빨리 달리는 말, 여마(驢馬), 라마(騾馬) 등이 있
습니다.

이궁(離宮)과 별관(別館)이 산에 가득하고 골짜기에 걸쳐 있
습니다. 높다란 회랑은 사방으로 이어져 있고 층층의 높은 누
각, 굽은 주랑(走廊), 단청한 대들보와 옥으로 꾸민 서까래 끝,
임금의 수레가 갈 수 있는 길이 즐비하게 이어져 있습니다. 처
마 밑의 주랑은 길게 둘러져 있는데, 그 길이 멀어 반드시 하룻

밤을 묵어야 합니다. 종산(嵕山)을 편편하게 깎아 집을 짓고 누대를 겹쳐 쌓아 올려서 바위 틈의 깊숙한 곳에 방을 꾸몄습니다. 그곳에서 아래쪽을 굽어보면 아득히 멀어서 보이는 것이 없고, 우러러보면 대들보가 높아 하늘을 만질 수 있을 것만 같습니다. 유성은 궁궐의 작은 문을 지나가고, 무지개는 난간에 길게 걸려 있고, 청룡은 동상(東箱)으로 돌아 나가고, 상여(象輿) 태평함을 상징하는 상서로운 물건는 서상(西箱)에 서립니다. 영어(靈圄)신선 이름는 고요한 집에서 쉬고, 악전(偓佺)신선 이름의 무리는 남쪽 처마 끝의 햇볕 속에 몸을 드러내고 있습니다. 달콤한 샘물은 깨끗한 방에서 솟아 흐르고, 밖에서 흘러 들어온 물은 안뜰을 지납니다. 반석은 세밀하게 정리되어 있고 가지런하지 않은 작은 산을 닦고 높고 험준한 산봉우리를 정리하여 조각한 듯 기이한 천연석을 보존시킵니다. 매괴(玫瑰)와 벽림(碧琳)의 구슬들과 산호(珊瑚)가 떨기를 이루어 수북하게 나 있고, 민옥(瑉玉)과 문석(文石)에는 무늬와 줄이 있으며, 적옥(赤玉)은 아롱진 무늬를 띠고 그 사이에 섞여 있습니다. 수수(垂綏), 완염(琬琰), 화씨벽(和氏璧)이 이곳에서 나옵니다.

여름에는 노귤(盧橘)이 익고 황감(黃甘), 유자(柚子), 비파(枇杷), 소조(小棗), 산리(山梨), 후박(厚朴)열매가 맛있고 껍질이 두꺼우며 약재로 쓰는 나무, 영조(樗棗), 양매(楊梅), 앵도(櫻桃), 포도(蒲陶), 은부(隱夫), 울체(鬱棣), 답답(榙𣛙), 여지(荔枝) 등 온갖 과일이 후궁에 가득 열려 북쪽 동산까지 늘어서 있고 언덕에 이어지며 넓은 들로 내려갑니다. 푸른 나뭇잎과 붉은 줄기가 살아 움직이는 듯하고 붉은 꽃이 성난 듯 피어나고, 붉은 꽃봉오리는 광활한 들녘을 밝게 비춥니다. 사당(沙棠), 역저(櫟櫧), 화범(華氾), 벽로(檗櫨), 유락(留落), 서여(胥餘), 빈랑(檳榔), 종려(棕櫚), 단(檀), 목란(木蘭), 예장(豫章), 여정(女貞) 등 진기한 나무들은 키가 큰 것은 천 길이나 되고 굵은 것은 아름드리입니다. 가지는 곧게 뻗어 시원스러우며 열매와 잎은 크고 무성합니다. 나무들은 한곳에 모여 있거나 서로 어우러져 의지하고 있고, 구불구불 서리고 뒤섞여 헝클어져 있습니다. 혹은 꼿꼿하게 혹은 비스듬하게 축축 휘어진 가지 사이로 꽃잎이 떨어져 나부낍니다. 무성한 나무는 바람을 따라 산들산들 흔들립니다. 바람이 불어 나뭇가지를 흔들 때 나는 빠른 소리는 종경(鍾磬)이나 피리 소리를 듣는 듯합니다. 이 여러 나무는 일정하지 않은 크기로 후궁을 빙 둘러싸고 자랍니다. 수많은 나무가 뒤섞여 겹쳐 있는가 하면 산을 뒤덮고 골짜기를 수놓으며 언덕을 따라 내려가 습한 지역으로 이어져, 이것을 보려면 끝이 없고 자세히 관찰하려 해도 끝이 없습니다.

현원(玄猨), 소자(素雌), 유(蜼)코가 올라가고 꼬리가 긴 원숭이, 확(玃), 비류(飛鷗), 질(蛭)날개가 네 개 달린 짐승, 조(蜩), 구유(躩蝚), 점호(蟬胡), 각(㲉)흰 여우, 궤(蚼)거북이와 비슷하게 생겼는데 몸은 흰색이고 머리는 붉은색임는 모두 그 사이에서 살며 길게 울부짖기도 하고 애달프게 울기도 하며 민첩한 행동으로 서로 오가기도 하고 나뭇가지에서 놀거나 나무에 거꾸로 매달려 있습니다. 짐승들은 끊어진 다리를 뛰어넘어 숲을 달려 지나가 늘어진 가지를 붙잡고 나뭇가지 드문 곳으로 훌쩍 건너뛰고 어지럽게 흩어져 먼 데로 이동합니다.

이러한 곳이 수천 수백 군데나 됩니다. 즐거이 유람하고 오가며 궁궐에서 자고 별관에서 쉴 수 있습니다. 그렇다고 하여 요리사를 [먼 곳에서] 데려올 필요가 없고 후궁을 찾아 데려올 일도 없으며 문무백관도 다 갖추어져 있습니다.

가을이 지나가고 겨울로 접어들면 천자는 목책을 만들어 놓고 사냥합니다. 상아로 꾸민 수레를 타고 구슬로 장식한 준마 여섯 마리를 세우고, 오색찬란한 무지개 같은 깃발을 날리며, 용과 호랑이로 운기(雲氣)를 상징한 깃발을 나부낍니다. 혁거(革車)짐승 가죽으로 만든 수레는 앞에서 끌고, 도거(道車)와 유거(游車)가 뒤를 따릅니다. 손숙(孫叔)이 고삐를 잡고 위공(衛公)이 곁에 타고, 좌우 종횡으로 호위하며 병사들이 사방의 목책으로 나아갑니다. 북을 울려 행차를 엄중히 하고 사냥꾼을 내보냅니다. 강수와 하수를 막아서 짐승을 가두고, 태산을 망루로 삼고, 수레와 말은 우레처럼 일어나서 하늘을 흔들고 땅을 움직이며 흩어져 쫓아갑니다. 사냥하는 사람들이 길게 이어져 언덕을 타고 못까지 흘러 내려가는 모양은 마치 구름이 하늘을 가리고 비가 땅으로 쏟아지는 것과 같습니다.

비(貔)와 표(豹)를 사로잡고 승냥이와 이리를 두들겨 잡으며 곰과 큰곰을 손으로 잡고, 산양을 발로 차서 죽입니다. 할(鶡)새의 꼬리로 장식한 모자를 쓰고 백호 무늬 바지를 입고 야생마를 타고 가파른 언덕 위를 오르고 경사진 언덕을 내려가며 험준한 지름길을 달려서 골짜기를 넘고 물을 건넙니다. 비렴(蜚廉)몸은 새이고 머리는 사슴 모양을 한 짐승을 방망이로 차고 해치(解豸)사슴과 비슷한데 뿔이 하나임를 사로잡아 희롱하고, 하합(瑕

蛤)을 두들겨 죽이고 맹씨(猛氏) 곰과 비슷한데 몸집이 작음를 창으로 찌르고 요뇨(騕褭)하루에 만 리를 달릴 수 있는 준마로 붉은색 털에 황금색 입을 가지고 있음를 줄로 매어 붙들어 두고, 봉시(封豕) 큰 돼지를 쏘아 맞힙니다. 화살을 구차하게 손상시키지 않고〔짐 승의〕목을 가르고 머리를 부숩니다. 화살을 헛되이 쏘지 않아 시위 소리가 났는가 하면 어느새 짐승이 거꾸로 넘어져 있습니다.

그러면 천자의 수레는 깃대를 멈추고 배회합니다. 나는 듯이 오가면서 각 부대의 나아가고 물러남을 곁눈으로 바라보고 장수들이 지휘하는 모습을 살핍니다. 그러고 나서 서서히 앞으로 나아갔다가 아득히 먼 곳까지 빠르게 내달려서 하늘 위를 날고 있던 새들은 놀라 흩어지게 하고, 교활한 짐승을 짓밟으며, 흰 사슴을 깔아뭉개 죽이고 토끼를 잡는데 그 빠르기가 붉은 섬광을 앞질러 그 빛이 뒤에 남는 듯합니다. 신기한 것을 좇아 우주 밖으로 나가고, 번약(繁弱)하후씨의 활에 흰 깃이 달린 화살을 가득 메워 유효(游梟)사람과 비슷한 모습을 하고 있는데 혀가 길고 사람을 잡아먹음를 쏘고 비거(蜚蟟)사슴 머리에 용 몸을 하고 있는 신령스러운 동물를 치며, 살찐 놈을 골라 화살을 겨누어 쏘는데, 맞히기 전에 먼저 명중할 위치를 정하고 화살을 쏩니다. 화살이 활을 벗어나는가 하면 짐승은 벌써 쓰러져 있습니다.

그렇게 한 뒤에 깃발을 달아 하늘에서 나부끼게 하여 거센 바람을 견디고, 허무(虛無)를 타고 천상에 올라 신선과 함께 노니는 기분으로 현학(玄鶴)학은 천 살이 되면 푸른색이나 검정색으로 바뀐다는 전설이 있음을 짓밟고 곤계(昆雞)학과 비슷하며 황백색 털을 가졌음의 행렬을 어지럽히며, 공작(孔雀)과 난조(鸞鳥)를 쫓고 준의(駿鸃)를 재촉하며, 예조(鷖鳥)를 덮치고 봉황을 잡으며 원추(鵷雛)를 잡고 초명(焦明)서역 지역의 새을 덮칩니다.

더 나갈 길이 없는 곳까지 갔다가 수레를 돌려 돌아옵니다. 마음 가는 대로 돌아다니다가 멀리 북쪽 끝으로 내려와 모입니다. 곧바로 가기도 하고 돌기도 하면서 석궐관(石闕觀)을 지나고 봉만관(封巒觀)을 거치며, 모작관(鵠鵲觀)을 지나 노한관(露寒觀)을 바라봅니다. 당리궁(棠梨宮)으로 내려와 의춘궁(宜春宮)에서 쉬고 서쪽으로 의곡궁(宜曲宮)으로 달려가 우수(牛首)의 못에 배를 띄워 노를 젓고 용대(龍臺)에 올라가 세류관(細柳觀)에서 쉽니다. 사대부의 근면함과 지략을 관찰하고 사냥꾼의 포획물이 얼마만큼인지 살펴봅니다. 보병과 수레가 밟고 갈아붙인 것, 기마가 유린해 잡은 것, 백성이 발로 밟아 잡은 것, 그 밖에 짐승이 기진맥진하여 놀라 엎드려 칼에 찔리지도 않고 죽은 것이 뒤섞여 무수합니다. 구덩이에 넘쳐나고 골짜기에 가득하며 평지를 덮고 못을 메운 것을 볼 수 있습니다.

사냥 놀이에 싫증이 나면 호천대(昊天台)에 술을 벌여 놓고 넓은 집에 악기를 늘어놓습니다. 천 섬 무게의 큰 종을 치고 만 섬의 기둥을 세우며 비취 깃털로 꾸민 기를 세우고, 악어가죽으로 만든 북을 세워 두고 도당씨(陶唐氏)의 무악(舞樂)을 연주하고 갈천씨(葛天氏)의 노래를 듣습니다. 천 사람이 노래하면 만 사람이 화답하니, 산과 언덕이 그 소리에 진동하고 냇물과 골짜기는 그 때문에 일렁입니다. 파유(巴兪)의 춤과 송나라, 채나라, 회남(淮南)의 음악과 우차곡(于遮曲)과 문성현(文成縣), 전현(顚縣)

의 노래를 한꺼번에 연주하기도 하고 바꿔 가며 연주하기도 합니다. 금(金)과 고(鼓)는 교대로 울리는데 금석(金石)의 소리와 태고(太鼓)의 소리는 마음을 시원하게 확 뚫어 주고 귀를 놀라게 합니다. 형(荊), 오(吳), 정(鄭), 위(衛)의 노랫소리와 소(韶)순임금의 음악, 호(濩)탕왕의 음악, 무(武)주 무왕의 음악, 상(象)주공의 음악의 음악과 주색을 탐하게 하는 음악인 속악(俗樂) 언(鄢), 영(郢)의 음악이 어지럽게 뒤섞여 일어나며 격초(激楚)와 결풍(結風)을 연주합니다. 배우(俳優)와 난쟁이와 적제(狄鞮)의 명창이 있으니, 귀와 눈을 즐겁게 하고 마음을 기쁘게 하는 까닭이 앞에는 아름다운 음악이 흐르고 뒤에는 아름다운 미녀들이 있기 때문입니다.

지 청금(靑琴)신녀(神女), 복비(宓妃)닉수의 여신 같은 여인들은 절세미인으로 세속을 초월하여 아름답고 우아하며 정숙합니다. 짙은 화장과 곱게 꾸민 모습은 경쾌하고 곱고 가냘프고 부드러우며 섬세하고 나긋나긋합니다. 비단 치맛자락을 끌고 서 있는 모습은 아리땁고 기다란 옷매무새가 마치 그림을 그려 놓은 것 같으며, 걸을 때마다 옷에 물결이 이는 것이 세속의 보통 옷과는 다릅니다. 짙고 좋은 향기를 풍기며, 흰 이를 가지런히 빛내고 웃으면 더욱 선명하게 빛나고, 가늘고 긴 눈썹은 그린 것 같고, 먼 곳을 바라보는 듯한 눈은 곁눈질을 하는 듯합니다. 〔여자의〕 미색이 오고 〔남자의〕 혼백이 가서 서로 만나니 마음이 기울어 즐깁니다.

술자리가 무르익고 풍악이 한창 흥을 돋우면 천자는 갑자기 생각에 잠겨 무엇인가를 잃어버린 듯 이렇게 말합니다.

'아, 이것은 지나친 사치로구나! 짐은 정치적인 일이 없고 한 가로울 때 가을에는 사냥을 즐기며³⁾ 때때로 이곳에서 쉰다. 그렇지만 후세의 자손들이 사치와 화려함 속에 빠져들어 〔처음의 근검하고 순박한 데로〕 되돌아갈 수 없게 될까 두렵다. 이것은 선조가 후손들을 위하여 업을 일으켜 전통으로 남긴 본래 뜻이 아니다.'

그래서 곧 술자리를 끝내고 사냥을 멈춘 뒤 유사에게 이렇게 말했습니다.

'개간할 수 있는 땅은 모두 갈아 밭을 만들어 백성을 돕도록 하시오. 담을 헐고 도랑을 메워서 산골 백성이 이곳으로 올 수 있도록 하고, 저수지에서 물고기를 기르되 백성이 그것을 잡을 수 있게 하시오. 이궁과 별관을 비워 백성을 궁궐의 하인으로 채우는 일이 없도록 하시오. 창고의 곡식을 풀어 가난한 자를 구제하고 모자라는 것을 보충해 주시오. 과부와 홀아비를 돌봐 주고 고아와 의지할 곳 없는 늙은이를 위로해 주시오. 황제의 은덕이 되는 명령을 내리고 형벌을 덜어 주고 제도를 고치고 옷 색깔을 바꾸고 역법을 고쳐 천하 백성과 함께 다시 시작하도록 하시오.'

그래서 길일을 가려 재계한 뒤 예복을 입고 육두 마차를 타고 비취 깃발을 세우고 방울을 울리면서 육예의 동산에서 놀고 인의의 길로 달리고 『춘추』의 숲을 돌아보고 '이수(狸首)고대

---

3) 당시는 농사가 끝난 가을 이후에만 사냥할 수 있었다. 그러므로 원문 천도(天道)는 가을로 풀이하였다.

일시(逸詩) 중 하나로 활쏘기를 할 때 연주했음'를 쏘고 '추우(騶虞)
『시경』「소남(召南)」 중 한 편'를 아우르고 현학(玄鶴)고대 음악 이름
을 쏘고 간척(干戚)고대 춤 이름을 세우고 운한(雲罕)천자가 출행할
때 앞에 가는 자가 든 기을 꾸미고 「대아(大雅)」와 「소아(小雅)」를
망라하고 '벌단(伐檀)'[의 현명한 군주를 만나지 못한 것]을 슬퍼하
고, '악서(樂胥)『시경』의 시에 나오는 말로 왕이 어진 신하 얻는 것을
좋아함을 가리킴'의 시를 즐기고, 『예예기』의 동산에서 위엄 있는
태도를 닦고, 『서』의 밭에서 배회하며 노닐고, 『역』의 도를 서
술했습니다. [정원 안의] 괴이한 짐승을 풀어 주고, 명당(明堂)에
올라 태묘에 앉아서 신하들에게 정치의 득실을 마음껏 말하게
하였습니다. [이렇게 하니] 사해 안에서 천자의 은혜를 입지 않
은 자기 없었습니다. 이때 친하의 백성은 매우 기뻐하여 바림에
귀 기울이고 물의 흐름에 따라 교화되었으며, 탄식하여 도를 제
창하면 의로 가까이 옮겨 갔고 형벌은 있지만 쓰이지 않았습니
다. 덕은 삼황(三皇)보다 높고 공은 오제(五帝)보다 많아졌습니
다. 이와 같았기 때문에 사냥도 기뻐할 수 있는 것입니다.

온종일 비바람에 몸을 맡기고 말을 달려서 몸과 마음을 수
고롭게 하여 지치고, 거마를 혹사시키며 정예 병사들의 사기를
손상시키고, 창고의 재물을 말리며 은택과 은혜를 많이 베풀지
않으면서 일신의 향락에만 힘쓰고, 백성을 돌보지 않고 국가의
정사를 잊은 채 꿩과 토끼 사냥만 탐하는 것은 어진 사람이 할
일이 아닙니다. 이렇게 보면 제나라와 초나라의 일이 어찌 슬프
지 않겠습니까? 땅은 사방 1000리도 못 되는데 원유가 900리
나 됩니다. 이곳에서는 초목을 개간할 수도 없고, 백성은 농사

를 지어 먹을 수도 없습니다. 한낱 작은 나라의 제후로서 만승의 천자조차도 사치로 여기는 것을 즐긴다면 나는 백성이 그 해를 입을까 두렵습니다."

그러자 두 사람은 깜짝 놀라 안색을 바꾸고 멍하니 정신을 잃고 있다가 주춤주춤 자리에서 물러나며 말했다.

"시골뜨기라 고루해서 사양하고 겸손한 태도를 몰랐습니다. 오늘 가르침을 받았으니 삼가 말씀대로 하겠습니다."

이 부를 올리자, 천자는 상여를 낭으로 임명했다. 무시공이 천자의 상림원의 광대함과 산과 계곡 및 수천(水泉)의 만물을 말하고, 자허가 초나라 운몽택의 풍부함을 말하였는데 그것은 사실을 넘어선 매우 사치스러운 것이므로 도리상 숭상할 만한 게 아니었다. 그러므로 여기서는 그중 중요한 것만을 취하여 정도(正道)로 돌아갈 수 있도록 논했다.

사람의 도량이 어찌 이리도 다른가

사마상여가 낭이 된 지 몇 년이 되었을 때 마침 당몽(唐蒙)은 사자가 되어 야랑과 서북을 점령한 뒤 이곳과 통하려고 파군과 촉군의 관리와 사졸 1000명을 동원하였는데, 두 군에서 육로와 바닷길로 그들의 식량을 운송하기 위하여 내보낸 사람도 만여 명이나 되었다. [당몽이] 군사 징발법을 발동하여 그

〔법을 어긴〕 수령을 베어 죽이자 파군과 촉군의 백성은 몹시 놀라고 두려워하였다. 황상은 이 소식을 듣고 사마상여에게 당몽을 꾸짖게 하고, 파군과 촉군의 백성에게 이 일이 황상의 뜻이 아니었음을 밝히도록 했다. 그 격문은 다음과 같다.

파군과 촉군 태수에게 알린다. 만이들이 제멋대로 행동하였으나 오래도록 토벌하지 않아 변방 지역을 침범하기도 하고 사대부를 수고롭게 하기도 하였다. 폐하께서 즉위하여 천하를 진무하시고 중원을 안정시키셨다. 이렇게 한 뒤에 군사를 일으키고 장수를 보내 북쪽으로 흉노를 정벌하게 하니 선우는 놀라고 두려워 양손을 마주 잡고 신하라고 일컬으며 무릎을 꿇어 화평을 청하였다. 강기(康居)와 서역(西域)의 나라들은 여러 차례 통역을 거쳐 입조하기를 청하여 머리를 조아리면서 공물을 바쳤다. 군대를 동쪽으로 옮겨 민(閩)과 월(越)을 이어 깨뜨리고 오른쪽으로 번옹에 이르니 태자들이 입조하였다. 남이의 군주들과 서북의 추장들은 언제나 공물을 바치며 감히 게을리하지 않았고, 목을 길게 빼고 발꿈치를 들어서 물고기가 입을 위로 향하듯 모두 다투어 의(義)로 돌아오고 신하가 되기를 원했지만 길이 멀고 산천이 가로막혀서 〔그들〕 스스로의 힘으로는 이룰 수 없었다. 저 순종하지 않던 자는 이미 베었으나, 착한 행동을 한 자들에게는 아직 상을 주지 못하였다. 그러므로 중랑장 당몽을 보내 그들을 빈객으로 대우하고 파군과 촉군의 사졸과 백성 각각 500명을 징발하여 폐백을 받들고 가게 하는 한편, 불의의 사태에 대비하여 사자를 호위하게 하였으나 병사들을 동원하는 일이나 전투 같은 재난은 없었다. 그런데 이제 들으니 〔중랑장은〕 군사 징발법을 발동시켜 자제들을 놀라 두려움에 떨게 하며 장로들을 근심시켰으며, 아울러 군에서도 제 마음대로 식량을 운송하게 하였다는데 모두 폐하의 뜻이 아니다. 징발된 자 중에는 도망친 자도 있고 자살한 자도 있다고 하니, 이 또한 다른 사람의 신하 된 자가 취할 충절이 아니다.

저 변방 군현의 군사들은 봉수(烽燧)[4]가 올랐다는 말을 듣는 즉시 모두 활을 들고 달려가고 무기를 들고 뛰어가서 땀을 흘리며 서로 잇달아 모여 다른 사람보다 뒤지는 것을 두려워한다. 〔그들은 적의〕 하얀 칼날에 부딪히고 날아오는 화살을 무릅쓰는 것을 의로 여겨 뒤돌아보지 않고 발꿈치를 돌리려는 생각조차 하지 않는다. 그들이 품고 있는 노여운 마음은 마치 사사로운 원수를 갚는 것 같다. 그들이라고 해서 어찌 죽는 것을 기뻐하고 사는 것을 싫어하겠는가? 그들인들 어찌 호적이 없는 백성으로 파군과 촉군의 사람들과 군주를 달리하고 있겠는가? 다만 그들은 계책이 깊고 멀리 내다보고 국가의 어려움을 가장 급한 일로 여기며 신하로서의 도리를 다하는 것을 즐겁게 생각하기 때문이다. 그러므로 부(符)를 쪼개 봉읍(封邑)을 주고, 규(珪)[5]를 나눠 작위를 주어 지위는 통후(通侯)[6]에 오르고 사

---

4) 봉수란 섶나무를 태워 변방의 위험을 알리는 것을 말한다. 이 일을 밤에 하면 봉(烽)이라 하고, 낮에 하면 수(燧)라고 한다.
5) 긴 모양의 옥그릇인데 둘로 나누어 천자는 흰색 부분의 절반을 간직하고, 제후들은 푸른색 부분의 절반을 간직했다.
6) 진나라의 열두 등급 중 가장 높은 등급이다.

는 집은 성 동쪽 저택가에 줄짓게 되며, 마침내 빛나는 이름을 후세에 남기고 토지를 자손에게 전하게 된다. 하는 일이 매우 충성스럽고 공경스러우며 머무는 지위는 매우 편하고 명성은 끝없이 전해지고 공적은 드러나 사라지지 않는다. 이 때문에 현인과 군자는 간과 뇌를 중원 땅에 바르고 기름과 피로 들풀을 적신다 해도 물러나지 않는 것이다.

지금 폐백을 받들고 가는 관리가 남이에 이르러서 즉시 자살하거나 달아나다가 목이 베인다면 자신이 죽은 뒤에 이름을 남길 수 없을 것이고, 시호도 이런 것을 일컬어 '지우(至愚)지극히 어리석다'라고 할 것이며, 그 치욕은 부모에게까지 미쳐 천하의 웃음거리가 될 것이다. 사람의 도량이 서로 다름이 어찌 이렇듯 클까! 그러나 이것은 그 혼자 행동하는 자만의 죄가 아니다. 〔그것은〕 앞서 아버지와 형이 먼저 가르치지 않아 자제들의 행위가 신중하지 못한 것이며, 백성은 청렴하게 생활하거나 부끄러워하는 경우가 적기 때문에 풍속이 오래도록 돈후하지 않은 것이다. 그들이 형벌을 받는 것은 또한 당연하지 않은가!

폐하께서는 사자와 담당 관리가 저 중랑장과 같을까 염려하시고, 못나고 어리석은 백성이 이와 같이 행동하는 것을 슬퍼하신다. 그러므로 사자를 보내 백성에게는 병사들을 동원하게 된 까닭을 알려 주고, 〔나라를 위하여〕 충성할 수 없어 죽거나 달아난 것을 꾸짖고, 삼로(三老)와 효제(孝弟)삼로와 같이 현이나 군에서 백성을 가르쳐 교화시키는 직책에게는 〔백성을〕 가르쳐 깨우쳐 주지 못한 허물을 문책하는 것이다. 마침 밭 가는 시절이지만 또 백성을 번거롭게 해야겠다. 가까운 현에 사는 사람은 직접 볼 수 있을지라도 멀리 떨어진 곳의 계곡과 두메산골의 백성이 두루 듣지 못할까 두렵다. 이 격문이 도착하거든 급히 현안의 오랑캐 부락에 전하여 모든 사람이 폐하의 뜻을 알게 하고 소홀함이 없도록 하라.

상여가 돌아와 천자에게 보고하였다.

새는 하늘에 있는데 덤불만 살핀다

당몽은 이미 야랑을 공략하여 통하게 하고, 이 틈을 타서 서남이와 길을 열려고 파군과 촉군과 광한의 군사를 징발하였는데 노역자가 수만 명이었다. 길을 닦은 지 2년이 지나도록 길은 완성되지 않고, 사졸 대다수가 죽고 거만금의 경비가 들었다. 촉나라 백성과 한나라의 일을 하는 신하들 중에는 그 일이 불리하다고 말하는 이가 많았다. 이때 공(邛)과 작(筰)의 군장은 남이가 한나라와 교통하여 많은 상을 받았다는 소식을 듣고 한나라에 예속되어 신하가 되기를 원하면서 청하고 남이와 똑같이 관리가 되기를 바라는 자가 많았다. 천자가 상여에게 물으니 상여가 대답했다.

"공, 작, 염, 방은 촉군에 가까워 길을 열기 쉽습니다. 일찍이 진나라는 이들과 통하여 군과 현을 두었는데, 한나라가 일어나면서 폐지하였습니다. 이제 진실로 다시 통하여 군과 현을 둔다면 〔그 가치는〕 남이보다 나을 것입니다."

천자는 옳다고 생각하여 상여를 중랑장으로 임명하고 사자의 부절을 세워 사신으로 가게 했다. 부사(副使) 왕연우(王然于)와 호충국(壺充國)과 여월인(呂越人)이 사두마차의 전마(傳馬)를 달려 파군과 촉군의 관리를 통해 폐물을 서이에게 뇌물로 주었다. 촉군에 이르자 촉군 태수와 아래 관리들이 모두 교외까지 나와 맞이하고, 현령은 몸소 활과 화살을 지고 앞에서 길을 안내했다. 이처럼 촉군 사람들은 〔상여를 맞이하는 것을〕 영광으로 여겼다. 이에 탁왕손과 임공현의 모든 부로가 저마다 상여의 문하를 통하여 소와 술을 바쳐 환심을 사려고 하였다. 탁왕손은 좀 더 일찍 사마장경에게 딸을 시집보내지 못한 것을 안타까워하고 탄식하며 재물을 많이 나눠 주어 아들과 공평하게 했다. 사마장경은 곧바로 서이를 평정하니, 공, 작, 염, 방, 사유(斯楡)의 군장은 모두 와서 신하가 되기를 청하였다. 변경의 관소를 없애고 변관(邊關)을 더욱더 넓혔다. 서쪽으로는 말수(沫水)와 약수(若水)를, 남쪽으로는 장가강을 변방의 경계로 만들고 영관(零關)의 길을 통하게 하였으며 손수(孫水)에 다리를 놓아 공도(邛都)와 통하게 하였다. 돌아와 천자에게 보고하니 천자가 크게 기뻐하였다.

상여가 사자로 갔을 때, 촉군 장로는 대부분 서남이와 교통해도 소용없을 것이라고 말했으며, 게다가 대신들도 그렇다고 하였다. 상여는 천자에게 간하려고 하였으나 이미 계획이 서 있으므로 감히 진언하지 않았다. 그는 글을 지어 촉군 부로의 말을 빌려 상대방을 힐난함으로써 천자를 풍간하였다. 또 이

어 그가 사신으로 온 목적을 말하여 백성이 천자의 뜻을 알
도록 하였다. 그 글은 다음과 같다.

　한나라가 일어난 지 78년, 융성한 은덕이 여섯 대7)에까지 전
해졌고 위무(威武)는 성대하고 은덕은 깊고 넓었으며 모든 백성
을 촉촉히 적셔 주어 먼 곳까지 차서 넘쳐흘렀다. 그래서 사자
를 서쪽으로 보내 물의 흐름을 막으니 바람이 불어오면 [초목
가운데] 쓰러지지 않는 것이 없는 것처럼 되었다. 그리하여 염
(冄)나라를 조정으로 들어오게 하고, 방(駹)나라를 복종시켰으
며, 작(笮)나라를 평정하고, 공(邛)의 백성을 어루만지며, 사유
(斯楡)를 공략하고, 포만(苞滿)을 점령했다. 그 뒤 수레를 돌려
돌아와서 동쪽을 향하여 [천자에게] 보고하려고 하여 촉의 수
도에 이르렀다. 기로(耆老)8)와 대부와 그 지역의 유력 인사 스물
일곱 명이 엄숙한 태도로 찾아왔다. 인사를 마치자마자 그들은
나아가 말했다.
　"대체로 듣건대 천자는 이적(夷狄)을 말고삐를 죄었다 풀었다
하듯 의로써 그 관계를 유지한다고 합니다. 이제 세 군의 군사
를 피로하게 하면서 야랑으로 가는 길을 열려고 한 지 3년이 되
었습니다만 사업은 완성되지 않고 사졸들은 피곤하고 모든 백
성의 생계는 풍족하지 않은데 지금 또 이어 서이와 교통하려고
하니 백성은 힘이 다하여 일을 마칠 수 없을까 두려워합니다.

---

7) 고조, 혜제, 고후, 문제, 경제, 무제를 가리킨다.
8) '기(耆)'는 예순 살을 말한다. 따라서 기로란 나이 많은 사람을 가리킨다.

이것은 사자의 허물이며 우리는 은근히 당신을 위하여 걱정하고 있습니다. 또 저 공, 작, 서북이 중원과 나란히 한 지는 여러 해가 많이 지나 〔그 역사를〕 다 기록할 수 없습니다. 〔중원의〕 어진 자는 덕으로 그들을 따르게 하지 못하였고, 강한 자는 무력으로 그들을 병합하지 못하였으니 생각해 보면 그것은 거의 불가능한 일입니다. 지금 제나라 백성의 재물을 쪼개어 이적에게 가져다주고, 〔당신이〕 의지하려는 바백성를 해치면서까지 쓸모없는 사람들이적을 받들려고 하니, 비루한 이 사람은 고루하여 당신이 하려는 뜻을 모르겠습니다."

사자상여를 가리킴가 말했다.

"어찌 이렇게 말씀하실 수 있습니까? 반드시 여러분의 말과 같다면 촉 땅 사람들은 만이의 옷을 바꾸시 않았을 것이며, 파 땅 사람들의 풍속도 중원 풍속으로 바뀌지 않았을 것입니다. 나 같은 사람도 이러한 말을 듣기는 싫습니다. 더욱이 이 일은 중대하여 본시 밖에서 보는 자가 볼 수 있는 것이 아닙니다. 나는 급히 돌아가 보고해야 하므로 상세하게 말씀드릴 수는 없으나, 이제 대부들을 위하여 그 대략을 거칠게나마 말씀드리겠습니다.

대체로 세상에는 반드시 비범한 인물이 있고 난 다음에 비범한 일이 있게 되고, 비범한 일이 있고 난 다음에 비범한 공적이 있게 됩니다. 비범함이란 본래 평범한 것과는 다릅니다. 그러므로 보통 사람들은 비범한 일의 시초를 알기 어렵고 두려워한다고 합니다. 그렇지만 그것이 성공하면 천하가 편안해집니다.

옛날 홍수로 인하여 넘쳐나자 백성은 짐을 꾸려서 높은 곳과 낮은 곳을 오르내리면서 이사를 다녔는데 길이 구불구불하여 편안하지 못하였습니다. 하후씨가 이것을 걱정하여 곧 홍수를 다스려 강을 트고 물길을 소통시켜 물이 깊이 차는 곳을 분산시킴으로써 재해를 줄였으며, [물의 흐름을] 동쪽으로 돌려 바다로 모이게 하니 천하가 영원히 편안해졌습니다. 당시 어찌 백성만 수고로웠겠습니까? [하후씨는] 마음으로는 번민하고 걱정했지만 몸소 노동하였으므로 몸이 말라 살집이 없어지고 피부에는 털도 자라지 않았습니다. 그러므로 그의 아름다운 공적은 끝없이 드러나고 그 명성이 오늘날까지 전해지고 있습니다.

또한 어진 군주가 즉위하면 어찌 자질구레한 일을 처리하며 문자에 얽매이고 습속에 매이고 구습(舊習)을 따라 하며 그 시대의 의견 듣기만을 좋아하겠습니까! 틀림없이 숭고하고 원대한 논의를 생각하고 사업을 열어 법통을 세워 만세의 모범이 되려고 할 것입니다. 그러므로 모든 나라를 포용하고 사방의 이적을 끌어안는 일에 힘써 [대업을] 천지와 나란히 하려고 합니다. 하물며 『시』에서 '넓은 하늘 아래 왕의 땅 아닌 곳 없고, 온 땅 위에 왕의 신하 아닌 자 없다.'라고 하지 않았습니까? 이것은 육합(六合)천하의 안과 팔방(八方) 밖까지 물이 스며들어 넘쳐흐르는 것과 같아 생명을 가진 생물 중에 군자의 은택으로 윤택하지 않은 자가 있다면 어진 군주는 그것을 부끄럽게 여길 것입니다.

이제 경계 안의 땅에서 의관을 갖춘 무리는 모두 아름다운 복을 입어 한 사람도 빠진 자가 없습니다. 그러나 이적은 풍속을 달리하는 나라인 데다가 멀리 떨어져 있으며 이민족의 땅이라서 배와 수레도 통하지 않고 인적도 드물며, 정치와 교화가

아직 미치지 않고 천자의 덕화(德化)도 미미합니다. 이들은 안
으로 들어와서는 변경에서 의를 범하고 예를 침범하며, 밖으로
나가서는 제멋대로 간사한 행동을 하여 그들의 군주를 내쫓고
죽였습니다. 군주와 신하의 위치를 바꿔 놓고 높은 자와 낮은
자가 차례를 잃게 하고, 아버지와 형은 죄 없이 형벌을 받고, 어
린이와 고아는 종이 되어 매인 채 울게 하였습니다. 그리고 중
원을 원망하여 [이렇게] 말했습니다.

'대체로 듣건대 중원에는 아주 어진 이가 있어서 덕이 성대
하고 은택이 널리 퍼져 만물 가운데 제자리를 얻지 못한 것이
없다고 하는데, 이제 어찌 우리만 버려두었는가?'

그들은 가뭄에 비를 기다리듯 발뒤꿈치를 들고 사모하고 있
다고 합니다. 포악한 자도 여기에 감동을 받아 눈물을 흘리는
데, 하물며 황상의 성스러움으로 어찌 그대로 둘 수 있겠습니
까? 그러므로 북쪽으로 군대를 출동시켜 강한 오랑캐를 토벌하
고, 남쪽으로 사자를 보내 강한 월나라를 문책한 것입니다. 그
러자 사방이 덕에 감화되고, 물고기가 물의 흐름을 따르듯 우러
러보며 작호(爵號)를 받기 원하는 서이와 남이의 군주가 헤아릴
수 없을 정도입니다. 그러므로 말수와 약수에 관소를 두고 장
가강을 경계로 삼았으며, 영산(靈山)을 뚫어 길을 열고 손수(孫
水)의 원류에 다리를 놓았습니다. 도덕의 길을 세우고 인의의
전통을 드리워 은혜를 널리 베풀고, 먼 곳 백성을 어루만져 소
원한 자가 막히지 않게 하며, 막혀 미개한 자들에게 광명의 빛
을 얻게 함으로써 한편으로 군사들을 움직이지 않을 수 있고,
또 한편으로는 토벌을 그치게 하려는 것입니다. 먼 곳과 가까

운 곳이 하나가 되며 안과 밖을 행복하게 할 수 있으니, 이것이 또한 즐거운 일 아니겠습니까? 대체로 백성을 어려움 속에서 구제하고 고상한 미덕을 받들어 말세의 쇠미한 형세를 (본래 상태로) 되돌려 놓고 주나라의 끊어진 사업을 잇는 것, 이것은 천자가 서둘러 해야 될 일입니다. 백성이 수고로울지라도 어찌 그칠 수 있겠습니까?

또한 제왕의 일은 진실로 근심하고 부지런한 데서 시작하고, 편안하고 즐거워하는 데서 끝나지 않는 것이 없습니다. 그렇다면 천명을 받은 조짐은 바로 여기에 있는 것입니다. 지금 천자께서는 태산에서 봉제(封祭)단을 쌓아 하늘에 제사 지내는 것을 올리고 양보산(梁父山)에서 제의(祭儀)를 올리며 수레 방울을 울리고 음악과 송(頌)을 연주하여 위로는 오제와 같고 아래로는 삼왕과 같아지려 합니다. 곁에서 보는 자가 일의 근본 요지를 보지 못하고 듣는 자가 (황상의) 목소리를 듣지 못하니, 이는 초명(鷦明)다섯 방위를 지키는 전설 속의 신령스러운 새은 이미 하늘을 날고 있는데도 새그물을 치는 자는 숲과 못을 들여다보고 있는 것과 같은 이치입니다. 슬픈 일입니다."

그래서 여러 대부는 망연자실하여 그들이 품고 있던 생각을 잊었고, 또 나아가 간언하려던 말을 잊었다. 그들은 모두 탄식하고 일컬어 말했다.

"한나라의 은덕은 진실로 위대합니다. 이것은 저희들이 듣고 싶어 하던 것입니다. 비록 백성이 게으를지라도 우리 스스로 앞장서서 실천하겠습니다."

그러고는 낙담하여 고개를 떨구고 작별 인사를 하고 물러

갔다.

그 뒤에 어떤 사람이 사마상여가 사자로 갔을 때 뇌물을 받았다고 글을 올려 아뢰어 [상여는] 벼슬을 잃었으나 한 해 남짓 뒤에 다시 부름을 받고 낭이 되었다.

앞을 내다보는 자는 미리 막는다

사마상여는 말은 어눌하나 글을 잘 지었다. 그는 평소 소갈증을 앓았지만 탁문군과 결혼하여 재물이 넉넉하였다. 그는 벼슬에 나갔으나 일찍이 공경이나 나랏일에는 관여하지 않으려 했고, 질병을 핑계 삼아 한가하게 살면서 관직과 작위를 흠모하지 않았다. 그는 항상 황상을 좇아 장양궁(長楊宮)으로 가서 사냥하였다. 이때 천자는 사냥을 좋아하여 친히 곰과 멧돼지를 쏘고 말을 달려 들짐승을 쫓곤 하였다. 상여가 글을 올려 간언하였으니 그 문사는 이러하다.

신이 듣건대 만물에는 같은 부류라 할지라도 능력을 달리하는 자가 있으므로 힘은 오획(烏獲)[9]을 일컫고, 날랜 것은 경기(慶忌)오왕 요(僚)의 아들를 말하며, 용감한 것은 맹분(孟賁)과 하

---

9) 1000균 무게를 들 수 있는 진나라의 역사(力士)이다.

육(夏育)을 기대한다고 합니다. 신의 어리석은 생각으로는 사람에는 진실로 그러한 면이 있고, 짐승 또한 마땅히 이와 같을 것입니다. 지금 폐하께서는 막히고 험난한 곳을 돌아보지 않고 맹수를 쫓아가 쏘는 것을 즐기십니다. 그러나 갑자기 아주 사나운 짐승이라도 만나 그것이 놀라 폐하를 따르던 수레여든한 대입가 일으킨 먼지 속으로 달려들기라도 한다면 수레는 바퀴를 되돌릴 겨를이 없을 것이고, 사람도 재치를 발휘할 틈이 없을 것입니다. 이때에는 오획과 봉몽(逢蒙)의 〔활 쏘는〕 기량이 있어도 힘을 쓸 수 없을 것이니 마른나무와 썩은 그루터기라도 모두 해가 될 수 있습니다. 이것은 마치 호나라와 월나라가 수레바퀴 밑에서 일어나고, 강(羌)과 이(夷)가 수레 뒤의 횡목(橫木)으로 달려드는 것과 같으니 어찌 위태롭지 않겠습니까? 만반의 준비를 하여 화가 발생할 염려가 없다고 할지라도 천자께서 마땅히 가까이 갈 만한 곳이 못 됩니다.

대체로 길을 깨끗이 한 다음에 가고, 도로의 중앙을 달려도 때로는 말의 재갈이 벗겨져 날뛰는 변이 있을 수 있습니다. 하물며 무성한 풀 속을 지나 구릉을 달리면서 눈앞의 짐승을 쫓아가는 즐거움에 팔려 생각지 못한 변고를 경계하는 마음이 없으니, 그것이 화로 변하게 되는 것도 어려운 일이 아닐 것입니다. 만승천자의 소중한 몸을 가볍게 여기시는 것을 안전하고 즐겁다고 할 수는 없으며, 만의 하나 위험한 길로 나가는 것을 오락거리로 삼으신다면 신은 폐하를 위해 이런 일은 취할 바가 아니라고 생각합니다.

대개 밝은 자는 〔일이〕 싹도 트기 전에 미리 알고, 지혜로운 자는 위험이 나타나기 전에 피합니다. 재앙이란 본래 대부분 드러나지 않고 미묘한 곳에 숨어 있다가 사람들이 소홀히 하는 곳에서 나타납니다. 그러므로 속담에도 "집에 천금을 쌓아 놓으면 (그 집 자식들은) 마루 끝에 앉지 않는다."라고 한 것입니다. 이 말은 하찮은 듯하나 그것으로써 큰 것을 비유할 수 있습니다. 신은 폐하께서 이 점에 유의하시어 신의 마음을 살펴 주시기를 바랍니다.

황상은 잘 썼다고 생각하였다.

찾는 이 없는 진나라 이세황제의 무덤

돌아오는 길에 의춘궁(宜春宮)을 지나면서 상여는 부를 지어 진나라 이세황제의 과실을 슬퍼하였다. 그 문사는 이러하다.

가파른 긴 언덕을 올라 층층이 높게 솟아 줄지어 있는 궁전으로 들어선다. 곡강(曲江)의 물가를 굽어보며 고르지 못한 남산을 바라본다. 높디높은 산은 공허하고 심대하며 확 트인 골짜기는 산간에 있다. 물의 흐름은 가볍고도 급하게 멀리 흘러가 평원의 넓고 평평한 연못으로 쏟아진다. 무성하게 자란 온갖 나무의 울창한 그늘을 보고, 대나무 숲의 무성함을 본다. 동쪽으로는 토산(土山)으로 달려가고, 북쪽으로는 옷을 걷고 돌 있는 여울물을 건넌다. 잠시 조용히 걸으면서 진 이세의 유적을 살펴 조문한다. 진 이세는 몸가짐을 삼가지 않아 나라를 멸망케 하고 권세도 잃었다. 참언을 믿고 깨어 있지 못하여 종묘사직을 끊어 없어지게 하였다. 아, 슬프구나! 그는 품행이 좋지 못하였기에 무덤에 풀이 수북해도 돌보는 이가 없고 영혼은 돌아갈 곳이 없으며 [제삿밥도] 먹지 못한다. 아득히 세월이 멀리 흐를수록 더욱더 오래되고 황폐해져 암담할 것이다. 정령(精靈)은 의지할 곳 없이 저 높은 하늘로 날아올라 돌아오지 않는다. 아 슬프구나!

대인부: 천자가 그리는 선인의 모습

사마상여는 효문원(孝文園)의 영(令)으로 제수되었다. 천자는 이미 「자허부」를 훌륭하다고 평가했는데, 상여는 황상이 신선의 도를 좋아함을 알고 말했다.

"상림의 일은 아름답다고 하기에 부족합니다. 이보다 더 아름다운 것이 있습니다. 신은 일찍이 「대인부(大人賦)」를 지으려 했으나 아직 완성하지 못하였으니 청컨대 완성하여 바치겠습니다."

사마상여는 『열선전(列仙傳)』에는 선인(仙人)들이 산과 못 사이에 살고 그 모습이 너무 파리하게 그려져 있어, 이것은 제왕이 그리는 선인의 모습이 아니라 여기고 드디어 「대인부」를 지었다. 그 문사는 이러하다.

　세상에 대인(大人)성인이 재위하는 것을 대인이라 하는데 여기서는 천자를 비유함이 있어 중주(中州)중국에 살았다. 〔그는〕 저택이 만 리에 가득 찼건만 일찍이 잠시나마 머무를 만하다고 여기지 않았다. 세속이 각박하고 비좁은 것을 비탄해하며 가볍게 날아가 머나먼 곳에서 노닐었다. 붉은색 깃발과 흰 무지개를 타고 올라가고 구름 기운을 신고 위로 떠 올라갔다. 황백(黃白)의 긴 장대를 세우고 빛나는 깃발을 매달았으며, 깃발 끝은 오색 빛깔을 늘어뜨려 꾸미고, 혜성을 끌어당겨 깃발의 드리운 깃털로 삼았다. 깃발은 바람을 따라 높이 나부끼고 아리따운 자태로 흔들린다. 참(欃), 창(槍)을 따다가 깃발로 삼고 깃발 장대 위에 둥그런 무지개를 길게 엮어 도(韜)를 삼는다. 하늘에는 붉은빛이 아득히 멀리 퍼지나 암담하여 빛도 없고 바람처럼 솟아오르고 구름처럼 떠오른다. 응룡(應龍)날개 달린 용 모양의 수레를 타고 적룡과 청룡을 부마(副馬)로 삼으니 오르내리는 것이 기운차다. 목을 꼿꼿이 세우고 달리고, 굽혔다가 우뚝 일어나 뛰는가 하면 똬리를 틀곤 한다. 머리를 끄덕끄덕 흔들더니 목덜미를 길게 빼고 앞으로 나아가기도 하고 때로는 머리를 들어 나아가지 않기도 한다. 때로는 방자하고 자유로우며 머리를 치켜드는 것이 가지런하지 않고, 재빨리 앞으로 나아갔다가는 뒤로 물러서며, 눈을 움직이고 혀를 내민다. 쑥 위로 날아올라 좌우로 서로 따르고 여러 번 머리를 흔들며 달려서 서로 의지하여 뒤엉키고 이끌며 부른다. 땅을 밟고 내려섰는가 하면 훌쩍 날아오르고, 날아올라서는 미친 듯이 달리고, 나란히 날아가 서로 좇곤 한다. 번개처럼 빠르고 갑자기 밝아지며 안개처럼 사라지고 구름처럼 흩어진다.

비스듬히 동극(東極)을 건너 북극(北極)에 오르니 신선들과 서로 교유한다. 진인(眞人)신선이 서로 만나 오른쪽으로 돌았다가 옆으로 비천(飛泉)을 건너 오르니 정동(正東)으로 간다. 여러 신선을 불러 뽑아 정하고 요광(瑤光)에서 여러 신선을 배치한다. 오제(五帝)를 길잡이로 삼고 태일(太一)을 제자리로 돌려보내며, 능양(陵陽)을 시종으로 따르게 하고, 현명(玄冥)고대 물의 신을 왼쪽에 함뢰(含靁)를 오른쪽에, 육리(陸離)를 앞에 휼황(潏湟)을 뒤에 있게 한다. 선인 정백교(征伯僑)를 부리고 선문(羨門)에게 일을 부린다. 기백(岐伯)에게 명하여 의방(醫方)을 맡기고 축융(祝融)불의 신에게 경호하도록 하여 나아가는 사람을 멈추게 하고 악기(惡氣)를 맑게 한 뒤에 나아간다. 나는 수레 만승을 모아 오색구름을 수레 덮개로 삼고 화려한 깃발을 바로 세운다. 구망(句芒)에게 시종들을 인솔하게 하여 남쪽으로 가서 즐기려고 한다.

숭산(崇山)에서 당요(唐堯)를 찾아보고, 구의(九疑)로 우순(虞舜)을 찾아간다. 수레 행렬이 어지럽게 뒤섞이고 겹치고 서로 교차하여 이어져 나란히 달려가려고 하는데 서로 부딪쳐 시끄러운 소리로 가득 차 앞으로 나갈 수 없더니, 이제야 물이 아래로 흐르는 것처럼 행렬이 움직인다. 잇달아 모여드는 것이 마치 모아 놓은 듯하고, 넓게 퍼져 흩어지는 것은 또한 광막하게 섞여 있는 듯하다. 우레 소리는 우르르 쾅쾅 하며 뇌실(靁室)뇌신 (雷神)이 드나드는 곳로 들어가고, 귀곡(鬼谷)은 울퉁불퉁한 곳을 빠져나온다. 팔굉(八紘)가장 먼 곳을 두루 보고 사황(四荒)을 본 뒤에 떠나 구강(九江)을 건너고 오하(五河)를 넘어 염화산(炎火 山)을 지나 약수(弱水)에 배를 띄워 지나가고 작은 주(洲)를 건넌 다. 사막을 건너 총령산(蔥領山)에서 쉬며 물장난을 친다. 여와 (女媧)에게 비파를 타게 하고 풍이(馮夷)에게 춤추게 한다. 때때 로 정신이 아득히 어두워지고 그늘이라도 지면 병예(屛翳)를 불 러 풍백(風伯)을 죽이고 우사(雨師)에게 형벌을 내린다. 서쪽으 로 선명하게 드러나지 않는 곤륜산(昆侖山)의 모습을 바라보다 가 곧장 삼위산(三危山)으로 달려간다. 창합(閶闔)천문(天門)을 밀 어젖히고 천제의 궁궐로 들어가 옥녀(玉女)를 태워 함께 돌아온 다. 낭풍산(閬風山)에 올라 먼 곳에서 멈추니 마치 까마귀가 높 이 날아오른 뒤 한 번 멈춰 쉬는 것과 같다. 음산(陰山)을 낮게 돌아 완곡하게 날아올라 내가 지금 본 서왕모(西王母)를 만난 다. 〔그녀는〕 하얀 머리에 옥으로 장식한 꾸미개를 쓰고 동굴 속 에서 사는데, 다행히 세 발 달린 까마귀가 있어서 그녀를 위해 일한다. 반드시 영원히 살아 이와 같이 죽지 않으면 만대를 살 아도 기뻐할 것이 부족하다.

수레를 돌려 돌아오는 길에 부주산(不周山) 옆으로 넘어 유 도산(幽都山)에서 회식한다. 북방의 밤기운을 마시고 아침 이슬 을 먹고, 지초(芝草)의 꽃잎을 씹고 경수(瓊樹)의 꽃잎을 먹는다. 머리를 들어 서서히 하늘 높이 날아오른다. 천문(天門)의 거꾸 로 달린 그림자를 뛰어오르듯 꿰뚫고 나가, 뭉게뭉게 피어나는 구름을 건너 유거(游車)와 도거(道車)를 달려 기다란 길로 내려가며 안개를 뒤로 남긴 채 멀리 달려간다. 인간 세상을 비좁다고 여겨 깃발을 펼쳐 들고 북극으로 나간다. 주둔한 기병은 현궐(玄闕)에 남겨 두고 선구(先驅)에게 한문(寒門)에서 앞질러 가게 한다. 아래는 깊고 멀어서 땅이 보이지 않고 위는 넓고 넓어하늘이 없다. 보려고 해도 눈이 아물거려 볼 수 없고 들으려 해도 귀가 황홀하여 들리는 것이 없다. 허무를 타고 올라 멀리 나아가니 초연히 벗도 없이 홀로 남아 있다.

사마상여가 「대인부」의 노래를 바치자, 천자는 크게 기뻐하며 갑자기 구름 위로 두둥실 올라간 듯하고 마음이 천지 사이에서 자유로이 노니는 것 같았다.

봉선서(封禪書)

사마상여는 이미 병들어 벼슬을 그만두고 무릉(茂陵)의 집에서 살고 있었다. 천자가 말했다.

"사마상여의 병이 위독하다니 가서 그의 책을 모두 가져오는 것이 좋겠다. 만일 그렇게 하지 않으면 뒤에 그것을 잃게 될 것이다."

천자가 소충(所忠)을 보냈지만 상여는 이미 죽고 집에는 책이 없었다. 그 아내에게 물으니 이렇게 대답했다.

"장경은 본래 일찍이 책을 지닌 적이 없습니다. 때때로 글을 지어도 사람들이 가져가 집에는 책이 없습니다. 장경이 죽기 전에 책을 한 권 지었는데 '사자가 와서 책을 찾거든 이것을 올리시오.'라고 하였습니다. 그 밖에 다른 책은 없습니다."

그가 남겨 놓은 서찰 형태의 글은 봉선(封禪)[10]에 관한 것이었다. 상여의 아내가 소충에게 그것을 주어 소충이 천자에게 바치니, [천자는] 그 글을 소중하게 여겼다. 그 글은 다음과 같다.

상고 시대에 천지가 처음 열려 하늘이 백성을 낳은 이래 역대의 군주를 거쳐서 곧 진(秦)나라에 이르렀습니다. 가까운 시대 군주들의 족적을 더듬어 가며 살피고 먼 옛날의 유풍을 들어 보면, 예부터 군주가 된 자는 많지만 이름이 묻혀 기록으로 남아 있지 않은 자는 이루 다 셀 수 없습니다. 순임금과 우임금의 뒤를 이어 밝고 큰 덕을 계승하여 생전의 이름과 사후의 시호를 후세에 높이 받들어 일컬을 만한 자는 대략 일흔두 명이 있습니다. 착한 행동을 따라 하여 창성하지 않은 자는 없고, 누구든지 이치를 거스르면 오래 존속할 수 있겠습니까?

헌원씨(軒轅氏)황제(黃帝)를 비유함 이전의 일은 시간이 오래되고 아득하여 그 자세한 상황을 들을 수 없으나, 오제와 삼왕의 사적을 비롯하여 육경 등의 서적에 전하는 것은 대체적으로 볼

---

10) 태산에 단을 쌓아 놓고 하늘에 지내는 제사를 봉(封)이라 하고, 양보산에서 땅에 지내는 제사를 선(禪)이라고 한다.

수 있습니다. 『서』에 "원수(元首)군주는 현명하고 신하들은 선량하구나."라고 하였는데, 이것에 의하면 군주로는 당요(唐堯)보다 성대한 이가 없고 신하로는 후직(后稷)보다 어진 이가 없습니다. 후직은 당(唐)에서 처음으로 사업을 하였고, 공류(公劉)는 서융(西戎)에서 공적을 드러내었습니다. 문왕(文王)이 제도왕업를 고치자 주나라가 크게 융성하고 대도(大道)가 비로소 이루어졌습니다. 그 뒤로 점차 쇠미해져 1000년 동안 누린 뒤에는 멸망했습니다. 어찌 처음도 잘하고 끝도 잘한 것이 아니겠습니까? 그렇게 된 데는 다른 까닭이 있는 것이 아닙니다. 앞의 것창업의 규범을 신중히 따르고, 뒷세대에는 교화를 삼가 지켜 왔기 때문입니다. 그러므로 주나라의 사적은 평범하여 따르기 쉽고, 은덕은 깊고 넓어 풍성하며, 법도는 명백하여 본받기 쉽고, 법통을 드리우는 것이 이치를 따랐기 때문에 계승하기 쉬웠던 것입니다. 그래서 왕업은 성왕(成王) 때 이루어졌고, 공적은 이후(二后) 문왕과 무왕 때 으뜸이었습니다.

그러나 그 처음과 끝을 살펴보면 특별히 상식을 뛰어넘는 사적이라고 할 만한 것은 없으므로 지금의 한나라와 비교됩니다. 그렇지만 〔주나라 사람들은〕 양보산을 오르고 태산에 올라 봉선하여 영광스러운 봉호(封號)를 세우고 높은 명성을 베풀었습니다. 위대한 한나라의 은덕은 수원(水源)처럼 솟구쳐 올라 널리 사방에 미칩니다. 그것은 구름처럼 퍼지고 안개처럼 흩어져서 위로는 구천(九天)하늘까지 뻗치고 아래로는 팔방의 극까지 흘러가는 것 같습니다. 살아 있는 모든 것은 천자의 은택에 젖어 윤택해지고, 화창한 기운은 옆으로 흘러넘치며, 당당한 절조는 질풍처럼 멀리 갑니다. 가까운 곳에 사는 사람은 그 은택의 근원에서 놀고, 먼 곳에 사는 사람은 그 은택의 말류에서 헤엄치는 것 같습니다. 엄청난 악을 지은 자는 연기처럼 사라지고, 어리석은 자는 지혜를 얻었습니다. [하등 동물인] 곤충까지도 화락하여 모두 머리를 안쪽으로 돌려 천자의 은택을 바라고 있습니다. 그렇게 된 뒤에 추우(騶虞) 같은 상서로운 짐승을 동산에서 기르고, 미록(麋鹿) 같은 기이한 짐승을 잡습니다. 한 줄기에서 여섯 이삭이 달린 쌀을 푸줏간에서 가려 종묘에 바치고, 뿔이 한쪽에 쌍으로 돋아난 백린(白麟)을 희생으로 종묘에 제사지내며, 주나라 때 남긴 구정을 얻고, 놓아주었던 거북이를 기수(岐水)에서 잡고, 취황색(翠黃色) 용을 못에서 부르고, 신마(神馬)를 시켜 영어(靈圉)신선 이름를 만나 한가로운 관사에서 빈객으로 머물게 합니다. 기이하고 웅장한 물건의 괴이하고도 다양한 변화는 이보다 더할 수 없습니다. 삼가 받들어야 할 일입니다.

상서로운 조짐이 여기에 이르렀건만 오히려 덕망이 엷다고 생각하며 감히 봉선에 관한 것을 말하지 않습니다. 대체로 주나라에서는 [무왕이 주왕을 칠 때에] 백어(白魚)가 튀어 올라 배 안으로 떨어진 것을 두고 상서로운 조짐이라고 하여 구워서 하늘에 제사를 지냈습니다. 이 같은 작은 일을 징험이라고 하여 태산에 올라가 봉선하였으니 또한 부끄럽지 않습니까? 주나라의 앞섬과 한나라의 겸양의 도리가 어째서 이렇게 다릅니까?

이에 대사마(大司馬)상공(上公)가 진언하여 이렇게 말했다.
"폐하께서는 어짊으로써 천하의 백성을 기르시고, 도의로써 종속되려 하지 않는 자를 정벌하셨습니다. 중원 안의 제후들은 기꺼이 공물을 받들고, 모든 만이는 폐백을 가지고 와 바쳤습니다. 덕은 상고 시대의 제왕과 비견되고, 공은 함께할 만한 자가 없으며, 아름다운 공적은 두루 미치지 않는 데가 없고, 상서로운 조짐은 여러 모습으로 변하여 나타나며, 시기를 따라 계속 이어지고 유독 처음 나타난 것은 없습니다. 생각건대 이것은 태산(泰山)과 양보산에 제단을 설치하여 폐하께서 오셔서 지난날의 영광에 비유하라는 것입니다. 이는 대체로 이름을 세워 영광을 드러나게 하려는 것입니다. 즉 하늘이 은혜를 내려 복을 쌓고 제사를 지내 성공을 아뢰려는 것입니다. 그런데도 폐하께서는 겸양하여 출발하려 하지 않으시니 그것은 삼신(三神)상제(上帝), 태산(泰山), 양보(梁父)의 환심을 끊고 왕도의 예의를 잃는 것으로서 여러 신하가 부끄러워합니다. 어떤 사람은 '하늘의 뜻은 어두워서 말로 하지 않고 상서로운 징조로서 그 뜻을 나타낸다. 상서로운 징조가 있으면 사양할 수 없다.'라고 말했습니다. 만일 이것을 사양한다면 그것은 옛날부터 태산에는 기(記)를 세울 기회가 없었을 것이고 양보산도 제사를 받을 가능성이 없었을 것입니다. 또한 각각 때에 따라 한 때의 영화를 다하고 그 세상을 지나는 데 그쳤을 뿐이라면 뒷세상에서 이야기하는 자가 어떻게 일흔두 명의 군주가 있었다고 말할 수 있겠습니까?

대체로 덕을 닦은 이에게 부서(符瑞)를 주면, 그것을 받들어 봉선을 행하는 것은 예의를 벗어난 행위가 아닙니다. 그러므로 성왕(聖王)께서는 봉선의 예를 폐하지 않고 예를 닦아 자기를 공경하고 정성을 다하여 천신을 기다리며, 중악(中嶽) 숭산에 공을 새겨서 지존한 신분임을 드러내고, 성덕을 서술하여 영광스러운 이름을 나타내며, 두터운 복을 받음으로써 모든 사람이 은혜를 입도록 한 것입니다. 이 일이 얼마나 빛나고 성대한 것입니까! 이것은 천하의 장관이며, 왕의 위대한 사업이니 가볍게 여길 수 없습니다. 바라건대 폐하께서는 이 일을 완성하십시오. 그렇게 한 뒤에 유학자들의 학술과 책략을 빌려서 일월의 찬란한 빛을 우러르는 것처럼 그것으로써 관직을 지키고 일을 처리하게 하며, 아울러 그 의를 바르게 처리하도록 하고 그 글을 교감하여 『춘추』 같은 경서를 짓게 하십시오. 그래서 종래의 육경을 칠경(七經)이 되게 하고, 후세에 길이 전하여 만세에 걸쳐 맑게 흐르도록 하여 그 미묘한 여파를 높이고 아름다운 명성을 드날려서 풍성한 재능을 진동시키도록 하십시오. 옛날 성왕들이 길이 큰 명성을 보전하여 언제나 으뜸으로 칭송되는 까닭은 이러한 도를 실천하였기 때문입니다. 마땅히 장고(掌故)에게 명하여 봉선의 의미를 모두 아뢰게 해 참고하십시오."

천자는 매우 감동하여 낯빛을 바꾸고 말했다.

"옳구나! 짐이 이 일을 시험해 보아야겠다."

즉시 생각을 바꾸고 마음을 돌려 공경들의 의견을 종합하여 봉선의 일을 물었다. 그리고 천자의 덕택이 큰 것을 시로 읊게 하고, 부서(符瑞)의 풍부함을 넓혀서 즉시 송(頌)으로 짓게 하였으니 내용은 이렇다.

내 하늘을 덮은 구름 유유히 떠다닌다. 단이슬과 단비 저 대지를 충분히 적셔 준다. 영양가 있는 유액 땅에 깊숙이 스며드니 어떤 생물인들 자라지 않으리. 아름다운 곡식 한 줄기에 여섯 이삭이 달렸는데 내가 수확했으니 어찌 쌓이지 않으리!

비를 내려 적셔 줄 뿐만 아니라, 또 만물을 윤택하게 하네. 윤택하게 할 뿐만 아니라 널리 퍼지게 하네. 만물이 기뻐하며 그리워서 사모하네. 명산이 (봉선 장소를) 분명히 나타내며 우리 군주께서 오시기를 바라네. 군주여, 군주여! 어찌하여 (봉선하러) 나가지 않으십니까!

무늬 아름다운 짐승이 우리 군주의 동산에서 즐기네. 흰 바탕에 검은 무늬 그 모습 아름답구나. 화목한 모습이 바로 군자의 자태로구나. 일찍이 그 명성을 들었으나 이제야 나타난 것을 보네. 그것이 어디서 왔는지 알 수 없지만 하늘에서 내린 상서로운 조짐이라네. 이 짐승은 순임금 때도 나타났고, 우씨(虞氏)가 그로 인하여 일어났지.

살찐 기린이 저 제단 뜰에서 노니네. 10월 한겨울에 (우리) 군주가 교사(郊祀)를 지낼 때, 저 기린 우리 군주의 수레 앞으로 달려와 우리 군주 그것으로 제사를 지냈네. 삼대 이전에는 일찍이 이러한 (상서로운) 조짐 없었네.

굽혔다 폈다 하는 황룡이 지극한 덕에 감동하여 날아오르니, 그 채색이 찬란하게 빛나고 휘황찬란하네. 진정한 용이 모습을 보여 (몽매한) 백성을 깨우쳐 주었네. 고서에도 육룡(六龍)을 타고 하늘에 오른다고 하였네.

용은 천명을 받은 자가 타는 것이고 천명은 조짐으로써만 받을 뿐, 말하지 않고 사물에 기탁하여 태산에 봉선할 것을 군주에게 알려 주네.

육경을 펼쳐 보니, 하늘과 사람이 서로 합치되고 위와 아래가 서로 상서로움을 나타내어 성스러운 천자의 덕망을 찬양하는데도 성스러운 천자는 언제나 자신의 부덕함을 두려워하고 삼가네. 그러므로 "일어날 때는 반드시 쇠락할 것을 염려하고, 편안할 때는 반드시 위태롭게 될 때를 생각하라."라고 말하였지. 따라서 〔은나라〕 탕왕과 〔주나라〕 무왕은 지극히 존엄한 지위에 있으면서도 존경과 삼감을 잃지 않았으며, 순임금은 큰 법칙을 밝혀 언제나 스스로 되돌아보고 자기 잘못을 살폈으니 이런 일들을 두고 말하는 것이네.

사마상여가 죽은 지 5년이 지나서야 천자는 비로소 후토(后土)토지신에 제사를 지냈고, 8년 뒤에는 먼저 중악에 제례를 올렸고 태산에 봉(封)하고 양보산의 숙연산(肅然山)소산(小山)에서 선(禪)하였다.

상여가 지은 다른 글로는 「유평릉후서(遺平陵侯書)」, 「여오공자상난(與五公子相難)」, 「초목서(草木書)」 같은 것이 있으나 여기에는 싣지 않고 그 저서들 중 특히 공경들 사이에 이름난 것만을 기재했다.

태사공은 말한다.

"『춘추』는 드러난 사실을 추론하여 은미한 것까지 이르렀고, 『역』은 은미한 것을 바탕으로 명백한 사실에 이르고 있으며, 「대아」는 먼저 왕공(王公)과 대인(大人)의 덕을 말하여 백성에게 이르렀고, 「소아」는 비천한 자신의 행위를 말함으로써 정치의 선악을 풍자하여 왕공 대인에게까지 〔영향이〕 미쳤다. 그러므로 『춘추』, 『역』, 「대아」, 「소아」에서 말하는 것은 겉으로는 서로 다르지만 그것이 모두 덕에 합치된다는 점에서는 같다. 상여의 글에는 공허한 문사와 함부로 하는 말이 많으나 그 주된 뜻은 절약과 검소함으로 귀결된다. 이것이 『시』에서 말하는 풍간과 무슨 차이가 있겠는가? 양웅(楊雄)은 '사치스럽고 화려한 상여의 부는 백 가지를 칭찬하고 한 가지를 풍유하였는데 마치 정(鄭)나라와 위(衛)나라의 〔음란한〕 음악으로 치닫다가 끝에 아악(雅樂)을 연주하는 것과 같으니 〔본래 취지를〕 훼손시킨 것이 아닐까?'라고 말했다. 나는 그의 말 중에서 논의할 만한 가치가 있는 것만을 취해 이 편을 지었다."

58

◎

회남 형산 열전
淮南衡山列傳

　이 편은 한나라 고조의 막내아들 유장(劉長)과 그 아들 유안(劉安)과 형산
왕 유사(劉賜) 등 세 사람의 일을 서술한 것이다. 세 사람은 잇달아 모반을 꾀
하다가 주살되었으므로 세가에 들어가지 못하고 열전에 끼어들게 되었다. 유
장은 성격이 포악하고 교만하여 그 형 문제가 즉위했을 때 파와 촉으로 추방
되어 가다가 도중에 죽었다. 문제는 동생을 죽였다는 비난이 두려워 회남국
을 셋으로 나눠 유장의 세 아들에게 나눠 주고 왕으로 삼았으니 유안이 회남
왕이 되고, 유사가 형산왕이 되었다. 유장은 법을 자주 어기더니 결국 모반
을 일으키려다 실패하여 죽은 데 반해, 모반에 가담했던 유안이 책 읽기와 음
악을 좋아하고 백성을 보살피며 결단력 있게 행동했다는 것을 아울러 적기도
했다. 이 편은 「여 태후 본기」, 「오왕 비 열전」, 「양 효왕 세가」 등과 상통하는
면이 있다.

　사마천이 던진 질문은 왜 황제와 골육지친의 관계이면서도 대의를 펼치지
못하고 모반이라는 극단적인 행동을 취하여 개인뿐만 아니라 사직의 위기도
자초했느냐는 것이다. 특이한 점은 오피의 입을 빌려 한 무제 때의 정치와 위
청의 사람됨에 대해 다소 긍정적 평가를 내리고 있다는 것으로 『사기』의 다른
편에서 보여지는 비판적 태도와는 꽤 다른 양상이다.

　또한 모반 문제를 둘러싸고 회남왕과 오피 사이에 오가는 대화는 그 당시
긴박한 상황 속에서 군신 간의 격의 없는 정치 문화가 존재했음을 보여 준다
는 데 특이점이 있다. 결국 오피는 비극적인 죽음을 맞이했지만 말이다.

원통하게 죽은 어머니를 위해 살인하다

회남의 여왕(厲王) 유장(劉長)은 한나라 고조의 막내아들이다. 그의 어머니는 본래 조나라 왕 장오(張敖)의 미인이었다. 고조 8년에 고조가 동원(東垣)에서 〔돌아오는 길에〕 조나라를 지났는데, 조나라 왕이 미인을 바쳤다. 여왕의 어머니는 고조의 총애를 받아 임신하게 되었다. 〔고조가 떠나간 뒤〕 조나라왕 장오는 감히 그녀를 궁궐 안으로 들여놓을 수 없어 따로밖에 궁전을 지어 그곳에서 머물도록 했다.

관고(貫高) 등이 반란을 꾀하여 박인(柏人)에서 고조를 죽이려 한 일이 발각되었다. 조나라 왕도 이 일에 연루되어 왕의 어머니와 형제와 미인들이 모조리 붙잡혀 하내(河內)에 갇혔다. 여왕의 어머니도 옥에 갇혔는데 옥리에게 알려 말했다.

"황상의 총애를 받아 홑몸이 아닙니다."

옥리는 곧 고조에게 그 사실을 보고하였으나, 고조는 마침 조나라 왕에게 몹시 화가 나 있던 터라 여왕 어머니의 일을 처리하지 않았다. 그래서 여왕 어머니의 동생 조겸(趙兼)이 벽양후(辟陽侯) 심이기를 통해 여후에게 이 사실을 알렸다. 그러나 여후는 질투심 때문에 고조에게 말하려 하지 않았고, 벽양후 역시 애써 청하지는 않았다. 여왕 어머니가 여왕을 낳은 뒤 원한에 사무쳐 스스로 목숨을 끊자, 옥리가 여왕을 받들고 가서 고조에게 바쳤다. 고조는 뉘우치면서 여후에게 어머니가 되어 기르게 하고, 여왕 어머니를 진정(眞定)에 묻어 주었다. 진정은 여왕 어머니의 생가가 있고, 조상 대대로 살아온 고을이다.

고조 11년 7월에 회남왕 경포(黥布)가 반란을 일으켰다. 고조는 그 아들 장(長)을 회남왕으로 삼아 경포의 옛 땅을 다스리게 했는데 모두 네 군[1]이었다. 고조가 몸소 군사를 이끌고 가서 경포를 쳐서 무찌르자 마침내 여왕이 왕위에 올랐다. 여왕은 일찍이 어머니를 여의고 늘 여후를 의지하였다. 이런 이유로 효혜제와 여후의 시대에는 총애를 받아 다른 해를 입을까 걱정하는 일이 없었다. 마음속으로는 늘 벽양후를 원망하

---

[1] 구강군(九江郡), 형산군(衡山郡), 여강군(廬江郡), 예장군(豫章郡)을 말한다.

였지만 함부로 겉으로 드러내지는 않았다. 효문제가 즉위하자 회남왕은 자신이 황제와 가장 친하다는 생각에서 교만하게 거드름을 피우며 한나라의 법을 어기는 일이 잦았다. 그러나 황제는 형제라 하여 언제나 너그럽게 용서했다.

효문제 3년에 여왕이 입조하였는데 대단히 오만하였다. 여왕은 황제를 따라 원유(苑囿)에 들어가 사냥했는데, 황제와 수레를 함께 탔으며 황제를 늘 '큰형님'이라고 불렀다. 여왕은 재주와 힘을 갖추고 있었는데 그 힘이 솥을 들어 올릴 정도였다. 그는 벽양후를 찾아가 만나기를 청했다. 벽양후가 그를 만나려 나오자 소매 속에 감춰 두었던 철추를 꺼내 후려친 다음 따르던 위경(魏敬)에게 그 목을 베도록 했다. 여왕은 즉시 대궐로 달려가 엎드려 웃옷을 벗고 사죄하며 말했다.

"신의 어머니를 조나라 왕 사건에 연루시키지 말아야 했습니다. 당시 벽양후가 힘을 썼다면 여후의 보호를 받을 수 있었지만 간하지 않았으니, 이것이 〔그의〕 첫 번째 죄입니다. 조나라 왕 여의(如意) 모자는 죄를 짓지 않았는데도 여후가 그들을 죽였으나 벽양후는 간하지 않았으니, 이것이 〔그의〕 두 번째 죄입니다. 여후가 여러 여씨를 왕으로 세워 유씨를 위태롭게 하고자 했으나 벽양후는 간하지 않았으니, 이것이 〔그의〕 세 번째 죄입니다. 신은 삼가 천하를 위해 적신 벽양후를 주살하여 어머니의 원수를 갚고 대궐 아래 엎드려 죄를 청합니다."

효문제는 여왕의 행동이 부모를 위하는 마음에서 나온 것이므로 가엾게 여겨 죄를 다스리지 않고 용서했다. 그러나 당시 박 태후(薄太后)고조의 비와 태자유계(劉啓), 여러 대신은 모두 여왕을 두려워하고 꺼렸다. 이리하여 여왕은 자기 나라로 돌아와 더욱 교만하고 방자해져 한나라 법을 사용하지 않았다. 드나들 때엔 경필(警蹕)일반인의 통행을 금지시키는 것을 청하고, 자기 명령을 제(制)천자의 명령라 하며 스스로 법령을 만들어 마치 천자처럼 행동했다.

차마 법대로 다스리지 못하다

〔효문제〕6년에 남자(男子)관직이나 작위가 없는 성년 남성 단(但) 등 70명에게 극포후(棘蒲侯) 시무(柴武)의 태자 기(奇)와 공모하여 큰 수레 40대를 이끌고 곡구(谷口)에서 반란을 일으키게 하고, 민월과 흉노로 사자를 보낸 일이 있었다. 〔일이〕발각되자 〔황상은〕그 일을 치죄하기 위해 사자를 보내 회남왕을 불러들였다. 회남왕이 장안에 도착했다.

"승상인 신 장창(張倉)과 전객(典客)소수 민족을 접대하는 직책 신(臣) 풍경(馮敬)과 행어사대부사(行御史大夫事) 종정(宗正)황족 관리를 맡아봄 신 일(逸)과 정위 신 하(賀)와 비도적중위(備盜賊中尉) 신 복(福)이 죽음을 무릅쓰고 이렇게 말씀드립니다. 회남왕 유장은 선제의 법을 폐지하고 천자의 조서를 듣지 않으며 거처하는 데에도 법도가 없으며 누런 비단 덮개를 한 〔천자용〕수레를 타고 드나들면서 천자처럼 행세하고 있으며, 법령을 마음대로 만들고 한나라 조정의 법을 쓰지 않습니다. 또 관리를 두는 일에서는 자기 낭중인 춘(春)을 승상으로 삼고, 한나라 제후들의 신하나 죄가 있어 망명한 자들을 거두어 들여 숨겨 주고 머무를 집을 마련해 주는가 하면, 재물과 작위와 봉록과 전택(田宅)을 주었습니다. 어떤 이는 작위가 관내후에 이르고 봉록을 2000석이나 받았습니다. 이런 것들은 〔회남왕이〕 할 수 없는 일인데도 그같이 한 것은 뭔가 하고자 하는 것이 있었기 때문입니다.

대부 단(但)과 사오(士五)죄를 지어 벼슬을 잃은 사람 개장(開章) 등 70명은 극포후의 태자 기(奇)와 함께 반란을 꾀하여 종묘 사직을 위태롭게 하려 하고 있습니다. 〔그들은〕 개장을 보내 유장에게 몰래 알려 민월과 흉노가 군대를 동원하게 하려 했습니다. 개장이 회남으로 가서 유장을 만났을 때 유장은 개장과 여러 차례 자리를 같이하여 이야기를 하고 음식을 나누었고, 또 그를 위해 집을 마련해 주고 아내를 얻어 주고 2000석의 봉록에 봉했습니다. 개장은 사람을 단에게 보내 이미 회남왕에게 말했다고 했습니다. 또 〔승상〕 춘은 사자를 보내 그런 사실을 단 등에게 알렸습니다.

관리가 이 일을 알고 장안의 위(尉) 기(奇) 등을 시켜 개장을 잡아 오게 했으나 유장은 그를 숨기고 내놓지 않았으며, 이전에 중위였던 간기(蕑忌)와 짜고 개장을 죽여 그 입을 틀어 막았습니다. 그러고는 옷을 갖추어 비릉읍(肥陵邑)에 묻고 관리를 속여 어디에 있는지 모른다고 말했습니다. 또 거짓으로 흙을 모아 무덤처럼 만들어 놓고 그 위에 나무를 세워 '개장이 죽어 이 밑에 묻혔다.'라고 써 놓았습니다. 유장은 제 스스로 죄 없는 한 사람을 죽이고 관리를 시켜 죄 없는 여섯 사람을 논죄하여 죽였으며, 기시에 처할 죄인 망명자를 숨겨 주고 죄 없는 사람을 잡아 그 수를 채움으로써 기시에 해당하는 죄를 지은 망명자를 벗어나게 했습니다. 제멋대로 사람에게 죄를 씌우므로 죄인들은 (억울해도) 호소할 곳이 없어서 성단용(城旦舂)²⁾ 이상의 죄로 판결된 자가 14명이나 되고, 사면시켜 준 죄인은 죽을죄에 해당하는 자가 18명, 성단용 이하가 58명이나 됩니다. 또 작위를 내려 준 것이 관내후 이하가 94명입니다. 전날에 유장이 병을 앓을 때 폐하께서 걱정스러워 사자를 시켜 친서와 대추와 건포를 내려 주셨습니다. (그러나) 유장은 하사품을 받으려 하지 않고 사자를 만나려고도 하지 않았습니다.

또 남해(南海)에 사는 백성으로 여강군(廬江郡) 경내에 있는 자들이 반란을 일으키자 회남의 관리와 군사들이 이를 공격했습니다. (이때도) 폐하께서 회남 백성이 빈곤하다고 여겨 유장에게 사자를 보내 비단 5000필을 하사하여 군사들 가운데 노고가 있는 자에게 주도록 하셨습니다. 그런데도 유장은 하사받으려 하지 않으며 노고한 사람이 없다고 거짓말을 했습니다. 남해 백성 왕직(王織)이라는 자가 폐하께 구슬을 올리고 싶다는 글을 올렸을 때 간기는 제멋대로 그 글을 불태우고

---

2) '성단'이란 진나라의 형벌로서 범법자가 남자일 경우 낮에는 변방을 지키고 밤에는 성을 쌓았다. '용'은 한나라 형벌로서 여자가 죄를 지으면 곡식을 찧게 했다.

보고하지 않았습니다. 그래서 관리가 간기를 불러 다스리기를 청했으나 유장은 그를 보내 주지 않고 간기는 병을 앓고 있다고 거짓말을 했습니다. 또 〔승상〕 춘이 유장에게 한나라 조정에 입조하고 싶다고 청하자, 유장은 노하여 '그대는 나를 떠나 한나라에 붙기를 원하는구나.'라고 말했습니다. 유장을 마땅히 기시에 처해야 하니 신들은 법에 따라 그의 죄를 다스리기를 청합니다."

〔황제는〕 조서를 내려 말했다.

"짐은 차마 왕회남왕을 법대로 처리할 수 없으니, 그 일은 2000석을 받는 열후들과 의논하라."

"신〔臣〕 창(倉), 경(敬), 일(逸), 복(福), 하(賀)는 죽음을 무릅쓰고 말씀드립니다. 신들은 삼가 열후와 2000석을 받는 관원 하후영 등 43명과 함께 의논하였습니다. 모두 '유장은 법도를 받들지 않고 천자의 조서를 듣지 않았으며, 은밀히 도당 및 모반한 자들을 불러 모으고 망명자들을 후하게 대우하여 반란을 일으키려 한다.'라고 합니다. 신등은 법대로 다스려야 한다고 의논했습니다."

〔황제는〕 조서를 내려 말했다.

"짐은 차마 왕을 법대로 처리할 수 없으니, 그 일은 유장의 죽을죄를 용서하고 왕위를 폐하라."

"신 창 등은 죽음을 무릅쓰고 말씀드립니다. 유장이 큰 죽을죄를 지었는데도 폐하께서는 차마 법대로 처리하지 못하시고, 그의 죄를 용서하여 왕위만을 폐하도록 하셨습니다. 신들이 청컨대 유장을 촉군의 엄도현(嚴道縣) 공우(邛郵)로 보내고, 그 아들을 낳은 희첩들을 딸려 보내 함께 살게 하며, 또 현에서는 유장을 위해 집을 짓고 양식 등 일체를 관에서 대주고 땔나무와 채소와 소금과 된장과 취사도구와 자리를 주게 하십시오. 신등은 죽음을 무릅쓰고 청하오니 이 일을 천하에 널리 알리십시오."

〔황제는〕 조서를 내려 말했다.

"유장의 먹을 것으로는 매일 고기 다섯 근, 술 두 말을 주시오. 미인과 재인(才人) 등 총애를 받은 사람 열 명이 유장을 따라가 살게 하고, 그 밖의 일은 의논한 대로 하라."

그러고는 회남왕과 함께 반역을 꾀한 자는 모조리 베어 죽였다. 이리하여 회남왕을 치거(輜車)덮개가 있는 수레에 태우고 현에서 현으로 차례로 호송하여 보내도록 했다.

형제는 베 한 자도 같이 입어야 하거늘

이때 원앙이 황상에게 간언하여 말했다.

"황상께서 평소 교만한 회남왕을 그대로 내버려 두시고, 엄격한 태부와 승상을 두지 않아서 이 지경에 이르게 된 것입니다. 게다가 회남왕은 사람됨이 강직한데 지금 갑자기 꺾이게 되었습니다. 신은 회남왕이 졸지에 나쁜 기후를 만나 병들어 죽을까 염려되니 이렇게 된다면 폐하께서는 아우를 죽였다는 말을 듣게 될 텐데 어찌 하시겠습니까?"

황제가 말했다.

"나는 이 일로 고심하고 있을 뿐이오. 〔그가 잘못을 깨달으면〕 지금 돌아오게 할 생각이오."

각 현마다 회남왕을 호송하는 자들은 모두 수레 포장을 봉한 채 감히 열려 하지 않았다. 그래서 회남왕은 시종에게 일러 말했다.

"누가 나를 용감한 사람이라고 했는가? 내가 어떻게 용감한 사람이 될 수 있겠는가? 나는 교만해서 내 허물을 들으려 하지 않아 이 지경에 이르렀다. 사람이 일생 동안 어떻게 이처럼 걱정하고 번민하며 지낼 수 있겠는가?"

그러고는 굶어 죽었다. 수레가 옹현(雍縣)에 이르러 옹현 현령이 수레의 봉한 문을 열고야 비로소 〔황제에게〕 왕의 죽음을 알렸다. 황제는 소리 내어 울고 몹시 슬퍼하면서 원앙에게 말했다.

"내가 그대의 말을 듣지 않아 결국 회남왕을 잃었소."

원앙이 말했다.

"어쩔 수 없는 일입니다. 바라건대 폐하께서는 스스로 마음을 너그럽게 가지십시오."

황제가 말했다.

"어떻게 하라는 말이오?"

원앙이 말했다.

"단지 승상과 어사의 목을 베어 천하에 사과하면 됩니다."

황제는 곧 승상과 어사에게 명하여 각 현에서 회남왕을 호송하면서 수레의 봉한 문을 열지 않은 자, 음식을 보낸 자, 시중을 든 사람을 모조리 잡아들여 모두 기시에 처했다. 그리고 열후의 예로써 회남왕을 옹현에 묻고 그 무덤을 지키는 서른 호를 두었다.

효문황제 8년에 황제는 회남왕을 가엾게 여겼다. 회남왕에게는 아들이 네 명 있었는데 모두 나이가 일고여덟 살로 어렸다. 아들 유안(劉安)을 부릉후(阜陵侯)로, 유발(劉勃)을 안양후(安陽侯)로, 유사(劉賜)를 양주후(陽周侯)로, 유량(劉良)을 동성후(東成侯)로 각각 봉하였다.

효문제 12년에 민간에서는 회남의 여왕을 위해 다음과 같은 노래를 지어 불렀다.

베 한 자도 오히려 꿰매어 입을 수 있고
곡식 한 말도 오히려 찧어 나눌 수 있는데
형제 두 사람은 서로 용납하지 못하네.

황제는 이 노래를 듣고 탄식하며 말했다.

"요임금과 순임금은 골육을 내쫓았고, 주공은 관숙과 채숙을 죽였어도 천하에서는 그들을 성인이라 부른다. 무엇 때문인가? 사사로움으로써 공적인 것을 해치지 않았기 때문이다. 천하는 어찌하여 짐이 회남왕의 땅을 탐냈다고 할까?"

이리하여 성양왕(城陽王)을 회남의 옛 땅으로 옮겨 왕으로 삼고, 회남왕을 추존하여 여왕이라는 시호를 내렸으며, 능원을 만들어 제후왕으로서의 위의를 갖추어 주었다.

여왕의 세 아들

효문황제 16년에 회남왕 희(喜)를 옛 성양왕으로 회복시켰다. 황제는 회남의 여왕이 한나라 법을 폐지하고 따르지 않다가 스스로 나라를 잃고 일찍 죽은 것을 불쌍히 여겨 그의 세 아들을 왕으로 세웠다. [즉] 부릉후 유안을 회남왕으로, 안양후 유발을 형산왕으로, 양주후 유사를 여강왕으로 삼아 세 사람에게 모두 여왕 때의 봉지를 다시 얻게 해 주고 나누어 다스리게 했다. 동성후 유양은 이 일 이전에 죽어 후사가 없었다.

효경황제 3년에 오, 초 등 일곱 나라가 반란을 일으켰다. 오나라 사자가 회남에 이르자 회남왕은 군사를 출동시켜 호응하려고 했다. 회남왕의 승상이 말했다.

"대왕께서 굳이 군사를 출동시켜 오나라에 호응하실 생각이면 신이 이 장수가 되길 바랍니다."

그래서 왕은 승상에게 군사를 맡겼다. 회남의 승상은 군대를 거느리게 되자 성을 굳게 지킬 뿐 왕의 명령을 듣지 않고 한나라를 도왔다. 한나라도 곡성후(曲城侯)를 장수로 삼아 회남을 구원하게 하여 그로 인해 회남은 온전할 수 있었다. 오나라 사자가 여강에 이르렀으나 여강왕은 응하지 않고 월나라로 사자를 보내 연락을 취했을 뿐이었다. 오나라 사자가 형산에 이르렀으나 형산왕은 굳게 지키면서 [한나라에 대해] 두마음을 품지 않았다. 효경제 4년에 오나라와 초나라는 패하고 형산왕이 한나라에 입조했다. 황제는 형산왕을 곧고 믿음이 있다고 여겨 그의 노고를 위로하여 말했다.

"남쪽은 지대가 낮고 습한 곳이다."

그러고는 형산왕을 옮겨 제북왕(濟北王)으로 삼았으니 그를 포상한 것이다. 〔형산왕이〕 죽자 정왕(貞王)이란 시호를 내렸다. 여강왕은 월나라와 이웃하고 있어서 여러 차례 사자를 보내 서로 왕래했기 때문에 형산왕으로 옮겨 봉하고 강북(江北) 땅을 다스리도록 했다. 회남왕은 예전처럼 그대로 두었다.

혜성 출현은 반란의 징조이다

회남왕 유안은 사람됨이 책 읽기와 거문고 타기를 즐기고 주살을 쏘아 사냥하거나 말을 달리는 것 따위는 좋아하지 않았다. 또 음덕을 베풀어 백성을 두루 보살피며 명성을 천하에 떨치려고 했다. 그는 때때로 여왕의 죽음을 원망하여 반란을 일으키려고 했으나 아직 이유를 찾지 못했다.

건원 2년에 회남왕이 〔한나라에〕 입조하였다. 〔회남왕은〕 평소 무안후(武安侯)와 가까이 지냈다. 당시 무안후는 태위로 있었는데, 회남왕을 패상(霸上)에서 맞아 함께 얘기하며 말했다.

"지금 황상에게는 태자가 없습니다. 왕께서는 고황제의 손자로서 인의를 실행하고 있다는 것을 온 천하가 다 알고 있습니다. 황상께서 하루아침에 돌아가시면 대왕이 아니고 누가 자리를 감당하겠습니까?"

회남왕은 크게 기뻐하면서 무안후에게 금과 재물을 후하게 보내 주고, 은밀히 빈객들과 결탁하여 백성을 어루만지고 위로하며 반역을 꾀하였다.

　　건원 6년에 혜성이 나타나자 회남왕은 마음속으로 이것을 이상하게 여기고 있었는데, 어떤 사람이 회남왕을 설득하여 말했다.

　　"앞서 오나라 군사가 반란을 일으켰을 때에도 혜성이 나타났는데, 그 길이는 몇 자에 지나지 않았습니다만 피를 1000리나 흘렸습니다. 지금 혜성의 길이는 하늘을 덮을 지경이니 천하의 군사들이 크게 일어날 것이 분명합니다."

　　회남왕은 속으로 황상에게는 태자가 없으니 천하에 변란이 일어나면 제후들은 서로 다툴 것이라고 생각하였다. 그래서 무기와 전쟁에 필요한 모든 병기를 만드는 데 더욱 힘쓰고, 돈을 모아 군국(郡國) 제후들의 유사(游士)와 기이한 재능을 가진 사람들을 매수했다. 여러 변사와 방략(方略)을 일삼는 자들이 괴상한 말을 지어 왕에게 아첨하자, 왕은 기뻐서 많은 돈을 내리니 반역의 음모는 더욱 심해져 갔다.

　　회남왕에게는 유릉(劉陵)이라는 딸이 있는데 슬기롭고 말재간이 있었다. 회남왕은 유릉을 몹시 사랑하여 늘 많은 돈을 주고 장안에 머물게 하면서 황상의 측근들과 교제하며 정탐하게 했다.

꿈틀대는 반역 음모

원삭 3년에 황상은 회남왕에게 안석과 지팡이를 내리고 입조하지 말라고 했다. 회남왕의 왕후는 도(荼)인데 왕의 총애를 받았다. 왕후는 태자 천(遷)을 낳았고, 천은 왕황태후(王皇太后)효무제의 어머니의 외손인 수성군(修成君)의 딸을 맞아 비로 삼았다. 왕은 반역 음모를 태자비가 눈치채어 이 일이 밖으로 새 나가게 될까 두려워, 태자와 모의하여 그녀를 사랑하지 않는 것처럼 꾸미고 석 달 동안 (비와) 자리를 같이하지 않도록 했다. 왕은 태자에게 거짓으로 화를 내고 태자를 비와 석 달 동안 한곳에 있도록 하고 문을 봉쇄했으나 태자가 끝내 비를 가까이하지 않았다. 비가 돌아가고 싶다고 간청하니, 왕은 (황상에게) 글을 올려 사죄하고 그녀를 돌려보냈다. 왕후 도와 태자 천과 딸 능은 왕의 총애를 믿고 나라의 권세를 마음대로 휘둘러 백성의 밭과 집을 빼앗고 사람들을 멋대로 잡아들여 옥에 가두곤 했다.

원삭 5년에 태자는 검술을 배웠는데 자기와 견줄 자가 아무도 없다고 여겨, 낭중 뇌피(雷被)가 검술이 뛰어나다는 소문을 듣고는 그를 불러 겨루었다. 뇌피는 거듭 사양하다가 잘못하여 태자를 찌르게 되었는데 태자가 화를 내므로 뇌피는 두려워했다. 당시는 군대에 나가기를 원하는 사람이 있으면 곧바로 경사(京師)로 보내 주었으므로 뇌피는 흉노를 물리치는 일에 온 힘을 다하기를 원했다. 그러나 태자 천이 왕에게 뇌피에 대해 수시로 중상모략을 일삼자, 왕은 낭중령에게 그를 배척하고 파면시키도록 하였다. 이렇게 함으로써 뒷사람들이 감히 따라 하지 못하도록 경계시키려 한 것이다. 뇌피가 도망쳐 장안에 이르러 글을 올려 자신의 입장을 밝히자, 〔황상은〕 정위와 하남군에 조서를 내렸다. 하남을 조사하다가 회남의 태자를 체포하려고 하자 왕과 왕후는 태자를 넘겨주지 않을 방법을 생각하다가 군사를 동원하여 반란을 일으킬 계략을 꾸몄다. 하지만 계획이 미루어져 열흘 넘도록 결정을 내리지 못하고 있는 사이에 마침 태자를 심문하라는 조서가 내려왔다. 이때 회남의 재상은 수춘(壽春)의 승(丞)죄수의 형벌 담당 관리이 태자의 체포를 미루고 넘겨주지 않는 것에 노여워하며 승의 불경을 탄핵하려 했다. 이에 회남왕은 재상에게 부탁했으나 재상이 받아들이지 않자 회남왕은 사신을 보내 글을 올려 재상을 고발했다. 〔황상이〕 정위를 시켜 그 사건의 진상을 밝히도록 하니 왕도 그 일에 관련되었음이 드러났다. 회남왕은 사람을 보내 조정에 있는 공경들의 동향을 살펴보게 하였는데, 공경들이 회남왕을 체포하여 사건을 처리하도록 주청하였다. 왕이 일이 발각될까 두려워하자 태자 천이 꾀를 내어 말했다.

"한나라가 사신을 보내 왕을 체포하려 하거든, 왕께서는 사람을 시켜 위사(衛士)의 옷을 입고 어전 안에서 창을 들고 서 있다가 왕의 곁에서 이상한 행동이 있으면 바로 사신을 찌르십시오. 신도 사람을 시켜 회남의 중위(中尉)를 찔러 죽이겠습니다. 그러고 나서 군사를 일으켜도 늦지 않을 것입니다."

이때 황상은 공경들의 요청을 받아들이지 않고 한나라 중

위 은굉(殷宏)을 보내 회남왕을 심문하고 조사하도록 했다. 회
남왕은 한나라 사신이 온다는 소식을 듣고 태자의 계책에 따
라 손을 써 두었다. 한나라 중위가 도착했는데 회남왕이 그
얼굴빛을 살펴보니 부드럽고, 왕을 심문하는 데도 뇌피를 파
면한 내용만을 물을 뿐이었다. 왕은 어떤 [위험한] 일이 없을
것으로 스스로 판단하고 반란을 일으키지 않았다. 중위는 [조
정으로] 돌아와 들은 사실을 보고했다. [회남왕을] 치죄하도록
요청했던 공경들이 말했다.

"회남왕 유안은 흉노를 힘써 물리치려고 한 뇌피 등을 가로
막아 밝은 조서가 실시되지 못하게 방해했으니 마땅히 기시에
처해야 됩니다."

[황상이] 조서를 내려 허락하지 않았다. 공경들이 왕위를 폐
하라고 청했으나 [황상은] 또 조서를 내려 허락하지 않았다.
공경들이 회남왕의 봉지 중 다섯 현을 삭감하기를 청했으나
황상은 두 현만을 삭감하도록 했다. 중위 은굉을 시켜 회남
왕의 죄를 용서하고 땅을 삭감하는 벌만을 내리게 했다. 중위
는 회남 경계로 들어가 왕을 용서한다고 선언했다. 왕은 처음
에 한나라 공경들이 자기를 베어 죽이라고 요청했다는 말은
들었으나, 봉토를 깎는 벌을 주었다는 말은 듣지 못했다. 그래
서 한나라 사신이 온다는 말을 듣자 체포될까 봐 겁내며 태자
와 전처럼 사자를 찔러 죽일 계책을 세웠다. 그런데 중위가 도
착하여 왕을 축하하므로 왕은 군사를 일으키지 않았다. 그 뒤
왕은 혼자 슬퍼하며 말했다.

"나는 인의를 행했다가 봉토를 깎였으니 참으로 부끄럽다."

그러나 회남왕은 봉토를 깎인 뒤에도 반역의 음모가 더욱 심해졌다. 장안에서 온 사신들은 터무니없는 말들을 지껄여 황상에게는 아들이 없고 한나라는 제대로 다스려지지 않고 있다고 하면 기뻐했지만, 한나라 조정이 제대로 다스려지고 〔뒤를 이을〕 아들이 있다고 하면 화를 내면서 그것은 요사스러운 말로서 옳지 않다고 하였다.

왕이 천하를 버리지
천하가 왕을 버리는 일은 없다

　회남왕은 밤낮으로 오피(伍被), 좌오(左吳) 등과 여지도(輿地圖)전국 지도를 들여다보면서 군대로 한나라를 침입할 곳과 부서를 정했다. 왕이 말했다.

　"황상께는 태자가 없으니 황상께서 돌아가시기라도 한다면 한나라 조정의 신하들은 틀림없이 교동왕(膠東王)이나 아니면 상산왕(常山王)을 부를 것이고, 〔그렇게 되면〕 제후들은 서로 맞서 싸울진대 내 이를 대비하지 않을 수 있겠는가? 또 나는 고조의 손자로서 몸소 인의를 실행해 왔고 폐하께서 나를 후대해 주었으므로 지금까지 참아 온 것이다. 그러나 폐하께서 돌아가시기라도 한다면 내 어찌 북면(北面)하여 신하 노릇을 하며 어린 것들을 〔임금으로〕 섬길 수 있겠는가?"

　왕은 동궁(東宮)에 들어앉아 오피를 불러 함께 의논하여 말했다.

"장군은 〔전(殿)으로〕 오르시오."

오피는 창백해진 얼굴로 말했다.

"황상께서는 대왕을 너그럽게 용서하셨는데, 왕께서는 또다시 어찌하여 나라를 망칠 말씀을 하십니까? 신이 듣건대 옛날 오자서가 오나라 왕에게 간언했지만 오나라 왕이 받아들이지 않자 '신은 이제 사슴들이 고소대(姑蘇臺)에서 노는 것을 볼 것입니다.'라고 말했다고 합니다. 이제 신도 궁중에 가시덤불이 무성하게 자라고 이슬에 옷이 젖는 것을 보게 될 것입니다."

회남왕은 노여워서 오피의 부모를 붙잡아 석 달이나 가둬두었다. 다시 〔오피를〕 불러 물었다.

"장군은 과인의 뜻에 찬성하겠소?"

오피가 말했다.

"못합니다. 신이 단지 온 것은 대왕을 위해 계책을 세워 드리기 위해서입니다. 신이 듣건대 '귀가 밝은 사람은 소리 없는 곳에서 듣고, 눈이 밝은 사람은 형상이 없는 곳에서 본다.'라고 합니다. 그러므로 성인은 모든 행동에 만전을 기합니다. 옛날 주나라 문왕은 한 번 움직여 그 공을 천세(千世)에까지 나타내어 삼대에 나열되었습니다. 이는 이른바 하늘의 뜻을 따라 움직인 것으로, 해내(海內)는 기약도 하지 않았는데 그를 따랐습니다. 이것은 1000년 전 일이지만 본받아야 합니다. 100년 전 진나라와 근세의 오나라, 초나라를 보면 또한 국가가 존재하는 경우와 망하는 경우를 알기에 충분합니다. 신도 감히 오자서와 같은 죽음을 피하려 하지 않으니, 대왕께서도 오나라 왕처럼 충성스러운 간언을 받아들이지 않는 일이 없으시기 바랍니다.

옛날 진나라는 성인의 도를 끊고 술사(術士)를 죽이며 『시』와 『서』를 불사르고, 예의를 버리고 속임수와 폭력만 숭상하고, 임의로 형벌을 사용하고 해변에서 생산되는 곡식을 서하(西河)황하로 실어 보냈습니다. 당시 남자들은 애써 농사를 지어도 술지게미와 쌀겨조차 넉넉히 먹을 수 없고, 여자들은 길쌈을 해도 옷으로 제 몸조차 제대로 가릴 수 없었습니다. 또 몽염을 보내 동서 수천 리에 걸쳐 장성을 쌓느라 군사들은 몸을 비바람에 그대로 내맡기고 장수들도 노숙하였는데, 그 수가 수십만 명에 달했습니다. 죽은 사람은 이루 다 헤아릴 수 없이 많고 시체는 1000리에 이어졌으며, 들판은 흐르는 피로 물들었습니다. 백성은 힘이 다하여 반란을 일으키려는 사람이 열 집 중 다섯 집은 되었습니다.

또 서복(徐福)을 바다로 보내 기이한 물건을 찾아오게 했습니다만 서복은 돌아와 이렇게 거짓말했습니다.

'신이 바다 속으로 들어가 대신(大神)을 만났는데 대신이 저에게 서황(西皇)시황제의 사신이냐고 묻기에, 신은 그렇다고 대답했습니다. 대신이 무엇을 찾느냐고 물어서 오래 살 수 있는 약을 얻고 싶다고 했습니다. 대신은 진나라 왕의 예물이 적으므로 그 약을 볼 수는 있으나 가져갈 수는 없다고 하고는 신을 데리고 동남쪽에 있는 봉래산(蓬萊山)으로 가서 영지(靈芝)로 만들어진 궁궐을 보여 주었습니다. 사자가 있는데 구릿빛에 용 모습을 하였으며, 그 광채가 하늘을 가득 비추었습니다. 그래서 신이 두 번 절하고 어떤 물건을 바치면 되겠느냐고 물었더니 해신(海神)은 좋은 집안의 사내아이와 계집아이, 그리고 온갖 장인(匠人)들을 바치면 약을 얻을 수 있다고 했습니다.'

진나라 황제는 크게 기뻐하여 좋은 집안의 사내아이와 계집아이 3000명을 보내고, 이들에게 오곡과 온갖 장인(匠人)들을 주었습니다. 그렇지만 서복은 평평한 들판과 드넓은 못이 있는 곳까지 오더니 (그곳에) 머물러 왕 노릇을 하며 다시 돌아오지 않았습니다. 이리하여 백성은 비통해하고 서로 그리워하면서 반란을 일으키기를 원하는 사람이 열 집에 여섯 집은 되었습니다.

또 위타를 시켜 오령(五嶺)을 넘어 백월(百越)월나라에는 마을이 많기 때문에 이렇게 부름을 치게 했습니다. 그러나 위타는 중원이 극도로 황폐해졌음을 알고 (그곳에) 머물러 왕 노릇을 하며 돌아오지 않았습니다. 그리고 사람을 보내 글을 올려 사졸들의 옷을 수선해야 한다며 출가하지 않은 여자 3만 명을 요구했습니다. 진나라 황제는 1만 5000명만을 허락했습니다. 이리하여 백성은 마음이 기왓장 부서지듯 흩어지고 반란을 일으키려 한 사람이 열 집 가운데 일곱 집이나 되었습니다.

어느 빈객이 고황제에게 '때가 왔습니다.'라고 말했습니다. 고황제께서는 '잠깐 기다려라. 성인이 동남쪽에서 일어날 것이다.'라고 했습니다. (그로부터) 1년이 채 못 되어 진승과 오광이 일어났습니다. 고제께서 풍읍(豐邑)과 패현(沛縣)에서부터 한 차례 의병을 일으키자 천하는 기약하지도 않았는데 호응해 온 사람이 헤아릴 수 없을 정도로 많았습니다. 이는 이른바 약점을 노려서 틈을 엿보는 것으로서 진나라가 멸망하는 시기를 타고 일어난 것입니다. 백성이 바라는 것은 가뭄에 단비를 기다리는 것과 같았기 때문에 대오 속에서 일어나 즉위하여 천자가 될 수 있었습니다. 그 공업(功業)은 삼왕보다 높고 덕은 끝없이 전해졌습니다.

〔그런데〕 이제 대왕께서는 고황제께서 천하를 쉽게 차지한 것만을 보고, 근세의 오나라와 초나라는 왜 보지 않으십니까? 대체로 오나라 왕은 명호(名號)를 받아 유씨의 좨주(祭酒)[3]가 되었고, 한나라에 입조하지 않아도 되는 혜택을 받았으며, 사군(四郡)동양(東陽), 장(障), 오(吳), 예장(豫章) 백성의 왕이 되어 봉지가 사방 수천 리나 되었습니다. 안으로는 구리를 끓여 돈을 만들고, 동쪽에서는 바닷물을 끓여 소금을 만들며, 위에서는 강릉의 나무를 베어 배를 만들었습니다. 그 배 한 척에 실을 수 있는 양은 중원의 수레 수십 대에 맞먹었습니다. 나라는 부유하고 백성은 많았습니다. 주옥과 황금과 비단을 나누어 제후와 종실과 대신들에게 뇌물로 주었으나, 〔외척〕 두씨(竇氏)만은 참여하지 않았습니다. 그리하여 계책이 정해지고 모의가 이루어지자 군사를 일으켜 서쪽으로 나갔습니다. 그러나 대량(大梁)에서 깨지고 호보(狐父)에서 패하여 쫓겨 달아나 동

---

3) 고대 향연(饗宴) 때 술을 부어 신에게 제사 지내던 우두머리인데, 나중에는 나이가 많거나 지위가 높은 사람을 가리키는 뜻으로 쓰이게 되었다.

쪽 단도(丹徒)에 이르렀으나 월나라 사람에게 사로잡혀 자신은 죽고 제사도 끊어져 천하의 웃음거리가 되었습니다. 저 오나라와 초나라의 무리로도 성공할 수 없었던 것은 무엇 때문입니까? 실로 천도(天道)를 거스르고 때를 알지 못했기 때문입니다. 지금 대왕의 군사와 백성은 오나라와 초나라의 10분의 1도 안 되고, 천하는 진나라 때보다 만 배나 안정되어 있습니다. 바라건대 대왕께서는 신의 계책을 따라 주십시오. 만일 대왕께서 신의 계책을 따르지 않으신다면 이제 대왕의 일은 반드시 실패할 것이며, [반란을 일으키려 한다는] 말이 먼저 새어 나가는 것을 보게 될 것입니다.

신이 듣건대 미자(微子)는 고국을 지나다가 슬퍼하여 「맥수지가(麥秀之歌)」를 지었는데, 이것은 주왕이 왕자 비간의 말을 듣지 않은 것을 비통해한 것입니다. 그러므로 『맹자』에 '주왕은 천자의 높은 지위에 있었으나 죽어서는 필부만도 못하다.'라고 하였습니다. 이것은 주왕 스스로 천하를 저버린 지 오래된 것이지, 그가 죽은 날에 천하가 그를 버린 게 아닙니다. 지금 신도 대왕께서 천승의 임금을 버리려 하는 것을 남몰래 슬퍼합니다. [장차 조정에서] 목숨을 끊으라는 글을 내리시면 신하들보다 앞서서 이 동궁에서 죽겠습니다."

여기까지 이르자 회남왕은 가슴이 답답하고 울적해져 눈물을 떨구었다. [오피는] 곧바로 일어나 계단을 한 걸음씩 밟고 물러갔다.

안정된 때 일으키는 반란은 실패한다

회남왕에게 유불해(劉不害)라는 서자가 있었는데, [자식 중에서] 나이가 가장 많았으나 왕은 총애하지 않았고, 왕이나 왕후나 태자 모두 유불해를 자식이나 형제로 생각하지도 않았다. 유불해에게는 유건(劉建)이라는 아들이 있었는데 재능이 뛰어나고 기개가 있었으며, 늘 태자가 자기 아버지를 돌보지 않음을 원망하였다. 또 당시 제후는 모두 자제들에게 봉토를 나눠 주어 후(侯)로 삼을 수 있었는데, 회남왕은 아들이 둘밖에 없는데도 한 사람은 태자로 삼고 유건의 아버지는 후로 삼지 않으므로 원망하였다. 그래서 유건은 남몰래 다른 사람과 결탁해 태자를 고발하여 몰아내고 자기 아버지가 그를 대신하게 하려고 했다. 그러나 태자가 그것을 알아차리고 유건을 여러 차례 붙들어 묶고 매질했다. 유건은 태자가 한나라 중위를 죽이려 한 음모를 알고 있으므로, 알고 지내던 수춘현 사람 장지(莊芷)를 시켜 원삭 6년에 [다음과 같은] 글을 천자에게 올리도록 했다.

독한 약은 입에 쓰지만 병에 좋고, 충성된 말은 귀에 거슬리지만 행하는 데 도움이 된다고 합니다. 지금 회남왕의 손자 유건은 재능이 뛰어난 사람이지만 회남왕의 왕후 도(荼)와 도의 아들 태자 천(遷)이 늘 유건을 시기하여 해치려고 합니다. 유건의 아버지 불해는 아무런 죄도 짓지 않았는데 멋대로 건을 잡아 가두고 죽이려 한 것이 여러 차례입니다. 지금 유건이 살아 있으니 그를 불러 물어보시면 회남왕이 은밀하게 하고 있는 일까지 다 알 수 있을 것입니다.

글을 들은 황상은 이 사건을 정위에게 내려 주었고, 정위는 하남에 내려 다스리도록 했다. 이때 벽양후의 손자 심경(審卿)은 승상 공손홍과 친한 사이였는데, 회남의 여왕이 그 할아버지를 죽인 것에 원한을 품고 있었다. 심경은 공손홍에게 회남의 일을 부풀려 말했다. 공손홍은 회남에 반역의 음모가 있는 것으로 의심하여 이 사건을 철저히 규명하도록 했다. 하남에서 유건을 심문하자, 그의 말은 회남의 태자와 그 일당에게까지 미쳤다. 회남왕은 이를 걱정하여 반란을 일으키려고 오피에게 물었다.

"한나라 조정은 다스려지고 있소? 어지럽소?"

오피가 말했다.

"천하는 다스려지고 있습니다."

왕은 마음속으로 탐탁지 않게 여기며 오피에게 물었다.

"공은 무엇으로 천하가 다스려진다고 말하시오?"

오피가 대답했다.

"신이 가만히 조정의 정치를 살펴보니 군주와 신하의 의 (義), 아버지와 아들의 친(親), 남편과 아내의 별(別), 어른과 어린아이의 서(序)가 모두 그 도리를 얻었고 황제의 모든 행동은 옛 도를 따르고 있으며 풍속과 기강에도 빠진 것이 없습니다. 많은 물건을 실은 부유한 장사치들은 천하를 두루 돌아다녀도 길이 통하지 않는 곳이 없습니다. 외국과 교역의 길도 트여 있고, 남월은 복종하고 강(羌)과 북(僰)은 입조하여 조공을 바치고 있으며, 동구(東甌)는 들어와 항복하고 장유(長楡)의 요새를 넓히고 삭방군을 개척하니 흉노는 힘이 꺾이고 상하여 원조마저 잃고 힘을 떨치지 못하고 있습니다. 옛날 태평스러운 시대에는 미치지 못하지만 다스려지고 있다고 할 수 있습니다."

회남왕이 화를 내자 오피는 죽을죄를 지었다며 사과했다. 왕은 오피에게 또 이렇게 말했다.

"산동에서 전쟁이 일어나면 한나라는 반드시 대장군 위청을 장수로 삼아 산동을 제압하려 할 것이오. 공은 대장군을 어떤 인물로 생각하시오."

오피가 대답했다.

"신이 잘 아는 황의(黃義)라는 자가 대장군을 따라 흉노를 친 일이 있었는데 돌아와 뒤에 신에게 이렇게 말했습니다. '대장군은 사대부를 대하는 데 예의가 바르고 사졸들에게 은덕이 있어 사람들은 모두 대장군을 위해 쓰이기를 좋아한다. 말을 타고 산을 오르내리는 것이 마치 날아다니는 것 같고, 그의 재간은 다른 사람들보다 뛰어나다.' 신은 대장군의 재능이 이 같은 데다가 여러 차례 장수가 되어 군사 업무를 익혔다고 하니 감당하기란 쉬운 일이 아니라고 생각합니다. 알자 조량(曹梁)이 장안에 사신으로 다녀와서 '대장군은 호령이 분명하고, 적을 대할 때는 용감하여 언제나 사졸들의 맨 앞에 섭니다. 군막을 치고 쉴 때 우물을 파서 물이 충분하지 않으면 사졸들이 물을 다 마신 뒤에야 자기가 마십니다. 군대를 후퇴시

킬 때에는 사졸들이 모두 강을 건넌 뒤에 건넙니다. 황태후가
내린 돈이나 비단은 군리들에게 모두 나눠 줍니다. 옛날의 명
장이라 할지라도 대장군보다 훌륭하지는 않을 것입니다.'라고
했습니다."

회남왕은 아무 말이 없었다.

재앙은 알 수 있지만 복은 알 수 없다

회남왕은 유건이 불려가 심문받는 것을 보고 나라의 음모
가 탄로날까 두려워 군사를 일으키려고 했다. 그러나 오피가
어렵다고 하므로 회남왕은 다시 오피에게 물었다.

"공의 생각으로는 오나라가 군사를 일으킨 것이 옳소? 그
르오?"

오피가 대답했다.

"그르다고 생각합니다. 오나라 왕은 지극히 부귀했으므로
일을 일으킨 것은 옳지 않습니다. 그 자신은 단도에서 죽어 머
리와 발이 따로 떨어지고 자손 중에 살아남은 자가 없습니다.
신이 듣건대 오나라 왕은 이 일을 몹시 후회했다고 합니다. 바
라건대 왕께서는 이것을 깊이 살펴서 오나라 왕처럼 후회할
일을 하지 마시기 바랍니다."

회남왕이 말했다.

"대장부가 (모반한다는 말을 했으면 그) 한마디를 위해 죽기를

원하오. 오나라 왕이 어찌 반역의 방법을 알았겠소? 한나라의 장수로 성고(成皐)를 지나는 자가 하루에 마흔 명가량이나 된다고 하지만 지금 나는 누완(樓緩)에게 먼저 성고 어귀를 차단하게 하고, 주피(周被)에게 영천군의 군사를 움직여 환원(轘轅)과 이궐(伊闕)의 길목을 막게 하며, 진정(陳定)에게 남양(南陽)의 군사를 일으켜 무관(武關)을 지키게 하면 하남 태수는 혼자 낙양을 지키게 되니 걱정할 필요가 없소. 그러나 이들 북쪽으로는 아직도 임진관(臨晉關)과 하동(河東)과 상당(上黨)과 하내(河內)와 조나라 등이 있소. 사람들은 '성고 어귀를 끊으면 천하는 통하지 않는다.'라고 말하오. 삼천(三川)이수, 낙수, 하수의 험난한 지형에 의지하여 산동의 군사를 부르는 것이오. 일을 일으키는 것이 이와 같다면 공은 어떻게 생각하시오?"

오피가 말했다.

"신은 그 재앙은 알 수 있지만 그 복은 알 수 없습니다."

회남왕이 말했다.

"좌오(左吳)와 조현(趙賢)과 주교여(朱驕如)는 모두 복이 있어 열에 아홉은 성공한다고 보는데 공만 혼자 재앙만 있고 복이 없다고 하니 어째서 그렇소?"

"왕의 여러 신하 가운데 가까이 두고 총애하던 자 중에 평소 사람을 잘 통솔할 수 있던 자는 모두 조옥(詔獄)[4]에 끌려가 갇혀 있습니다. 지금 남은 사람 중에는 쓸 만한 이가 없습니다."

회남왕이 말했다.

---

4) 황제의 조서를 받아 일을 처리하거나 죄인을 치죄하던 곳이다.

"진승과 오광은 송곳을 세울 만한 땅조차 없었으나 1000명의 무리를 모아 대택(大澤)에서 일어나 팔을 휘두르며 크게 외치자 천하가 호응했고, 서쪽으로 나아가 희수(戲水)에 이르렀을 때에는 군사 120만 명을 가지게 되었소. 지금 우리 나라는 비록 작기는 하지만 정예 군사만도 10여만 명이나 되오. 이들은 〔죄를 지어〕 변방에서 국경을 지키던 무리도 아니고, 무기도 낫이나 끌이나 나무를 베는 도구가 아니오. 그런데 경은 어째서 재앙만 있고 복이 없다고 하시오?"

오피는 이렇게 말했다.

"지난날 진나라는 무도한 짓을 일삼아 천하 백성을 손상시키고, 만승의 수레를 동원하여 아방궁을 짓고, 백성 수입의 대부분을 세금으로 거둬들이고, 마을에서 소외된 백성을 징발하여 변방으로 보내 지키도록 했습니다. 그로 인해 아버지는 자식을 돌보지 못하고, 형은 아우를 지켜 줄 수 없었습니다. 정치는 가혹하고 형벌은 준엄하여 천하는 마치 활활 타오르는 불속에 있는 것만 같고, 백성은 모두 목을 길게 빼고 갈망하며 귀 기울여 듣고 슬피 부르짖으며 하늘을 우러러보고 가슴을 치며 천자를 원망했습니다. 그렇기 때문에 진승이 크게 외치자 천하가 호응한 것입니다. 그렇지만 지금 폐하께서는 천하에 군림하며 다스리고 해내를 통일시켜 널리 백성을 사랑하고 덕을 펴고 은혜를 베풀고 있으므로 입을 열어 말하기도 전에 그 소리는 우레보다 빠르게 전해지고, 조령(詔令)을 내리기도 전에 신처럼 교화되며, 마음속에 생각하는 것이 있으면 그 위엄은 만 리까지 움직입니다. 아래에서 위에 호응하는 것이 마치 그림자가 형체를 따라가고 메아리가 소리에 응하는 것과 같습니다. 또 대장군 위청의 재능은 장한(章邯)이나 양웅(楊熊)에 비할 정도가 아닙니다. 대왕께서는 진승과 오광을 들어 비유하시는데 신은 잘못이라고 생각합니다."

회남왕이 말했다.

"만일 공의 말과 같다면 요행조차 바랄 수 없다는 것이오?"

오피가 말했다.

"신에게 어리석은 계책이 있습니다."

회남왕이 말했다.

"무엇이오?"

오피가 말했다.

"지금 제후들은 다른 마음을 가지고 있지 않고, 백성은 원망하는 기색이 없습니다. 삭방군 땅은 넓고 강물과 초목은 아름답지만 옮겨 사는 사람이 적어서 그 땅을 채우지 못하고 있습니다. 신의 어리석은 계책이란 승상과 어사가 주청하는 글을 위조하여 군국의 호걸과 협객, 그리고 내죄(耐罪)2년 이상의 도형(徒刑) 판결을 받은 죄 이상의 죄인들은 사면령을 내려 그 죄를 용서하고, 50만 이상의 재산을 가진 사람은 모두 그 권속을 북쪽 군국으로 옮겨 가도록 하며, 군사들을 자주 보내 그들이 빨리 모여 출발하도록 다그치라고 요청하는 것입니다. 또 좌우도사공(左右都司空)과 상림(上林)과 중도관(中都官) 등이 칙명에 따라 죄인을 다스리는 문서를 위조하여 제후들의 태사와 총애하는 신하들을 체포하게 하는 것입니다. 이같이 하면 백성은 〔천자를〕 원망하고 제후들은 두려워할 것입니다.

이때에 변사들을 보내 설득시키면 혹시 요행으로 열에 하나 쯤은 얻을 수 있을 것입니다.”

회남왕이 말했다.

“그것도 좋소. 그러나 나는 그렇게까지 되지는 않을 것이라 생각하오.”

이리하여 회남왕은 관노(官奴)를 궁중으로 들여보내 황제의 옥새와 승상, 어사, 대장군, 군리, 중(中)2000석,[5] 도관령(都官令), 승(丞)의 인과 가까운 군의 태수, 도위의 인과 한나라 사자의 관(冠)을 만들어 오피의 계책대로 하려고 했다. 또 사람을 시켜 거짓으로 죄를 지은 것처럼 꾸며 서쪽장안으로 들어가 대장군과 승상을 섬기는 척하다가 하루아침에 군사를 일으키면 그들을 시켜 대장군 위청을 찔러 죽이고 승상을 설득하여 항복시키는 것은 〔머리에서〕 두건을 벗는 것처럼 쉬운 일이라고 생각했다.

모반할 마음을 품은 신하에게는
죽음만이 있을 뿐이다

회남왕은 나라 안의 군사를 일으키려 했지만 상국과 2000석

---

5) 한나라 때 군수, 구경, 경조윤, 중위 등이 받은 봉록으로 '중(中)'은 '만(滿)'을 뜻한다.

의 관원들이 따르지 않을까 염려되어 오피와 상의하여 먼저 상국과 2000석의 관원들을 죽이려고 했다. 거짓으로 궁중에 불을 지르고 상국과 2000석의 관원들이 불을 끄러 달려오면 즉시 죽이기로 하였다. 그러나 그런 계책을 아직 확정하지 못 했다. 또 사람을 시켜 구도(求盜)도둑을 잡는 군졸의 옷을 입고 우격(羽檄)닭털을 꼽은 격문으로 위급한 상황을 나타냄을 들고 동쪽 으로부터 와서 '남월의 군대가 국경을 침범했다.'라고 외치게 한 뒤, 그것을 구실로 하여 군사를 일으키려 했다. 그래서 사 람을 여강과 회계로 보내 구도로 가장하게 했다. 아직 군사를 일으키기 전에 회남왕은 오피에게 물었다.

"내가 군사를 일으켜 서쪽으로 향하면 제후들 가운데 반드 시 호응하는 사람이 있을 것이오. 그러나 만일 호응하는 사람 이 없으면 어떻게 하면 되겠소?"

오피가 말했다.

"남쪽으로 형산을 빼앗고 여강을 친 뒤 심양의 배를 차지 하여 하치(下雉)의 성을 지키며, 구강의 포구와 연결하고 예장 어귀를 끊으십시오. 그렇게 한 뒤 뛰어난 사수에게 기슭에서 지키도록 하여 남군(南郡)의 적군이 내려오지 못하도록 막는 것입니다. 동쪽으로는 강도(江都)와 회계를 공격하여 거두고, 남쪽으로는 강한 월나라와 손을 잡고 강수와 회수 사이에서 강약을 조절해 가며 굳게 지킨다면 시간을 늦출 수 있을 것입 니다."

회남왕이 말했다.

"좋소. 이보다 더 좋은 계책은 없소. 만일 사태가 급박해지면 월나라로 달아나면 그뿐이오."

그러는 동안 정위는 회남왕의 손자 유건의 이야기가 회남왕의 태자 유천과 관련이 있다고 보고했다. 황제는 정위감을 보내 회남의 중위로 삼고 이 기회에 태자를 체포하게 했다. 중위가 회남에 도착했다. 회남왕은 이 소식을 듣고 태자와 모의하여 상국과 2000석의 고관들을 불러 죽인 뒤 군사를 일으키려고 했다. 상국은 부르자 곧 왔지만, 내사(內史)는 마침 〔일이 있어〕 밖에 나갔다며 들어오지 않았다. 중위가 이렇게 말했다.

"신은 조서를 받들어 사신으로 왔기 때문에 왕을 뵐 까닭이 없습니다."

회남왕은 상국을 죽인다 해도 내사와 중위가 오지 않으면 소용없으므로 상국을 그대로 돌려보냈다. 회남왕은 망설이며 계책을 결정짓지 못했다. 태자는 자신이 지은 죄는 한나라 중위를 찔러 죽이려고 한 것인데, 함께 모의했던 사람들은 이미 죽어 입을 열 사람이 없다고 생각하고 왕에게 이렇게 말했다.

"신하 가운데 쓸 만한 사람은 전에 모두 옥에 갇혀 이제 함께 일을 일으킬 만한 사람이 없습니다. 왕께서 때가 아닌데 군사를 일으켰다가 성공하지 못할까 두렵습니다. 신이 체포되도록 허락해 주십시오."

회남왕도 그렇게 생각하고 잠시 군사 일으키는 일을 늦추기로 하고 태자의 청을 들어주었다. 태자는 곧 스스로 목을 찔렀으나 죽지는 않았다. 이때 오피는 조서를 받고 온 관리를 직접 찾아가 자기가 회남왕과 반역을 꾀한 일과 그 내막을 상세하게 말했다.

관리들은 이로 인해서 태자와 왕후를 체포한 뒤 왕궁을 포위했다. 왕과 함께 반역 음모에 가담한 빈객 가운데 나라 안에 있는 사람을 모두 체포하고, 또 반역에 쓰려던 무기들을 찾아내 보고했다. 황제는 공경들에게 사건을 다스리도록 했다. 회남왕의 반역 음모에 연루된 열후와 2000석의 관원과 호걸 수천 명은 모두 죄의 경중에 따라 처벌을 받았다. 형산왕 유사(劉賜)는 회남왕의 동생으로 당연히 회남왕의 반역 음모에 연좌되어 체포되어야 했다. 담당 관리가 형산왕을 체포하기를 청했으나 천자는 이렇게 말했다.

"제후들은 각기 자기 나라를 근본으로 하오. 서로 연좌되는 것은 마땅하지 않소. [담당 관리들은] 제후왕, 열후와 함께 승상이 있는 곳으로 가서 의논하시오."

조나라 왕 팽조(彭祖)와 열후 조양(曹讓) 등 마흔세 명이 상의하여 모두 이렇게 말했다.

"회남왕 유안은 심히 대역무도하고 반역을 모의한 것이 명백하므로 마땅히 목을 베어 죽여야만 합니다."

교서왕 유단(劉端)은 이렇게 주장했다.

"회남왕 유안은 법을 폐지하고 사악한 일을 저질렀으며, 거짓된 마음을 품어 천하를 어지럽히고 백성을 현혹시켰으며, 종묘를 배반하고 함부로 요사스러운 말들을 퍼뜨렸습니다. 『춘추』에 '신하는 모반하는 마음을 가져서는 안 된다. 모반할 마음을 품으면 죽여야 한다.'라고 했습니다. 유안의 죄는 반역할 마음을 품은 것보다 더 무겁습니다. 반역의 계획이 이미 서 있었습니다. 신 유단이 본 위조 문서와 부절과 인장과 지도만으로도 반역의 증거가 분명합니다. 이는 심히 대역무도한 것들로 마땅히 법에 따라 처형되어야 합니다. 나라의 관리로서 200석 이상인 자와 비(比)200석 이상인 자, 종실에 가까운 신하로 왕의 총애를 받으면서 법을 어기지는 않았지만 서로 잘 일깨워 주며 가르치지 못한 자는 모두 벼슬에서 물러나게 하고 작위를 깎아 사졸로 만들어 다시는 벼슬살이를 하지 못하도록 해야 합니다. 그 밖에 관리가 아닌 사람들은 속죄금으로 금 두 근 여덟 냥을 바쳐야 합니다. 이로써 신하 유안의 죄행에 대한 처리 방법을 밝혀 천하 사람들이 신하의 도리를 분명히 알게 하여 다시는 감히 사악한 모반의 뜻을 품는 일이 없도록 해야 합니다."

승상 공손홍(公孫弘)과 정위 장탕(張湯) 등이 이것을 〔천자에게〕 보고했다. 천자는 종정(宗正)에게 부절을 가지고 가서 회남왕을 다스리게 했다. 그러나 사자가 이르기 전에 회남왕 유안은 스스로 목을 찔러 죽었다. 왕후 도와 태자 천과 모반에 가담한 사람들은 다 멸족되었다. 천자는 오피가 평소 한나라를 아름다운 말로 여러 차례 칭찬했으므로 사형시키지 않으려고 했으나, 정위 장탕이 말했다.

"오피가 반역을 꾀한 주모자이기 때문에 그 죄를 용서해서는 안 됩니다."

결국 오피를 처형했다. 회남국은 없어지고 구강군(九江郡)이 되었다.

편애는 불화를 낳고, 불화는 나라를 망친다

형산왕 유사(劉賜)는 왕후 승서(乘舒)에게서 자식 셋을 낳았는데 맏아들 유상(劉爽)은 태자가 되었고, 둘째 아들은 유효(劉孝)이며, 셋째 딸은 유무채(劉無采)이다. 또 희첩(姬妾)인 서래(徐來)에게서는 아들과 딸을 네 명 낳았고, 미인 궐희(厥姬)에게서는 자식 둘을 낳았다. 형산왕과 회남왕 형제는 서로 〔상대방을〕 책망하고 원망하여 예절을 잃었고 사이가 좋지 못했다. 형산왕은 회남왕이 반역할 준비를 하고 있다는 소문을 듣고, 그 역시 빈객들과 결탁하여 대책을 세우려고 했다. 회남왕에게 병합될까 봐 두려웠기 때문이다.

원광 6년에 형산왕이 입조했다. 그의 알자 위경(衛慶)이 방술(方術)을 알고 있어 글을 올려 천자를 섬기려고 하자, 왕은 노여워하며 위경을 죽을죄를 지은 것으로 몰아 가혹하게 매질하여 억지로 죄를 시인하게 만들려고 했다. 하지만 형산의 내사(內史)는 그것이 옳지 않다고 여겨 그 판결을 기각하였다. 그러자 왕은 사람을 시켜 내사를 고발하는 글을 올려 내사가 심문을 받게 되자 〔사람들은〕 왕이 정직하지 못하다고 말했다. 또 형산왕은 자주 남의 밭을 침탈하고 집을 부수고 무덤을 파헤쳐서 밭으로 만들었다. 담당 관리가 형산왕을 체포하여 심리하기를 청했지만 황제는 허락하지 않고 200석 이상의 관리를 한나라에서 직접 임명했다.

형산왕은 이 일로 인해 해자(奚慈), 장광창(張廣昌)과 모의

하여 병법에 정통하고 점성(占星)과 천문 기상을 살필 수 있는 사람을 구했다. 이런 사람들은 밤낮으로 은밀히 왕에게 반역하기를 권유했다.

왕후 승서가 죽자 서래를 세워 왕후로 삼았다. 궐희도 총애를 받았다. [궐희와 서래] 두 사람은 서로 질투했다. 궐희는 왕후 서래를 미워하여 태자에게 이렇게 말했다.

"서래는 하녀를 시켜 고도(蠱道)요술로 상대를 저주하여 죽음에 이르게 하는 것으로 태자의 어머니를 죽였습니다."

태자는 마음속으로 서래를 원망했다. 서래의 오빠가 형산에 이르자, 태자는 그와 함께 술을 마시다가 칼로 찔러 상처를 입혔다. 이에 왕후는 태자에게 원한을 품고 노여워하여 여러 차례 왕 앞에서 태자를 헐뜯고 악평했다. 태자의 여동생 무채는 시집갔다가 버림받아 돌아와서는 종과 간통하고, 빈객과도 간통했다. 태자가 여러 차례 무채를 꾸짖었지만 무채는 화가 나서 태자와 왕래하지 않았다. 왕후는 이 말을 듣고 무채를 잘 대해 주었다. 무채와 작은오빠 무효(無孝)는 어려서 어머니를 여의고 왕후 밑에서 자랐다. 왕후는 계획적으로 이들을 사랑하고 함께 태자를 헐뜯었다. 그 때문에 형산왕은 여러 차례 태자를 묶고 매질했다.

원삭 4년에 어떤 사람이 왕후의 계모를 찔러 다치게 한 일이 있었다. 이때 형산왕은 태자가 사람을 시켜 찌르게 한 것으로 의심하고 태자를 매질했다. 그 뒤 형산왕이 병을 앓게 되었는데, 태자는 아프다는 핑계로 왕의 시중을 들지 않았다. 유효와 왕후와 무채는 태자를 헐뜯어 말했다.

"태자는 실제로 병난 것이 아닙니다. 그 자신은 병이 있다고 하지만 얼굴에는 기뻐하는 빛이 있습니다."

형산왕은 크게 노하여 태자를 폐하고 그 아우 유효를 세우려 했다. 왕후는 형산왕이 태자를 폐하기로 한 것을 알고 유효마저 폐하도록 하려고 했다. 왕후에게는 시녀가 하나 있는데 춤을 잘 추었다. 형산왕이 그녀를 아끼므로 왕후는 그 시녀에게 유효와 정을 통하게 하여 효의 행실을 더럽혀 형제를 함께 폐하고, 대신 자기 아들 유광(劉廣)을 세워 태자로 삼으려고 했다.

태자 유상은 이것을 눈치채고 '왕후는 나를 헐뜯는 일을 그칠 줄 모르니 왕후와 간통하여 그녀의 입을 막으리라.' 생각했다. 왕후가 술을 마시자, 태자는 앞으로 나아가 잔을 올린 뒤 그 기회를 이용하여 왕후의 허벅지를 만지며 함께 자기를 요구했다. 왕후가 노하여 이 일을 왕에게 말하자 형산왕은 태자를 불러들여 결박한 채 매질했다. 태자는 형산왕이 자기를 폐하고 동생 유효를 세우려는 것을 알고 있으므로 이렇게 말했다.

"유효는 왕의 시녀와 간통하였고 무채는 하인과 간통했습니다. 왕께서는 부디 드시는 것에나 힘쓰시고, 천자에게 〔그들의 간통 사실을 밝히는〕 글을 올리십시오."

그러고는 형산왕을 등지고 가 버렸다. 형산왕은 사람을 시켜 그를 멈추게 하려 했으나 막을 수 있는 자가 없었다. 그래서 형산왕은 몸소 수레를 몰아 태자를 뒤쫓아 가 붙잡았다. 태자가 함부로 욕설을 퍼부으므로 형산왕은 태자의 목에 칼을 씌워 궁중에 가두어 버렸다.

그렇지만 유효는 갈수록 더 사랑을 받았다. 형산왕은 유효의 재능을 기특하게 여겨 형산왕의 옥새를 차게 하고 장군이라 불렀으며, 궁궐 바깥 저택에 살게 하고 많은 돈을 주어 빈객들을 불러 모으게 했다. 찾아온 빈객들은 어렴풋하게나마회남왕과 형산왕에게 반역의 계획이 있음을 알아차리고 밤낮으로 종용했다.

형산왕은 마침내 유효의 빈객인 강도(江都) 사람 구혁(救赫)과 진희(陳喜)에게 명하여 전차와 화살촉과 화살을 만들게 하고 천자의 옥새와 장상(將相), 군리의 인을 새기게 했다. 또 왕은 밤낮으로 주구(周丘) 같은 장사들을 구하여 자주 오나라와초나라가 모반한 당시의 〔여러〕 계책을 끌어와 말하고 이로써사람들의 행동을 통일시켰다. 그러나 형산왕은 회남왕을 본받아 천자 자리에 오르려 한 것은 아니었다. 그는 다만 회남왕이병사를 일으켜 자기 나라를 삼킬까 두려웠던 것이다. 그는 회남왕이 서쪽으로 진출하면 군사를 일으켜 강수와 회수 사이를 평정하여 그곳을 차지할 작정이었다. 그의 바람은 그 정도였다.

원삭 5년 가을 형산왕이 입조할 때가 되어 회남을 지나게되었는데, 이때 회남왕은 형제간의 우애를 말한 뒤 지난날의불화를 씻어 버리고 함께 반란을 일으키자고 회유했다. 형산왕이 글을 올려 병 때문에 입조하지 못한다며 사과하자 황상은 글을 내려 허락했다.

원삭 6년에 형산왕은 사람을 보내 글을 올려 태자 유상을 폐하고 유효를 태자로 세우기를 청했다. 그것을 안 유상은 친하게 지내던 백영(白贏)을 장안으로 보내 글을 올려 유효가 전차와 화살촉과 화살을 만들고, 또 형산왕의 시녀와 간통한 사실을 말함으로써 유효를 물리치려고 했다. 그러나 백영이 장안에 이르러 글을 올리기도 전에 관리가 그를 체포하여 회남 사건을 들어 가두었다. 형산왕은 유상이 백영을 보내 글을 올리게 했다는 말을 듣고 나라의 비밀이 밝혀질까 두려웠다. 그래서 글을 올려 오히려 태자 유상이 부도덕한 일을 일삼아 기시에 처할 죄가 있다고 고발했다. 황제는 이 사건을 패군(沛郡)에 내려 다스리게 했다.

원삭 7년 겨울[6]에 담당 관리와 공경들은 패군에 명을 내려 회남왕과 함께 반역을 꾀한 사람들을 체포하도록 했으나 좀처럼 잡지 못하고 진희만이 형산왕의 아들 유효의 집에서 붙잡혔다. 담당 관리는 유효가 반역의 우두머리로 진희를 숨겨 두었다고 탄핵했다. 유효는 진희가 평소 형산왕과 자주 반역을 꾀한 사실을 발설할까 봐 겁이 났다. 또 법에 먼저 자수한 사람은 죄를 용서받는다고 들었으므로, 태자가 백영을 보내 글을 올려 이 일이 발각될 것으로 의심하여 먼저 나아가 자수하고 함께 모반을 꾀한 구혁과 진희 등을 고발했다. 정위는 이것을 증거로 하여 심문했다. 공경들은 형산왕을 체포하여 가두고 [법대로] 다스리기를 요청했다. [그러나] 천자는 말했다.

---

6) 원문에는 원수(元狩) 원년(元年)으로 되어 있다. '원수'는 한 무제의 네 번째 연호로서 기원전 122~117년 사이이므로 시대는 일치하지만, 당시는 아직 연호를 바꾸지 않았으므로 원삭 7년이 맞다.

"체포하지 마라."

그러고는 중위 사마안(司馬安)과 대행 이식(李息)을 보내 형산왕을 심문하게 하자, 형산왕은 정황을 모두 상세히 말했다. 담당 관리는 모두 왕궁을 에워싸고 지키고 있었다. 중위와 대행은 돌아와 사실을 보고했다. 공경들은 종정과 대행을 불러 패군의 사건과 함께 형산왕도 심문하기를 청했다. 형산왕은 이 소식을 듣고 스스로 목을 찔러 죽었다. 유효는 먼저 자수했기 때문에 그 죄를 용서해 주었으나 형산왕의 시녀와 간통한 일로 기시에 처해졌다. 왕후 서래도 이전의 왕후 승서를 고술(蠱術)로 죽게 한 데 대한 벌을 받았고, 태자 유상도 형산왕을 고발한 불효죄를 물어 기시에 처해졌다. 형산왕과 함께 모반을 꾀한 사람은 모두 멸족되고 나라는 없어져 형산군이 되었다.

태사공은 말한다.

"『시』에서 '융적(戎狄)을 이에 공격한다. 형서(荊舒)를 이에 응징한다.'라고 한 것은 진실로 옳은 말이다. 회남왕과 형산왕은 골육지친(骨肉之親)으로서 그 영토는 사방 1000리이고 제후의 반열에 올랐으나, 번신으로서의 직무를 지켜 천자의 뜻을 받드는 데 힘쓰지 않고 오로지 사악하고 부정한 계획을 품고 반역을 꾀하여 아버지와 자식이 두 차례나 나라를 잃고 저마다 자기 몸을 보존하지 못하여 천하의 웃음거리가 되고 말았다. 이것은 단지 왕만의 잘못이 아니며 그 습속이 천박하고 신하들도 차츰 물들어 그렇게 된 것이다. 대체로 형초(荊楚)

지역 사람들이 날쌔고 용맹스럽고 가볍고 사나워서 난을 일으키기 좋아했다는 것은 예로부터 기록된 바이다."

59

◎

순리 열전
循吏列傳

　'순리'란 법을 근본으로 삼아 나라를 다스리는 관리로서 청관(淸官)이라 부르기도 한다. 순리의 특징은 우선 스스로 청렴하고 법을 엄격히 집행하며 양민을 보호하고 간악한 행위는 반드시 응징한다는 것이다. 사마천은 나라를 다스릴 때 우선 법령과 형벌에 의지해야 하는데, 이 법령과 형벌이 제정된 뒤에는 순리의 집행 태도에 따라 사회의 안위가 결정된다고 생각했다.

　이 편에서 서술하고 있는 순리 다섯 명은 모두 춘추 시대에 활동했던 훌륭한 인물들로서 공직자로서의 자세와 청렴 강직한 면모로 사마천이 이상적으로 생각하는 관리의 모습이 명확하게 드러나 있다. 철저한 자기 관리 능력과 법을 지키고 백성을 사랑하는 기본적인 품성 말이다. 이 편에서도 황로 사상의 색채가 드러나 사마천이 법가 계열의 인물들에 대해서는 그다지 좋아하지 않음을 곳곳에서 간접적으로 암시하고는 있는데, 그럼에도 불구하고 자산, 석사, 이리 등은 모두 법가 계열이다. 제62편 「혹리 열전」에 보이는 혹리 열두 명은 모두 한나라 경제와 무제 때 인물인데 그중에서 열 명이 무제 시대에 살았다. 이것만으로도 이 열전을 둔 사마천의 의도를 알 수 있다.

像 産 子 鄭

공자가 존경한 인물 중 한 명이었다는 정나라 대부 자산.

태사공은 말한다.

"법령이란 백성을 선도하기 위해 있는 것이며, 형벌이란 간악한 짓을 금지하기 위해 있는 것이다. 문(文)법령과 무(武)형벌가 갖추어져 있지 않을 때 선량한 백성이 두려워하며 품행을 단정히 하는 것은 관리가 법을 혼란스럽게 집행한 적이 없기 때문이다. 직분을 다하고 법을 지키면 바르게 다스릴 수 있는데 어찌 위엄이 꼭 필요하겠는가?"

법령을 자주 내리면 혼란이 일어난다

손숙오(孫叔敖)는 초나라의 처사(處士)덕망과 재능은 있으나 벼슬하지 않는 선비였다. 재상 우구(虞丘)는 초나라 장왕(莊王)에게 손숙오를 자기 대신 재상으로 삼도록 추천했다. 석 달 뒤에 손숙오는 초나라 재상이 되었다. 그가 백성을 가르치고 선도하여 윗사람과 아랫사람이 화합하게 만들자 세상의 풍속은 대단히 아름다워지고 정치는 느슨하게 시행되었지만, 금지하는 일은 일어나지 않고 관리 중 간사한 자가 없으며 도둑도 생기지 않았다. 가을과 겨울에는 백성에게 산에서 사냥하고 나무를 베게 하였고, 봄과 여름에는 물속으로 들어가 물고기를 잡도록 했다. 백성은 저마다 편익을 얻어 생활이 안정되고 즐거웠다.

장왕은 화폐가 가볍다 생각하고 작은 것을 크게 만들었다. 그렇지만 백성은 그것이 불편하여 모두 자신들의 생업에서 쓰지 않았다. 시령(市令)시장을 관리하는 자이 이 일을 재상에게 보고했다.

"시장이 혼란해져 백성은 편안히 있을 곳이 없고 장사를 계속할지 안 할지를 결정할 수 없습니다."

재상이 말했다.

"언제부터 그렇게 되었소?"

시령이 말했다.

"석 달쯤 되었습니다."

재상이 말했다.

"물러가시오. 내가 곧 회복시키겠소."

닷새 뒤에 재상은 조정으로 나아가 이 일을 왕에게 말했다.

"전날 화폐를 바꾼 것은 이전 화폐가 가볍다고 여겼기 때문입니다. 지금 시령이 와서 시장이 혼란해져 백성은 편안히 있을 곳이 없고 장사를 계속할지 안 할지 결정할 수 없다고 합니다. 전대로 회복시켜 주십시오."

왕이 이것을 허락했다. 명령을 내린 지 사흘 만에 시장은 예전처럼 회복되었다.

초나라 백성은 습속상 비거(庳車)수레바퀴가 작고 낮은 수레를 좋아했다. 왕은 비거는 말이 끌기에 불편하다고 여겨 법령을 내려 이것을 높이려고 했다. 그러자 재상이 이렇게 말했다.

"법령을 자주 내리면 백성은 어느 것을 따라야 할지 모르게 되므로 좋지 않습니다. 왕께서 꼭 수레를 높이고자 하신다면, 청컨대 그 마을의 문지방을 높이도록 하십시오. 수레를 타는 사람은 모두 군자이고, 군자는 자주 수레에서 내릴 수 없습니다."

왕이 이것을 허락했다. 반년이 지나자 백성은 다 자발적으로 수레를 높였다.

이것은 가르치지 않아도 백성이 그 교화를 따른 것이다. 가까이 있는 자는 이것을 보고 본받고, 먼 곳에 있는 자는 이것을 듣고 본받는다. 그래서 손숙오는 세 차례나 재상이 되었지만 기뻐하지 않았는데 자기 재능으로 그 자리를 얻었다고 보았기 때문이다. 또 세 차례 재상 자리를 떠났으나 후회하지 않았는데, 그것은 자기 과실이 아님을 알았기 때문이다.

백성은 누굴 믿고 따를 것인가

자산(子產)은 정나라 대부 중 한 사람이다. 정나라 소군(昭君) 때 총애하던 서지(徐摯)를 재상으로 삼았으나 나라가 어지러워져 윗사람과 아랫사람이 친하지 못하고, 아버지와 아들이 화합하지 못했다. 대궁자기(大宮子期)가 이 사실을 소군에게 보고하니 자산을 재상으로 삼았다. 자산이 재상이 된 지 1년이 지나자 소인배의 경박한 놀이가 없어지고, 반백의 늙은 이들은 무거운 짐을 나르지 않고, 어린아이들은 밭을 갈지 않게 되었다. 2년이 지나자 시장에서 값을 에누리하지 않았고, 3년이 되자 밤에 문을 잠그는 일이 없어지고 길에서 떨어진 물건을 줍는 사람이 없었다. 4년이 지나자 밭갈이하는 농기구를 집으로 가지고 돌아가지 않아도 되었고, 5년이 지나자 척적(尺籍)사방 한 자 크기의 나무판으로 군령을 기록함이 쓸모없게 되고 상복을 입는 기간은 명령을 내리지 않아도 잘 지켜졌다.

자산이 정나라를 다스린 지 26년 만에 죽으니, 장정들은 소리 내어 울고 노인들은 어린아이처럼 울면서 말했다.

"자산이 우리를 버리고 죽다니 백성은 누구를 믿고 산단 말인가."

생선을 좋아하기 때문에 받지 않았소

공의휴(公儀休)는 노나라 박사였다. 그는 뛰어난 재능과 학문으로 노나라 재상이 되었다. 법을 준수하고 이치를 따르며 바꾸는 일이 없으므로 모든 관리가 스스로 올바르게 되었다. 남의 녹을 먹는 자는 일반 백성과 이익을 다투지 못하게 하고, 많은 봉록을 받는 자는 사소한 것도 받지 못하게 했다. 어떤 빈객이 재상에게 생선을 보내왔으나 받지 않았다. 다른 빈객이 말했다.

"재상께서 생선을 좋아하신다는 말을 듣고 생선을 보내왔는데 무엇 때문에 받지 않으십니까?"

재상이 말했다.

"생선을 좋아하기 때문에 받지 않았소. 지금 나는 재상 벼슬에 있으니 나 스스로 생선을 살 수 있소. 그런데 지금 생선을 받고 벼슬에서 쫓겨난다면 누가 다시 나에게 생선을 보내주겠소. 그래서 받지 않은 것이오."

자기 집 채소밭의 야채를 먹어 보고는 맛이 좋자 그 채소밭의 채소를 뽑아 버렸고, 또 자기 집에서 짜는 베가 좋은 것을 보자 당장 베 짜는 여자를 돌려보내고 그 베틀을 불살라 버리고는 말했다.

"농부와 장인과 베 짜는 여자가 그들이 만든 물건을 어디에 팔 수 있겠는가?"

효를 좇다가는 불충한다

석사(石奢)는 초나라 소왕의 재상이었다. 그는 건실하고 정직하고 청렴하여 아첨하거나 권세를 두려워하는 일이 없었다. 현을 순시하는 도중에 살인 사건을 만나게 되었다. 재상이 범인을 찾아가 보니 바로 자기 아버지였다. 재상은 아버지를 놓아주고 돌아와 자진해서 옥에 갇힌 뒤, 사람을 시켜 왕에게 이렇게 아뢰도록 했다.

"살인자는 신의 아버지입니다. 아버지를 처형하여 정치를 바로 세우는 것은 불효이고, 법을 무시하고 죄를 용서한 것은 불충입니다. 신의 죄는 죽어 마땅합니다."

왕이 말했다.

"범인을 뒤쫓아 갔지만 잡지 못한 것이니 벌을 받는다는 것은 옳지 않소. 그대는 [전과 다름없이] 맡은 일에 힘쓰시오."

석사가 말했다.

"자기 아버지에게 사사로운 정을 두지 않으면 효자가 아니고, 군주의 법을 지키고 받들지 않으면 충신이 아닙니다. 왕께서 신의 죄를 용서하시는 것은 임금의 은혜이지만, 벌을 받아 죽는 것은 신하로서의 직분입니다."

그러고는 왕의 명령을 듣지 않고 스스로 목을 찔러 죽었다.

잘못된 판결 때문에 스스로 목숨을 끊다

이리(李離)는 진(晉)나라 문공(文公)의 옥관이었다. 〔그는〕 판결을 잘못하여 사람을 죽이게 되었으므로 스스로 옥에 갇혀 처형되려고 했다. 문공이 말했다.

"벼슬에는 귀하고 천함이 있고, 벌에는 가볍고 무거움이 있소. 하급 관리에게 잘못이 있다고 하여 그것이 그대의 죄는 아니오."

이리가 말했다.

"신은 장(長)으로서 관직에 있은 지 오래되었습니다만 하급 관리에게 자리를 양보한 일도 없고, 또 많은 봉록을 받았지만 하급 관리에게 그 이익을 나누어 주지도 않았습니다. 그런데 지금 판결을 잘못 내려서 사람을 죽이고 그 죄를 하급 관리에게 떠넘긴다는 것은 일찍이 들어 본 적이 없습니다."

이리는 사퇴하고 문공의 명령을 듣지 않았다. 문공이 말했다.

"그대는 스스로 죄가 있다고 하는데, 그렇다면 과인에게도 죄가 있는 것이오."

이리가 말했다.

"옥관에게는 지켜야 할 법이 있습니다. 형벌을 잘못 내렸으면 자기가 형벌을 받아야 하며, 사형을 잘못 내렸으면 자기가 사형을 받아야 합니다. 군공(君公)께서는 신이 가리워진 부분까지 심리하여 어려운 안건을 판결할 수 있을 것으로 여겨 법관으로 임명하셨던 것입니다. 지금 잘못 판결하여 사람을 죽였으니 〔그〕 죄는 죽어 마땅합니다."

이리는 결국 문공의 명령을 듣지 않고 칼에 엎드려 죽었다.

태사공은 말한다.

"손숙오는 한마디 말로 영(郢)의 시장을 〔예전처럼〕 회복시켰고, 자산이 병으로 죽자 정나라 백성은 〔그의〕 이름을 부르며 통곡했다. 공의자(公儀子)공의휴는 좋은 베를 보고 베 짜는 여자를 돌려보냈고, 석사는 아버지를 놓아주고 죽음으로써 초나라 소왕은 명성이 세워졌다. 이리는 판결을 잘못 내려 사람을 죽이고 스스로 칼에 엎드려 죽어 진나라 문공이 국법을 바로잡을 수 있게 했다."

60

◎

급 정 열 전
汲鄭列傳

이 편은 급암(汲黯)을 위주로 하면서 정당시(鄭當時)를 끌어들여 두 사람의 전을 합한 것인데, 둘 다 황로 사상을 숭상하여 구경의 반열에 올랐던 인물들이다. 급암은 호걸다운 기질이 있고 청렴하며 직간하기를 좋아하여 오랫동안 자리에 있지 못하고 중간에 그만두었는데 이들의 권세가 기울자 빈객 수도 줄어들었던 것을 한탄조로 기술함으로써 세태에 대해 날카롭게 풍자하는 의도도 담고 있다. 이런 풍자의 이면에 사마천이 겪은 개인의 불행에 대한 자조가 깔려 있기도 하다.

열전의 여러 편에 기록된 급암과 이광은 무제 때 쌍벽을 이룬 문신과 무신이다. 세상 사람들은 이광을 봉하기 어려웠던 것은 알지만 급암을 쓰기 어려웠던 것은 모르고 있다. 사마천은 직간하기를 좋아하는 급암의 성격을 무제, 무안후, 장조, 장탕 등과 관련지어 여러 각도에서 다룸으로써 사직의 신하임을 분명히 했다. 아울러 무제가 마음속으로는 큰 욕심을 가지고 있으면서 겉으로는 인의를 실시하는 양면적인 모습을 묘사하여 최고 권력자의 위선과 사회적 모순을 극명하게 드러내려 하였으니 당시 최상층부의 양면적인 모습을 비판하고 있는 것이다.

특히 찬에서 사마천의 비분강개한 어투는 당시 세태에 대한 통렬한 비판을 담은 것으로서 그중에서도 적공(翟公)의 말은 일품이다. 물론 급암과 정당시 두 사람의 의기는 비슷하지만 성품과 행실은 다소 차이가 있었기 때문이다.

이 편이 「순리 열전」 바로 뒤에 놓이게 된 것은 급암과 정당시도 무제 때의

수리였기 때문이다. 이 편은 「평준서」, 「혹리 열전」, 「유림 열전」, 「평진후 주보
열전」과 함께 읽어야 한다.

사람을 즐겨 추천하여 장자(長者)로 불린 급암.

지나친 간언으로 전출되다

　급암(汲黯)의 자는 장유(長孺)이며 복양(濮陽) 사람이다. 그 조상은 옛날 위(衛)나라 군주에게 총애를 받아 급암에 이르기까지 일곱 대에 걸쳐 대대로 경(卿)이나 대부를 지냈다. 급암은 아버지의 추천으로 효경제 때 태자세마(太子洗馬)가 되었는데, 단정하고 엄숙한 태도 때문에 〔사람들이〕 두려워했다.

　효경제가 죽고 태자가 즉위하자 급암은 알자(謁者)가 되었다. 그 무렵 동월의 여러 나라가 서로 싸우고 있으므로 효무제는 급암을 보내 실태를 조사하도록 했다. 그러나 급암은 월나라까지 가지 않고 오나라까지만 갔다가 돌아와 이렇게 보고

했다.

"월나라 사람끼리 서로 싸우는 것은 본래 그들의 습속이므로 천자의 사자를 수고롭게 할 만한 게 못 됩니다."

또 하내에 불이 나서 집 1000여 채가 탔다. 효무제는 급암을 보내 실상을 살펴보고 오도록 했다. 그는 돌아와서 이렇게 보고했다.

"백성의 실수로 불이 났고 집이 잇달아 있어 탔으나 우려할 만한 것은 못 됩니다. 신은 하남 지방을 지나오다가 그곳의 가난한 백성 가운데 만여 가구가 홍수와 가뭄을 겪어 아버지와 아들이 먹을 것을 놓고 싸우는 것을 보았습니다. 신은 삼가 임시방편으로 부절을 가지고 하남의 곡식 창고를 열어 가난한 백성을 구제했습니다. 신은 사자의 부절을 돌려 드리며 조서를 거짓으로 전한 벌을 받고자 합니다."

황상무제은 급암이 일을 현명하게 처리했다고 여겨 풀어주고 형양(滎陽) 현령으로 전출시켰다. 급암은 현령으로 가는 것을 수치스럽게 여겨 병을 핑계로 고향으로 돌아갔다. 황상이 이 소식을 듣고 그를 불러들여 중대부로 임명했다. 그러나 급암은 중대부로 있으면서 지나치게 간언하는 일이 여러 차례 있었으므로 궁중에 오래 머물지 못하고 동해군 태수로 전출되었다.

급암은 황제(黃帝)와 노자의 학설을 배워 관리와 백성을 다스리는 데도 청정하고 조용한 것을 좋아하여 승(丞)과 사(史)를 골라 모든 일을 맡겼다. 그의 통치 방법은 큰 지침만을 지적할 뿐 사소한 일에는 개의치 않았다. 급암은 병이 자주 들어 집안에 누워 나가지 못했다. 1년쯤 지나서 동해군은 크게 잘 다스려진다고 칭찬을 받았다. 황상은 이 소식을 듣고 그를 불러 주작도위에 임명하고, 구경의 서열에 오르게 했다. 그는 업무를 처리함에 무위(無爲)만을 일삼고, 대체적인 것만을 다스리며 법령의 조문에 얽매이지 않았다.

무제가 급암을 피한 이유

급암은 사람의 품성이 거만하고 예의가 없으며 사람을 앞에 두고 공격하여 남의 허물을 용납할 줄 몰랐다. 자기와 뜻이 맞는 사람은 우대하나 그렇지 않은 사람은 차마 보는 것조차 싫어했으므로 선비들도 그를 잘 따르지 않았다. 그러나 학문을 좋아하고 의협심이 있으며 기개와 지조를 중시했고, 집안에 있을 때도 품행이 바르고 깨끗하였으며, 직간하기를 좋아하여 여러 차례 천자를 무안하게 했다. 언제나 부백(傅柏)과 원앙(袁盎)의 인물됨을 흠모했다. 〔급암은〕 관부(灌夫), 정당시(鄭當時), 종정(宗正) 유기(劉棄)와 사이가 좋았다. 또한 자주 직간한 탓으로 그 지위에 오래 머물러 있을 수 없었다.

당시 태후의 아우 무안후(武安侯) 전분(田蚡)이 승상으로 있었는데, 그는 중2000석의 관리가 와서 배알해도 답례하지 않았다. 급암은 전분을 만나도 배례한 적이 없으며 언제나 가볍게 읍할 뿐이었다. 〔하루는〕 황상이 문학하는 학자들을 초빙하려 하면서 말했다.

"나는 이러이러하려 한다."[1]

급암이 대답했다.

"폐하께서는 속으로 욕심이 많으면서 겉으로만 인의를 베풀려고 합니다. 그렇게 해서야 어떻게 요와 순의 정치를 본받을 수 있겠습니까!"

황상은 아무 말 없이 화가 나서 낯빛이 바뀌더니 조회를 끝냈다. 공경은 모두 급암을 걱정했다. 황상이 조정에서 돌아와 좌우 신하들에게 이렇게 말했다.

"급암의 우직함은 너무 심하다."

신하 가운데 급암을 꾸짖는 자가 있었는데 급암이 〔오히려〕 말했다.

"천자께서는 삼공과 구경을 두어 보필하는 신하로 삼았는데, 〔신하 된 자로서〕 어떻게 아첨하여 천자의 뜻만 따라 하여 폐하를 옳지 못한 곳으로 빠지게 하겠소? 또 그런 지위에 있는 이상 자기 몸을 아낀다 하더라도 조정을 욕되게 해서야 되겠소."

급암은 병에 자주 걸렸는데, 석 달 동안이나 병을 앓아 황

---

1) 동한의 순열(荀悅)이 지은 『한기(漢紀)』「효무제기일(孝武帝紀一)」을 보면 이런 일이 기록되어 있다. "무제가 급암에게 '나는 정치를 일으켜 요순을 본받으려 하는데 어떻겠소?'라고 물으니, 급암이 '폐하께서는 마음속에 욕심이 많으면서 겉으로만 인의를 베풀려고 하는데 어떻게 요순의 정치를 본받으려 하십니까?'라고 했다." 여기서 "이러이러하려 한다."라는 것은 "정치를 일으켜 요순을 본받으려 한다."라는 말을 생략한 것이다.

상이 여러 차례 사람을 보내 위문하고 휴가를 주었으나[2] 끝내 낫지 않았다. 뒤에 장조(莊助)가 그를 위하여 휴가를 내려 주기를 요청했다. 황상이 말했다.

"급암은 어떤 인물이오?"

장조가 말했다.

"급암에게 어떤 관직을 맡겨도 다른 사람보다 나을 것은 없습니다. 그러나 그가 나이 어린 군주[3]를 보필한다면 제업(帝業)을 지키며[4] [다른 사람이] 미혹해도 가지 않고 배척해도 떠나지 않을 것이며, 옛날의 맹분(孟賁)이나 하육(夏育) 같은 자라도 마음을 뺏을 수 없을 것입니다."

황상이 말했다.

"그렇소. 옛날에 사직지신(社稷之臣)이 있었는데, 급암 같은 사람이 그에 가까울 것이오."

대장군 위청이 궁중에서 [황상을] 모실 때 황상은 침대에 걸터앉아 그를 대했고, 승상 공손홍이 평소 개인적으로 뵐 때 황상은 관을 쓰지 않은 채 만나는 적도 있었다. 그러나 급암이 알현할 때는 황상이 관을 쓰지 않고 만난 일이 없다. 일찍이 황상이 무장(武帳)[5] 안에 있을 때 급암이 들어와서 일을

---

2) 한나라 때에는 병가로 100일을 쓰면 면직되므로, 무제는 급암의 면직을 막기 위해 휴가를 주었던 것이다.

3) 무제는 즉위할 당시 겨우 열여섯 살이었다.

4) 원문에는 '수성(守城)'으로 되어 있지만 『한서』를 따라 성을 '성(成)'으로 보아야 문매이 흐름이 매끄럽다.

5) 당시 천자가 머무는 곳에는 모(矛), 극(戟), 월(鉞), 순(楯), 궁시(弓矢)의 다섯 가지 무기를 숨겨 놓고 장막으로 가려 놓음으로써 위무(威武)를 보이

보고하려고 했다는데 황상이 관을 쓰고 있지 않으므로 멀리서 급암을 보고는 장막 뒤로 몸을 피하고 다른 사람을 시켜 보고를 재가하도록 했다. 그가 황상에게 존경을 받은 것이 이와 같았다.

장탕(張湯)은 당시 율령을 고쳐 정한 공로로 정위가 되었다. 급암은 황상 앞에서 자주 장탕을 꾸짖었다.

"공은 정경(正卿)이 되어 위로는 선제의 위업을 기리지 못했고 천하 사람들의 사악한 마음을 억누르지 못하여 나라를 편안하게 하거나 백성을 부유하게 하거나 감옥을 텅 비게 하는 것, 이 두 가지 중에서 하나도 이룬 것이 없소. 안건을 잘못 처리하여 고통을 안겨 주고도 가혹하게만 하고, 제멋대로 [사회 질서를] 파괴하여 [개인의] 공을 이루려고만 했소. 어찌하여 고황제께서 만든 규약과 율령을 어지럽게 바꾸는 일을 하시오. 공은 이 일로 멸족되어 후손이 없게 될 것이오."

급암은 때때로 장탕과 논쟁했는데 장탕이 변론할 때 언제나 법조문의 깊이 있고 자질구레한 부분까지 들어서 설명하는 반면, 급암은 강직하고 엄숙하며 원칙을 견지하고 고상하면서도 굽히지 않았다. [급암은 장탕이 이와 같이 하면] 화가 나 마구 꾸짖어 말했다.

"세상에서 도필리를 공경으로 삼으면 안 된다고 하더니 과연 그렇구나. 틀림없이 장탕처럼 말하면 천하 백성으로 하여금 다리를 똑바로 서서 곁눈질하게 만들겠구나!"

고 비상사태에 대비하였다. 그래서 무장(武帳)이라 하였다.

134

장작을 쌓아 올리듯 등용해서는 안 됩니다

이 무렵 한나라는 막 흉노를 정벌하고 사방의 이민족을 불러 회유하고 있었다. 급암은 될 수 있는 한 일을 적게 만들려고 힘쓰며, 틈나는 대로 황상에게 흉노와 화친하고 병사를 일으키지 말도록 여쭈었다. 황상은 때마침 유학에 마음이 끌려 공손홍을 존중하였고, 나랏일은 갈수록 많아지고 관리와 백성은 교묘하게 법을 악용했다. 그래서 황상은 법률 조문을 구분하여 다스리려고 했고, 장탕 등은 자주 새로운 판결문을 올려 총애를 받았다. 급암은 늘 유술(儒術)을 비난하고 공손홍 등을 면박하여 속임수를 써서 겉으로는 지혜로운 척하며 사람들과 군주에게 아첨하여 환심을 사려 한다고 하고, 장탕 같은 도필리들은 법조문을 지나치게 따지고 교묘하게 적용하여 사람들을 죄에 빠뜨려 [억울한 감정을] 진실된 마음으로 돌아가지 못하게 하고 [백성을] 억누르는 것을 공로로 삼는다고 했다.

그러나 황상은 날이 갈수록 공손홍과 장탕을 더욱더 존중했으며, 공손홍과 장탕은 마음속으로 급암을 미워했고, 천자도 [급암을] 좋아하지 않았다. [공손홍과 장탕은] 빌미를 만들어 [급암을] 주살하려 했다. 공손홍은 승상이 되자 황상에게 이렇게 말했다.

"우내사(右內史)의 영내에는 귀인이나 황가 친척들이 많아 다스리기 어려우니, 평소 중신(重臣)이 아니고는 [이 일을] 맡길 수 없습니다. 청컨대 급암을 옮겨 우내사로 앉히십시오.”

〔급암은〕 우내사가 된 지 몇 해가 지났으나 관청에는 아무 일도 없어지지 않았다.

대장군 위청은 더욱 존귀해지고 그 누이는 황후가 되었으나, 급암은 〔위청과〕 대등한 예로써 대했다. 어떤 사람이 급암에게 권하여 말했다.

“천자로부터 신하들에 이르기까지 대장군을 떠받들기를 바라고 있으며, 대장군은 존중되고 더욱 귀한 신분이 되었습니다. 〔그러니〕 당신도 그에게 절을 하지 않으면 안 됩니다.”

〔그러나〕 급암이 대답했다.

“대장군의 위세 때문에 절하는 사람이 있다면 도리어 존중하지 않는 것이지요.”

대장군은 이 말을 듣고 급암을 더욱 현명한 인물로 여겨 국가나 조정에 대한 의문점이 있으면 그에게 묻고, 급암을 평생 사귄 친구보다 가까이했다.

회남왕은 모반하려 할 때 급암을 꺼려 말했다.

“〔급암은〕 직간하기 좋아하고 절개를 지켜 의리에 죽는 인물이니 옳지 못한 일로 그를 미혹하기는 어렵다. 그러나 승상 공손홍을 설득하는 일은 묘목에서 잎을 떨어뜨리는 것처럼 쉽다.”

천자는 여러 차례 흉노를 정벌하여 승리하였으므로 급암의 주장은 더욱더 쓰이지 못했다.

처음 급암이 구경의 서열에 올랐을 때 공손홍과 장탕은 하급 관리에 지나지 않았다. 그러나 공손홍과 장탕이 점점 더

귀하게 되어 급암과 같은 지위에 있게 되었으나 급암은 여전히 그들을 헐뜯었다. 얼마 뒤에 공손홍은 승상에 오르고 후로 봉해졌으며, 장탕은 어사대부로 승진했다. 그래서 급암이 구경일 때 승상의 속관이던 자는 모두 급암과 같은 서열이 되거나 급암보다 더 높이 등용되었다. 급암은 편협한 마음에서 다소 원망이 생겨 황상을 뵙고 앞으로 나아가 말했다.

"폐하께서 신하들을 등용하는 것은 땔감을 쌓아 올리는 것과 같아 뒤에 온 사람이 윗자리를 차지하고 있습니다."

황상은 잠자코 있었다. 잠시 뒤 급암이 물러가자 황상이 말했다.

"사람은 확실히 배움이 없어서는 안 된다. 급암의 말을 관찰해 보면 날이 갈수록 심해진다."[6]

잎을 보호하기 위해 가지를 상하게 한다면

그로부터 얼마 지나지 않아 흉노의 혼야왕이 무리를 이끌고 투항해 왔다.[7] 〔그들의 수송을 위해〕 한나라는 수레 2만 대

---

6) 이 무렵 무제는 유가 학술을 존중하며 따르고, 급암은 황로 사상을 받들고 있었다. 그래서 무제는 급암의 주장이 시간이 흐를수록 퇴보하고 있다고 보았다.

7) 혼야왕은 흉노의 명장인데 곽거병의 잦은 공격으로 병사 수만 명을 잃게 되었다. 선우가 화가 나서 그를 죽이려고 했으므로 그 부하들을 이끌고 한

를 보내야 했으나, 현관(縣官)관가, 국고에는 그만한 돈이 없어 백성에게 말을 빌리려고 했다. 백성 중에 말을 숨겨 두는 자가 많아 말을 확보할 수 없었다. 황상은 노여워서 장안 현령(長安縣令)의 목을 베려고 했다. 그러자 급암이 진언했다.

"장안 현령에게는 죄가 없으니 단지 신 급암의 목을 벤다면 백성은 바로 말을 내놓으려 할 것입니다. 게다가 흉노는 자기들 군주를 배반하고 한나라에 항복해 왔으니 한나라는 서서히 현에서 현으로 옮겨 실어 오면 그만입니다. 어찌하여 천하를 떠들썩하게 하고 중원을 피폐시키면서까지 이적의 무리를 섬길 수 있습니까?"

황상은 아무 말도 없었다. 혼야왕이 〔장안에〕 이르자 장사치와 시장 사람들 중에 그들과 물건을 사고팔다가 죄를 지어 사형을 당하게 된 자가 500여 명이나 되었다. 급암은 뵐 기회를 요청하여 〔미앙궁의〕 고문전(高門殿)에서 뵙고 말했다.

"저 흉노가 통로에 있는 요새를 공격하여 화친을 끊자, 중원에서는 병사를 일으켜 이들을 무찔러 이루 헤아릴 수 없이 많은 사상자를 내었고 그 비용도 수백억이나 들었습니다. 신의 어리석은 생각으로는 폐하께서 흉노를 사로잡으면 전쟁터로 나가 싸우다 죽은 자의 집에 이들을 내려 종으로 삼게 하고, 전리품도 그들에게 주어 고통 받은 천하 사람들에게 보답하고 백성의 마음을 만족시켜 주실 줄 알았습니다. 지금 그렇게는 못한다 하더라도 혼야왕이 수만의 무리를 이끌고 와서

나라에 투항하게 되었다.

항복하자 (황상께서는) 창고를 텅 비우면서까지 그들에게 상을 내리고 선량한 백성을 징발해 가면서 위하고 있으니, 이것은 마치 망나니 자식을 떠받드는 것이나 다름없습니다. 어리석은 백성이 장안의 시장에서 물건을 사고파는 것이 법관의 판결처럼 재물을 함부로 변방의 관소로 빼돌린 죄와 같은 것임을 어떻게 알겠습니까? 폐하께서는 흉노의 물자를 가지고 천하의 백성을 위로해 주지는 못할지언정 또 엄격하고 가혹한 법조문으로 무지한 백성 500여 명을 죽일 수 있습니까? 이는 이른바 그 잎을 보호하기 위해 가지를 상하게 하는 것입니다. 신이 가만히 폐하를 위하여 생각하건대 취하실 바가 아닌 줄 압니다."

황상은 아무 말도 없이 있다가 (그의 건의를) 받아들이지 않고 말했다.

"나는 오랫동안 급암의 말을 듣지 않았다. 지금 또다시 망령된 말을 하는구나."

그로부터 몇 달 뒤에 급암은 사소한 법에 걸려 그 죄는 용서받았으나 면직되었다. 그래서 급암은 전원에 숨어 살았다.

윗사람의 허물을 기워 주는 사람

몇 닌이 시나 때마침 오수전(五銖錢)으로 바꾸었는데, 많은 백성이 사사로이 돈을 만들었고 초나라 지역이 특히 심했다.

황상은 회양군(淮陽郡)을 초나라 지방으로 통하는 길목이라 생각하고 급암을 불러서 회양 태수로 삼으려 했다. 급암은 엎드려 사양하며 관인을 받지 않았으나 여러 번 억지로 조서를 내린 뒤에야 조서를 받았다. 〔황상은〕 조서를 내려 급암을 불러 만나 보았는데, 급암이 황제를 위하여 울면서 말했다.

"신은 죽어 산골짜기에 버려질 때까지 다시는 폐하를 뵐 수 없을 줄 알았고, 폐하께서 또다시 신을 써 주시리라고는 생각지도 못했습니다. 신은 항상 병이 있어 능력으로는 한 군을 맡을 수도 없습니다. 바라옵건대 신은 중랑이 되어 궁중에 드나들면서 폐하의 잘못된 부분을 깁고 흘린 것을 줍는 것이 신의 바람입니다."

황상이 말했다.

"그대는 회양군 태수직을 무시하시오? 나는 곧 그대를 불러들일 것이오. 단지 회양군의 관리와 백성이 서로 화합하지 못하고 있으므로 나는 그대의 위엄을 빌려 누워서 다스려 보려는 것뿐이오."

급암은 하직 인사를 하고 가는 길에 대행 이식을 찾아가 이렇게 말했다.

"나는 군으로 버림받아 조정의 회의에 참여할 수 없게 되었소. 그런데 어사대부 장탕은 간사한 지혜로 직언을 막을 수 있고, 속임수로 자기 잘못을 가릴 수도 있소. 그는 교묘한 말과 변론에도 꽤 능한 편이지만 천하를 위해 기꺼이 바른말을 하지 않고 오로지 군주의 비위만 맞추려고 하오. 군주께서 하고자 하지 않는 일이면 비난하고, 군주께서 하려고 하는 일이 있으면 칭찬하오. 일을 꾸미기 좋아하고 법률 조문을 마음대로 휘두르며, 속으로는 거짓을 품고 군주의 마음을 조정하고 밖으로는 잔인한 관리를 끼고 자기의 권위를 무겁게 하고 있소. 공께서 구경의 서열에 있으면서 하루빨리 이 일을 상주하지 않는다면 공과 장탕 모두 욕을 받게 될 것이오."

그러나 이식은 장탕이 두려워 끝내 이 일을 상주하지 못했다. 급암은 군에 있으면서 전에 〔동해군〕 태수로 있을 때와 다름없이 다스렸다. 회양군의 정치는 깔끔했다. 뒤에 과연 장탕은 실각했다. 황상은 전날 급암과 이식이 이야기 나눈 것을 듣고, 이식에게는 처벌을 내리고 급암에게는 제후의 재상이 받는 수준의 녹을 주면서 회양군에 있게 했다. 〔그로부터〕 7년 뒤에 급암이 죽었다.

급암이 죽은 뒤 황상은 급암과의 인연을 생각하여 그 아우 급인(汲仁)을 관리로 임명하였는데 구경까지 승진했다. 급암의 아들 급언(汲偃)은 제후의 재상에 이르렀다. 급암의 고모의 아들 사마안(司馬安)도 젊은 나이에 급암과 함께 태자세마가 되었다. 사마안은 법을 왜곡하고 간사한 행동을 하는 자들을 다스려 관리 노릇을 잘하여 네 차례나 구경의 서열에 올랐고, 하남군 태수로 있다가 죽었다. 그 형제 가운데 사마안의 공로로 동시에 2000석의 버슬에 오른 자가 열 명이나 되었다.

복양 사람 단굉(段宏)은 처음에 갑후(蓋侯) 왕신(王信)을 섬겼는데, 왕신은 단굉을 신임했다. 단굉도 두 차례나 구경의 서열에 올랐다. 그러나 위(衛) 지역에서 벼슬했던 자들은 모두 급암을 존경하고 두려워하여 그의 밑에 있었다.

귀천을 가리지 말고 대하라

정당시(鄭當時)란 사람은 자가 장(莊)이고 진현(陳縣) 출신이다. 그 선조 정군(鄭君)은 일찍이 항적항우의 장군이었으나, 항적이 죽자 얼마 있다가 한나라로 귀순했다. 고조가 옛 항적의 신하였던 자들에게 항적의 이름을 부르게 했는데 정군만이 명령을 따르지 않았다. 고조는 조서를 내려 항적의 이름을 부른 자들에게 모두 대부로 삼고 정군은 내쫓았다. 정군은 효문제 때 죽었다.

정장은 협기의 기질을 스스로 즐겼는데, 장우(張羽)를 위기에서 구출한 일로 그 명성이 양나라와 초나라에까지 널리 퍼졌다. 효경제 때 태자의 사인이 되었다. 닷새에 한 번 돌아오는 휴가에는 언제나 역마를 장안의 여러 교외에 배치시켜 놓고 옛 친구들을 찾아가거나 빈객들을 초청하여 밤낮을 가리지 않고 접대하고, 때때로 다음 날 새벽까지 이르기도 했다. 그러나 그는 항상 사람들을 골고루 초청하지 못할까 봐 근심했다. 또한 정장은 황제와 노자의 학설을 좋아하고, 장자(長者)들을 사모하면서 그들을 만나지 못할까 두려워했다. 나이는 젊고 벼슬도 낮았으나, 그가 교제하며 알고 지내는 사람은 대부분 할아버지뻘이고 천하의 이름 있는 선비들이었다.

효무제가 즉위하자 정장은 점점 승진하여 노나라 중위, 제남군 태수, 강도국 재상이 되었다가 다시 구경의 대열에 올라 우내사가 되었다. 무안후와 위기후의 논쟁에 끼어든 일로 인하여 첨사(詹事)황후와 태자의 집안일을 담당함로 강등되었다가 다시 대농령(大農令)전국의 곡물을 담당함으로 승진하였다.

정장은 태사(太史)로 있을 때 문하생들에게 이렇게 주의시켰다.

"손님이 오면 귀천을 가리지 말고 문간에 세워 두는 일이 없도록 하라."

그는 손님과 주인의 예절로써 만나 존귀한 신분이면서도 남에게 자기를 낮추었다. 정장은 청렴하여 집안 살림을 돌보지 않고, 나라에서 받은 봉록이나 하사품으로 빈객들을 대접했다. 그러나 그가 다른 사람에게 음식을 보내는 것은 대그릇에 든 식사에 지나지 않았다. 그는 입조할 때마다 황상이 한가한 틈을 살펴 말씀을 올렸는데, 일찍이 천하의 장자를 말씀드리지 않은 적이 없었다. 그는 일반 인사와 자기 관속을 추천할 때 맛깔스럽게 말하며 언제나 실례를 들어 자기보다 현명하다고 했다. 그는 관리들의 이름을 함부로 부른 적이 없으며, 관속들과 말할 때도 그들의 마음을 상하게 하지나 않을까 염려하였다. 남의 좋은 말을 들으면 얼른 황상에게 말씀드리면서 늦지 않았을까 두려워했다. 산동의 선비나 제후들이 모여들어 정장을 칭송했다.

정장은 사자로서 하수의 둑이 터진 것을 시찰하게 되었을 때, 짐을 꾸리기 위하여 닷새의 말미를 청했다. 황상이 말했다.

"짐이 듣기로 '정장은 1000리의 먼 길을 떠나면서도 식량을 가지고 가지 않는다.'라고 하던데, 여행 준비 기간을 청한 것은 무슨 까닭이오?"

그런데 정장은 조정에서는 언제나 부드럽게 황상의 뜻을 따르며 감히 일의 옳고 그름을 심하게 따지지는 않았다.

그가 만년에 이르렀을 때, 한나라는 흉노를 정벌하고 사방의 만이들을 달래느라 비용을 많이 허비하여 재정이 갈수록 궁핍해졌다. 이 무렵 정장은 어떤 빈객을 대사농(大司農)의 고용인으로 보증을 섰는데 갚지 못한 빚이 많았다. 사마안이 회양 태수로 있으면서 이 일을 들추어냈다. 정장은 이 일로 벌을 받아 속죄금을 내고 평민이 되었다. 그로부터 얼마 뒤에 장사(長史)를 맡았으나, 황상은 정장이 늙었다고 생각하여 여남군(汝南郡) 태수로 임명했다. 그는 몇 해 관직에 있다가 죽었다.

정장과 급암이 처음 구경의 서열에 올랐을 때는 청렴하고 평소 행실이 방정했다. 그러나 이 두 사람은 중간에 파면되어 집이 가난해져 빈객들이 서서히 떨어져 나갔다. 군 태수로 있었지만 죽은 뒤 집에는 남은 재산이 없었다. 정장의 형제나 자손 중에서 정장의 공로로 인해 2000석의 벼슬에 오른 자가 예닐곱 명 있었다.

태사공은 말한다.

"급암이나 정당시 같은 현명한 사람도 세력이 있을 때는 빈객이 열 배로 늘었다가 세력을 잃으니 그렇지 못했으니 하물며 보통 사람임에랴? 하규(下邽)의 적공(翟公)은 이렇게 말했다. '처음 내가 정위가 되었을 때는 빈객이 문 앞에 가득 찼지만, 파면되자 문 밖에 참새 잡는 그물을 쳐도 될 정도였다. 내가 다시 정위가 되자 빈객들은 예전처럼 모여들려고 했다. 그래서 나는 문에 「한 번 죽고 한 번 사는데 사귀는 정을 알고, 한 번 가난하고 한 번 부유함으로써 사귀는 모습을 알며, 한 번 귀했다가 한 번 천해짐으로써 사귀는 정을 볼 수 있다.」라고 크게 써 붙였다.' 급암이나 정당시에게도 이러한 말이 해당된다니 슬픈 일이로구나!"

61

◎

유림 열전
儒林列傳

이 편은 사마천이 제창한 유교사 열전이다. 편폭은 비교적 간략하여 3411자에 불과하지만 규모와 체제는 한 폭의 전기로서, 유학의 발전사 및 전승 관계를 통하여 고금의 유림 인물 53명을 기술하고 있다. 물론 한나라 초기에 오경을 전술한 경사 열 명을 중심으로 서술하면서 무제가 유가의 학술을 떠받들게 된 과정을 다루고 있다.

사마천은 공자와 육경을 지극히 존중하여 공자를 소왕(素王)으로 보고, 육경이야말로 당시 왕의 모범으로 삼을 만하다고 여겼다. 사실 사마천이 존중한 것은 선진 유가들에게서 보여지는 절조(節操)와 주관이지 공명을 추구하고 이익을 갈구한 공손홍, 아관 같은 자가 난무하는 한 대의 유가 모습이 아닌 것이다.

유림 53명 중에서 39명이 한 대의 유가인데 무제 때 인물이 많다. 사마천이 무제의 유가의 교육 정책을 긍정했음을 전적으로 배제할 수는 없으나 「유림 열전」에서 사마천이 무제와 유가들을 풍자하려 했다고 보는 것은 맞다.

이 열전은 첫머리에서 보듯이 공자가 제창한 유학에 대한 총결의 의미로 볼 수 있으나 실제 내용을 살펴보면 황로 사상의 색채가 강하다. 이 편은 「공자 세가」, 「중니 제자 열전」「맹자 순경 열전」과 함께 읽으면 사마천 사상의 맥락을 이해하기 좋다. 한편으로 「유경 숙손통 열전」, 「평진후 주보 열전」과 함께 읽어 보아도 좋다.

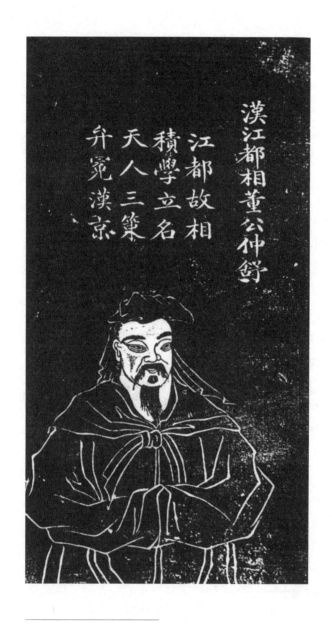

漢江都相董公仲舒

江都故相
積學立名
天人三策
升冕漢京

『춘추』에 밝아 효경제 때 박사가 된 동중서.

유학의 역사적 발전 과정

태사공은 말한다.

"나는 공령(功令)학사(學事)에 관한 규정 즉 학령(學令)을 읽다가 학관(學官)교육을 관장하던 곳을 장려하고 넓히는 대목에 이르면 책을 덮고 탄식하지 않은 적이 없다. 그리고 말한다. 아! 저 주 왕실이 쇠퇴하자 「관저(關雎)」가 지어졌고, 유왕(幽王)과 여왕(厲王)이 무도하여 예악이 무너졌으며, 제후들이 제멋대로 행동하여 정권이 강한 나라로 옮겨졌다. 그래서 공자는 왕도(王道)가 쇠하고 사도(邪道)가 일어나는 것을 슬퍼하여 『시』와 『서』를 순서대로 엮어 정리하고 예악을 고쳐 다시 일으켰다.

〔공자는〕제나라에 가서 「소(韶)」순임금 때의 악곡를 듣고 석 달이나 고기 맛을 몰랐고, 위(衛)나라에서 노나라로 돌아온 뒤에야 음악이 바로잡혀 「아(雅)」와 「송(頌)」이 각각 제자리를 찾게 되었다. 〔그러나〕세상이 워낙 혼란스러워서 쓰일 수 없었다. 이런 이유로 공자는 70여 군주를 찾아가 쓰이기를 바랐으나 받아 주는 군주가 없었다. 공자는 '만일 나를 써 주는 군주가 있다면 1년 〔안에 성과를 올릴〕것이다.'라고 했고, 서쪽으로 사냥을 가서 기린을 잡았다는 소식을 듣자 '내 도는 다했다.'라며 탄식했다.[1] 그래서 사관의 기록에 의거하여 『춘추』를 지어 임금의 법도를 삼았다. 〔『춘추』는〕언사가 정미하여 뜻이 깊고 넓어 후세 학자는 대부분 〔이것을 본받아〕기록했다.

공자가 죽고 나서 일흔 명의 제자는 〔각국으로〕흩어져 제후들에게 유세하였는데 그중 크게 된 자는 〔제후의〕사부(師傅)나 경상(卿相)이 되었고, 작게 된 자는 사대부의 친구가 되어 가르쳤으며, 어떤 이는 숨어 살며 벼슬에 나오지 않았다. 그러므로 자로(子路)는 위(衛)나라에 있었고, 자장(子張)은 진(陳)나라에 있었으며, 담대자우(澹臺子羽)는 초나라에 있었고, 자하(子夏)는 서하(西河)에 있었으며, 자공(子貢)은 제나라에서 일생을 마쳤다. 전자방(田子方), 단간목(段干木), 오기(吳起), 금활희(禽滑釐)와 같은 무리들은 모두 자하 같은 사람들에게 학

---

1) 유가 이론에 의하면 기린은 태평성대에만 나타난다. 그런데 세상이 혼란스러웠던 노나라 애공 11년에 기린이 나타난 것은 비정상적인 현상이므로, 공자는 자기가 이상적으로 생각하고 있는 정치가 실현될 수 없으며 자신의 수명이 다했다는 징조로 여겼다.

문을 전수받아 왕의 스승이 되었다. 이 무렵에는 오직 위(魏)나라의 문후(文侯)만이 학문을 좋아했다. 그 뒤로는 〔학문이 점점〕 쇠퇴하여 〔진나라〕 시황제에 이르렀다. 〔당시〕 천하는 전국 시대로 서로 어울려 싸움을 일삼으며 유가 학술을 배척했다. 그러나 제나라와 노나라 지방만은 학자들이 없어지지 않았다. 제나라 위왕(威王)과 선왕(宣王) 때에는 맹자와 순자 같은 사람이 모두 공자의 유업을 이어받아 빛냄으로써 학문을 그 시대에 알렸다.

진나라 말기에 이르자 『시』와 『서』를 불살라 버리고 유생들을 구덩이에 매장했다. 이때부터 육예는 없어지게 되었다. 〔그 뒤〕 진섭이 왕이 되자 노나라의 여러 선비가 공자의 예기(禮器)[2]를 가지고 가 진왕(陳王)진섭에게 귀순했다. 이리하여 공갑(孔甲)공자의 8대손은 진섭의 박사가 되었다가 끝내는 진섭과 함께 죽었다. 진섭은 필부의 몸으로 일어나 변경을 수비하는 오합지졸을 모아 한 달 만에 초나라 왕이 되었으나 반년도 못 되어 멸망했다. 이러한 것은 아주 보잘것없는 일인데, 유생들이 공자의 예기를 가지고 가서 예물을 바치고 신하가 된 것은 무엇 때문인가? 진(秦)나라가 그들의 서적을 불살라 버린 데서 쌓인 원한을 진왕(陳王)에게서 발산시켜 보려 했던 것이다.

고황제가 항적을 주살하고 병사를 일으켜 노나라를 포위했다. 〔그렇지만〕 그런 가운데서도 노나라의 모든 유생들은 여전

---

2) 세기(祭器)토서 이기(彝器)라고도 한다. 고대에는 제사, 상례, 빙례 등의 예의를 거행할 때 청동기로 만들어진 종, 정(鼎), 과(觚), 두(豆), 박(鎛) 등의 기물을 사용했다.

히 경서를 강의하고 낭송하면서 예악을 익히며 현가(弦歌)의 소리가 끊어지지 않았으니, 어찌 성인이 남긴 교화로써 예악을 즐긴 나라가 아니겠는가? 그래서 공자가 진(陳)나라에 있을 때 '돌아가자, 돌아가자. 우리 고향의 젊은이들은 뜻이 크나 일을 간략하게 처리하고 문장에도 문채가 있어 볼만하니, 이들을 어떻게 가르쳐야 할지 모르겠다.'라고 말했던 것이다.

대체로 제나라와 노나라 지역의 사람들이 문학을 좋아하는 것은 옛날부터의 천성이었다. 한나라가 일어나자 여러 유학자는 비로소 〔제나라와 노나라의〕 경서를 배워 익히고, 대사례(大射禮)3)나 향음례(鄕飮禮)4)를 강습할 수 있었다.

숙손통(叔孫通)은 한나라의 예의를 제정하였기 때문에 태상(太常)이 되었으며, 그와 함께 〔예의를〕 제정하는 일에 참여한 여러 제자도 모두 우선적으로 임용되었다. 그래서 〔사람들은〕 학문이 다시 일어나는 것에 감탄하고 탄식했다. 그렇지만 아직도 전쟁으로 천하를 평정하고 있으므로 상서(庠序)5)의 일을 정비할 겨를이 없었다. 효혜제와 여후 때의 공경은 모두 무력으로 공을 세운 신하였다. 효문제 때에는 자못 문학하는 선비들을 등용하는 듯했으나 효문제는 본시 형명(刑名)의 학설

---

3) 제후들이 제사를 지낼 때 화살을 쏘는 예절로서, 명중시킨 자에게만 제사에 참석할 수 있는 자격이 주어졌다.
4) 고을의 대부들이 향학을 졸업한 우수한 학생들에게 연회를 열어 주었는데, 그때 지켜야 할 예절을 말한다.
5) 고대의 학교이다. 학교에 대한 명칭은 시대가 흐름에 따라 바뀌었는데 하나라 때는 교(校)라고 하고, 은나라 때는 서(序)라고 했으며, 주나라 때는 상(庠)이라고 했다.

을 좋아했다. 효경제에 이르러서는 유학자들을 임명하지 않았고, 두 태후도 황로(黃老) 학설을 좋아하므로 여러 박사는 관원 수만 채운 채 하문이 있기만을 기다릴 뿐 승진하는 사람이 없었다.

금상(今上)한 무제께서 즉위할 무렵 조관(趙綰)이나 왕장(王臧) 등이 유학에 밝고 금상께서도 유학에 관심이 있으므로 방정(方正), 현량(賢良), 문학(文學)의 선비들을 불렀다. 그 뒤로 『시』를 강론하는 사람으로는 노나라의 신배공(申培公), 제나라의 원고생(轅固生), 연나라의 한 태부(韓太傅)한영(韓嬰)가 있었다. 『상서』를 강론하는 것은 제남의 복생(伏生)에서 비롯했으며, 『예』를 강론한 사람은 노나라의 고당생(高堂生)이었다. 『역』을 강론하는 것은 치천(菑川)의 전생(田生)이었으며, 『춘추』를 강론하는 것은 제나라와 노나라에서는 호무생(胡母生)으로부터 시작되고, 조나라에서는 동중서(董仲舒)로부터 시작되었다. 두 태후가 죽자 무안후 전분이 승상이 되어 황로와 형명 백가의 학설을 배척하고 문학하는 유학자 수백 명을 불러들였다. 그래서 공손홍은 『춘추』로써 평민에서 천자의 삼공이 되었고 평진후로 봉해졌다. 천하의 학자들은 한쪽으로 쏠려 바람을 따라 일어났다."

식견 있는 학자를 등용하여 뜻을 이룬다

공손홍이 학관이 되어 〔유가의〕 도가 침체된 것을 한탄하며 글을 올려 다음과 같이 주청했다.

승상공손홍과 어사대부 번계(番系)가 말씀드립니다. 조칙에서 "대체로 듣건대 백성을 지도하는 데는 예로써 하고 〔풍속을〕 교화시키는 데는 음악으로써 한다고 한다. 혼인은 가족을 형성하는 가장 큰 윤리이다. 그런데 지금 예는 버려지고 음악은 무너져 짐이 매우 슬프다. 그래서 천하의 품행이 바르고 견문이 넓은 학자를 다 조정으로 불러들여 관리로 임명하려 한다. 그리고 예관(禮官)교화와 예의를 맡은 관리로 하여금 학문을 권하는 것은, 그들도 강의와 토론으로 널리 들어 예를 일으켜 천하의 선구가 되도록 하며, 태상은 박사와 그 제자들과 의논하여 향리의 교화를 높여 현명한 인재를 배출시키도록 하라."라고 하셨습니다. 그래서 태상 공장(孔臧)과 박사 평(平) 등이 삼가 의논하여 "듣건대 삼대의 도(道)로서 향리마다 교육기관을 두었던 것이니 그것을 하나라 때는 교(校)라고 했고, 은나라 때는 서(序)라고 했으며, 주나라 때는 상(庠)이라고 했습니다. 선을 권장하는 방법으로는 선을 행한 자에게 조정에서 빛나는 자리를 주고, 악을 징계하는 방법으로는 형벌을 가했습니다. 그러므로 교화를 실천하기 위해서는 수도에서부터 선행의 본보기를 세우고 안에서 밖으로 미치게 해야 한다."라고 했습니다. 지금 폐하께서는 지극한 덕을 밝히고 큰 지혜를 열어 천지에 안배하고 인륜에 근본을 두며, 학문을 권장하고 예를 닦고 교화를 숭상하고 어진 선비를 격려함으로써 사방을 교화하고 계시니 이것이 태평성대의 근본입니다. 옛날에는 정치와 교육이 조화를 이루지 못하여 예의 제도가 갖춰지지 못했습니다. 청컨대 원래 있던 관원들에게 기대어 일으키도록 해 주십시오. 박사 직책을 강화하기 위하여 제자 50명을 두고 그들의 부역을 면제시켜 주십시오. 태상은 백성 중에서 18세 이상의 예의와 품행이 단정한 자를 골라 박사의 제자로 삼아 보필하게 해 주십시오. 군과 국과 현과 도와 읍에서 문학을 좋아하며 윗사람을 존경하고 정교(政敎)를 잘 지키며 향리의 습속에 순응하고 (언행과 품행이) 들은 바와 어긋나지 않는 자가 있으면 현령과 제후의 재상과 현의 장 및 승은 자신들이 소속된 2000석에게 추천하고, 2000석은 신중히 가려내어 계리(計吏)군이나 국에서 지방의 정치 상황을 보고하는 관리와 함께 태상에게 보내 제자들과 똑같이 수업을 받게 해 주십시오. 1년이 지나면 모두 일제히 시험을 치르게 하여 한 분야 이상에 능통한 자는 문학(文學)과 장고(掌故)[6]의 결원이 생길 경우 보충하도록 합니다. 그리고 그 가운데 낭중(郎中)이 될 만한 우수한 자가 있으면 태상이 명부를 만들어 상주합니다. 만약 뛰어난 수재가 있으면 언제든지 이름을 적어

---

6) 원문의 문학은 학술을 관장하는 관직명이고 장고는 태상의 속관으로 예악 제도를 다루는 자은 관지명이다. 태상장고(太常掌故)라고도 하며, '문학'과 '장고'를 따로 떼어서 번역하였는데, 이 역시 상당수의 번역서에서 채용하는 견해이기도 하다. 특별히 유학의 고사(故事)를 아는 것이 많다.

상주합니다. 그렇지만 학문에 힘쓰지 않거나 재능이 떨어져 한 분야에도 능통치 못하는 자가 있으면 즉시 파면시키고, 이러한 부적격자를 추천한 자를 처벌해 주십시오.

신이 삼가 지금까지 발표된 조서나 율령을 살펴보니 [황상께서는] 자연과 인간의 구별을 분명히 하고 고금의 도의에 밝으며, 문장이 우아하고 바르며, 훈계하는 문사가 깊고 두터우며 베푸신 은덕이 매우 아름다웠습니다. 그러나 말단 관리들은 배우고 들은 것이 얕고 적어 이를 십분 밝혀 펼 수 없어 밑에 있는 백성에게 잘 알리거나 일깨워 주지 못합니다. 예를 다스리는 관리 다음으로 장고의 인재를 다스렸는데, 문학과 예의로써 관리가 되었으나 승진 길이 막혔습니다. 청컨대 그 직급이 비200석 이상에서 100석까지의 관리 가운데 한 분야 이상에 능통한 자를 골라 좌우내사(左右內史)나 대행의 졸사(卒史)경이나 군수 밑에 있던 하급 관리의 보직을 주고, 비100석 이하는 군 태수의 졸사의 보직을 주되 모든 군에 각각 두 명, 변경의 군에는 한 명을 두어 주십시오. 무엇보다도 경서를 많이 외우고 있는 자부터 채용하고, 만일 인원이 부족한 경우에는 장고에서 선발하여 중2000석의 속관으로 충원하시고 문학과 장고에서는 군(郡)의 속관으로 보직을 주십시오. 청컨대 이상을 공령에 기재하고 나머지는 율령대로 하십시오.

[황상은] 조칙을 내려 그렇게 하라고 말했다. 이때부터 삼공, 구경, 대부, 사인(士人), 이(吏)에 문질(文質)을 겸한 선비가 매우 많아졌다.

바른 정치는 힘써 노력하는 데 있다

　신공(申公)은 노나라 사람이다. 고조가 노나라를 지날 때, 신공은 제자로써 스승제나라 사람 부구백(浮丘伯)을 따라 노나라 남궁(南宮)에서 고조를 알현했다. 여 태후 때에 신공은 장안으로 유학 와서 유영(劉郢)과 함께 같은 스승을 모셨다. 얼마 뒤에 유영이 초나라 왕이 되자 신공을 태자 유무(劉戊)의 스승으로 삼았다. [그렇지만] 유무는 학문을 좋아하지 않아 신공을 미워했다. 왕 유영이 죽고 유무가 초나라 왕으로 즉위하자 신공을 포승줄에 묶어 죄인으로 만들어 버렸다. 신공은 이것을 수치스럽게 여겨 노나라로 돌아와 집에서 [제자들을] 가르치며 평생 문밖에 나오지 않았고 빈객의 방문도 사절했다. 다만 노나라 공왕(恭王)이 부를 때에만 갔다. 제자들 중에는 먼 곳에서 찾아와 수업을 받는 자들이 100여 명이나 되었다. 신공은 다만『시』속에 나오는 훈고(訓詁)로 가르쳤으며 주석(註釋)을 전하지 않았으며 [의혹이 없는 부분만을 전하고] 의문이 있는 것은 빼 버리고 전하지 않았다.

　난릉의 왕장은 이미 [신공에게]『시』를 배운 뒤 효경제를 섬겨 태자소부(太子少傅)가 되었으나 면직되어 물러났다. 금상께서 막 즉위하자 왕장은 글을 올려 숙위가 되었다가 점점 승진하여 1년 만에 낭중령이 되었다. 그리고 대나라의 조관도 일찍이 신공에게『시』를 배워 어사대부가 되었다. 조관과 왕장은 천자에게 명당(明堂)고대에 황제들이 국정을 펴던 곳을 세워 제후들을 입조케 하도록 주청했으나 그 일을 이룰 수 없자 스승 신공을 천거했다. 그래서 천자는 사신을 보내고 속백(束帛)비단 다섯 필을 한데 묶어 사람을 초빙하거나 포상할 때 쓰던 예물에 구슬을 예물로 가져가 말 네 마리가 끄는 안거(安車)로 신공을 맞이하도록 했는데, 〔이때〕 제자 두 명이 마차를 타고 따라와서 같이 천자를 알현했다. 천자가 치란(治亂)에 대해 묻자, 신공은 당시 여든이 넘은 노인이었으나 이렇게 대답했다.

"나라를 다스리는 것은 말을 많이 하는 데 있는 게 아니고 어떻게 힘써 행하느냐에 달려 있습니다."

이 무렵 황상은 문사(文詞)를 좋아하므로 신공이 대답하는 것을 보고는 묵묵히 있었다. 그러나 이미 〔신공을〕 초빙하였으므로 태중대부로 삼아 노나라 왕의 저택에 살면서 명당 세우는 일을 상의하도록 했다. 태황태후인 두 태후는 노자의 학설을 좋아하고 유가의 학설을 좋아하지 않으므로 조관과 왕장의 허물을 찾아내어 황상을 꾸짖었다. 황상은 이 일로 인해 명당 세우는 일을 없었던 일로 하고 조관과 왕장을 모두 형리에게 넘겨 〔죄를 다스리게 하자〕 뒷날 두 사람은 자살했다. 신공도 병들어 면직되어 고향으로 돌아가 살다가 몇 년 뒤에 죽었다.

〔신공의〕 제자 중 박사가 된 자가 10여 명 있었으니, 공안국(孔安國)은 임회군(臨淮郡) 태수가 되었고, 주패(周霸)는 교서국의 내사가 되었으며, 하관(夏寬)은 성양국(城陽國)의 내사가 되고, 탕(碭)의 노사(魯賜)는 동해군(東海郡) 태수가 되었으며, 난릉의 무생(繆生)은 장사국(長沙國)의 내사가 되었고, 서언(徐偃)은 교서국의 중위(中尉)가 되었으며, 추(鄒) 사람 궐문경

기(闕門慶忌)는 교동국(膠東國)의 내사가 되었다. 그들은 관리와 백성을 다스림에 모두 청렴하고 절도가 있으며 학문을 좋아한다는 칭찬을 들었다. 학관이 된 제자들의 품행은 완전하지는 않지만 대부, 낭중, 장고에 이른 자가 100명을 헤아렸다. 『시』에 대한 그들의 견해는 저마다 다르지만 대부분 신공의 견해에 바탕을 두고 있었다.

관은 머리에 써야 하고 신발은 발에 신는다

청하왕(淸河王)의 태부 원고생(轅固生)은 제나라 사람이다. 『시』에 밝아 효경제 때 박사가 되었다. 그는 경제 앞에서 황생(黃生)과 논쟁한 적이 있는데 황생이 말했다.

"탕왕과 무왕은 천명을 받은 것이 아니라 (걸왕과 주왕을) 시해한 것입니다."

원고생이 말했다.

"그렇지 않습니다. 대체로 (하나라) 걸왕이나 (은나라) 주왕이 잔학하고 난폭하여 천하의 민심이 모두 탕왕과 무왕에게 쏠린 것입니다. 탕왕과 무왕은 천하의 민심과 함께하여 걸왕과 주왕을 주살하고 걸왕과 주왕의 백성이 자기 군주의 부림을 받지 않고 탕왕과 무왕에게 귀의하였으므로 탕왕과 무왕은 어쩔 수 없이 즉위한 것입니다. 이를 어찌 천명을 받은 것이 아니라고 할 수 있겠습니까?"

황생이 말했다.

"관은 해져도 반드시 머리에 쓰고 신발은 새것이라도 반드시 발에 신습니다. 무엇 때문이겠습니까? 위아래의 구분이 있기 때문입니다. 이제 걸왕과 주왕이 비록 정도를 잃었다 하더라도 군주로서 위에 있어야 했고, 탕왕과 무왕은 비록 성인일지라도 신하이므로 아래에 있어야 했습니다. 대체로 군주가 정치를 잘못하면 신하가 바른말로 잘못을 고쳐 주어 천자를 존중해야 하거늘 도리어 잘못이 있다 해서 그를 죽이고 남면하여 대신 왕위에 올랐으니, 이것이 시해한 게 아니면 무엇입니까?"

원고생이 말했다.

"반드시 당신이 말한 대로라면 고제께서 진나라를 대신하여 천자 자리에 오른 것도 그르오?"

그러자 경제가 말했다.

"고기를 먹을 때 말의 간을 먹지 않았다고 하여 〔고기〕 맛을 모른다고는 하지 않소. 학문을 논하는 자가 탕왕과 무왕이 천명을 받은 것에 대해 말하지 않는다고 하여 어리석다고는 하지 않소."

드디어 논쟁을 멈추었다. 이 뒤로는 학자들 사이에 천명과 시해에 대해 밝히려는 자는 아무도 없었다.

두 태후는 노자의 책을 좋아하여 원고생을 불러 『노자』란 책에 관해 물으니, 원고생이 대답했다.

"그것은 하인들의 말에 지나지 않습니다."

두 태후가 노여워하며 말했다.

"어떻게든 사공(司空)의 성단서(城旦書)를 얻을 수 있겠는가?"7)

그래서 원고생을 짐승 우리에 들여보내고 돼지를 찔러 죽이게 했다. 경제는 두 태후가 노여워했지만 원고생이 바른말을 했을 뿐 죄가 없음을 알고 있으므로, 원고생에게 날카로운 칼을 주어 우리로 내려가 돼지를 찌르게 했다. 그는 단 한 번에 심장을 찔러 돼지를 죽여 쓰러뜨렸다. 두 태후는 다시 벌을 내릴 수도 없으므로 그것으로 잠자코 있다가 파면시켰다. 원고생은 한동안 집에서 머물렀는데 경제는 원고생이 청렴하고 정직하다고 여겨 청하왕의 태부로 임명했다. 그는 오래도록 이 자리에 있다가 병들어 면직되었다.

금상께서 막 즉위하자 현량이란 이름으로 원고생을 다시 불러들였다. 그러자 아첨을 일삼는 유학자들이 원고생을 미워하고 헐뜯어 말했다.

"원고생은 늙었습니다."

[금상께서는] 그를 파면시키고 돌려보냈다. 이때 원고생의 나이는 아흔이 넘었다. 원고생이 초빙될 때 설(薛) 사람 공손홍도 초빙되었는데, 그는 [경외하여 바로 쳐다보지 못하고] 곁눈질로 원고생을 보았다. 원고생이 말했다.

---

7) 사공(司空)은 고대 옥을 관리하던 관리이고, 성단(城旦)은 노역하는 죄수를 말한다. 한나라 초기에 최고 통치자들은 황로 사상을 숭상하여 청정무위(淸靜無爲)를 주장하며 정치에서도 '무위(無爲)'를 숭싱하였고, 유가의 학술은 지나치게 '급(急)'하다고 보았다. 본문 두 태후의 말은 유가의 학설과 정치적 주장이 율령(律令)과 같음을 풍자한 것이다.

"공손자(公孫子)여, 바른 학문에 힘써 바르게 말하고 왜곡된 학문으로 세상에 아첨하지 마시게."

이로부터 제나라에서 『시』를 말하는 자는 모두 원고생의 설에 바탕을 두었고, 제나라 사람으로 『시』를 가지고 영달한 자는 모두 원고생의 제자였다.

한생(韓生)은 연나라 사람이다. 효문제 때 박사가 되었고, 경제 때 상산왕(常山王)의 태부가 되었다. 한생은 『시』의 뜻을 부연하여 『한시내전(韓詩內傳)』과 『한시외전(韓詩外傳)』 수만 언(言)을 지었다. 그의 학설은 제나라와 노나라의 (『시』 학설과는) 자못 다르나 귀결점은 같았다. 회남의 비생(賁生)이 그에게 전수받았다. 이로부터 연나라와 조나라 사이에서 『시』를 말하는 자는 한생의 학설로부터 나왔다. 한생의 손자 한상(韓商)은 금상의 박사가 되었다.

복생(伏生)은 제남 사람으로 본래는 진(秦)나라 박사였다. 효문제 때 『상서』에 밝은 자를 구하려 했으나 천하에 그런 이가 없었다. 복생이 잘 안다는 소문을 듣고 초빙하려 했으나, 이때 복생은 아흔이 넘은 나이로 늙어서 다닐 수가 없었다. 그래서 태상에게 조서를 내려 장고(掌故) 조조(朝錯)를 보내 전수받게 했다.

진나라가 책을 불살랐을 때 복생은 (『상서』를) 벽 속에 감추었다. 복생은 그 뒤 전쟁이 크게 일어났기 때문에 (집을 떠나) 떠돌아다니다가 한나라가 (천하를) 평정하자 복생은 그 책을 찾아보았으나 수십 편이 없어지고 스물아홉 편만을 얻어 제나라와 노나라 사이에서 가르쳤다. 학자들은 이로 말미암아 자못 『상서』를 말할 수 있게 되었다. 산동의 여러 학자는 『상서』를 섭렵하여 가르치지 않는 자가 없었다.

복생은 제남의 장생(張生)과 구양생(歐陽生)을 가르쳤고, 구양생은 천승(千乘)의 예관(兒寬)을 가르쳤다. 예관은 이미 『상서』에 정통한 뒤 문학으로 군(郡)의 추천을 받아 박사로 가서 수업을 받았는데 공안국(孔安國)에게 배웠다. 예관은 가난하여 생활비가 없으므로 늘 다른 제자들의 밥 짓는 일을 맡아 하고, 때로는 틈틈이 날품팔이를 하여 입을 것과 먹을 것을 해결했다. 그는 일을 다닐 때도 언제나 경서를 가지고 가서 쉴 때마다 꺼내 외고 익혔다. 그 뒤 시험 성적에 따라 정위의 사(史)에 임명되었다.

이 무렵 장탕은 학문을 장려하던 터라 〔예관을〕 주언연(奏讞掾)으로 삼았다. 〔예관은〕 고법(古法)에 따라 의혹이 있는 중대한 사건을 판정했으므로 장탕의 총애를 받았다. 예관은 사람됨이 온후하고 선량하고 청렴하며 지혜롭고 지조가 있으며 글도 잘 지어 상소문을 잘 쓰고 문장으로 표현하는 데는 재치가 있으나, 입으로는 〔자기 의견을〕 명확히 발표하는 능력이 없었다. 장탕은 그를 장자(長者)로 여기고 자주 칭찬했다.

장탕이 어사대부가 되자, 예관을 그의 속관으로 삼고 천자께 추천했다. 천자는 예관을 만나 학문에 대해 질문해 보고 기뻐했다. 장탕이 죽은 지 6년 만에 예관의 자리는 어사대부에 이르렀다. 9년 뒤에 현직에서 죽었다. 예관은 삼공의 자리에 있으면서 온화하고 조용한 성품으로 그 자리를 오래도록 지키기는 했지만, 관청의 일을 바로잡기 위해서 간언하는 일이 없으므로 부하 관리들은 그를 만만하게 보고 힘을 다하지 않았다. 장생도 박사가 되었다. 복생의 손자도 『상서』를 잘 안다고 하여 초빙했으나 깊은 뜻을 분명하게 알지는 못했다.

이때부터 노나라의 주패와 공안국, 낙양의 가가(賈嘉) 등이 자못 『상서』의 내용에 대해 말할 수 있었다. 공안국은 고문(古文) 『상서』를 가지고 있었는데 이것을 금문(今文)으로 풀어 읽었다. 이렇게 하여 고문 연구가들이 일어나게 되었고, 없어졌던 〔『상서』〕 10여 편도 얻게 되었다. 이로부터 『상서』의 편수가 많아졌다.

여러 학자가 대부분 『예』를 논했지만 노나라 고당생(高堂生)이 가장 뛰어났다. 『예』는 공자 때부터 정돈되기 시작했으나 경전이 갖추어지지 않았으며, 진나라가 책을 불살랐으므로 경서들 중에 흩어지거나 없어진 것이 더욱 많아지고 지금은 『사례(士禮)』만이 남아 있다. 고당생은 그것에 대해 담론할 수 있었다.

노나라의 서생(徐生)은 예절 의식을 잘 알았다. 효문제 때 서생은 예절 의식으로써 예관대부(禮官大夫)가 되었고, 그 직분을 아들에게 전하여 손자 서연(徐延)과 서양(徐襄)에게까지 이르렀다. 서양은 선천적으로 예절 의식에는 뛰어나나 『예경(禮經)』에는 능통하지 못했고, 서연은 『예경』에는 능통하나 예절 의식에는 뛰어나지 못했다. 서양은 예절 의식으로써 한나라의 예관대부가 되었고 광릉국(廣陵國)의 내사에까지 올랐다. 서연과 서씨의 제자 공호만의(公戶滿意), 환생(桓生), 선차(單次)도 모두 일찍이 한나라의 예관대부가 되었다. 그리고 하구(瑕丘)의 소분(蕭奮)은 『예』로써 회양군(淮陽郡) 태수가 되었다. 이 뒤로 『예』를 담론하고 예절 의식을 말할 수 있는 자는 서씨로부터 나온 것이다.

노나라의 상구(商瞿)는 공자에게 『역』을 전수받았다. 공자가 죽자 상구는 『역』을 6대까지 전수하여 제나라 사람 전하(田何)에까지 이르렀다. 전하는 자가 자장(子莊)으로 한나라가 흥기했을 때의 사람이다. 전하는 동무(東武) 사람 왕동자중(王同子仲)에게 전했고, 자중은 치천의 양하(楊何)에게 전했으며, 양하는 『역』을 가지고 원광 원년에 초빙되어 관직이 중대부에 이르렀다. 제나라 사람 즉묵성(卽墨成)은 『역』으로 성양국(城陽國)의 재상이 되었고, 광천(廣川) 사람 맹단(孟但)은 『역』으로 태자의 문대부(門大夫)가 되었다. 노나라 주패(周霸), 거(莒) 사람 형호(衡胡), 임치 사람 주보언 등은 모두 『역』으로 2000석에 올랐다. 그러나 요컨대 『역』을 말하는 자는 양하(楊何) 학파를 바탕으로 했다.

동중서는 광천(廣川) 사람으로 『춘추』에 밝아 효경제 때 박사가 되었다. 〔그는〕 휘장을 내리고 경전을 강의하고 암송하여, 제자들은 먼저 들어온 자가 새로 들어온 제자에게 전수하는 방법으로 배웠으므로 스승의 얼굴을 보지 못한 자도 있었다. 동중서는 삼 년 동안 자기 집의 정원을 보지 않고 〔학문에〕 정진하는 것은 이와 같았다. 〔그리고〕 나아가고 물러남에 예가 아니면 행하지 않으므로 학문하는 선비는 모두 그를 스승으로 존경했다.

금상께서 즉위하자 〔동중서는〕 강도(江都)의 재상이 되었다. 〔그리고〕『춘추』에 기록된 천재지이(天災地異)의 변화를 바탕으로 천지 음양이 역행하는 원인을 유추했다. 그래서 비를 내리게 할 때는 〔남문을 봉쇄하여〕 모든 양기를 닫고 〔북문을 열어놓아〕 모든 음기를 부추기고, 비를 그치게 하려면 그 반대 방법으로 하였다. 강도의 모든 지역에 이를 실행하여 바라는 대로 되지 않은 적이 없었다. 〔그는〕 중도에 해임되어 중대부가 되었으나 집에 있으면서『재이지기(災異之記)』라는 책을 지었다.

이 무렵 요동에 있는 고조의 묘에 불이 났다. 동중서를 미워하던 주보언이 그의 저서를 훔쳐다가 금상께 상주했다. 금상께서 여러 유생을 불러 모아 그 책을 검토하게 하니, 그것을 풍자하고 비판하는 자가 있었다. 동중서의 제자 여보서(呂步舒)까지도 이것이 자기 스승의 글인 줄 모르고 저속하고 어리석다고 말했다. 이리하여 동중서는 옥리에게 넘겨져 죽음을 당하게 되었지만 조칙으로 사면시켜 주었다. 그 뒤 동중서는 다시는 천재지변에 관해서 말하지 않았다.

동중서는 사람됨이 청렴하고 정직하였다. 이 무렵 한나라는 사방의 오랑캐를 나라 밖으로 내몰고 있었다. 공손홍은『춘추』에 밝은 것이 동중서에는 미치지 못했으나, 세속에 영합하여 일을 해서 지위가 공경에까지 이르렀다. 동중서는 공손홍을 아첨을 좇는 [소인이라고] 생각했고, 공손홍은 동중서를 미워하여 금상께 말했다.

"동중서만이 교서왕의 재상이 될 수 있습니다."

교서왕은 평소 동중서가 덕행이 있다고 들었으므로 후대하였다. [하지만] 동중서는 [이 자리에] 오래 있다가는 죄를 얻게 될까 두려워 병으로 벼슬을 그만두고는 집에 있었다. 죽는 날까지 가산을 늘리는 일은 돌아보지 않고 학문과 저술 작업으로 일거리를 삼았다. 그러므로 한나라가 일어나 5대까지 이르는 동안 동중서만이 『춘추』에 밝은 인물이라는 명예를 가졌다. 그가 전한 것이 『공양전(公羊傳)』이다.

호무생(胡毋生)은 제나라 사람으로 효경제 때 박사가 되었고, 늙어서는 고향으로 돌아와 제자를 가르쳤다. 제나라에서 『춘추』를 논하는 자는 대부분 호무생의 제자이다. 공손홍도 그에게 많은 것을 배웠다.

하구(瑕丘)의 강생(江生)은 『춘추곡량전(春秋穀梁傳)』을 연구했다. 그는 공손홍에 의해 등용되었으나, 일찍이 『춘추』의 여러 해석을 모아 비교한 끝에 마침내 동중서의 해설을 채용했다.

동중서의 제자 중에서 [명예와 지위를] 얻은 자로는 난릉의 저대(褚大), 광천의 은충(殷忠), 온(溫)의 여보서(呂步舒) 등이 있다. 저대는 양나라 재상이 되었고, 여보서는 장사(長史)가 되어 사자의 부절을 받아 회남왕의 반란 사건을 처리하도록 보내졌는데 [회남왕이] 천자에게 보고하지 않고 멋대로 행동한 것을 『춘추』의 대의로써 공정하게 단죄하니 천자는 모두 옳다고 했다. [이 밖에] 그의 제자로 출세하여 명대부(命大夫)[8]가 되거나 낭, 알자, 장고가 된 자가 100명이나 헤아렸다. 그리고 동중서의 아들과 손자도 모두 학문으로써 큰 벼슬에 이르렀다.

---

8) 황제에게 임명을 받은 대부이다. 가령 광록대부(光祿大夫), 간대부(諫大夫), 태중대부(太中大夫) 등을 말한다.

62

◎

혹리 열전
酷吏列傳

　상당한 편폭의 이 편은 서한 전기에 살았던 포악한 관리 열 명의 행적을 서술하고 있는데, 대체로 한나라 무제 때의 관리들이다. 혹리가 춘추 시대에는 없고 한 대에만 있었을 리 만무하지만, 등장인물 열 명 중에서 질도(郅都) 한 명을 제외하면 아홉 명이 무제 때 재직한 사람이라는 사실은 무제가 겉으로는 유가를 주창하면서도 형법에 가혹한 면모를 보였다는 점을 부각시키고 중앙 집권이 강조됨에 따라 관리가 민중 위에 군림하게 되었음을 비판하는 의도가 있음을 드러낸다.

　또 무제가 혹리를 많이 등용한 것은 부호나 상인, 귀척 등에게 타격을 입힘으로써 소금과 철의 전매 정책과 평준(平準)과 균수(均輸) 등 경제 정책을 추진하여 황권을 강화하고 전쟁 비용을 충당하려는 목적에서 비롯된 것이다. 그러나 법 적용이 공정하지 못하고 지나치게 엄하여 도적이 들끓고 농민 봉기가 일어났다.

　이 편 첫머리에서 공자와 노자의 말을 인용하여 예의와 도덕의 중요한 작용을 천명한 것은 사마천이 지닌 반폭정 의도와 공공의 이익이 중요하다는 생각을 분명하게 드러낸다. 주양유 같은 자에게서 보여지듯 이중적인 혹리들의 태도에 사마천은 한 시대를 풍미한 혹리들을 다루면서 풍자의 시각을 드러내고 있다. 다만 논찬에서 혹리 가운데 청렴하게 공적인 일을 처리하고 법을 집행함에 아부하지 않는 자도 있었다는 점만은 긍정적으로 평가하고 있다.

법령이 늘수록 도둑은 많아진다

공자는 말했다.

"정령(政令)으로 인도하고 형벌로 바로잡으면 백성은 형벌을 피하는 것을 부끄럽게 여기지 않는다. 덕으로 이끌고 예로 바로잡으면 부끄러움을 알고 바르게 살아간다."

노씨(老氏)노자는 이렇게 일컬었다.

"최상의 덕은 덕이라고 하지 않으니 이 때문에 덕이 있다. 하급의 덕은 덕을 잃으려 하지 않으니 이 때문에 덕이 없다. 법령이 많아질수록 도적은 많아진다."

태사공은 말한다.

"진실로 옳구나! 이러한 말들이여. 법령이란 다스림의 도구일 뿐 〔백성의〕 맑고 탁함을 다스리는 근원은 아니다. 옛날 진(秦)을 지칭함에는 천하의 법망이 치밀했으나, 간사함과 거짓은 싹이 움트듯 일어나 극도에 이르러 위아래가 서로 속여 구제할 수 없는 지경에 이르렀다. 당시 관리들은 불을 그대로 둔 채 끓는 물만 식히려는 것처럼 조급하게 했다. 〔이러한 상황에서〕 강하고 준엄하며 혹독한 사람이 아니고야 어떻게 그 임무를 즐겁게 감당할 수 있었겠는가? 〔그래서〕 도덕을 말하는 사람도 자기가 맡은 일을 감당하지 못했던 것이다. 그러므로 '송사를 듣고 판결을 내리는 일은 나도 남과 같지만, 반드시 송사가 없도록 할 것이다!'라고 말했고, '하찮은 선비는 도(道)를 듣고 크게 웃기만 할 뿐이다.'라고 말했으니 이는 허튼 말이 아니다.[1]

한나라가 일어나자 모난 것을 깨뜨려 둥글게 만들고,[2] 조각한 장식을 깎아 소박하게 만들며, 법망은 배를 집어삼킬 만한 큰 물고기도 빠져나갈 수 있을 만큼 너그럽게 했다. 그렇게 하니 관리들의 통치는 순수하고 단순하여 간악한 데로 이르지 않고, 백성은 잘 다스려지는 데에 편안함을 느꼈다. 이상으로 살펴보면 백성을 다스리는 근본은 혹독한 법령에 있는 게 아

---

1) 앞의 말은 공자, 뒤의 말은 노자가 한 것이다. 어진 정치의 실행을 강조하고 엄격한 형벌을 반대하고 있다.
2) 가혹하고 엄하기만 한 진나라 형벌을 폐지하고 무위이치(無爲而治) 즉 아무것도 하지 않아도 자연스럽게 다스려지는 정치를 지향하여 모든 법령을 쉽고 간편하게 만든다는 뜻이다.

니라 도덕에 있다."

충신이었고 청렴했으나 목이 달아난 질도

고후 때 가혹한 관리로 후봉(侯封)이라는 자가 있었는데, 황족들을 가혹하게 능멸하고 공신들을 함부로 욕보였다. 〔그러나〕여씨 일족이 망하자 마침내 후봉 일족도 주멸되었다. 효경제 때에는 조조(鼂錯)가 법을 각박하고도 가혹하게 만들고 술책을 운용하여 자신의 재능을 강화했다. 일곱 나라의 난은 조조에 대한 분노가 폭발하여 일어난 것이며 조조는 결국 처형되었다. 그 뒤에 질도(郅都)와 영성(寧成)의 무리가 있었다.

질도는 양(楊) 땅 사람으로 낭이 되어 효문제를 섬겼다. 효경제 때에 질도는 중랑장이 되어 과감하게 직간하고 조정 대신들을 눈앞에서 꺾어 눌렀다. 〔그는〕일찍이 〔효경제를〕 따라 상림원에 간 적이 있었는데 가희(賈姬)가 변소에 갔을 때 멧돼지가 갑자기 변소로 뛰어들었다. 황경제는 질도에게 〔그녀를 구해 주도록〕 눈짓을 했으나 질도는 꼼짝도 하지 않으려 했다. 황제가 몸소 무기를 들고 가희를 구하려 하자, 질도는 황제 앞에 엎드려 이렇게 말했다.

"희첩 한 명을 잃으면 또 다른 희첩을 얻으면 됩니다. 천하에 어찌 가희 같은 여자가 부족하겠습니까? 폐하께서 만일 스스로를 가볍게 여기신다면 종묘나 태후는 어떻게 합니까?"

황제는 몸을 되돌렸고 멧돼지도 달아나 버렸다. 태후는 이 소문을 듣고 질도에게 황금 100근을 내렸으며, 이 일로 인하여 질도를 중용했다.

제남군의 한씨(瞯氏)라는 일족은 300여 가구나 되는 호족으로 법을 무시하고 제멋대로 행동했지만 2000석의 관리 중에 이들을 제지할 수 있는 자가 아무도 없었다. 그래서 경제는 질도를 제남군 태수로 임명했다. 〔질도는〕 부임하자 한씨 일족 중 가장 포학한 자의 일가를 주멸해 버리니 나머지 한씨들은 두려워 벌벌 떨었다. 1년 남짓 지나자 제남군에는 길에 물건이 떨어져 있어도 주워 가는 사람이 없었다. 근처의 10여 군의 태수[3]들은 질도를 대부(大府) 사람을 대하듯 외경했다.

질도는 사람됨이 용감하고 기개와 힘이 있으며 공정하고 청렴했다. 그는 사사로운 편지를 받으면 뜯어 보지도 않고, 남이 보내온 선물도 받는 법이 없으며, 남의 청탁이나 의뢰하는 말을 들어준 적이 없었다. 그는 늘 스스로 이렇게 말했다.

"이미 어버이를 등지고 벼슬살이하는 이상 이 몸은 맡은 일에 책임을 다하고 절개를 지키다가 관직에서 죽을 뿐이니 끝내 처자식조차 돌보지 않을 것이다."

질도는 중위로 승진하였다. 승상 조후(條侯)주아부는 매우 고귀한 신분이었으나 질도는 〔그를 만날 때마다〕 읍할 뿐이었

---

3) 태수(太守)라는 직책은 전국 시대에 생긴 것으로, 본래는 군수(郡守)로 불리던 것이 한대에 들어서면서 태수로 바뀌었다. 태수는 애당초 무관으로서 한 군(郡)의 방위를 담당했으나 시간이 흐르면서 지방관으로 바뀌어 갔다.

다. 당시 백성은 순박하여 죄를 받을까 두려워하여 스스로 조심했으나 질도만은 엄하고 가혹한 법을 제일로 여겨 법을 적용할 때는 귀족이나 외척도 피하지 않았다. 그래서 제후나 황족들은 질도를 볼 때마다 곁눈질로 보고 보라매용통성이 없는 가혹한 관리라는 뜻라고 불렀다.

임강왕(臨江王)유영이 중위부(中尉府)로 소환되어 취조를 받게 되었는데 임강왕은 도필을 빌려 황제에게 사죄하는 글을 쓰려고 했으나, 질도는 〔법에서〕 금하는 것이므로 부하에게 주지 못하게 했다. 그런데 위기후두영가 몰래 사람을 시켜 임강왕에게 넣어 주었다. 임강왕은 황제에게 사죄하는 글을 쓰고 나서 스스로 목숨을 끊었다. 두 태후는 이 소식을 듣고 노하여 죄를 꾸며 질도를 중상하니 질도는 면직되어 집으로 돌아갔으나, 효경제는 사자에게 부절을 주어 질도의 집으로 보내 그를 안문군(鴈門郡) 태수로 임명하여 〔그로 하여금〕 편한 대로 임지로 떠나게 하고, 아울러 임지에서는 〔조정의 명령을 기다릴 것 없이〕 편의대로 일을 처리하게 했다.

흉노는 평소 질도의 지조를 들었으므로 변경에 머물고 있던 병사를 이끌고 돌아갔다. 〔그들은〕 그 뒤로 질도가 죽을 때까지 다시는 안문군에 가까이 오지 않았다. 흉노는 질도의 생김새를 본떠 만든 인형을 놓고 말을 달리면서 활을 쏘게 했으나 아무도 맞히지 못할 정도로 질도를 대단히 꺼려했다. 질도는 흉노의 근심거리였다. 그 뒤 두 태후는 끝내 질도를 한나라 법에 걸어 처벌하려 했다. 경제가 말했다.

"질도는 충신이오."

이렇게 말하고 그를 석방하려 하자 두 태후가 말했다.

"임강왕은 설마 충신이 아니라는 말씀이십니까?"

이에 드디어 질도를 목 베었다.

혹리에서 거부로 변신한 영성

영성(寧成)은 양현(穰縣) 사람으로 낭과 알자가 되어 경제를 섬겼다. 그는 기개를 좋아했고 남의 부하로 있을 때는 반드시 자기 상관을 능멸했고, 다른 사람의 상관으로 있을 때는 젖은 섶나무를 묶듯이 부하를 다루었다. 〔그는〕 교활하고 남을 해치기도 하며 제멋대로 하고 위세를 부렸다. 〔그는〕 점점 승진하여 제남군 도위가 되었는데, 그때 질도가 그곳 태수로 있었다. 앞서 임명되었던 여러 도위는 현령이 태수를 만날 때처럼 관아로 걸어 들어가 아뢴 뒤에야 태수를 만날 정도로 질도를 두려워하였다. 영성은 부임하자마자 곧장 질도를 능가하여 질도보다 높은 위치에 있었다. 질도는 평소 영성의 명성을 들었으므로 잘 대우하고 좋은 관계를 유지했다.

오래 지나서 질도가 죽은 뒤로는 장안 부근의 황족이나 종실 가운데 난폭하여 법을 범하는 자가 많으므로 이에 황제는 영성을 불러 중위로 삼았다. 영성의 통치 방법은 질도를 본뜬 것이었으나 청렴한 점에서는 〔질도만〕 못했다. 그러나 종실과 호걸은 모두 저마다 영성을 불안해하고 두려움에 떨었다.

무제가 즉위하자 [영성은] 내사(內史)로 옮겼다. [황상의] 외척 가운데 많은 이가 영성의 결점을 헐뜯어 그는 곤겸(髡鉗)머리를 깎고 목에 사슬을 채우는 형벌의 형벌을 받게 되었다. 이 무렵 구경의 신분으로 죽을죄를 지었을 때는 스스로 목숨을 끊어 형벌을 받는 경우가 적었는데, 영성은 중형을 받았으니 다시는 벼슬할 수 없을 것으로 여겨 목에 감긴 사슬을 벗어 버리고 전(傳)관문을 지날 때 쓰는 목판으로 만들어진 통행증을 거짓으로 새겨 함곡관을 빠져나와 집으로 돌아왔다. 그는 말했다.

"벼슬하여 2000석에 오르지 못하고, 장사하여 천만금의 재산을 모으지 못하면 어떻게 다른 사람과 비교할 수 있겠는가?"

그는 외상으로 산비탈의 밭 1000여 경(頃)을 사들여 가난한 백성에게 세를 내고 경작하도록 함으로써 수천 가구를 노역으로 부렸다. 그로부터 몇 년 뒤 마침내 사면을 받았다. 그는 수천 금의 재산을 모으고 의협심 있는 사람으로 자처하여 관리들의 장단점을 잡고 있었고, 외출할 때는 수십 기(騎)가 따랐으며, 또 백성을 부릴 때는 군의 태수보다 위세와 무게가 있었다.

냉혹하고 교만한 주양유

주양유(周陽由)의 아버지는 조겸(趙兼)고조의 첩 조 미인의 동생으로 [조겸이] 회남왕의 외삼촌이라는 이유로 주양(周陽)에 봉해졌으므로 성이 주양씨(周陽氏)가 되었다. 〔주양유는〕 외척이라는 특전으로 낭이 되어 효문제와 효경제를 섬겼다. 경제 때 그는 군의 태수가 되었다.

무제가 즉위했을 무렵에는 관리들이 법에 따라 매우 신중하게 다스리는 것을 숭상하였다. 그러나 주양유는 2000석 중에서도 가장 포학하고 냉혹하고 교만하고 방자했다. 〔그는〕 자신이 좋아하는 자는 법을 어기면서까지 살려 주고, 미워하는 자는 법을 왜곡시키면서까지 죽였다. 〔그는〕 부임하는 군마다 반드시 그곳 호족들을 주멸하고, 태수가 되면 도위를 현령처럼 쳐다보며, 도위가 되면 반드시 태수를 업신여겨 그 힘을 빼앗았다. 냉혹한 점에서는 급암과 겨룰 만했다. 법을 악용하여 남을 해치던 사마안(司馬安)조차도 같은 이천석 신분이지만 수레를 같이 타는 경우 감히 〔부들을 깐〕 자리에 나란히 앉지 않고 가로막대에 함께 기대지도 못했다.

주양유는 뒷날 하동군(河東郡) 도위로 있을 때 하동군 태수 승도공(勝屠公)과 권력 다툼을 벌이다가 맞고소를 하게 되었다. 승도공은 유죄 판결을 받자 명분상 형벌을 받을 수 없다 하여 스스로 목숨을 끊었다. 주양유는 기시에 처해졌다.

영성과 주양유가 죽은 뒤부터 사건은 더욱더 많아지고, 백성은 법망을 교묘히 피해 나갔다. 보통 관리의 통치 방법도 대부분 영성이나 주양유 등을 닮아 갔다.

견지법을 만든 조우

조우(趙禹)는 태현(斄縣) 사람이다. 좌사(佐史)태수 아래에 있는 지방관로서 중도관(中都官)한나라 때 수도의 각 관서를 총칭함을 보임했다. 그는 청렴한 인품으로 영사(令史)문서 관리를 담당한 관원가 되어 태위 주아부를 섬겼다. 주아부가 승상이 되자, 조우는 승상의 속관사(史)가 되었다. 승상부 관리들은 조우의 청렴하고 공평함을 칭찬했으나 주아부만은 그를 신임하지 않고 말했다.

"조우가 해를 끼칠 수는 없다는 것은 지극히 잘 알고 있다. 그러나 법을 너무 엄격하게 적용시키므로 상급 관부에서 일할 사람은 못 된다."

금상 때에 들어서 조우는 도필리로서 공을 쌓아 점점 승진하여 어사가 되었다. 황상은 능력 있다고 생각하여 태중대부로 삼았다. 〔그는〕 장탕과 함께 여러 가지 율령을 논의하고 견지법(見知法)[4]을 만들어 관리들이 서로 감시하게 했다. 법률 집행이 더욱 가혹해진 것은 아마도 이때부터 시작된 듯하다.

---

4) 다른 사람의 범죄 사실을 알면서도 잡지 않으면 그 죄인이 지은 죄와 똑같은 죄를 지은 것으로 간주하여 형벌을 내리는 법이다.

군주의 마음을 좇아 법을 집행한 장탕

장탕(張湯)은 두현(杜縣) 사람으로 그 아버지는 장안의 현승(縣丞)이었다. 〔어느 날 아버지가〕 외출하여 어린 장탕이 집을 보게 되었다. 아버지는 돌아와 쥐가 고기를 훔쳐 간 것을 알고 노하여 장탕을 매질하였다. 장탕은 쥐구멍을 파 고기를 훔친 쥐와 먹다 남은 고깃덩이를 찾아냈다. 그런 다음 쥐를 탄핵하여 매질하고 영장을 발부하여 진술서를 만들고, 신문하고 논고하는 절차를 밟아 쥐를 체포하고 그 고기를 압수하였다. 판결문을 갖춘 다음 대청 아래에서 책형(磔刑)몸뚱이를 찢어 죽이는 형벌에 처했다. 그의 아버지가 이 모습을 보고 아들이 만든 판결문을 읽어 보니, 마치 노련한 형리가 작성한 것과 같으므로 크게 놀라 마침내 형사 관련 문서 작성법을 배우도록 했다. 아버지가 죽은 뒤 장탕은 장안의 관리가 되어 오랫동안 있었다.

주양후(周陽侯)전승(田勝)가 막 구경이 되었을 때 장안의 감옥에 갇힌 적이 있는데, 이때 장탕은 온 힘을 다해서 그를 도왔다. 〔주양후는〕 풀려나 후가 되자 장탕과 깊은 교분을 나누고 여러 귀족에게 장탕을 소개했다. 장탕은 내사로 있으면서 영성의 속관이 되었다. 영성은 장탕이 일을 공평하게 처리하므로 상부에 추천하니 〔장탕은〕 무릉(茂陵)5)의 위(尉)로 선정

---

5) 한나라 무제의 수릉(壽陵)이다. 고대 제왕들은 생전에 자신들이 묻힐 묘

되어 방중(方中)장래의 어릉(御陵)을 만드는 공사 공사를 지휘했다.

무안후전분가 승상이 되자 장탕을 불러 사(史)로 삼았다. 기회가 있어 천자께 추천했더니 [장탕을] 어사로 보임하여 일을 처리하도록 했다. 그는 진 황후(陳皇后)가 [위 황후(衛皇后)를] 저주한 사건을 맡게 되었는데, 이 사건과 관련된 일당을 철저히 조사하였다. 이에 황상은 [장탕을] 능력 있는 사람으로 인정하여 [그는] 점점 승진하여 태중대부까지 올라갔다. 그는 조우와 함께 여러 법령을 논의하고 제정했는데, 법령 조문을 세밀하고 엄격하게 하는 데 힘써 자리만 차지하고 있는 관리들을 단속했다.

오래지 않아 조우는 중위(中尉)가 되었다가 소부(少府)로 전임되었고, 장탕은 정위가 되었다. 이 두 사람은 가까이 지내면서 장탕이 조우를 형으로 섬겼다. 조우는 사람됨이 청렴하기는 하나 거만하여 관리가 된 뒤로는 집에는 식객도 없었다. 삼공이나 구경이 찾아와도 그는 끝내 답례로 방문하는 일이 없었다. 그는 친구나 빈객의 청탁을 끊고 홀로 자신의 의지대로 행동할 뿐이었다. 그는 [하급 관리들이] 법조문에 따라 판결한 것을 보면 따르고, 다시 조사하여 관리들의 숨은 죄까지 들추어내지는 않았다. 장탕의 사람됨은 기만하는 부분이 많으며 지혜를 부려 사람들을 통제했다. 그는 처음 낮은 관리가 되었을 때에는 재물을 탐하여 장안의 부유한 상인인 전갑(田甲)이

를 만들었다. 무릉의 모습은 지금까지 보존되고 있는데, 위쪽은 작고 아래쪽은 크며 정수리 부분이 평평하여 마치 두(斗)를 엎어 놓은 모양이다. 이것은 황권의 공고함을 상징한다.

나 어옹숙(魚翁叔) 등의 무리와 사사로이 교제했다. 그리고 구경의 지위에 오르면서는 천하의 이름 있는 선비나 대부들을 가까이하여 자기편으로 끌어들이며 자기 마음에 들지 않아도 겉으로는 거짓으로 앙모하는 척했다.

이때 황상은 마침 문학에 관심을 가지고 있으므로 장탕은 〔이를 눈치채고〕 중대 사건을 판결할 때면 옛 성현의 도의에 부합하고자, 박사의 제자 가운데 『상서』나 『춘추』에 정통한 자를 가려 정위의 사(史)로 삼아 의심스러운 법조문을 평결하게 했다. 의심스러운 사안을 논의하여 올릴 때는 반드시 황상을 위하여 미리 그 사건의 원인을 분명히 밝혀 놓고 황상이 이것을 옳다고 결제하면 그 뜻을 받들어 판결의 원안(原案)으로 삼고, 이것을 정위의 판례에 분명히 기록하여 주상의 현명함을 드러내었다. 만일 올린 안건이 기각될 경우 장탕은 사죄하고 황상의 의향을 따랐는데 이때는 반드시 정(正), 감(監),[6] 연사(掾史) 등 속관들 가운데 현명한 자를 끌어대며 이렇게 말했다.

"〔그들이〕 진실로 신을 위하여 제시한 원안은 황상께서 신을 꾸짖은 바와 꼭 같았습니다. 〔그러나〕 신이 쓰지 않았으니 우매하여 이 지경에 이르게 되었습니다."

언제나 죄를 용서받았다. 〔만약 틈이 나서〕 안건을 올려 황상이 이것을 칭찬할 때에는 이렇게 말했다.

---

6) 정(正)과 감(監)은 정위(廷尉)의 보좌관이다. 감에는 우감(右監)과 좌감(左監)이 있다.

"신은 이 안건에 대해서 모릅니다. 정, 감, 연사 아무개가 작성한 것입니다."

그가 부하 관리를 추천하며 다른 사람의 장점을 내세워 칭찬하고 단점을 숨겨 주려 하는 모습이 이와 같았다. 기소된 안건을 황상이 벌하려 하면 장탕은 법을 치밀하고 엄하게 집행하는 감이나 사에게 맡기고, 만약 황상이 용서해 주려고 하면 〔죄를〕 가볍고 공평하게 처리하는 감이나 사에게 맡겼다. 또 처리할 안건이 권세 있는 호족과 관련된 것이면 반드시 법조문을 교묘히 적용시켜 죄에 걸리게 하고, 권세 없는 가난한 백성인 경우에는 〔황상에게〕 구두로 말하여 법조문에 따르면 당연히 유죄입니다만 황상께서 현명하게 헤아려 살펴 달라고 했다.

이렇게 하여 황상은 자주 장탕이 말한 대로 풀어 주었다.

장탕은 고관이 되자 안으로는 품행을 올바르게 하면서 빈객들과 교제하며 음식을 나누어 먹고, 옛 친구의 자제로 관리가 된 자나 가난한 형제들을 따뜻이 돌봐 주었다. 그리고 추위와 더위를 가리지 않고 여러 공경을 찾아갔다. 이리하여 장탕은 법률을 가혹하게 적용하고 다른 사람들에 대한 시기심이 강하며 공평하지 않았지만 이 같은 명성을 얻었다. 법률을 엄격하고도 가혹하게 다루던 관리들은 대부분 〔장탕의〕 발톱과 어금니가 되어 힘썼으며 문학에 정통한 선비였다. 승상 공손홍도 그의 훌륭한 점을 자주 칭송했다.

그는 회남왕유안(劉安), 형산왕유사(劉賜), 강도왕유건(劉建)의 모반 사건을 처리할 때 〔범죄의〕 근원을 철저하게 규명해 냈다. 황상은 엄조(嚴助)와 오피(伍被)를 용서하려 했으나 장탕이 강력히 간했다.

"오피는 본래 모반 음모를 획책했고, 엄조는 황상의 신임과 총애를 받으면서 궁중을 자유로이 드나들던 나라의 발톱과 어금니라고 할 만한 신하인데도 이처럼 제후와 몰래 내통했으니 주살하지 않는다면 앞으로 다스릴 수 없을 것입니다."

이에 황상은 장탕의 주장에 동의했다. 그가 옥사를 다스릴 때는 대신들의 의견을 물리치고 스스로 공을 세웠는데, 이러한 경우가 아주 많았다. 그리하여 장탕은 더욱더 총애와 신임을 받아 어사대부로 승진했다.

때마침 〔흉노족〕 혼야왕 등이 투항해 왔으므로 한나라는 대규모의 병사를 출동시켜 흉노를 토벌하였다. 산동 지방에는 홍수와 가뭄이 겹쳐 빈민들이 떠돌아다니며 모든 것을 조정7)의 지급에 의존하여 국고가 텅 비게 되었다. 그래서 〔장탕은〕 황상의 뜻을 받들어 청하여 백금(白金)주석을 섞어 만든 돈과 오수전(五銖錢)을 만들고, 천하의 소금과 철을 〔국가의〕 전매사업으로 하여 부유한 상인이나 큰 장사치들이 이익을 독점하는 것을 물리치고, 고민령(告緡令)8)을 선포하여 호족과 다른 사람의 토지를 빼앗아 가지고 있는 대지주들을 제거했다. 그리고 법조문을 교묘하게 적용하여 〔호족들을〕 법망에 빠뜨림

---

7) 현관(縣官)을 옮긴 말인데 현관이란 본래 천자를 가리키는 말이었다가 뒤에 국가, 조정을 뜻하게 되었다.
8) 다른 사람의 숨겨진 재산을 고발하도록 장려한 법령으로, 신고된 재산은 고발한 자와 정부가 절반씩 차지했다. 민(緡)이란 1관(貫) 즉 1000전마다 20전씩 소득세를 바치는 세법이다.

으로써 법의 미비한 점을 보충했다.

장탕이 입조하여 사안을 보고할 때나 국가 재정에 관해 이야기할 때마다 천자는 해가 저물어도 식사마저 잊었다. 승상은 자리만 채우고 있을 뿐 천하의 일은 모두 장탕의 손에서 결정되었다. 그러나 백성은 생활의 안정을 얻지 못하여 소요를 일으켰고, 관청에서 처리하는 일도 그 실효를 거두지 못했으며, 간악한 관리들은 서로 침탈하고 핍박하므로 준엄하게 다스렸다. 〔별 효과가 없자〕 공경에서부터 아래로 서민에 이르기까지 모두 장탕을 지탄하게 되었다. 〔그렇지만〕 장탕은 일찍이 병들었을 때 천자가 몸소 문병까지 갈 만큼 그는 이처럼 존귀한 자였다.

흉노가 와서 화친을 요청하므로 신하들이 황상 앞에서 논의했다. 박사 적산(狄山)이 말했다.

"화친하는 편이 유리합니다."

유리한 이유를 물으니 적산이 대답했다.

"병기는 흉기이므로 자주 쉽게 쓸 만한 게 못 됩니다. 고제께서는 흉노를 치시려다가 평성에서 큰 곤욕을 치르고야 비로소 화친을 맺으셨습니다. 효혜제와 고후 때는 천하가 편안했지만 효문제 때에 이르러 흉노를 상대하려다가 북쪽 변방 일대가 소란스러워지고 군사들은 고통을 겪어야 했습니다. 효경제 때는 오, 초 등 일곱 나라가 반란을 일으켜 효경제께서 황궁과 황태후의 궁전 사이를 오가면서 몇 달이나 마음을 졸이셨습니다. 오, 초 등이 패망한 뒤로 효경제께서는 끝내 전쟁에 관해 말씀하지 않아서 천하는 부유하고 충실해졌습니다. 지금 폐하께서 병사를 동원하여 흉노를 치면서부터 중원이 텅 비고 변방의 백성은 몹시 고달파하며 가난에 허덕이고 있습니다. 이러한 것으로 볼 때 화친하는 쪽이 낫습니다."

황상이 장탕에게 [의견을] 물으니 그는 대답했다.

"이처럼 어리석은 유학자는 아는 것이 없습니다."

적산이 말했다.

"신은 본래 어리석을 만큼 충성하고 있습니다만, 어사대부 장탕 같은 사람은 충성하는 척만 합니다. 장탕은 회남왕과 강도왕의 반란 사건을 처리한 것처럼 냉혹한 판결문으로 제후들을 통렬히 탄핵하여 골육 사이를 이간시키고 번신(蕃臣)들을 불안에 떨게 했습니다. 신은 본래부터 장탕이 거짓으로 충성한 것을 알고 있습니다."

그러자 황상은 낯빛이 바뀌어 말했다.

"내가 그대를 한 군의 태수로 임명한다면 오랑캐들이 도적질하는 것을 없앨 수 있겠소?"

[적산이] 말했다.

"할 수 없습니다."

[황상이] 말했다.

"한 현의 현령으로 임명한다면 다스릴 수 있겠소?"

[적산이] 대답하여 말했다.

"할 수 없습니다."

그러자 다시 물었다.

"한 요새를 지키도록 하면 할 수 있겠소?"

적산은 답변이 궁해지자 형리에게 넘겨져 벌을 받게 될 것으로 짐작하고 말했다.

"할 수 있습니다."

그래서 황상은 적산을 요새로 보내 지키도록 했는데, 〔부임한 지〕 한 달 남짓해서 흉노가 적산의 목을 베어 갔다. 이런 일이 있은 뒤로 신하들은 〔장탕을〕 덜덜 떨면서 두려워하였다.

장탕의 빈객 중 전갑(田甲)이라는 자는 장사치이지만 현명하고 지조 있는 사람이었다. 처음에 장탕이 말단 관리일 때 서로 돈거래까지 하던 사이였다. 장탕이 높은 벼슬아치가 되자, 전갑은 장탕의 행동에 과실이 있으면 열사다운 풍격으로 꾸짖었다.

장탕은 어사대부가 된 지 7년 만에 패망했다.

하동 사람 이문(李文)은 일찍이 장탕과 사이가 나빴는데 얼마 뒤에 어사중승(御史中丞)이 된 뒤로도 〔장탕에게〕 원한을 품고 미워하며 관청의 문서 가운데 장탕에게 해가 될 만한 것을 찾아내어 〔변명의〕 여지가 없도록 했다. 장탕에게는 아끼는 사(史) 노알거(魯謁居)가 있었다. 〔노알거는〕 장탕이 〔이문에게〕 불만이 있는 것을 알아차리고, 사람을 시켜서 변고를 상주하여 이문의 간악한 행위를 고발했다. 이 일이 장탕에게 맡겨지자 장탕은 판결을 내려서 이문을 사형에 처했다. 장탕은 속으로 노알거가 이 일을 했음을 알고 있었다. 황상이 물었다.

"이 변사(變事)를 고발한 출처는 어디로부터 시작된 것이오?"

장탕은 놀란 척하면서 말했다.

"이것은 아마 이문의 친구 중에서 그에게 원한을 품은 사람의 짓인 듯합니다."

〔그 뒤〕 노알거가 병들어 시골 아는 집에서 누워 있게 되었는데, 〔이때〕 장탕은 몸소 문병 가서 노알거의 다리를 주물러 주었다.

조나라는 야금과 제철을 사업으로 삼고 있었으므로 〔조나라〕 왕은 철관(鐵官)의 일로 조정에 소송을 제기하는 경우가 잦았는데, 장탕은 그때마다 조나라 왕의 제소를 물리쳤다. 조나라 왕은 장탕의 부정한 행위를 캐내려고 했다. 〔조나라 왕은〕 노알거가 지난날 조나라 왕을 문초한 일이 있으므로 그에게도 원한을 품고 있어 이 두 사람을 한꺼번에 고발하는 글을 올렸다.

장탕은 대신 신분인데도 〔자기〕 속관 노알거가 병에 걸리자 그를 위해 다리까지 주물러 주었으니 큰 음모를 꾸미고 있다는 의심이 듭니다.

이 안건은 정위에게 넘겨졌다. 노알거는 병으로 죽었지만, 이 사건이 노알거의 아우와 관련이 있으므로 아우가 도관(導官)[9]에 갇혔다. 장탕은 도관에 수감된 다른 죄수들을 심문하면서 노알거의 아우를 보았으나 몰래 구해 줄 생각으로 모르는 척했다. 노알거의 아우는 그런 줄도 모르고 장탕을 원망하여 사람을 시켜 글을 올렸다.

---

9) 궁궐 안에서 쓰는 쌀과 술을 공급하는 관청이다. 당시 감옥이 부족하여 죄인들을 이곳에 임시로 수용하였다.

장탕은 노알거와 공모하여 이문의 변사를 고발했습니다.

 이 안건은 감선(減宣)에게 넘겨졌다. 감선은 일찍이 장탕과 사이가 좋지 않았으므로 이 안건을 맡게 되자 진상을 철저히 규명했으나 아직 상주하지는 않았다. 때마침 효문제의 능원(陵園)에 묻어 놓은 예전(瘞錢)죽은 자를 위해 무덤 안에 넣어 두는 돈이 도굴되는 사건이 생겼다. 승상 장청적(莊青翟)은 장탕과 함께 입조하여 황상께 사죄하기로 약속하고 어전으로 갔다. 그러나 장탕은 승상만이 사계절 능원을 순시하였으므로 당연히 〔승상이〕 사죄할 일이지 자기와는 〔아무런 관계가〕 없다고 생각하고 사죄하지 않았다. 승상이 사죄하자 황상은 이 안건의 처리를 어사 장탕에게 맡겼다. 장탕이 승상에게 견지법을 적용하려 하므로 승상은 이를 걱정했다. 승상 밑에 있는 장사(長史) 세 명주매신, 왕조, 변통은 모두 장탕을 미워하던 터라 그에게 죄를 덮어씌우려고 했다.
 본래 장사 주매신(朱買臣)은 회계(會稽) 사람으로 『춘추』를 공부했다. 장조(莊助)가 사람을 시켜 주매신을 추천했다. 주매신은 『초사』에도 능통하므로 장조와 함께 〔황상의〕 총애를 받아 시중으로 있다가 태중대부가 되어 정무를 맡게 되었다. 장탕은 말단 관리로 주매신 등 앞에서 무릎을 꿇고 엎드려 있기도 했었다. 얼마 있다가 장탕이 정위가 되어 회남왕의 반역 사건을 처리하던 중 장조를 배제시키자 주매신은 마음속으로 깊은 원한을 품게 되었다. 장탕이 어사대부가 되었을 무렵 주매신은 회계군 태수에서 주작도위가 되어 구경의 서열에 끼었

다. 몇 년 뒤에 법에 걸려 면직되고 장사 지위를 지키고 있었
는데 장탕을 만나게 되었다. 장탕은 침상 위에 걸터앉아 승이
나 사 등의 [속관 대하듯 하며] 주매신을 예우하지 않았다. 주
매신은 [성질이 사납고 쉽게 화를 내는] 초나라 사람이라 깊은
원한을 품고 언제든지 그를 죽이려고 했다.

[장사] 왕조(王朝)는 제나라 사람으로 유술(儒術)에 능통하
여 우내사로 승진하였고, [장사] 변통(邊通)은 종횡가의 유세
술을 익힌 거칠고 강인한 사람으로 관직은 두 번이나 제남국
의 재상을 지냈다. [이 세 장사는] 이전에는 장탕보다 지위가
높았으나 그 뒤에 관직을 잃어 [겨우] 장사 지위를 지키면서
장탕에게 굽신거려야만 했다. 또 장탕은 자주 승상의 직무를
대행하면서 이 세 장사가 본래 고귀한 신분이었던 것을 알면
서도 언제나 업신여기고 꺾었다. 이러한 이유로 세 장사는 모
의하여 말했다.

"처음에 장탕은 당신과 함께 [황상에게] 사죄하기로 약속해
놓고 뒤에 가서는 당신을 배반하더니, 지금은 종묘의 일을 가
지고 당신을 탄핵하려 합니다. 이는 당신을 대신하려는 것입
니다. 저희는 장탕의 숨겨진 부정을 알고 있습니다."

[그래서] 관리를 시켜 장탕의 측근인 전신(田信) 등을 잡아
들여 심문하자 전신이 자백하기를, 장탕이 주청하려 할 때마
다 먼저 자신이 그 내용을 알아 물건을 사서 쌓아 두었기 때
문에 큰 이익을 얻었고, 그것을 장탕과 나누었으며, 장탕이 저
지른 간악한 일들이 있다고 했다. 이러한 소식이 [황상의] 귀에
도 들어갔다. 황상이 장탕에게 물었다.

"짐이 시행하려 하는 일들을 장사꾼들이 먼저 알고 그 물건을 사서 쌓아 두니, 아무래도 짐의 계획을 누설하는 자가 있는 것 같다."

장탕은 사죄하지 않고 놀란 척하면서 말했다.

"분명히 그럴 것입니다."

감선도 노알거 등의 일을 상주했다. 천자는 장탕이 교활하게도 눈앞에서 자기를 속였다고 생각하여 사자 여덟 명을 보내 (죄상을) 장부에 기록하여 장탕을 문책하도록 했다. 장탕은 상세히 진술하여 그러한 사실이 없다며 불복했다. 그래서 황상은 조우에게 장탕을 문책하도록 했다. 조우가 와서 장탕을 꾸짖어 말했다.

"그대는 어찌하여 분수를 모르오? 그대가 판결한 사건으로 인해 일족이 전멸된 자가 몇 명인지 아시오? 지금 사람들이 당신의 죄상을 폭로하는데 모두 죄상을 가지고 있소. 천자께서는 그대를 옥에 가두기 어려워하며 그대 스스로 결단을 내리도록 하셨거늘. 어찌 심문에 반박할 필요가 있겠소?"

장탕은 이에 사죄하는 글을 올려 말했다.

신 장탕은 한 자 한 치의 공로도 없이 도필리에서 일어나 (다행히) 폐하의 총애를 받아 삼공까지 올랐습니다만 그 소임을 다할 수 없었습니다. 그러나 신을 모함하여 죄를 씌우려는 자는 저 세 장사입니다.

마침내 스스로 목숨을 끊었다.

장탕이 죽은 뒤에 보니 그의 집 재산은 겨우 500금밖에 없었는데, 그것도 모두 봉록이나 하사금일 뿐 다른 사업은 없었다. 그의 형제들과 아들들이 장례를 후하게 지내려 하자, 장탕의 어머니가 말했다.

"장탕은 천자의 대신으로 있다가 추악한 말을 듣고 죽었는데 어찌 장례를 후하게 지낼 수 있겠는가!"

그래서 소달구지에 시신을 실어 옮겼는데, 관(棺)만 있고 외관(外棺)은 없었다. 천자가 이 소문을 듣고 말했다.

"이런 어머니가 아니고는 이런 아들을 낳을 수 없다."

그러고는 사건의 전모를 밝혀 장사 세 명을 주살했다. 승상 장청적은 자살했고, 전신은 풀려났다. 황상은 장탕을 애석히 여겨 얼마 뒤 그 아들 장안세(張安世)를 중용했다.

조우는 중도에 벼슬을 그만두었으나 얼마 있다가 정위가 되었다. 처음에 조후주아부는 조우를 남을 해하는 마음이 깊다고 생각하여 신임하지 않았다. 조우는 소부(少府)가 되어 구경에 버금가는 지위에 올랐다. 조우는 냉혹하고 급하나 만년에는 사건이 많이 발생하여 관리들이 일을 더욱더 준엄하게 처리했지만, 조우의 처리 방법은 도리어 부드러워져 공평하다는 명성을 얻었다. 왕온서(王溫舒) 등 나중에 일어난 자들이 조우보다도 엄하게 다스렸다. 조우는 늙어 연나라 재상으로 옮겨 갔으나 몇 년 뒤 (정신이) 혼미해져 죄를 짓고 면직되어 고향으로 돌아갔다. 그는 장탕이 (죽은 지) 10여 년 뒤에 천수를 다하고 집에서 죽었다.

법을 곧이곧대로 운용한 의종

의종(義縱)은 하동(河東) 사람이다. 〔그는〕 소년 시절에 일찍이 장차공(張次公)[10]과 함께 길에서 노략질을 일삼다가 도적패가 되었다. 의종에게는 의후(義姁)라는 누이가 있는데, 의술로 왕 태후의 총애를 받았다. 왕태후가 물었다.

"네 형제 중에 관리가 될 만한 자가 있느냐?"

누이가 말했다.

"동생이 하나 있습니다만 행실이 좋지 않아 관리가 될 만한 인물은 못 됩니다."

왕 태후는 황상에게 말해서 의후의 아우 의종을 중랑으로 임명하여 상당군 한 현의 현령을 보좌하도록 했다.

〔의종은〕 과단성 있게 다스리고 온정을 베푸는 일이 적어 현에서 일 처리에 소홀하거나 해결하지 못한 것이 없으므로 치적이 으뜸으로 꼽혔다. 〔그는〕 장릉(長陵)과 장안의 현령으로 승진했으며, 법을 곧이곧대로 운용하며 고귀한 신분이라고 피하려 하지 않았다. 그는 왕 태후의 외손인 수성군(脩成君)의 아들 중(仲)을 체포하여 문초하였는데, 황상은 이 일로 인해 〔의종을〕 유능하다고 인정하여 하내군 도위로 승진시켰다. 〔그는 부임하자마자〕 그 지방의 호족 양씨(穰氏) 일족을 모조리 죽

---

10) 대장군 위청(衛靑)의 부장으로, 흉노 공격에 공을 세워 안두후(岸頭侯)에 봉해졌으나 법을 어겨 후 작위를 잃었다.

이자 하내 사람들은 (의종을 두려워하여 물건이) 길에 떨어져 있어도 줍는 일이 없었다.

한편 장차공도 낭이 되었는데, 용감하고 사나워 종군하여 (적진) 깊숙이 들어가 공을 세워 안두후(岸頭侯)가 되었다.

(그 무렵) 영성은 집에서 머물렀는데 황상은 (그를) 군 태수로 삼으려 했다. (그러나) 어사대부 공손홍이 말했다.

"신이 산동에서 말단 관리로 있을 때 영성은 제남의 도위로 있었는데, 그 통치 방법이 마치 이리가 양 떼를 치는 것 같았습니다. 영성에게 백성을 다스리게 해서는 안 됩니다."

그래서 황상은 영성을 함곡관의 도위로 임명했다. 한 해쯤 지나자 관동 지방의 관리로서 군이나 국에 예속되어 함곡관을 드나드는 자들이 이렇게 말했다.

"새끼에게 젖을 물린 호랑이를 만날지언정 영성의 노여움과 맞부딪히지 말라."

의종은 하내에서 남양군(南陽郡) 태수로 승진되어 갈 때, 영성이 남양군 집에서 지낸다는 말을 들었다. 의종이 함곡관에 도착하자 영성은 (겸양하여) 옆으로 비켜 마중하고 배웅했지만 의종은 기세등등하여 답례조차 하지 않았다. (의종은) 남양군에 도착하자마자 영씨를 철저하게 조사하여 그 일족을 모조리 파멸시켰다. 영성도 연루되어 죄를 입게 되었다. (그러자 남양군의 또 다른 호족) 공씨(孔氏), 포씨(暴氏) 등의 무리는 모두 도망쳐 버렸으며 남양군 관리와 백성은 다리를 겹치고 서 있을 정도로 겁에 질려 있었다. 그리고 평지현(平氏縣)의 주강(朱彊)과 두연현(杜衍縣) 및 두주(杜周)는 의종의 발톱이나

194

어금니 역할을 하는 관리가 되었다가 임용되어 정위의 속관이 되었다. 군대가 자주 정양군(定襄郡)을 지나갔으므로 정양군 관리와 백성은 혼란에 빠지고 기강이 무너졌다. 그래서 의종을 정양군 태수로 전임시켰다. 의종은 부임하자마자 정양군 감옥에 갇힌 중죄인과 죄가 가벼워 형틀을 차지 않은 200여 명과, 빈객이나 형제로 사사로이 감옥에 들어와 면회한 200여 명을 모두 불시에 붙잡아 심문하고 이렇게 논고했다.

"(이자들은) 죽을죄를 지은 자들을 탈출시키려 했다."

그리고 그날 중으로 400여 명을 모두 죽였다. 그 뒤 정양군 백성은 춥지도 않은데 덜덜 떨고, 교활한 백성은 관리에게 빌붙어 통치를 도왔다.

이 무렵 조우와 장탕은 〔법을〕 각박하게 적용하여 구경에 올랐는데, 그들의 통치 방법에는 아직도 너그러운 데가 있으며 〔형벌로〕 정치를 도울 뿐이었으나 의종은 매가 날개를 펴서 작은 새를 덮치듯 〔잔혹하게만〕 백성을 다스렸다.

그 뒤 〔천하가 황폐해지는 것을 막기 위해〕 오수전과 백금을 유통시키자 백성 가운데 그것을 위조하는 자가 많았는데 수도가 더욱 심하므로 의종을 우내사로, 왕온서를 중위로 임명하였다. 왕온서는 지독히 흉악하여 자신이 하려는 일을 의종에게 미리 알리지 않았지만, 의종은 반드시 기세로 〔왕온서를〕 눌러 그의 공로를 무너뜨렸다. 의종은 정치를 하면서 매우 많은 사람을 주살했으나 하찮은 치안을 도모하는 데 지나지 않았다. 사악하고 교활한 무리가 더욱더 많아졌으므로 직지(直指)조정에서 파견된 지방관 감찰직으로 수놓은 옷을 입음라는 벼슬을

처음으로 두었다. [당시] 관리들의 통치는 죽이거나 잡아 가두
는 것을 능사로 삼았다. 염봉(闊奉)은 가혹하다 해서 등용될
정도였다. 의종은 청렴하지만 통치 방법은 질도를 본떴다.

황상은 정호궁(鼎湖宮)으로 행차하였다가 오랫동안 병석에
누워 있었다. 얼마 뒤에 몸이 회복되자 갑자기 감천궁으로 행
차했는데 길이 정비되어 있지 않았다. 황상이 노하여 말했다.

"의종은 내가 다시는 이 길을 지나지 못할 것으로 생각했단
말인가!"

[이 일로 인하여 황제는] 의종을 괘씸하게 여겼다.

겨울이 되었는데, 고민령을 주관하고 있는 양가(楊可)가 민
전을 규정대로 거둬들이지 않는다는 고발이 들어왔다. 의종
은 이렇게 하면 백성을 혼란에 빠뜨린다고 생각하고 관리들
을 풀어 양가를 위해서 일하던 자들을 잡아들였다. [그런데]
천자는 이 소식을 듣고 오히려 두식(杜式)에게 [의종을] 치죄하
도록 하자, [두식은] 의종이 조서를 어기고 이미 이루어진 제
도를 파괴한 것으로 규정짓고는 의종을 기시형에 처했다. 1년
이 지나서 장탕도 죽었다.

교활한 관리들의 약점을 이용한 왕온서

왕온서는 양릉현(陽陵縣) 사람이다. [그는] 젊을 때 다른 사
람의 무덤을 도굴하는 등 간악한 짓을 했다. 그 뒤 현의 정장

으로 임명되었지만 여러 차례 그만두었다. 관리가 되어 옥사를 다스리다가 정사(廷史)가 되었으며, 장탕을 섬기다가 승진하여 어사가 되었다. 그는 도적을 감찰하는 일을 하면서 매우 많은 사람을 죽이거나 상하게 하였는데, 점차로 승진하여 광평군(廣平郡)의 도위가 되었다. 〔그는〕 군에서 호방하고 용감하여 일을 맡길 만한 관리 10여 명을 뽑아 〔자신의〕 발톱과 어금니로 삼고는 그들이 몰래 저지른 중죄를 파악한 뒤 도적을 감찰하도록 했다. 왕온서는 잡고 싶었던 도둑을 잡아들여 자신을 만족시켜 준 자가 있으면 그자가 100가지 죄를 지었다 하더라도 처벌하지 않았다. 설령 〔도둑을〕 피하는 자가 있으면 그가 과거에 저지른 일을 들어 그를 죽이고, 그 가족까지 죽이기도 했다. 이러하므로 제나라와 조나라 교외에서는 도적들이 감히 광평군에 가까이 오지 못했고, 또 광평군에서는 길에 떨어진 물건이 있어도 줍지 않는다는 소문이 퍼졌다. 황상은 이 소문을 듣고 〔왕온서를〕 하내군 태수로 전임시켰다.

〔왕온서는〕 광평군에 있을 때부터 하내군의 호족 가운데 간악한 집안을 모두 알고 있었으며 하내군 태수로 임명되어 9월에 그곳에 도착했다. 그는 군에 부임하여 개인 소유의 말 50필을 갖추어 하내군에서 장안에 이르는 각 역에 배치하였는데, 부하들은 광평군에 있을 때와 같은 방법으로 배치했다. 군내의 교활한 호족들을 체포했는데, 이들과 연좌되어 체포된 호족만도 1000여 가구나 되었다. 〔왕온서는〕 글을 올려 주청하기를 죄가 큰 자는 일족을 멸하고, 죄가 작은 자도 사형에 처하고, 숨겨놓은 재산을 모조리 몰수하고 변상하도록 하겠다고

했다.

주청한 지 겨우 2~3일밖에 안 되어 [황상의] 비준을 얻었다. 판결이 내려 처형된 자의 피가 10여 리까지 흘렀다. 하내 지방의 백성은 그가 상주하는 글이 그처럼 신속한 것을 이상하게 여겼다.

12월이 다 갈 무렵 군에는 왕온서를 원망하는 소리도 없어지고, 감히 밤에 나다니는 자도 없으며, 들에는 개를 짖게 하는 도둑도 사라졌다. 애쓰다가 잡지 못해 놓쳐 버린 도둑은 이웃 군과 국까지라도 가서 잡아 왔다. 봄이 되자 왕온서는 발을 구르며 탄식했다.

"아! 겨울을 한 달만 더할 수 있다면 나는 일을 만족스럽게 처리했을 텐데!"[11]

그가 살상하여 위세를 부리기 좋아하며 백성을 사랑하지 않음이 이와 같았다. 천자는 이 소식을 듣고 그를 유능한 인물로 여겨 중위로 전임시켰다. 그의 통치 방법은 하내에 있을 때와 같았다. 뒤에는 교활한 관리들을 불러 모아 함께 일했는데 하내에는 양개(楊皆)와 마무(麻戊)가 있었고, 관중에는 양공(楊贛)과 성신(成信) 등이 있었다. 의종이 내사로 있을 때에는 [왕온서라도 그를] 꺼려 감히 제멋대로 다스리지 못했다. 그러나 의종이 죽고 장탕이 실각한 뒤로는 [왕온서는] 정위로 옮기고, 윤제(尹齊)가 중위가 되었다.

---

11) 한나라 때부터 청나라 때까지는 입추 뒤부터 입춘이 되기 전까지만 사형을 집행할 수 있고, 입춘이 지나면 형을 집행하지 않았다고 한다.

윤제는 동군(東郡) 치평(荏平) 사람이다. 도필을 다루는 말단 관리에서 점차 승진하여 어사가 되었다. 장탕을 섬겼는데, 장탕은 자주 그의 청렴함과 무용을 칭찬하여 도적을 감독하도록 하니, 〔죄인을〕 처형하는 일에서는 고귀한 신분이나 외척을 가리지 않았다. 관내 도위로 전임된 뒤로는 영성보다도 더 심하다는 명성이 있었다. 황상은 〔그를〕 유능하다고 보고 중위로 승진시켰으나 관리와 백성의 생활은 더욱 고달프고 피폐해졌다.

윤제는 나무처럼 강직하고 겉치레가 적었으므로 호기 있고 간악한 관리들은 움츠리고 숨어들었지만 선량한 관리들도 〔원하는 대로〕 잘 다스릴 수 없어 일을 제대로 처리하지 못하는 경우가 많아 죄를 입었다. 황상은 다시 왕온서를 중위로 옮기고, 양복(楊僕)은 엄격하고 혹독함을 인정하여 주작도위로 임명했다.

양복은 의양(宜陽) 사람으로, 천부(千夫)[12] 신분으로 관리가 되었다. 하남군 태수가 그의 재능을 인정하여 추천해서 어사로 전임하여 관동 지방의 도적을 감독했다. 그의 통치 방법은 윤제를 본떠서 사납게 행동했다. 〔그는〕 점차 승진해서 주작도위가 되어 구경의 서열에 올랐다. 천자는 그를 유능하다고 인정했다. 남월이 반란을 일으켰을 때, 〔그는〕 누선장군으로 임명되어 공을 세워 장량후(將梁侯)에 봉해졌다. 〔그 뒤〕 순

---

12) 부족한 군비를 충당하기 위해 재물을 기탁한 자에게 주던 무공(武功)의 직위이다.

체(荀彘)에 의해 묶이는 처지가 되었다. 그는 오랜 뒤에 병으로 죽었다.

왕온서가 다시 중위가 되었다. [왕온서는] 사람됨이 겉치레가 적었고 조정위에 있을 때는 어리석어 변론도 못했으나, 중위가 되면서는 [마음대로 잡아들이거나 죽일 수 있기 때문에] 마음으로 즐거웠다. 도적을 감독함에 있어 [그는] 평소 관중(關中)의 습속에 익숙하여 호족과 간악한 관리들을 잘 알고 있었으므로 호족과 간악한 관리들은 왕온서 다시 그에게 임용되어 책략을 바쳤다. 관리들이 가혹할 정도로 감시하니 [도리어] 도적이나 불량배들이 투서를 하거나 고발했으므로 백격장(伯格長)거리나 마을의 장(長)을 두어 간악한 자나 도적을 서로 감시하고 잡아들이도록 했다.

왕온서는 사람됨이 아첨하는 성격이라서 권세 있는 자는 잘 섬기고 권세가 없는 자는 노예처럼 다루었다. 권문세가에는 간악한 일이 산더미처럼 쌓여 있어도 모르는 척했지만, 권세 없는 자는 귀한 신분이든 외척이든 할 것 없이 반드시 욕을 보였다. 법조문을 교묘하게 적용하여 간사하고 교활한 하층민을 무고하고 간악한 호족들에게는 경고했다. 그가 중위로 있을 때는 대략 이와 같은 방법으로 다스렸다. 간악하고 교활한 무리는 끝까지 심문을 받았는데, 대부분 감옥 안에서 심한 고문으로 몸이 문드러졌으므로 [다시] 판결을 받아 출옥하는 자가 없었다. 왕온서의 발톱이나 어금니 역할을 하는 관리들은 사람의 탈을 쓴 호랑이처럼 포학했다. 그래서 중위의 관할 범위 안에 있는 사람으로 적당히 교활한 자나 그 이하의 사람은 모두 숨어 있었고, 권세 있는 자들은 왕온서를 위해 그의 명성을 알려 그 치적을 칭송했다. 다스리는 몇 해 동안에 그의 속관들은 대부분 권력을 이용하여 부를 쌓았다.

왕온서가 동월을 정벌하고 돌아와 제시한 의견 중에 〔황상의〕 뜻에 맞지 않은 것이 있어, 사소한 법에 걸려 죄를 입고 면직되었다. 이 무렵 천자는 통천대(通天臺)[13]를 만들려고 했으나 그 공사를 맡아 할 만한 사람을 찾지 못했다. 〔그런데〕 왕온서가 중위의 관할 지역 안에 있는 자로 아직 병역을 마치지 않고 달아나거나 숨어 있는 자 수만 명을 찾아내어 〔통천대를 쌓도록 할 것을〕 주청했다. 황상은 기뻐하여 그를 소부(少府)로 임명했다. 〔그는 다시〕 우내사로 옮겼는데 그의 통치 방식은 예나 다름없고 간사한 일은 점차 금지되었다. 그는 법에 걸려 관직을 잃었다. 다시 우보(右輔)우내사가 되어 중위 직무를 대행했으나 예전의 방법처럼 했다.

〔그로부터〕 1년 남짓 지나 때마침 〔한나라는〕 대원국(大宛國)을 정벌하기 위해 군사를 일으키면서 조서를 내려 호기롭고 힘 있는 관리를 징집했다. 〔이때〕 왕온서가 그의 속관 화성(華成)을 숨겨 주었는데, 어떤 사람이 왕온서가 기병으로부터 뇌물을 받았고, 또 간사하고 탐욕스러운 일을 했다고 고발해 왔다. 그 죄는 멸족에 이르는 것이므로 〔왕온서는〕 스스로 목숨을 끊었다. 이때 그의 두 아우와 그들의 두 사돈 집안도 다른

---

13) 무제가 신선을 좋아하자, 공손경이 신선은 누각에서 살기를 좋아한다고 말하였으므로 감천궁에 50장 높이의 통천대를 세웠다.

죄에 연루되어 멸족되고 말았다. 광록(光祿)낭중령 서자위(徐自爲)가 이렇게 말했다.

"슬프구나! 옛날에는 삼족을 멸하는 형벌이 있었는데, 왕온서의 죄는 동시에 오족이 멸하는 데에 이르렀구나!"

왕온서가 죽었을 때 그의 집에는 재산이 천금이나 쌓여 있었다. 그로부터 몇 년 뒤 윤제도 회남군 도위로 있다가 병들어 죽었는데 그의 집에는 재산이 50금도 채우지 못했다. 〔윤제가〕 주멸시킨 자는 특히 회양군에 많아, 그가 죽자 원수진 집안사람들이 그의 시신을 불태우려고 하여 〔가족들은〕 몰래 그 시신을 옮겨 〔고향으로〕 돌아와 장사를 지냈다.

왕온서 등이 포악한 방법으로 통치한 뒤로 군수, 도위, 제후의 2000석 관리로서 다스리려고 하는 자들은 대개 왕온서의 통치 방법을 모두 따라 했으나 관리와 백성은 더욱더 쉽게 법을 범하고 도적들은 점점 더 일어났다. 〔도적으로는〕 남양(南陽)에 매면(梅免)과 백정(白政)이 있고, 초나라에는 은중(殷中)과 두소(杜少)가 있으며, 제나라에는 서발(徐勃)이 있고, 연나라와 조나라 사이에는 견로(堅盧)와 범생(范生)의 무리가 있었다. 큰 무리는 수천 명에 이르렀는데, 제멋대로 〔의를 위해 일어났다는〕 이름을 내걸고 성읍을 공격하여 무기고 안에 있는 무기를 훔쳐 갔으며 사형수를 풀어 주고 군의 태수와 도위를 결박하여 욕을 보이고, 2000석의 관리를 죽이고 각 현에 격문을 돌려 식량을 갖추어 놓도록 재촉했다. 소규모의 도적 떼도 수백 명이나 되고 향리를 약탈하는 자는 헤아릴 수 없이 많았다.

그래서 천자는 어사중승(御史中丞)과 승상 장사(長史)를 시켜 도적들을 감찰하도록 했다. 그러나 여전히 〔도적을〕 근절할 수 없자 광록대부 범곤(范昆)과 여러 보도위좌, 우내사 및 전(前) 구경 장덕(張德) 등에게 수의(繡衣)를 입고 절(節)과 호부(虎符)를 가지고 병사를 동원하여 이들을 치게 했다. 이때 머리를 벤 것이 많은 경우에는 만여 급에 달했으며 도적들에게 음식물을 제공한 자도 법령에 따라 주살했는데 이 법에 연좌된 자는 각 군에 걸쳐 있었고 심한 경우에는 수천 명이나 되었다. 몇 년 뒤에 그들의 우두머리들은 잡았지만 흩어진 졸개들은 달아났다가 또다시 무리를 이루어 산천의 험준한 곳에 기대어 관병에게 맞서고 언제나 무리를 지어 살아서 어쩔 도리가 없었다. 그래서 침명법(沈命法)도둑을 숨겨 주는 자를 사형에 처하는 법을 만들어 도둑 떼가 일어났는데도 발견하지 않거나 발견하더라도 전원을 체포하지 못하면 이천석에서 말단 관리까지 모두 사형에 처한다고 했다.

이러한 법이 제정된 뒤로 말단 관리들은 처형될까 두려워 도적이 있어도 감히 적발하려 하지 않았다. 이는 체포하지 못하면 자신이 형벌을 받게 되고 군부(郡府)에 누를 끼칠까 두려웠기 때문으로 군부에서도 적발하지 않으므로 도적들은 차차 더 불어났다. 〔관리들은〕 위아래가 서로 감추어 주고 문서를 꾸며 법망을 피했다.

작은 일을 충실하게 하여 큰 일을 한 감선

감선(減宣)은 양현(楊縣) 사람이다. 그는 좌사(佐史)로 있으면서 맡은 일을 완벽하게 하여 하동 태수의 관청에서 일하게 되었다. 장군 위청이 [사자 신분으로] 말을 사기 위하여 하동군에 갔다가 감선의 일 처리 능력이 완벽한 것을 보고 황상에게 아뢰어 대구승(大廐丞)황제의 수레와 말을 관리하는 낮은 관리으로 초빙되었다. [그는] 맡은 일을 훌륭하게 수행하여 서서히 승진하여 어사가 되고, 중승(中丞)이 되었다. [황상은] 그에게 주보언의 죄를 다스리게 하고, 또 회남의 반란 사건을 다스리게 했다. 그는 법조문을 세밀하게 적용하여 사형시킨 자가 매우 많았지만 의심스러운 사건을 과감히 판결했다고 칭찬을 받았다. 그는 파면되었다가 기용되기를 여러 차례 거듭하면서 거의 20년간이나 어사와 중승으로 있었다.

왕온서가 중위에서 면직되었을 때 감선은 좌내사가 되었다. 그는 쌀과 소금을 관리했는데 그 밖의 크고 작은 일을 모두 자기 손으로 관여했고, 현의 각 부문의 물품까지 관리하였으므로 현령과 현승 이하의 관리들이 제멋대로 바꿔 움직일 수 없었다. 만약 움직이는 일이 있으면 엄중한 법으로 그들을 옭아맸다. 그는 관직에 몸담은 지 몇 해 만에 군 안의 모든 자질구레한 일까지도 처리했다. 그는 작은 일을 충실하게 하여 큰 일을 한 사람이다. 그는 자기 능력에 기대어 일을 처리했는데, 이는 보통 사람으로서는 하기 힘든 일이었다. [감선은] 중도에 벼슬에서 쫓겨났다가 우부풍(右扶風)[14]이 되었다. 그는 성신(成信)을 몹시 미워했다. 성신이 달아나 상림원에 숨어 버리자, 감선은 미현(郿縣)의 현령에게 성신을 쳐 죽이게 했으나 이졸(吏卒)들이 성신을 죽일 때 쏜 화살이 상림원의 문에 꽂히고 말았다. 이 일로 감선은 죄를 지어 형리에게 넘겨져 대역죄로 판결되어 일족이 몰살되고 스스로 목숨을 끊었다. [그 자리에는] 두주(杜周)가 임용되었다.

법을 그때그때 적절하게 적용한 두주

두주는 남양군 두연(杜衍) 사람이다. [그는] 의종이 남양군 태수가 되었을 때 그의 발톱과 어금니 같은 역할을 하다가 천거되어 정위사(廷尉史)가 되었다. 장탕을 섬겼는데 장탕은 그가 능력이 완벽하다고 [황상에게] 자주 아뢰었으므로, 어사가되어 변방 지대의 도망친 사졸들을 조사하라는 명령을 받았는데 [두주의] 논죄로 인해 죽게 된 자가 매우 많았다. 그는 정사에 대한 보고가 황상의 생각과 잘 들어맞으므로 감선과 똑같이 임용되어 번갈아 가며 교대로 10여 년 동안이나 중승(中丞)을 지냈다.

---

14) 진(秦)나라의 주작중위(主爵中尉)나 한나라의 도위(都尉)에 상당하는 직책이다.

그의 통치 방식은 감선과 비슷했으나 생각이 더디고 겉으로는 관대한 것처럼 보이나 속으로는 깊이 뼛속까지 냉혹할 정도였다. 감선은 좌내사가 되고 두주는 정위가 되었다. 그의 통치 방식은 장탕을 상당히 본떴고, 또 (황상의) 의향을 잘 살폈다. 황상이 배척하려는 자가 있으면 황상의 뜻에 따라 모함하여 (옭아 넣었고), 황상이 풀어 주려는 자는 오랫동안 옥에 가두어 두었다가 (황상이) 물을 때까지 기다려서 그의 억울함을 넌지시 내비쳤다. 논객 가운데 어떤 이가 두주를 꾸짖어 이렇게 말했다.

"당신은 천자를 위해 공정하게 판결하는 곳에 있으면서 삼척법(三尺法)[15]에 따르지 않고 오로지 주인 된 자의 뜻에 따라 판결하니, 판결이란 본래 이러한 것입니까?"

두주가 말했다.

"삼척법이 어디서 나왔습니까? 이전 군주가 옳다고 하여 만든 것을 율(律)이라 하고, 훗날의 군주가 옳다고 하여 기록한 것을 영(令)이라 하였습니다. 그때그때에 맞는 것이 옳다는 말입니다. 어찌 옛날 법만을 따른단 말입니까?"

두주는 정위에 오른 뒤 (황상의) 조서를 받고 판결하는 일이 더욱더 많아졌다. 2000석으로 감옥에 갇힌 자는 앞서 잡혀 온 자와 새로 들어온 자를 합쳐 100여 명씩을 내려간 적이 없었다. 또 군의 관리나 승상부와 어사부의 관리들도 정위에

---

15) 당시에는 법률을 세 자 크기의 대나무 조각에 기록하였다고 한다. 그래서 한나라 때의 법률을 삼척법이라고도 한다.

게 넘겨졌는데 1년에 1000여 건에 이르렀다. 큰 사건에는 연좌되어 증인으로 심문을 받는 자만 해도 수백 명에 이르고, 작은 사건에는 수십 명이나 되었다. (소환되어) 멀리서 오는 자는 수천 리 밖에서 왔고 가까이서 오는 자는 수백 리 밖에서 왔다. 심문할 때 고소장대로 탄핵하고 논죄하여 죄를 시인하도록 요구하고, 죄를 인정하지 않으면 매질을 해서라도 (죄과를) 확정하였다. 그래서 체포하러 온다는 소문만 나도 모두 달아나 숨어 버렸다. 감옥에 오랫동안 갇힌 자들은 여러 차례 사면되더라도 10여 년 뒤에 (다시) 고발된 자는 대개 부도죄(不道罪)무고한 일가 세 사람을 죽이는 것 이상의 죄로 처형되었다. 정위와 중도관(中都官)한나라 때 수도에 두었던 관청을 총칭함이 조서를 받아 다스린 죄인이 6~7만 명에 이르며 다른 관리가 법령을 걸어 처리한 죄인도 10만여 명이나 되었다.

두주는 중도에 면직되었으나 나중에 집금오(執金吾)한나라 무제 때의 근위대신가 되어 도둑 잡는 일을 하여 상홍양(桑弘羊)과 위 황후(衛皇后) 형제의 자식들을 체포하여 다스렸는데 법을 너무 지나치게 하고 가혹했다. 천자는 그가 온 힘을 다해 사심 없이 일하는 사람임을 인정하여 어사대부로 전임시켰다. (두주의) 두 아들은 하수를 사이에 두고 (하내군과 하남군) 태수가 되었는데, 그들은 왕온서보다 훨씬 더 포학하고 냉혹하게 다스렸다. 두주가 처음 부름을 받고 정사(廷史)가 되었을 때 가진 것이라고는 말 한 필뿐이었는데, 그것도 (마구(馬具)를) 온전하게 갖추지 못했다. 그러나 오랫동안 정사를 맡아 삼공의 서열에 끼면서 자손들은 높은 벼슬에 오르고 집안에는 거만금의 재산이 쌓였다.

태사공은 말한다.

"질도에서 두주에 이르는 열 사람은 모두 냉혹하고 준열하게 다스린 것으로 명성이 있었다. 그러나 질도는 강직하여 옳고 그른 것을 따져 천하의 중대한 원칙을 논쟁거리로 삼았다. 장탕은 음양의 이치를 알았으므로, [언제나] 황상의 뜻과 위아래로 잘 맞았으며 때로는 일의 옳고 그름을 가려 나라에도 이익을 안겨 주었다. 조우는 법에 의거하여 정의를 지켰다. 두주는 아첨했지만 말을 적게 함으로써 무겁게 보였다.

장탕이 죽은 뒤로 법령이 치밀해져서 [관리들은] 대체로 사람들의 죄를 가혹하게 다스렸지만 국가의 일은 점차 혼란스럽고 쇠락하여 백성은 황폐해졌다. 구경들은 그저 자기 직책만 지키고 있을 뿐 [천자의] 과실을 바로잡아 줄 만한 능력이 없었는데, 어찌 법령 이외의 일을 연구할 시간이 있었겠는가! 그러나 이 열 사람 중에서 청렴한 자는 모범으로 삼을 만하며, 그 더러운 자는 경계로 삼을 만하다. [그들의] 방책과 모략은 [후세 사람들을] 가르쳤고 간사하고 사악한 일을 금지시켰으니 모든 행위도 적절하게 어울려 소박함 속에 문무(文武)의 자질을 겸하고 있었다. 그들은 참혹하기는 하나 그 지위에 알맞은 인물이었다.

촉군 태수 풍당(馮當)은 포악하고 잔인했고, 광한군(廣漢郡)의 이정(李貞)은 제멋대로 사람의 사지를 찢었으며, 동군(東郡)의 미복(彌僕)은 톱으로 사람 목을 자르고, 천수군(天水郡)의

낙벽(駱璧)은 망치로 쳐서 자백을 받아 내었으며, 하동의 저광(褚廣)은 함부로 사람을 죽이고, 경조(京兆)의 무기(無忌)나 풍익(馮翊)의 은주(殷周)는 독사나 사나운 새처럼 잔인했으며, 수형도위(水衡都尉) 염봉(閻奉)은 사람을 때리고 죄를 용서해 주는 조건으로 뇌물을 받았는데 〔이러한 일을〕 어찌 다 셀 수 있겠는가! 어찌 다 셀 수 있겠는가!"

63
◎
대원 열전
大宛列傳

대원은 고대 서역의 나라 이름으로 지금의 우즈베키스탄 내의 한 분지인데, 주로 농업과 목축에 종사하며 상업에도 뛰어났다. 한나라 무제가 대원을 정벌하게 된 것은 한혈마라는 유명한 말이 생산되기 때문이라는 설과, 자신이 총애하던 이 부인의 오빠 이광리에게 공을 세울 기회를 주기 위한 것이라는 두 가지 설이 있다.

무제는 이광리에게 대원을 정벌하도록 하여 외견상 상당한 성과를 거두었다고 자랑했다. 그러나 애첩을 위한 사심에서 기용된 이광리가 기대에 확실하게 부응하지 못하였으며, 이로 인해 무제는 심리적 갈등을 겪었다. 사마천은 이런 미묘한 문제를 건드렸고, 이것이 이광리의 총정에서 비롯된 것일지라도 그의 비극과 관련이 있어 보인다.

이 편은 대원 정벌을 주축으로 하여 한나라 왕조가 서역 여러 나라와 왕래하던 모습을 적고 있다. 앞부분에서는 무제 때 장건이 두 차례 서역에 사자로 나갔을 때의 일에 치중하여 서술하고, 뒷부분에서는 이광리가 대원을 정벌하게 되는 과정 등을 상세하게 묘사했다. 한나라 왕조의 서역 개척은 중국의 지리적, 문화적 통일을 보다 확장시키고 동서의 경제와 문화 교류 및 발전에 중대한 의미를 갖는다. 서역은 동서의 큰 문명 도시인 장안과 로마를 이어 주는 경유지였기 때문이다.

서역에 대한 최초의 사료로서 인정받는 이 편에서 사마천은 저 유명한 비단길의 탄생 과정을 잘 그려 내고 있다. 특히 장건이란 위대한 탐험가의 불굴의 정신을 한 무제의 개인적인 욕망과 함께 서술하면서 이광리의 4년간의 출정으로 인한 백성들의 고통도 함께 그려 나가고 있다.

서역과 교류하는 장건을 그린 둔황 벽화.

서역의 문을 두드리다

　대원(大宛)의 사적(事跡)은 장건(張騫)에 의하여 알려지게 되었다. 장건은 한중(漢中) 사람으로 건원 연간에 낭관(郞官)이 되었다. 그 무렵 천자효무제는 투항해 온 흉노들을 심문했는데 한결같이 (이렇게) 말했다.

　"흉노는 월지(月氏)의 왕을 깨뜨리고 그 두개골로 술잔을 만들었습니다. 월지는 (살던 곳을 뒤로하고) 달아난 뒤로 언제나 흉노에게 원한을 품고 복수하려 하지만 함께 흉노를 칠 만한 사람이 없습니다."

　한나라는 때마침 흉노를 쳐 멸망시키려던 차이므로 이 말을 듣자 사신을 보내 소통하려고 했다. 〔그러나 월지로〕 가는 길은 반드시 흉노 땅을 지나야만 하므로 사신으로 갈 만한 사람을 모집했다. 〔이때〕 장건이 낭관 신분으로 모집에 지원하여 월지에 사신으로 가게 되었다.

〔장건이〕 당읍현(堂邑縣) 사람의 흉노족 노예 감보(甘父)와 함께 농서(隴西)를 나와 흉노의 영토 안으로 접어들었을 때, 흉노가 이들을 붙잡아 선우에게로 보냈다. 선우는 그들을 붙잡아 두고 〔이렇게〕 말했다.

"월지는 우리의 북쪽에 있는데 한나라가 어떻게 사신을 보낼 수 있겠소? 내가 월나라에 사신을 보낸다면 한나라는 기꺼이 허락하겠소?"

장건은 10여 년 동안이나 붙잡혀 있으면서 결혼도 하고 자식까지 두게 되었다. 그러나 그는 여전히 한나라 사자로서의 부절을 지니고 잃지 않았다.

흉노에서 머무는 동안 〔감시가〕 점차 느슨해지자 장건은 이틈을 타서 자기 무리와 함께 달아나 월지로 향했다. 그는 서쪽으로 달아난 지 수십 일이 지나서야 대원으로 들어섰다. 대원은 한나라에 물자가 풍부하다는 소식을 듣고 있어 서로 왕래하고 싶지만 뜻을 이루지 못하고 있던 터라, 장건을 보자 기뻐하면서 물었다.

"당신은 어디로 가려고 하시오?"

장건이 말했다.

"한나라를 위하여 월지에 사신으로 가던 중에 흉노가 길을 막아 이제야 도망쳐 왔으니 왕께서는 신을 인도해 줄 사람을 주어 호위하여 보내 주십시오. 진실로 〔신이〕 월지로 가서 〔사명을 완수하고〕 한나라로 돌아간다면, 한나라는 왕에게 이루 말할 수 없을 정도로 많은 재물을 보내 줄 것입니다."

대원의 왕은 그럴듯하다고 생각하여 장건에게 안내자와 통역할 사람을 딸려 보내 주었으며 〔일행은〕 강거(康居)지금의 우즈베키스탄 지방에 있던 터키계 유목민 나라에 이르렀고, 또 강거에서 대월지까지 보내 주었다.

대월지에서는 왕이 이미 흉노에게 피살되었으므로 태자를 세워서 왕으로 삼았다. 그들은 이미 대하(大夏)를 정복하여 통치하고 있었는데 그 땅이 기름져 생산물이 풍부하고, 침략자가 거의 없어 안락하게 지내고 있었다. 또 한나라를 멀리 떨어진 곳에 있는 나라로 여겨 새삼스레 흉노에게 보복할 마음을 먹지 않았다. 장건은 대월지를 떠나 대하에 이르렀지만 끝내 대월지의 허락을 얻지 못했다.

〔장건은〕 1년 남짓 머물다가 귀국길에 올랐다. 남산(南山)천산(天山), 아이금산(阿爾金山), 기련산(祁連山)을 가리킴을 따라 강족(羌族)의 땅을 거쳐 돌아올 생각이었으나 다시 흉노에게 붙잡히고 말았다. 그가 흉노 땅에 1년 남짓 있었을 때 선우가 죽었다. 그러자 좌곡려왕이 선우의 태자를 몰아내고 스스로 왕위에 오르므로 나라 안이 혼란스러웠다. 장건은 흉노인 아내와 당읍의 감보를 데리고 도망쳐 한나라로 돌아왔다. 한나라는 장건을 태중대부로 삼고, 당읍의 감보는 봉사군(奉使君)으로 삼았다.

장건은 사람됨이 굳세고 힘이 있었으며 마음이 너그럽고 남을 신뢰하였으므로 오랑캐들까지 그를 좋아했다. 당읍 사람 감보는 본래 흉노인이므로 활솜씨가 뛰어나 긴급한 상황에 놓였을 때는 새나 짐승을 잡아 끼니를 잇기도 했다.

처음 장건이 길을 떠날 때는 〔일행이〕 100여 명이나 되었으나, 13년이 지났을 때는 겨우 두 사람만이 돌아왔다.

서역 국가들의 풍속

장건이 몸소 가 본 곳은 대원, 대월지, 대하, 강거이지만 인접한 대여섯 개의 큰 나라에 대해서도 전해 들은 바가 있어서 다음과 같이 천자에게 보고했다.[1]

"대원은 흉노의 남서쪽, 한나라의 정서(正西)쪽에 있으며 한나라에서 만 리쯤 떨어져 있습니다. 그들의 풍속은 한곳에 머물면서 살고 밭을 갈아 벼와 보리를 심고 포도주를 생산합니다. 좋은 말이 많은데 말이 피땀을 흘린다고 합니다. 그 말은 본래 천마(天馬)의 새끼라고 합니다. 이 나라에는 성곽과 가옥이 있으며, 속읍(屬邑)으로는 크고 작은 70여 성에 인구는 수십만 명쯤 됩니다. 무기로는 활과 창이 있으며 말타기와 활쏘기에 능합니다. 그 북쪽에는 강거, 서쪽에는 대월지, 서남쪽에는 대하, 동북쪽에는 오손(烏孫), 동쪽에는 우미(扜罙)와 우전

---

1) 「서남이 열전」에 의하면 기원전 122년의 일이다.

(于寘)이 있습니다. 우전 서쪽의 물은 모두 서쪽으로 흘러 서해(西海)오늘날 아랄해로서 소금기가 많아 짠 호수로 들어가고, 그 동쪽의 물은 동쪽으로 흘러 염택(鹽澤)포창해(浦菖海)라고도 함으로 들어갑니다. 염택부터는 물이 땅속으로 흐르다가 남쪽으로 나와 하수의 원류가 됩니다. 〔이곳에는〕 옥석이 많고, 하수는 중원으로 흘러 들어갑니다. 그리고 누란(樓蘭)과 고사(姑師)에는 성곽이 있으며 염택에 인접해 있습니다. 염택은 장안에서 5000리쯤 떨어져 있습니다. 흉노의 오른쪽우현왕이 다스리는 지역은 염택 동쪽에 있으며, 농서의 장성(長城)에 이르러 남쪽으로 강족과 접하여 한나라로 통하는 길을 막고 있습니다.

오손은 대원의 동북쪽으로 2000리쯤 떨어진 곳에 있습니다. 유목 국가로 가축을 따라서 이동하며 흉노와 풍속이 같습니다. 활을 쏘는 군사가 수만 명으로 매우 용감하게 싸웁니다. 원래 흉노에 복속되어 있었지만 세력이 강대해지면서 형식적으로 흉노를 섬길 뿐 〔흉노의〕 조회에 참가하려고 하지는 않았습니다.

강거는 대원의 서북쪽으로 2000리쯤 떨어진 곳에 있습니다. 〔유목 국가로〕 월지와 풍속이 아주 같습니다. 활을 쏘는 군사가 8~9만 명이나 되고 대원과 인접한 나라입니다. 〔강거는〕 나라가 작아 남쪽으로는 월지를 섬기고, 동쪽으로는 흉노를 섬기고 있습니다.

엄채(奄蔡)는 강거 서북쪽으로 2000리쯤 떨어진 곳에 있습니다. 유목 국가로 상서와 풍속이 대부분 같습니다. 활을 쏘는 군사가 10만여 명이나 됩니다. 큰 못에 임하고 있는데, 끝이 없습니다. 이 호수가 북해인 것 같습니다.

대월지는 대원의 서쪽으로 2000~3000리쯤 떨어져 있고, 규수(嬀水) 북쪽에 살고 있습니다. 그 남쪽에는 대하, 서쪽에는 안식(安息), 북쪽에는 강거가 있습니다. [이들은] 유목 국가로 가축을 따라 옮겨 다니고 흉노와 풍속이 같습니다. 활을 쏘는 군사가 10~20만 명가량 되는데 옛날에는 강대함을 믿고 흉노를 업신여겼습니다. 묵돌 선우가 [흉노의 왕의] 자리에 오르자, 월지를 깨뜨렸고, 흉노는 노상 선우 때에 월지의 왕을 죽이고 그 두개골로 술잔을 만들었습니다. 처음에 월지는 돈황군(敦煌郡)과 기련산 사이에서 살았으나, 흉노에게 패하자 멀리 떠나 대원을 지나 서쪽의 대하를 쳐서 신하로 삼은 뒤 규수 북쪽에 도읍하여 왕정(王庭) 선우가 있는 곳으로 삼았습니다. 같이 떠나지 못한 소수의 무리는 남산에 있는 강족 땅을 지키고 보존하면서 소월지(小月氏)라고 부르고 있습니다.

안식은 대월지에서 서쪽으로 수천 리쯤 떨어진 곳에 있습니다. 그들의 풍속은 한곳에 머물면서 살고 밭을 갈아 벼와 보리를 심고 포도주를 생산합니다. 성읍은 대원과 같습니다. 그들이 관할하는 읍은 크고 작은 수백 개의 성으로 이루어졌고, 그 땅은 사방 수천 리에 이르러 가장 큰 나라입니다. 규수에 인접해 있어 시장이 있고 사람들은 장사하려고 수레나 배를 이용하여 가까운 나라뿐 아니라 수천 리 멀리 떨어진 나라에까지 갑니다. 은으로 돈을 만드는데, 돈 모양은 이 나라 왕의 얼굴을 새겨 넣은 것입니다. 왕이 죽으면 곧바로 다시 돈을 바꾸어 새 왕의 얼굴을 새겨 넣습니다. 그들은 가죽 위에 옆으로 기록해 나갑니다. 그 나라의 서쪽에는 조지(條枝)가 있고, 북쪽에는 엄채와 여헌(黎軒)이 있습니다.

조지는 안식에서 서쪽으로 수천 리 떨어진 곳에 있으며, 서해에 인접해 있습니다. [날씨는] 덥고 습기가 많으며 밭갈이를 하고 벼농사를 짓습니다. 큰 새타조가 있는데 그 알이 항아리만큼 큽니다. 인구는 매우 많으며 가는 곳마다 소군장(小君長)이 있습니다. 안식은 이 나라를 예속시켜 바깥의 속국으로 삼았습니다. 이 나라 사람들은 마술을 잘합니다. 안식의 장로(長老) 말에 의하면 조지에는 약수(弱水)부력이 아주 작아 기러기 털도 가라앉는다는 강와 서왕모(西王母)가 있다는데 아직 본 적은 없다고 합니다.

대하는 대원의 남서쪽으로 2000여 리 떨어진 규수 남쪽에 있습니다. 그들의 풍속은 한곳에 머물며 살고 성곽과 집이 있어 대원과 풍속이 같습니다. 대군장은 없고 가는 곳마다 성읍에 소군장이 있습니다. 이 나라의 군사는 약하고 싸움을 두려워하지만 장사는 잘합니다. 대월지가 서쪽으로 옮겨 간 뒤로 이 나라를 깨뜨려 대하를 신하로 복속시켰습니다. 대하의 인구는 많아서 100만여 명이나 됩니다. 그 수도를 남시성(藍市城)이라 하고, 시장이 있어서 여러 가지 물건을 사고팝니다. 그 동남쪽에는 신독국(身毒國)지금의 인도와 파키스탄 일대이 있습니다."

장건은 [계속해서] 이렇게 말했다.

"신이 대하에 있을 때 공(邛)의 대나무 지팡이와 촉의 옷감을 보고 '어디서 이것들을 얻었소?'라고 물으니, 대하 사람이

'우리 나라 장사꾼들이 신독에 가서 사 왔습니다. 신독은 대하에서 동남쪽으로 수천 리쯤 떨어진 곳에 있는데, 그들의 풍속은 한곳에 머물러 살고 대하와 거의 같으며 〔땅이〕 몹시 습하고 〔기후가〕 덥다고 합니다. 그 나라 사람들은 코끼리를 타고 싸웁니다. 또 이 나라는 큰 강물에 인접해 있습니다.'라고 대답했습니다. 신이 짐작해 보건대 대하는 한나라로부터 1만 2000리 떨어져 있고, 한나라의 서남쪽에 있습니다. 지금 신독국은 또 대하의 동남쪽으로 수천 리 떨어져 있으며, 촉나라의 물건이 있는 것으로 보아 촉나라에서 멀지 않은 곳에 있는 것 같습니다. 〔그런데〕 지금 대하에 사신을 보낼 경우 강족의 험한 길을 지난다면 강족이 싫어할 것이고, 조금 북쪽으로 돌아간다면 흉노에게 붙잡힐 것입니다. 그러나 촉으로 해서 간다면 길도 가깝고 도둑 걱정도 없을 것입니다."

천자는 생각했다.

'대원과 대하와 안식 등은 모두 큰 나라로서 진기한 물건이 많고, 한곳에 머물며 살고 산업도 중원과 매우 비슷하며, 군사는 약하고 한(漢)나라의 재물을 소중하게 여긴다고 한다. 이들 북쪽에 있는 대월지와 강거 등의 군사가 강하다고는 하나 재물을 보내 이익을 주어 회유한다면 입조시키는 데 유리할 수 있을 것이다. 또한 만일 인의를 베풀어 그들을 귀속시킨다면 〔한나라〕 영토를 만 리나 넓힐 수 있어 여러 차례 통역을 거쳐 각지의 특이한 풍속을 가지게 되면 〔천자의〕 위엄과 덕이 사해에 널리 퍼질 수 있을 것이다.'

천자는 기뻐하며 장건의 말이 옳다고 여기고, 장건에게 촉

의 건위군(犍爲郡)에서 밀사를 네 길로 갈라서 동시에 출발시
키도록 했으니, 방(駹)에서 출발하고, 염(冄)에서 출발하며, 사
(徙)에서 출발하고, 공(邛)과 북(僰)에서 출발하여 모두 각각
1000~2000리를 나아갔다. [그러나] 북쪽은 저(氐)와 작(笮)에
게 가로막히고, 남쪽은 수(嶲)와 곤명(昆明)에게 저지되었다.
곤명에 있는 무리는 군장이 없고 도둑질을 잘하였으므로 한
나라 사신들을 보는 대로 죽여 끝내 [대하와] 통할 수 없었다.
그러나 그 서쪽으로 1000여 리쯤 떨어진 곳에 코끼리를 타고
다니는 나라가 있는데 이름을 전월(滇越)이라고 했다. 촉의 장
사꾼 중 몰래 장사하는 이들이 간혹 그곳에 이른다고 했다. 그
래서 한나라는 대하로 가는 길을 찾아 비로소 전국(滇國)전월
과 통하게 되었다. 애초에 한나라는 서남이와 교류하려 했으
나 비용이 많이 들고 길도 통하지 않으므로 그만두었다. [이후
에] 장건이 대하로 통할 수 있다고 주장했기 때문에 다시 서남
이로 통하는 길을 찾으려고 했다.

오손과 교역을 개척한 장건

[그 뒤] 장건은 교위(校尉)장군 다음가는 무관로서 대장군 위청
을 따라 흉노 정벌에 나섰는데, [사막에서] 물과 풀이 있는 곳
을 잘 알고 있으므로 군대는 어려움을 겪지 않을 수 있었다.
그래서 장건은 박망후(博望侯)에 봉해졌다. 이해가 원삭 6년이

다. 그 이듬해에 장건은 위위(衛尉)가 되어 이 장군(李將軍)이광(李廣)과 함께 우북평으로 나가 흉노를 쳤다. 흉노가 이 장군을 포위하여 〔한나라〕 군대는 피해를 입고 도망친 자도 많았으며, 장건도 〔이 장군과〕 만나기로 한 날짜에 늦어 그 죄가 참형에 해당하나 속죄금을 내고 서민이 되었다. 이해에 한나라는 표기곽거병를 보내 흉노의 서쪽 변방에 있는 수만 명을 공격하여 죽이고 기련산까지 이르렀다. 그 이듬해에는 혼야왕이 백성을 이끌고 와서 한나라에 투항하니 금성(金城)과 하서(河西) 서쪽에서 남산(南山)을 따라 염택(鹽澤)에 이르기까지 텅 비어 흉노를 찾아볼 수 없었다. 〔간혹〕 흉노의 척후병들이 오기도 했지만 〔그것은〕 아주 드문 일이었다. 그로부터 2년 뒤에 한나라가 선우를 쳐서 사막 북쪽으로 달아나게 했다.

그 뒤 천자는 장건에게 대하와 같은 무리에 대해서 여러 차례 물었다. 장건은 이미 후 지위를 잃었으므로 이렇게 대답했다.

"신이 흉노 땅에 있을 때 들은 바로는 오손의 왕은 이름이 곤모(昆莫)인데, 그 아버지는 흉노의 서쪽 변방에 있는 작은 나라의 왕이었습니다. 흉노가 쳐들어와 그 아버지를 죽여 곤모는 태어나자마자 초원에 버려졌습니다. 〔그런데〕 까마귀가 고기를 물고 와서 그 위를 날고 늑대가 와서 그에게 젖을 먹였습니다. 〔이것을 보고〕 선우는 괴이하게 여겨 그를 신인(神人)이라 생각하고 거두어 길렀습니다. 그가 장년이 된 뒤 병사를 거느리게 해보니 자주 공을 세웠습니다. 〔그래서〕 선우가 그 아버지의 백성을 곤모에게 돌려주어 오랫동안 흉노의 서쪽 변방을 지키게 했습니다. 곤모는 자기 백성을 거두어 기르면서 가까이에 있는 작은 마을을 공략했습니다. 활을 쏠 수 있는 군사가 수만 명이나 되고 싸움에 익숙했습니다. 선우가 죽자 곤모는 그 무리를 이끌고 멀리 옮겨 가 중립을 지키면서 흉노에게 조회하려 하지 않았습니다. 흉노는 정예 군사를 보내 기습했으나 이기지 못하자 그를 신인이라 생각하고 멀리했습니다. 그 뒤로는 고삐를 죄기만 할 뿐 크게 〔군사를 일으켜〕 공격하지 않았다고 합니다.

지금 선우는 막 한나라에게 곤경을 겪고 있으며, 혼야왕이 지배하던 옛 땅은 텅 비어 사람이 살지 않습니다. 오랑캐들은 습관처럼 한나라 재물을 탐내고 있으니 만일 이러한 때에 오손에게 많은 예물을 보내 동쪽으로 더 가까이 불러들여 혼야왕이 다스리던 옛 땅에 살게 하고 한나라와 형제의 의를 맺게 하면 형세로 보아 〔오손은〕 반드시 〔한나라의〕 말을 들을 것입니다. 〔그들이〕 듣게 되면 흉노의 오른팔을 끊는 것이나 다름 없습니다. 오손과 연합할 수만 있다면 그 서쪽에 있는 대하 등의 나라도 모두 불러서 〔한나라의〕 외신(外臣)으로 삼을 수 있을 것입니다."

천자는 옳다고 여겨 장건을 중랑장으로 임명하고 〔군사〕 300명을 거느리게 하면서 한 사람에 말 두 필씩을 주었다. 소와 양이 수만 마리에 이르고, 가져가는 황금과 비단은 수천 거만금의 가치가 있었다. 부절을 가진 부사(副使)를 많이 보내 길이 통할 수 있으면 다른 이웃 나라에도 그들을 보낼 수 있게 했다.

장건이 오손에 도착하니 오손왕 곤모는 한나라 사자를 만나는데 선우가 사자를 만나는 것처럼 했다. 장건은 몹시 치욕스러웠으나 오랑캐들이 탐욕스럽다는 것을 알고 있으므로 이렇게 말했다.

"천자께서 내리신 예물입니다. 왕께서 절하지 않으시려면 예물을 되돌려 주십시오."

곤모는 일어나 보내온 재물에는 절을 했지만, 그 밖의 다른 것은 전과 같았다. 장건은 사신으로 온 취지를 일깨워 주어 말했다.

"오손이 동쪽으로 옮겨 와 혼야왕이 다스리던 땅에 살 수만 있다면 한나라는 옹주를 보내 당신의 부인으로 삼게 하실 것입니다."

〔이 무렵〕 오손은 나라가 분열되고 왕은 늙은 데다 한나라에서 멀리 떨어져 있어 한나라가 큰지 작은지조차 알지 못했다. 〔또한〕 본래 흉노에게 오랫동안 복속되어 있었던 데다가 흉노와 거리가 가깝기 때문에 대신들은 한결같이 흉노를 두려워하여 옮겨 살기를 원하지 않고, 왕도 자기 마음대로 일을 결정할 수 없었다. 〔그래서〕 장건은 그들을 설득할 방법이 없었다.

곤모에게는 아들이 10여 명 있었는데 그중 가운데 아들을 대록(大祿)이라 했다. 〔그는〕 힘이 세고 병사들을 잘 다루므로 기병 만여 명을 이끌고 다른 곳에서 살고 있었다. 대록의 형이 태자로 있는데, 그에게는 잠취(岑娶)라는 아들이 있었으나 태자가 일찍 죽었다. 그는 죽음을 앞두고 아버지 곤모에게 말했다.

"반드시 잠취를 태자로 삼아 주시고 다른 사람을 대신 태자로 삼지 마십시오."

곤모는 태자를 불쌍히 여겨 이를 허락하고 마침내 잠취를 태자로 삼았다. 대록은 자기가 대신 태자가 되지 못한 데 분개하여 형제들을 끌어 모으고 자기 무리를 이끌고 잠취와 곤모를 칠 계획을 꾸몄다. 곤모는 늙어 대록이 잠취를 죽일까 두려워하여 잠취에게 기병 만여 명을 주어 다른 곳에서 살게 하고, 곤모 자신도 기병 만여 명을 이끌고 스스로 대비했다. 〔이렇게 하여〕 나라 안의 백성은 셋으로 나뉘었다. 대체로 곤모의 지배를 받기는 했지만, 곤모도 이러한 이유 때문에 감히 독자적으로 장건과 맹약을 맺을 수 없었다.

장건은 대원, 강거, 대월지, 대하, 안식, 신독, 우전, 우미 및 그 밖의 여러 나라에 부사를 나누어 보냈다. 오손에서는 안내인과 통역인을 붙여서 장건을 〔본국으로〕 돌려보냈다. 장건은 오손의 사자 수십 명과 답례의 뜻으로 보내는 말 수십 필을 끌고 왔다. 그들에게 한나라의 세력을 보여 주기 위해서였다.

장건이 〔한나라로〕 돌아오자, 대행(大行)으로 임명하여 구경의 대열에 서게 했다. 〔장건은 그로부터〕 1년 남짓 지나 죽었다.

오손의 사자들이 한나라의 인구가 많고 물자가 풍부한 것을 보고 자기 나라로 돌아가 보고하였으므로 〔오손은〕 한나라를 더욱 존중하게 되었다. 그 뒤 1년쯤 지나자 장건이 대하 등의 나라에 보냈던 부사가 모두 그 나라 사람들과 함께 돌아왔다. 이렇게 해서 서북쪽의 나라들이 처음으로 한나라와 교류하게 되었다. 장건이 길을 개척했으므로 그 뒤에 나가는 사자들은 모두 박망후를 들먹임으로써 외국에 한나라의 신의를 얻으려 했고, 외국에서도 그것으로 한나라를 믿어 주었다.

말을 구하러 떠나는 사신들이 줄을 잇다

박망후 장건이 죽은 뒤 흉노는 한나라가 오손과 교류한다는 말을 듣고 노하여 오손을 치려 했다. 또한 오손에 보낸 한나라 사신이 오손의 남쪽으로 나가 대원 및 대월지와 잇달아 왕래하니, 오손은 두려워져 사신을 보내 말을 바치면서 한나라 옹주와 결혼하여 형제 나라가 되기를 청했다. 천자가 신하들을 불러 모아 이 문제를 논의하게 하니 모두 이렇게 말했다.

"반드시 먼저 폐백을 받은 뒤에 옹주를 보내셔야 합니다."

처음에 천자가 『역서(易書)』를 펴서 점을 치니 이렇게 나왔다.

"신마(神馬)가 서북쪽에서 올 것이다."

오손의 훌륭한 말을 얻어 '천마(天馬)'라 이름하였다. 그런데 대원의 한혈마(汗血馬)를 얻고 보니 더욱 건장하므로 오손의 말을 '서극(西極)'으로 고치고, 대원의 말을 '천마'라고 이름했다. 한나라는 비로소 영거현(令居縣) 서쪽에 성을 쌓고 처음으로 주천군(酒泉郡)을 두어 서북쪽의 나라와 통하면서 더욱 더 많은 사신을 안식, 엄채, 여헌, 조지, 신독국으로 보냈다. 또한 천자가 대원의 말을 좋아하므로 (말을 구하러 가느라) 사신이 줄을 이었다. 외국으로 가는 사절단은 많은 경우에는 수백 명이나 되고 적은 경우에는 100여 명이었는데, 그들이 가지고 가는 것은 박망후 때의 그것과 거의 다름이 없었다. 그 뒤 왕래가 점차 익숙해질수록 폐백의 크기도 차츰 줄어들었다. 한나라에서 대체로 1년 동안 보내는 사신은 많을 때는 10여 차례이고 적을 때는 대여섯 차례였으며, 먼 곳으로 간 자는 8~9년이 걸리고 가까운 곳으로 간 자도 몇 해가 지나서야 돌아왔다.

이 무렵 한나라는 이미 월나라南越를 멸망시킨 뒤이므로 촉과 서남이들은 모두 떨면서 한나라에 관리를 보내 입조하려 했다. 그래서 〔한나라는〕 익주군(益州郡), 월수군(越巂郡), 장가군(牂柯郡), 심려군(沈黎郡), 문산군(汶山郡) 등을 두어 땅을 이어 앞으로 나아가 대하까지 교류하려 했다. 그래서 백시창(柏始昌), 여월인(呂越人) 등을 해마다 10여 차례 사신으로 내보내고 새로 설치한 여러 군을 지나 대하까지 가게 했으나 모두 곤명에게 가로막혀 피살되고 폐백과 재물을 빼앗겨 결국은 끝내 아무도 대하까지 통할 수 없었다. 그래서 한나라는 삼보(三輔)의 죄수들을 징발하고 파와 촉의 병사 수만 명을 동원하여 곽창(郭昌)과 위광(衛廣) 두 장군을 보내 한나라 사신들을 가로막은 곤명을 공격하여 수만 명의 머리를 베거나 포로로 잡아 돌아왔다. 그뒤에도 사신을 보냈으나 곤명이 다시 도적질을 하므로 끝내 아무도 〔대하까지〕 통할 수 없었다. 그러나 북쪽으로 주천군을 거쳐서 대하에 이르는 사자가 너무 많아져, 외국에서도 한나라의 폐물에 염증을 느끼고 한나라 재물을 귀하게 여기지 않았다.

먹을 것이 떨어지면 원한도 쌓인다

박망후 장건이 외국으로 가는 길을 개척하여 존귀한 신분이 된 뒤로, 그를 따라갔던 관리와 병사들은 모두 다투어 글을 올려 외국의 기이하고 괴이한 것과 〔그 나라와 왕래할 때의〕이로움과 병폐를 말하며 사신이 되기를 원했다. 천자는 그 나라들이 멀리 떨어져 있고 사람들이 쉽사리 갈 수 있는 곳이 아니라는 생각에 그들의 청원을 받아들여 부절을 주고, 따르는 자는 관리와 민간에서 모집하되 그들의 출신은 묻지 않았다. 모집한 사람을 모두 보냄으로써 〔사자로 나갈 수 있는〕 길을 넓힌 것이다. 〔그러나 그들은〕 오가면서 폐백과 재물을 훔치고 사신으로서 〔천자의〕 뜻을 어겨 천자는 그들이 이러한 일에 길들어 있음을 알고 조사하여 무거운 벌로 다스리고, 〔공을 세워〕 죄를 씻도록 격려하여 다시 사신으로 나가도록 했다. 〔그러므로 외국으로 나간〕 사신의 폐단은 끝없이 발생했고 가볍게 법을 어겼다. 〔과거에 사자로 나갔던〕 관리와 사졸들도 외국에 있는 것을 지나치게 추켜올리고 숭배했다. 많은 것을 말한 자에게는 부절을 주어 정사(正使)로 삼고, 적게 말한 자는 부사(副使)로 삼았다. 이 때문에 말을 함부로 하고 행실이 바르지 못한 자가 모두 다투어 이를 본떠서 말했다. 사신으로 가

는 사람은 모두 가난한 집 자식으로, 조정에서 외국으로 보내
는 물품들을 사사로이 가로채 헐값으로 외국에 팔아넘겨 그
이익을 차지하려 들었다. 외국에서도 한나라 사신들의 말이
저마다 다른 데 염증을 느꼈으며, 또 한나라 군대가 멀리 떨어
져 있어 쳐들어올 수 없다고 생각하고 식량 공급을 끊어 한나
라 사신들을 곤란하게 했다. 한나라 사신들은 먹을 것이 떨어
지자 원한이 쌓여 서로 공격할 지경에 이르렀다.

먼 곳에 있는 자보다 가까이 있는 자에게 기대라

누란(樓蘭)과 고사(姑師)는 작은 나라이지만 교통의 요지에
있어 한나라 사신 왕회(王恢) 등을 공격하여 심하게 위협했다.
게다가 흉노의 기병들이 때때로 서역으로 가는 사신들을 가
로막고 공격했다. 사신들은 외국에서 입는 피해를 다투어 말
하고, 〔그들〕 나라에는 모두 성읍이 있지만 병력이 약해서 치
기 쉽다고 했다. 그래서 천자는 구실을 만들어 종표후(從驃侯)
파노(破奴)를 보냈는데, 〔그는〕 속국의 기병과 군의 병력 수만
명을 이끌고 흉하수까지 가서 흉노를 치려 했으나 흉노가 모
두 달아나 버렸다. 그 이듬해에 파노는 고사를 공격하여 경기
병(輕騎兵) 700여 명과 함께 먼저 이르러 누란왕을 사로잡고
드디어 고사를 쳐부쉈다. 이렇게 해서 군대의 위력을 과시하
여 오손과 대원 등의 나라를 핍박했다. 〔파노가〕 돌아오자 천

자는 그를 착야후(浞野侯)에 봉했다. 왕회는 여러 차례 사신으로 나갔다가 누란에게 당한 고통을 천자에게 보고하니 천자는 군사를 징발하여 왕회에게 파노를 도와 누란을 공격하도록 명령하여 승리하였으므로 그를 호후(浩侯)에 봉했다. 이리하여 주천군에서 옥문관(玉門關)까지 요새가 열을 지어 서게 되었다.

오손에서 말 1000필을 바치고 한나라 딸을 맞이하려 하여 한나라는 종실 딸인 강도왕(江都王)제부(制赴)의 옹주를 보내 오손왕의 아내로 삼아 가게 하자, 오손왕 곤모는 [그녀를] 우부인으로 삼았다. 흉노도 딸을 보내 곤모의 아내로 삼게 했는데, 곤모는 그녀를 좌부인으로 삼았다. 그리고 곤모는 말했다.

"나는 늙었다."

그는 손자 잠취에게 [한나라] 옹주를 아내로 삼게 했다. 오손에는 말이 많아 부유한 자는 4000~5000필까지 가지고 있었다.

처음에 한나라 사신이 안식에 갔을 때, 안식왕은 기병 2만명을 이끌고 동쪽 변경까지 나와 영접했다. 동쪽 변경에서 왕도(王都)까지는 수천 리나 떨어져 있었다. 행렬이 [왕도까지] 가는 데에는 수십 개의 성을 지나게 되어 있는데 백성들이 서로 이어져 매우 많았다. 한나라 사신이 돌아갈 때 [안식에서도] 뒤이어 한나라에 사신을 딸려 보내 한나라의 광대함을 둘러보고 큰 새의 알과 여헌의 뛰어난 마술사를 바쳤다. 대원 서쪽의 작은 나라인 환잠(驩潛), 대익(大益)과 대원 동쪽의 고사, 우미, 소해(蘇薤) 등의 사신이 모두 한나라 사신을 따라와서 천자를 뵙고 예물을 올리니 천자가 크게 기뻐했다.

한나라 사신은 하수의 원류를 찾아냈는데, 하수의 원류는 우전에서 시작되고 그 산에는 옥석이 많으므로, 이것을 캐어 가지고 돌아왔다. 천자는 옛날 도서를 참고하여 하수가 시작되는 이 산을 곤륜산(崑崙山)이라 했다.

이 무렵 황상은 바닷가를 자주 순행했는데, 〔이 행차에는〕 언제나 외국에서 온 빈객들을 데리고 다녔다. 인구가 많은 큰 도시에 들러서는 재물과 비단 등을 상으로 나누어 주고, 풍성한 술과 안주를 갖추어 그들을 대접하여 한나라의 부유함을 과시하였다. 또 대규모로 씨름 대회를 열고 신기한 놀이와 여러 진기한 물건을 전시하였으므로 모여들어 관람하는 사람이 많았다. 상을 내리고 술로 연못을 만들고 고기로 숲을 이루어 잔치를 베풀며, 외국에서 온 빈객들에게 각지의 이름 있는 창고와 궁정의 곳간에 쌓인 물건들을 널리 두루 보여 주어 한나라의 광대함을 알고 경모하고 놀라게 했다. 마술사의 기교가 더 교묘해지고, 씨름 기술과 기이한 놀이가 해마다 변화를 더하여 점점 성대해진 것은 이때부터이다.

서북쪽의 외국 사신들은 번갈아 오고 갔다. 대원 서쪽의 나라는 모두 〔한나라는〕 멀리 떨어져 있다고 여겨 여전히 교만하고 방자하며 멋대로 행동했으나 아직은 굴복시킬 수 없어 고삐를 느슨히 죄듯 예(禮)로써 그들을 다루려고 했다.

오손의 서쪽에서 안식에 이르기까지는 흉노에 가까우므로 흉노가 월지를 곤경에 빠뜨린 뒤로는 흉노 사신이 선우의 신표만 가지고 있으면, 나라마다 먹을 것을 보내 주고 감히 붙들어 놓고 괴롭히는 일이 없었다. 그러나 한나라 사신이 갈 경우는 돈이나 비단을 내지 않으면 먹을 것을 얻을 수 없으며, 가축을 사지 않으면 타고 갈 수 없었다. 그것은 한나라는 멀리 떨어져 있고 재물이 많다고 생각했기 때문이다. 그래서 〔한나라 사신은〕 원하는 것이 있으면 반드시 사야만 얻을 수 있었는데, 이 또한 〔그들은〕 흉노를 한나라 사자보다 두려워한 탓이다.

말(言) 때문에 일어난 전쟁

대원과 그 이웃 나라들에서는 포도로 술을 만들었는데 부자는 만여 석의 술을 저장해 놓기도 했고, 오래된 것은 수십 년이 지났지만 부패하지 않았다. 〔이곳〕 풍속은 사람들이 술을 좋아하고, 말은 목숙(苜蓿)콩과 식물로 말이나 소의 사료나 비료로 씀을 좋아했다. 한나라 사신이 그 씨앗을 가져왔으므로 이에 천자는 비로소 목숙과 포도를 비옥한 땅에 심었다. 천마가 많아지고 외국 사신이 많이 올 무렵이 되면 이궁(離宮)황제의 행차를 위해 지은 별도의 궁전이나 **별관**(別觀)이궁 문밖에 세워진 망루 부근에 온통 포도와 목숙을 심어 끝없이 펼쳐졌다.

대원 서쪽에서 안식에 이르는 나라들은 말은 꽤 다르지만 풍속이 거의 비슷하여 서로 상대방의 말을 알아들었다. 그곳 사람은 모두 눈이 움푹 들어가고 수염이 많으며 사고팔기를 잘하고 아주 작은 이익을 두고도 다투었다. 그들의 풍속은 여자를 존중하여 여자가 말하면 남자는 그 말에 따랐다. 이 지방에서는 명주실과 옻나무가 생산되지 않으며, 동전과 기물을 주조할 줄 몰랐다. 한나라 사자를 따라갔다가 그들에게 투항한 군사가 여러 가지 병기와 기물을 주조해서 만드는 것을 가르쳤다. 그 뒤로는 한나라의 황금이나 은을 얻으면 그것으로 기물을 만들고 화폐로 쓰지 않았다.

〔이후로〕〔서역에〕 왕래하는 한나라 사자가 많아졌는데, 그중 어려서부터 따라갔던 자들은 천자에게 나아가 말하는 데 익숙하여 〔이렇게〕 말했다.

"대원의 이사성(貳師城)에는 좋은 말이 있는데, 감추어 두고 한나라 사자에게 주려고 하지 않습니다."

천자는 대원의 말을 좋아하던 터라, 이 말을 듣는 순간 기뻐하며 장사(壯士) 거령(車令) 등에게 1000금과 금으로 만든 말을 가지고 대원의 왕에게 가서 이사성의 좋은 말과 바꿔 오도록 했다. 〔그렇지만〕 대원국에는 한나라 물건이 풍부하므로 서로 의논하여 이렇게 말했다.

"한나라는 우리 나라와 멀리 떨어져 있으며, 그 사신들은 자주 염수(鹽水)염택에 빠져 죽었으며, 북쪽으로 나오면 흉노의 도적들이 있고, 남쪽으로 나오면 물과 풀도 부족하다. 또 이따금 읍에서 멀리 떨어져 먹을 것이 부족할 때가 많다. 한나라 사신들은 수백 명이 한 무리가 되어 오지만 언제나 식량이 부족하여 죽는 자가 절반이었으니 이러한데 어떻게 대군이 올 수 있겠는가? 〔한나라는〕 우리를 어떻게 할 수 없을 것이다.

더구나 이사성의 말은 대원의 보배로운 말이다."

드디어 한나라 사자에게 〔말을〕 주려고 하지 않았다. 한나라 사자는 노하여 욕을 퍼붓고 금으로 만든 말을 망치질하고 떠나갔다. 대원의 귀인(貴人)궁궐의 신하 가운데 지위가 아주 높은 관리들은 노하여 말했다.

"한나라 사신이 우리를 극도로 무시하다니!"

한나라 사신을 떠나보낸 뒤, 그 동쪽 변방에 있는 〔나라〕 욱성(郁成)을 시켜 한나라 사자의 귀로를 막아 죽이고 재물을 빼앗았다. 이 일로 〔한나라〕 천자는 크게 노했다. 일찍이 〔대원에〕 사신으로 간 적이 있는 요정한(姚定漢) 등이 말하기를 대원의 병력은 약하므로 만일 불과 한나라 군사 3000명이 센 화살로 그들을 쏜다면 모조리 포로로 사로잡아 대원을 깨뜨릴 수 있을 것이라고 했다."

천자는 일찍이 착야후에게 누란을 치게 했을 때, 〔착야후가〕 기병 700명을 이끌고 먼저 이르러 누란왕을 사로잡은 일이 있으므로 요정한 등의 말을 옳다고 생각했다. 그리고 총희 이씨(李氏)의 형제들을 후(侯)로 올려 주고 이광리(李廣利)를 이사장군(貳師將軍)에 임명하여, 속국의 기병 6000명과 군과 국에서 〔하는 일 없이〕 빈둥거리는 소년 수만 명을 징발하여 가서 대원을 치게 했다. 〔천자는〕 이사성에 이르러 좋은 말을 얻어 올 것을 기대하였으므로 이사장군이라고 불렀다. 조시성(趙始成)을 군정(軍正)군법을 다스리는 관리으로 삼고, 옛 호후(浩侯)였던 왕회가 앞장서서 관리를 이끌게 하며, 이차(李哆)를 교위로 삼아 군대일을 맡게 했다. 이해가 태초 원년이었다. 관동 지방에서는 메뚜기 떼가 크게 일어나 서쪽으로 돈황까지 빠르게 날아갔다.

이사장군의 군사는 서쪽으로 염수를 지나갔는데, 길목에 있는 작은 나라들은 두려워 각기 성문을 굳게 닫아걸고 지키면서 먹을 것을 주려고 하지 않았다. 그들을 공격해 보았지만 함락할 수 없었다. 함락하면 식량을 얻을 수 있었지만 함락하지 못하게 되면 며칠 만에 떠나갈 수밖에 없었다. 욱성에 도달할 무렵에는 도착한 군사가 수천 명에 지나지 않고, 모두 굶주리고 지쳐 있었다. 욱성을 공격했으나 도리어 욱성이 한나라 군사를 크게 깨뜨려 사상자가 매우 많았다. 이사장군은 이차, 조시성 등과 상의했다.

"욱성에 이르러도 오히려 함락시킬 수 없는데, 하물며 그들의 왕도에 이를 수나 있겠는가?"

[결국] 병사를 이끌고 돌아오고 말았다. [그들은] 가고 오는 데 2년이 걸려 돈황으로 돌아왔는데 군사 수는 출발할 때의 10분의 1 내지 2에 지나지 않았다. [이사장군은] 사자를 보내 글을 올려 말했다.

길은 멀고 늘 식량이 부족하여 병사들은 싸움을 걱정하기보다는 굶주리는 것을 걱정했습니다. 병력이 적어 대원을 함락시키기에는 부족합니다. 원컨대 병력을 거두었다가 병력을 늘려 다시 나가도록 해 주십시오.

천자는 이 말을 듣고 크게 노하여 사자를 보내 옥문관을 가로막고 이렇게 말하게 했다.

"〔원정 간〕군사 중에서 감히 〔옥문관〕 안으로 들어오는 자가 있으면 참형에 처할 것이다."

이사장군은 두려워 돈황에 머물렀다.

그해 여름 한나라는 착야후의 군사 2만여 명을 흉노에게 잃었다. 공경과 조정의 관리는 모두 대원을 치는 군사를 철수시켜 흉노를 공격하는 일에 전력을 기울이도록 요청했다. 〔그러나〕천자는 이미 대원을 주살하기로 하였는데, 대원 같은 작은 나라도 함락시킬 수 없다면 대하 등의 나라도 한나라를 업신여길 것이고, 대원의 좋은 말을 다시는 들여올 수 없을 것이며 오손이나 윤두(侖頭)에서도 한나라 사자를 깔보고 괴롭힐 테니 외국의 웃음거리가 될 것이라고 했다.

그리고 대원을 치는 것이 매우 불리하다고 주장한 등광(鄧光) 등을 〔법에 따라〕처벌하였다. 죄수 중에서 재관(材官)활을 쏘고 말을 타며 산악 지역에서 싸울 수 있는 병사들의 죄를 용서해 주고, 하는 일 없이 빈둥거리는 소년과 변방의 기병을 더 징발하여 1년 남짓 지나 돈황을 출발한 병력이 6만 명이나 되었으며 〔이 가운데에는〕개인 물품을 지고 따라가는 자는 포함되지 않았다. 소가 10만 두, 말이 3만여 필, 나귀와 노새와 낙타 등은 만여 마리나 되었다. 식량을 넉넉하게 가져가고 무기와 큰 활도 많이 준비했다. 천하가 떠들썩하게 대원 정벌 명령을 전하고 받들어 떠나는데 종군한 교위만도 50여 명이나 되었다.

대원왕이 있는 성안에는 우물이 없어 모두 성 밖에 흐르는 물을 길어다 썼으므로 〔한나라 군대는〕수공(水工)을 보내 성

밑의 수로를 바꿔 성안의 물을 텅 비게 만들어 버렸다. 그리고 다시 수병 18만 명을 더 징발하여 주천군과 장액군 북쪽에 거연현(居延縣)과 휴도현(休屠縣)을 [새로] 두어 주천군을 지키도록 했다. 그리고 천하의 일곱 가지 죄를 진 사람[七科][2]을 징발하여 말린 식량을 싣고 가서 이사장군에게 공급하게 하였다. 짐을 실은 수레와 사람들이 줄을 이어 돈황군에 이르렀다. 말[馬]에 정통한 두 사람을 집마교위(執馬校尉)로 삼아 대원을 깨뜨리고 [이 나라의] 좋은 말을 고를 경우에 대비했다.

그리하여 이사장군은 나중에 다시 출정하게 되었는데 병력이 많아 이르는 곳마다 작은 나라 가운데 맞이하지 않는 나라가 없었으며, 식량을 내어 병사들에게 주었다. 윤두에 이르러 윤두가 공략되지 않자 며칠 동안 공격하여 그들을 도륙했다. 이때부터 서쪽으로 순조롭게 대원성에 이르렀으며, 한나라 군사 중에 도착한 자가 3만 명이었다. 대원의 군대가 한나라 군대를 맞아 싸웠으나 한나라 군대는 그들을 활을 쏘아 깨뜨리니 대원의 군대는 성안으로 도망쳐 들어가 성벽을 의지하여 지켰다. 이사장군의 군대는 욱성을 치러 가고 싶었지만, 대원과의 싸움을 멈추고 욱성으로 가면 대원이 다른 계책을 쓸 기회를 주게 될까 염려스러워 먼저 대원에 이르러 그 수원(水源)을 터서 물줄기를 옮겨 놓자 대원은 곧 큰 어려움에 빠졌다. [한나라 군대가] 대원성을 에워싸고 공격한 지 40여 일 만

---

2) 죄를 지은 관리, 달아난 범죄자, 데릴사위, 상인 호적이 있는 장사꾼, 상인 호적이 있었던 사람, 부모가 상인 호적을 가졌던 사람, 조부모가 상인 호적을 가졌던 사람을 말한다.

에 그 외성(外城)이 무너졌고, 대원의 귀인이며 용장인 전미(煎靡)를 사로잡았다. 대원의 군사는 몹시 두려워 성안으로 달아났다. 대원의 귀인들은 서로 상의하여 말했다.

"한나라가 대원을 치는 까닭은 우리 왕 무과(毋寡)가 좋은 말을 감춰 두고 한나라 사자를 죽였기 때문이다. 이제 무과왕을 죽이고 좋은 말을 내놓으면 한나라 군대는 분명히 포위를 풀 것이다. 만약 풀지 않으면 그때 가서 힘을 다해 싸우다 죽어도 늦지 않을 것이다."

대원의 귀인은 모두 옳다고 생각하여 함께 그들의 왕 무과를 죽였다. 한 귀인이 왕의 머리를 가지고 이사장군에게 가서 약속하여 말했다.

"한나라 군대는 우리를 치지 마십시오. 우리는 훌륭한 말을 모조리 내놓아 마음대로 가져가도록 하고, 한나라 군대에게 식량을 공급하겠습니다. 만일 들어주지 않는다면 우리는 훌륭한 말을 다 죽여 버릴 것이며, 강거의 구원군이 곧 다다를 것입니다. 구원군이 오면 우리는 성안에서, 강거군은 성 밖에서 한나라 군대와 싸우게 될 것입니다. 한나라 군대는 깊이 생각해 보십시오. 어느 쪽을 따르시겠습니까?"

이때 강거에서는 한나라 군대의 동태를 살폈는데, 한나라 군대의 세력이 강성하므로 감히 나오지 않고 있었다. 이사장군은 조시성, 이차 등과 상의하여 말했다.

"들리는 바로는 대원성 안에서는 막 진(秦)나라 사람을 찾아내어 우물 파는 방법을 알았고, 성안에는 아직도 식량이 많다고 한다. (우리가) 이곳까지 온 것은 악의 원흉인 무과를 베어 죽이기 위해서였다. 무과의 머리는 이미 와 있다. 이렇게 되었는데도 군사를 풀지 않는다면 〔그들은 성을〕 굳게 지킬 것이고, 강거의 군대가 우리 한나라 군대가 지치기만을 기다렸다가 대원을 구하러 온다면 한나라 군대는 반드시 깨질 것이다."

〔한나라〕 군리는 모두 옳다고 생각하여 대원의 약속을 받아들였다. 그래서 대원에서는 그들의 좋은 말을 내놓아 한나라 군대가 직접 고르게 하고, 한나라 군대에게 많은 식량을 내어 주었다. 한나라 군대는 좋은 말 수십 필과 중등 이하의 말 암수 3000여 필을 골랐다. 대원의 귀인으로 전부터 한나라 사자를 잘 대해 준 말채(昧蔡)를 세워 대원왕으로 삼은 뒤 함께 맹세하고 군사를 거두었다. 〔이리하여 한나라 군대는〕 끝내 중성까지 들어가지 못하고 싸움을 끝내고 〔군대를〕 이끌고 돌아왔다.

처음에 이사장군은 돈황을 출발하여 서쪽으로 나아갈 때, 군사가 너무 많아 도중에 나라들로부터 식량을 공급받을 수 없으리라 생각하여 병력을 몇 군단으로 나누어 남쪽 길과 북쪽 길로 나아가게 했다. 교위 왕신생(王申生)과 홍려(鴻臚)를 지낸 호충국(壺充國) 등 1000여 명은 따로 떨어져 욱성에 이르렀다. 욱성에서는 성을 굳게 지키며 한나라 군대에게 식량을 주려고 하지 않았다. 〔당시〕 왕신생은 대군(大軍)이사장군의 군대과 200리나 떨어져 있었는데, 한나라 군대의 위세에 기대어 〔욱성의 군대를〕 가볍게 여기고 욱성을 책망했다.

〔그러나〕 욱성에서는 식량을 내어 주려 하지 않고, 왕신생의 군사가 날로 줄어드는 것을 알아차리고 새벽에 군사 3000명으로 공격해 와서 왕신생 등을 죽였다. 군대는 무너지고 몇 사

람만이 탈출하여 이사장군에게 도망쳤다.

이사장군이 수속도위(搜粟都尉) 상관걸(上官桀)을 보내 욱성으로 가 쳐서 깨뜨리게 했다. 욱성의 왕은 강거로 달아나자 상관걸이 뒤쫓아 가 강거에 이르렀다. 강거에서는 한나라가 이미 대원을 깨뜨렸다는 소식을 들었으므로 욱성의 왕을 상관걸에게 내주니 상관걸은 네 명의 기병에게 〔욱성의 왕을〕 묶어 대장군이 있는 곳으로 압송하게 했다. 네 사람은 서로 의논하여 말했다.

"욱성왕은 한나라가 미워하는 사람인데, 살려 둔 채로 가다가 갑자기 달아나기라도 한다면 큰 일이다."

그를 죽이려 했으나 감히 먼저 공격하는 자가 없었다. 상규현(上邽縣)의 기병 조제(趙弟)는 가장 나이가 어렸으나 칼을 뽑아 욱성왕을 친 뒤, 그의 머리를 베어 가지고 갔다. 조제와 상관걸 등은 대장군을 뒤쫓아 갔다.

처음에 이사장군이 뒤에 출정했을 때 천자는 오손에게 사자를 보내 크게 병력을 동원하여 힘을 합쳐 대원을 치자고 했다. 〔그러나〕 오손은 〔겨우〕 기병 2000명만을 출동시켜 관망하며 양단을 쥐고 나아가려 하지 않았다. 이사장군이 동쪽으로 나아갈 때 지나는 길에 있는 여러 작은 나라는 대원이 무너졌다는 말을 듣고 모두 자기 자제들을 〔한나라〕 군대에 딸려 보내 공물을 바치고 천자를 뵙고 볼모로 삼아 머물게 하였다.

이사장군이 대원을 정벌할 때 군정 조시성은 힘껏 싸워 공로가 가장 많았다. 상관걸은 용감하게 적진 깊숙이 들어갔으며, 이차는 계략을 세웠다. 그러나 옥문관으로 돌아온 군사는

1만여 명이고, 군마는 1000여 필밖에 안 되었다.

이사장군이 나중에 출정했을 때는 군대에 식량이 부족하지 않고 전사자도 많지 않았다. 그러나 장군이나 군리가 탐욕스럽고 대부분 사졸들을 사랑하지 않고 식량을 빼돌렸으므로 이 때문에 죽은 자가 많았다.

천자는 만 리나 되는 먼 곳까지 가서 대원을 쳤다 하여 〔그들의〕 잘못을 기록하지 않고 이광리를 해서후(海西侯)에 봉했다. 그리고 스스로 욱성왕을 벤 기병 조제를 신치후(新畤侯)에 봉했다. 군정(軍正)인 조시성을 광록대부에 임명하고, 상관걸을 소부(少府)로 삼고, 이차를 상당군 태수로 삼았다. 군 관리로서 구경에 오른 자가 세 명, 제후의 재상이나 군수 등 2000석에 임명된 자가 100여 명, 1000석 이하가 1000여 명이나 되었다. 자진해서 싸움에 따라나선 자는 기대 이상의 벼슬을 얻었고, 죄수로서 종군한 자는 〔그 죄를 용서할 뿐〕 공로를 포상하지는 않았다. 사졸들에게 내린 것은 4만 금에 상당했다. 대원을 치기 위해 두 차례 오고 갔으며 대략 4년 만에 〔전쟁이〕 끝났다.

한나라 군사는 대원을 정벌한 뒤 말채를 세워 대원왕으로 삼고 떠났다. 〔그로부터〕 1년 남짓 지나서 대원의 귀인들은 말채가 〔한나라에〕 아첨을 잘하여 자기 나라 사람들이 도륙되었다고 여겨 죽이고, 무과의 아우 선봉(蟬封)을 대원왕으로 세우고 그 아들을 한나라로 들여보내 볼모로 삼게 했다. 한나라는 사자를 대원에 보내 후한 예물을 주어 대원을 진정시키고 위로했다.

한나라는 사자 10여 명을 대원 서쪽의 여러 나라로 보내 진기한 물건을 구해 오게 하고, 대원을 정벌한 한나라의 위덕을 은근히 과시하게 했다. 또 돈황에 주천도위(酒泉都尉)를 두고 서쪽의 염수에 이르는 곳곳마다 정(亭)을 두었다.

윤두에는 둔전병 수백 명이 있었으므로 〔이들을 감독하기 위한〕 사자를 두어 밭을 보호하고 곡식을 쌓아 외국으로 가는 사자들에게 공급하였다.

태사공은 말한다.

"「우본기(禹本紀)」에 '하수는 곤륜산에서 나온다. 곤륜산은 그 높이가 2500여 리이며, 해와 달이 서로 피해 숨어서 그 빛을 밝히는 곳이다. 그 꼭대기에는 예천(醴泉)단물이 솟아나는 샘과 요지(瑤池)신선이 사는 못가 있다.'라고 했다. 지금 장건이 대하에 사신으로 간 뒤에야 하수의 근원을 알아냈다. 어찌 「우본기」에서 말한 곤륜산을 본 사람이 있었겠는가? 그러므로 구주(九州)중국을 지칭함의 산천에 관한 기록은 『상서』의 기록이 사실에 가깝다. 「우본기」나 『산해경(山海經)』에 기록되어 있는 기이한 물건에 관해서는 나는 감히 말하지 않겠다."

64

◎

유협 열전
游俠列傳

사마천은 유가의 위선을 폭로하면서 유협을 두 부류로 나누었다. 한 부류는 통치 계층의 악행을 도와주어 개인의 이익을 취하는 자이고, 다른 한 부류는 친구를 위해 목숨을 바치고 위험에 빠진 백성을 구해 줌으로써 정의의 편에 선 자이다.

유협의 출현은 춘추 전국 시대까지 거슬러 올라가는데, 당시에는 사회가 어지러워 하층 사람 가운데 세상을 떠돌아다니면서 법을 어기는 경우가 적지 않았다. 진한의 통일 시기에 제왕의 권력이 강화되면서 유협은 타도 대상이 되었고, 특히 한나라 무제는 유협을 쇠락하게 했다.

「유협 열전」은 사마천 개인의 도덕관을 반영한 것으로 비판의 소지가 되기도 한다. 이 편에서 드러나는 사마천의 가치관은 향촌의 민간 질서를 주도하는 유협의 세계를 인정하는데 이는 유가적 명분이나 이념과는 상당한 거리가 있다는 점에서 비판이 거론되는 것이다. 유협이 사회 저층의 피압박자인가, 아니면 통치 계급의 흉포한 행위를 도와주는 자인가 하는 문제는 여전한 논쟁거리로 남아 있다.

이 편은 「유림 열전」, 「혹리 열전」, 「평진후 주보 열전」 등과 함께 읽어 보아야 사마천의 의도를 분명하게 알 수 있다. 이들 열전 안에서 사마천이 품은 한 무제에 대한 애증이 교차되면서 강렬한 서정성을 드러내기 때문이다.

선비와 유협의 차이

한자(韓子)한비자는 "유자(儒者)는 문(文)으로 법(法)을 어지럽히고, 협객은 무(武)로 금령을 범한다."라고 말했다. 이것은 〔선비와 협객〕 둘 다 비난한 것이지만 학문하는 선비유가는 대부분 세상에서 칭송받고 있다. 술수로써 재상이나 경이나 대부가 되고,[1] 그 시대의 군주를 도와 공적과 명성이 역사에 기

---

1) 이를테면 공손홍은 유술(儒術)로 무제 때 승상이 되었고 장탕은 먼저 정위가 되고 나중에 어사대부가 되었는데 둘 다 아첨하는 술수에 뛰어난 것을 사마천은 못마땅해한 것이다.

록된 경우는 구태여 이야기할 필요도 없다. 하지만 계차(季次)나 원헌(原憲) 같은 자는 서민이지만 글을 읽어 홀로 군자의 덕을 지니고 있었다. 의를 지키며 그 시대의 흐름에 구차하게 영합하려 하지 않았지만, 그 시대 사람들도 그들을 비웃었다. 그래서 계차와 원헌은 일생 동안 사방이 벽뿐인 쑥대로 엮은 집에서 베옷과 나물밥을 먹으며 살았음에도, 불만이라곤 없었다. 그들이 죽은 지 400여 년이 지났건만 제자들은 그들의 뜻을 이어받는 일을 게을리하지 않고 있다.

지금 유협의 경우는 그 행위가 비록 정의에 부합되지는 않아도 그들의 말에 믿음이 있고 행동은 과감하며, 한번 승낙한 일은 반드시 성의를 다해 실천하고 자기 몸을 아끼지 않고 남에게 닥친 고난에 뛰어들 때에는 생사와 존망을 돌아보지 않으면서도 자신의 능력을 뽐내지 않고 그 덕을 자랑하는 것을 수치로 여겼다. 대체로 또한 이런 점은 높이 칭찬할 만하다.

사람은 누구든지 위급한 상황에 부딪칠 때가 있다. 태사공은 말한다.

"옛날 우순(虞舜)은 〔아우 때문에〕 우물을 파고 창고를 고치다가 궁지에 몰렸고, 이윤(伊尹)은 솥과 도마를 짊어지고 다니며 요리를 했으며, 부열(傅說)은 부험(傅險)이라는 동굴에 숨어 살았고, 여상(呂尙)은 극진(棘津)이라는 나루터에서 곤궁하게 살았으며, 이오(夷吾)관중는 수갑과 차꼬를 찬 일이 있고, 백리해(百里奚)는 〔노예가 되어〕 소를 먹였으며, 공자는 광(匡) 땅에서 위급한 변을 당했고 진(陳)과 채(蔡) 사이에서는 굶주려 얼굴빛이 나빴다. 이들은 모두 선비로서 수양을 닦은 어진 사람이다. 그런데도 이러한 재난을 만났는데, 하물며 평범한 재능을 가진 사람으로 어지러운 세상의 혼탁한 흐름을 건널 수 있겠는가? 그들이 재앙을 겪는 경우를 어찌 다 말할 수 있겠는가?"

어떤 비루한 사람^{백성}이 이러한 말을 했다.

"어찌 인의를 알아야 하겠는가? 이익을 누릴 수 있게 해 주면 그가 바로 덕 있는 사람이다."

그래서 백이는 주나라[가 천하를 얻는 것]을 추악하게 여겨 수양산에서 굶어 죽었지만 문왕과 무왕은 이 때문에 왕위에서 물러나지 않았고, 도척과 장교(莊蹻)는 포악하고 잔인했지만 패거리는 그들이 의기 있는 사람이라고 끝없이 칭송하였다. 이것으로 볼 때 "[허리띠의] 갈고리단추를 훔친 사람은 처형되고, 나라를 훔친 사람은 제후가 되며, 제후의 문하에는 인의가 있다."라는 말은 허튼소리가 아니다.

지금 학문에 얽매이거나 작은 의(義)를 품은 채 오랜 세월 세상을 등지고 살아가는 것이 어찌 저급한 의논으로 세속에 부합하여 세상의 흐름을 따라 부침하며 영예로운 이름을 얻는 것만 못하겠는가? 그러나 또 포의(布衣)의 무리로서 은혜를 입으면 갚고 승낙한 일은 실천하고 1000리 먼 곳까지 가서도 의리를 외치며 실천하고 의(義)를 위해 죽는다면 세상 사람의 평을 돌아보지 않으니 이 또한 [유협 무리의] 뛰어난 점으로서, 구차스럽게 그런 생활을 하는 것은 아니다. 그래서 선비들도 막다른 처지에 몰리면 그들에게 목숨을 맡기게 되니 이들이야말로 어찌 사람들이 말하는 현인이나 호걸이 아니겠는

가? 만일 민간의 유협들과 계차, 원헌의 권세와 역량을 비교
한다면 그 시대에 이룬 공적을 놓고는 한날에 같이 말할 수
없을 것이다. 만일 성과와 신의를 지키는 점에서 본다면 협객
의 정의를 또 어찌 적다고 할 수 있겠는가?

바람과 기세 중 어떤 것이 먼저였을까

　옛 포의의 협객에 대해서는 들은 것이 없다. 근대의 연릉(延
陵),[2] 맹상군, 춘신군, 평원군, 신릉군과 같은 무리들은 모두
왕의 친족으로서[3] 봉토를 소유하고 경상의 부유함에 기대어
천하의 어진 사람들을 불러들여 제후들 사이에 이름을 드러
냈으니 어질지 못한 사람이라고는 할 수 없다. 이를 비유하자
면 바람을 좇아 소리를 지르면 소리가 더 빨라지는 것은 아니
지만 그 기세가 거세어지는 것과 같다.
　〔그러나〕 시정 협객들의 경우는 행실을 닦고 절개를 지켜 온
천하에 명성을 떨쳤으니 현명하다고 칭찬하지 않을 수 없다.
이렇게 하는 것은 어려운 일이다. 그런데도 유가와 묵가에서는
모두 이들을 배척하고 버려 〔책에〕 싣지 않았다. 진나라 이전

---

2) 오나라 공자 계찰(季札)인데 그의 봉토가 연릉에 있었으므로 '연릉계자
(延陵季子)'로도 불린다.
3) 그렇지만 춘신군은 왕의 친족이 아니었다. 그는 초나라 고열왕(考烈王)과
의 밀접한 관계로 인하여 존귀한 신분이 되었다.

의 평민 협객에 대해서는 사라져 보이지 않으니 나는 매우 유감스럽게 생각한다.

내가 들은 바로는 한나라가 일어난 뒤로 주가(朱家), 전중(田仲), 왕공(王公), 극맹(劇孟), 곽해(郭解) 같은 무리가 있었다. 비록 때때로 당시 법에 어긋나는 일을 하기도 했으나 개인의 품덕, 청렴, 겸양 면에서는 칭찬하기에 충분하다. 그들의 명성이 헛되이 세워진 것이 아니고, 선비들이 헛되이 따랐던 것도 아니다. 패거리나 세력이 강한 종족이 서로 의지하고, 재물을 써서 가난한 사람들을 부리며, 포악한 무리들이 외롭고 약한 사람을 난폭하게 해치고 억누르며, 〔자신들의〕 욕망을 좇아 스스로 즐거워하는 것 따위를 유협의 무리는 또한 수치로 여긴다. 나는 세상 사람들이 그들의 속뜻을 살펴보지도 않은 채 함부로 주가와 곽해 등을 세력이 강한 종족이나 포악한 무리들과 같은 부류로 보고 비웃은 것이 슬프다.

대표적인 서민 협객

노나라 주가는 고조와 같은 시대 사람이다. 노나라 사람이 모두 유가로써 가르쳤으나 주가만은 협객으로서 소문이 났다. 그가 숨겨 주어 목숨을 건진 호걸만도 100명을 헤아리고, 그 밖에 평범한 사람들은 말로 다 할 수 없을 만큼 많다. 그러나 그는 평생 자기 재능을 자랑하지 않고 자신의 덕행에 스스로 즐거워했다. 〔오히려〕 전에 자신이 은혜를 베푼 사람을 다시 만나게 될까 두려워했다. 남의 어려움을 도울 경우에는 우선 가난하고 신분이 천한 사람부터 시작했다. 〔그의〕 집에는 남아도는 재산이 없고, 옷은 〔닳아서〕 무늬도 온전하지 않았으며, 먹는 것은 두 가지 이상의 반찬을 먹지 않고, 타고 다니는 것도 소달구지에 지나지 않았다. 남이 위급한 상태에 놓인 것을 보면 전심을 다해 구제하고, 자기 일보다 더 중요하게 여겼다. 〔그는〕 일찍이 몰래 계포(季布) 장군을 위험에서 벗어나게 한 적이 있었다. 계포는 존귀한 신분이 된 뒤에 그를 찾았지만 끝내 만나지 않았다. 함곡관 동쪽 지역 사람 치고 목을 늘이고 그와 사귀기를 원하지 않는 이가 없었다.

초나라의 전중(田仲)은 협객으로 소문이 났고 검술을 좋아하였다. 〔그는〕 아버지께 효도하는 예절로써 주가를 섬겼는데, 스스로 〔자신의〕 행동이 〔주가에〕 미치지 못한다고 여겼다.

전중이 죽은 뒤로 낙양에 극맹이라는 사람이 있었다. 주나라 사람들은 장사를 업으로 삼았는데, 극맹은 제후들 사이에 협객으로 꽤 알려졌다. 오나라와 초나라가 반란을 일으켰을 때 조후(條侯)주아부는 태위가 되어 전거(傳車)즉 역거(驛車)를 타고 하남으로 가던 길에 극맹을 얻게 되자 기뻐하며 말했다.

"오·초가 큰일을 저지르면서도 극맹을 찾지 않았으니 나는 그들이 할 수 있는 것이 없음을 알 수 있다."

〔이것은〕 천하가 소란한 때에 재상조후이 극맹을 얻은 것은 적국 하나를 얻은 것과 마찬가지라는 말이었다. 극맹이 한 일들은 주가의 그것과 아주 비슷했다. 〔그는〕 도박을 좋아하고

소년처럼 장난기가 많았다. 그러나 극맹의 어머니가 죽었을 때 먼 곳에서 문상하러 온 수레가 대략 1000대나 되었다. 그렇지만 극맹이 죽은 뒤 그의 집에는 10금(金)[4]의 재산도 남아 있지 않았다.

부리(符離) 사람 왕맹도 협객으로 강수와 회수 사이에서 칭송을 들었다.

이 무렵 제남(濟南)의 한씨(瞯氏)와 진(陳)나라의 주용(周庸)도 호걸로 소문이 나 있었는데, 경제가 그 말을 듣고 사자를 보내 이 무리를 모두 죽였다. 그 뒤 대군(代郡)의 백씨(白氏) 일족, 양(梁)나라의 한무벽(韓無辟), 양책현(陽翟縣)의 설형(薛兄), 섬현(陝縣)의 한유(韓孺) 등이 분분하게 다시 나타났다.

곽해는 지현(軹縣) 사람으로 자는 옹백(翁伯)이며, 관상을 잘 보는 사람인 허부(許負)의 외손자이다. 곽해의 아버지는 협객이라는 이유로 효문제 때 처형되었다. 곽해는 몸집은 작지만 날쌔고 용감하며 술은 마시지 않았다. 〔그는〕 젊을 때는 심성이 음험하고 잔인하여 〔어떤 일이〕 뜻대로 되지 않으면 분개하여 직접 〔사람을〕 죽인 일도 매우 많았다. 그는 자기 몸을 던져 친구의 원수를 갚아 주고, 도망쳐 온 사람을 숨겨 주고, 간악한 짓을 하고 강도짓을 그치지 않았으며, 사사로이 돈을 만들고 무덤을 파헤쳤는데 이러한 일을 헤아릴 수 없이 많이 했다. 그러나 관리에게 체포될 위급 상황에 놓일 때마다 하늘의 도움이 있어 벗어나거나 사면될 수 있었다. 곽해는 나이를 먹

---

4) 당시는 금(金)과 근(斤)이 같은 중량 단위로 쓰였다.

으면서 행실을 바꾸어 자신을 누르고 검소하게 살면서 덕으로써 원한을 갚았으며 두텁게 베풀면서도 [보답을] 바라는 일은 별로 없었고 그 스스로 기뻐하면서 의협을 행하는 것이 더욱 심했다. 사람 목숨을 건져 주고도 그 공을 자랑하지 않았다. 그렇지만 그 마음속에 음험하고 잔인함은 여전하여 [작은 일에서] 갑자기 폭발하여 노려보는 일은 옛날 그대로였다고 한다. 젊은이들이 그의 행동을 사모하여 언제나 그를 위해 원수를 갚아 주고는 알리지 않았다.

곽해 누이의 아들이 곽해의 위세를 등에 지고 어떤 사람과 술을 마시다가 상대방에게 술잔을 비우도록 했는데 그 사람이 더 이상 마실 수 없어도 억지로 술을 따랐다. [한번은] 어떤 사람이 화가 나서 칼을 뽑아 곽해 누이의 아들을 찔러 죽이고 달아났다. 곽해의 누이가 노여워하며 말했다.

"옹백의 의협심으로 남이 내 아들을 죽였는데도 그 범인을 잡지 못하다니!"

그러고는 아들의 시신을 길바닥에 버려둔 채 장사를 지내지 않아 곽해에게 모욕을 주려 했다. 곽해는 사람을 시켜 은밀히 범인이 있는 곳을 알아냈다. 범인은 궁지에 몰리자 스스로 돌아와 곽해에게 모든 것을 사실대로 고백했다. 그러자 곽해가 말했다.

"당신이 그를 죽인 건 진실로 당연하오. 내 조카가 곧지 못했소."

마침내 범인을 가게 하고 그 누이의 아들에게 죄가 있다 하고 시신을 거두어 장사를 지냈다. 이 말을 들은 사람들은 모두 곽해의 의협심이 훌륭하다며 더욱더 따랐다.

곽해가 드나들 때면 사람들은 모두 길을 피해 주었는데, 어떤 사람이 두 발을 벌리고 앉아 곽해를 쳐다보자 곽해는 사람을 시켜 그의 이름과 성을 물어보게 했다. 곽해의 문객들이 그를 죽이려 하자 곽해가 말했다.

"자기가 살고 있는 마을에서 존경을 받지 못하는 것은 내 덕이 부족한 탓이오. 그에게 무슨 죄가 있겠소?"

그 뒤 곽해는 몰래 위사(尉史)현위(縣尉) 밑에 있는 관리로 부역 관련 업무를 맡음를 찾아가 부탁했다.

"이 사람은 내가 소중히 여기는 사람이니 〔병역의〕 교체 순번이 될 때 면제시켜 주시오."

그 사람은 병역이 교체될 때마다 여러 차례 그대로 지나갔고, 위사도 그를 찾지 않았다. 그가 이를 이상하게 여겨 그 이유를 물어보니 곽해가 면제시켜 주도록 한 것이었다. 두 다리를 쭉 뻗고 앉았던 사람은 윗옷을 벗고 용서를 빌었다. 젊은이들은 이 이야기를 듣고 곽해의 행동을 더욱 사모하였다.

낙양 사람 중에 서로 원수처럼 지내는 자들이 있었는데 고을 안의 어진 사람과 호걸 10여 명이 중간에 나서서 화해시키려 했으나 끝내 말을 듣지 않았다. 빈객이 곽해를 찾아와서 중재를 부탁했다. 곽해는 밤에 원수진 두 집을 찾아갔다. 그들은 〔자기들의 생각을〕 굽혀 곽해의 말을 받아들였다. 곽해가 그들에게 말했다.

"나는 낙양의 여러 인사가 중재에 나섰으나 당신들이 받아들이지 않는다고 들었소. 지금 다행히 이 곽해의 말을 들었소

만, 다른 고을 사람인 내가 어찌 이 고을에 계신 어진 분들의 권위를 빼앗을 수 있겠소?"

그는 그날 밤으로 떠나 사람들로 하여금 알지 못하게 하고 말했다.

"잠시 [내 말을] 받아들이지 않은 것처럼 하고, 내가 떠나기를 기다려 낙양의 호걸들을 중재에 나서게 하여 그들의 말을 들으시오."

곽해는 공경함을 고집하여 감히 수레를 타고 현의 관청으로 들어가는 일이 없었다. 가까이 있는 군이나 국으로 가서 다른 사람을 위해 부탁하여 이루려는 일이 있을 때에는 먼저 할 수 있는 일이면 나서고, 할 수 없는 일이면 [부탁한 사람을] 잘 이해시킨 뒤에야 술과 음식에 손을 댔다. 사람들은 이런 까닭으로 곽해를 매우 존중하며 그에게 임명되려고 다투었다. 고을 안의 젊은이들과 이웃 현의 어진 사람이나 호걸들로 밤마다 찾아오는 이가 수레로 10여 대나 되곤 했다. 이들은 곽해의 집에 있는 빈객을 모셔 가 공양하기를 청했다.

[한나라 무제가] 지방의 부호와 호족들을 무릉(茂陵)으로 이주시키도록 했을 때 곽해는 집이 가난하여 부호의 조건에 맞지 않았다. 그러나 관리들은 [그의 명성이 높으므로 명단에서 제외하였다가 뒤에 벌을 받을까] 두려운 나머지 그를 옮기게 하지 않을 수 없었다. [이때] 위 장군이 [천자에게] 진언했다.

"곽해는 집이 가난해서 이주 대상에 해당되지 않습니다."

[그러나] 황상이 말했다.

"평민이면서도 장군으로 하여금 진언할 정도의 권력을 가졌다면 그 집이 가난하다고 할 수는 없소.”

곽해의 집도 마침내 옮겨 가게 되었다. 그를 전송하는 사람들이 낸 전별금만도 1000여만 전이나 되었다. 지 땅에 사는 양계주(楊季主)의 아들은 현의 속관으로 있으면서 곽해를 이주시켜야 한다고 들고 나선 자이다. 곽해의 친조카가 양가의 목을 베었다. 이때부터 양씨와 곽씨는 원수가 되었다.

곽해가 함곡관 안으로 들어서자, 관중의 어진 사람과 호걸들은 그를 알든 모르든 그의 명성만 듣고 다투어 사귀려고 했다.

곽해는 사람됨이 몸집이 작고 술을 마시지 않으며 외출할 때에는 수레나 말을 타지 않았다. 그런데 또 양계주가 피살되는 일이 일어났다. 양계주의 집에서 〔사람을 시켜〕 황상에게 글을 올렸는데, 그 사람마저 대궐 근처에서 살해되고 말았다. 황상은 〔이 소식을〕 듣고 즉시 관리를 보내 곽해를 체포하게 했다. 곽해는 어머니와 처자는 하양(夏陽)에 팽개친 채 자신만 임진(臨晉)으로 갔다. 임진의 적소공(籍少公)은 본래 곽해를 알지 못했는데 곽해는 〔이름을〕 꾸며 대고 임진관 밖으로 나가게 도와 달라고 부탁했다. 적소공이 곽해를 나가게 해 주었는데, 곽해는 방향을 돌려 태원(太原)으로 들어갔다. 가는 길에 잠시 머무른 곳마다 주인에게 자기 행선지를 알려 주니 관리들이 그를 뒤쫓아 자취가 적소공에게까지 닿았다. 그러나 적소공은 자살해 버린 뒤라 수사의 실마리가 끊어지고 말았다. 그로부터 오랜 시일이 지난 뒤 곽해를 붙잡아 그가 저지른 범죄를 철저히 추궁했는데, 그가 사람을 죽인 것은 모두 대사령(大

赦令)이 있기 전의 일이었다. 지 땅의 유생이 〔곽해의 죄를 밝혀
내는〕 파견된 관리와 앉아 있었다. 〔곽해의〕 식객이 곽해를 두
둔하자 유생이 말했다.

"곽해는 간악한 짓만 하여 국법을 범하였는데 어떻게 그를
어질다고 할 수 있겠소?"

곽해의 식객은 〔그 말을〕 듣자 그 유생을 죽이고 자신의 혀
를 잘라 버렸다. 관리는 그 일로 곽해를 추궁했으나, 곽해도
죽인 자가 누구인지 알지 못했다. 선비를 죽인 사람의 자취가
사라져 그가 누구였는지 아는 사람이 아무도 없었다. 관리는
하는 수 없이 곽해에게는 죄가 없다고 아뢰었다. 그러자 어사
대부 공손홍이 따져 말했다.

"곽해는 평민의 몸으로 협객 노릇을 하며 권세를 휘두르고
사소한 원한 때문에 사람을 죽였습니다. 〔선비를 죽인 일을〕 곽
해가 모른다고 해도 그 죄는 곽해가 〔직접〕 죽인 것보다 큽니
다. 대역무도 죄에 해당합니다."

마침내 곽해 옹백의 일족을 죽였다.

이 뒤로도 협객 노릇을 한 사람은 아주 많으나 오만하기만
할 뿐 헤아릴 만한 자는 없었다. 그러나 관중에서는 장안의
번중자(樊仲子), 괴리(槐里)의 조왕손(趙王孫), 장릉(長陵)의 고
공자(高公子), 서하(西河)의 곽공중(郭公仲), 태원(太原)의 노공
유(鹵公孺), 임회(臨淮)의 예장경(兒長卿), 동양(東陽)의 전군유
(田君孺) 등이 협객 노릇을 하면서도 진중하고 겸손한 군자의
풍모를 지녔다. 장안 북쪽 지방의 요씨(姚氏), 서쪽 지방의 두
씨(杜氏) 일족, 남쪽 지방의 구경(仇景), 동쪽 지방의 조타 우

공자(趙他羽公子), 남양(南陽)의 조조(趙調) 같은 무리는 민간에 사는 도척과 같은 무리일 뿐이니, 어찌 말할 가치가 있겠는가? 이들은 과거의 〔협객〕주가가 수치스럽게 여기는 자들이다.

　태사공은 말한다.

"나는 곽해를 본 적이 있는데, 그 얼굴 모습은 보통 사람에 미치지 못했고 말솜씨도 취할 만한 게 없었다. 그러나 천하에서 현명한 자나 못난 자, 아는 자나 모르는 자 모두 그의 명성을 사모하였으며 협객을 말하는 사람은 모두 그의 이름을 끌어댄다. 속담에도 '사람이 아름다운 명예로 얼굴을 삼으면 어찌 다함이 있겠는가?'라고 했다. 아, 애석하구나!"

65

◎

영행 열전
佞幸列傳

　자기 노력으로 높은 지위에 오르는 것이 가능하다면 그 사람의 운명이 바뀌어 급속히 추락하는 것도 얼마든지 가능하다. 한나라가 쇠망해 가는 모습을 살펴보면 환관과 외척이 큰 역할을 했다. 이 편은 여색이나 남색으로 절대 권력에 빌붙어 영달을 꾀하던 환관과 외척들을 기술하여 최고 권력층 주변 인물들의 속성을 적나라하게 폭로하고 있다.

　사람의 애증은 때에 따라 변하게 마련이지만 군주는 더욱 심했다. 한나라 문제는 총애하던 등통(鄧通)에게 구리 광산을 주어 마음대로 동전을 주조하도록 했으나 말년에는 비녀 하나도 지니지 못했다. 무제는 이연년(李延年)을 총애하여 그와 함께 잠자리에 들 정도였으나 그의 여동생이 죽자 그 총애도 순식간에 식어 버렸으니, 애증의 변화는 마치 손바닥 뒤집기와 같다. 이들은 군주의 은총을 입고 있어도 시시각각 변하는 군주의 마음과 동료들의 음모 등으로 인해 결코 안심할 수 없었다. 이들에 대한 수많은 집단의 반대는 예고된 것이었다.

　이 편은 『한비자(韓非子)』 「팔간(八姦)」 편에 나오는 '재방(在旁)'의 무리들을 다루고 있으며, 어찌 보면 절대 권력에 기대어 권력을 누리다가 몰락의 길을 걷게 된 자들의 이야기인 것이다.

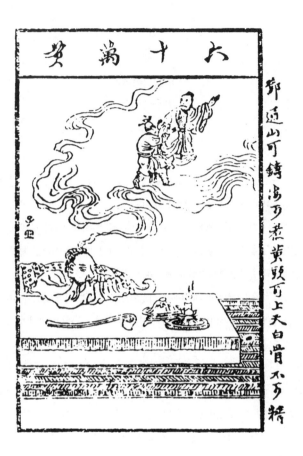

효문제의 꿈속에 나타난 등통.

힘써 농사짓는 것보다 풍년을 만나는 것이 낫다

세속에 말이 있다.

"힘써 농사짓는 것이 풍년을 만나는 것만 못하고, 벼슬살이 잘하는 것이 〔임금의 뜻에〕 우연히 맞추는 것만 못하다."

〔이것은〕 참으로 헛된 말이 아니다. 여자만이 미색으로 잘 보이는 게 아니라 벼슬살이하는 관리도 이런 일이 있었다.

옛날에는 미색을 가지고 총애를 받은 자가 많았다. 한나라가 일어났을 때 고조는 매우 사납고 강퍅한 성품이지만 적(籍)이라는 소년은 아첨하여 총애를 받았고, 효혜제 때에는 굉(閎)이라는 소년이 있었다. 이 두 소년에게는 특별한 재능이 있었던 게 아니고 한갓 순종과 아첨으로 총애를 받아 황상과 함께 자고 일어났으므로 공경은 모두 이들을 통해 하고 싶은 말을 올렸다. 이 때문에 효혜제 때 낭관과 시중은 모두 준의 (駿鸃)봉황과 비슷한 모습의 산꿩의 〔깃으로 장식한〕 관을 쓰고, 자 개를 박은 허리띠를 매고, 연지와 분을 발라 꿩과 적의 무리 처럼 화장했다. 이 두 사람은 〔섬기던 황제가 죽은 뒤에도 그들을 모시기 위해 능이 있는〕 안릉(安陵)으로 집을 옮겨 살았다.

효문제의 총신 등통

효문제 때 궁궐에서 총애를 받은 신하로서 사인(士人)으로 는 등통(鄧通)이 있고, 환관으로는 조동(趙同)과 북궁백자(北 宮伯子)가 있었다. 북궁백자는 사람을 아끼는 장자(長者)의 풍 모를 지녔으며, 조동은 점성술과 망기술(望氣術)구름 모양을 보 고 점치는 것에 뛰어났으므로 총애를 받아 항상 문제의 참승(參 乘)이 되었으나, 등통에게는 별다른 재능이 없었다.

등통은 촉군 남안(南安) 사람으로, 노를 가지고 배를 잘 저 어 황두랑(黃頭郎)[1]이 되었다. 〔어느 날〕 효문제는 이런 꿈을 꾸었다. 하늘에 오르려고 애썼지만 오를 수 없었는데, 한 황 두랑이 뒤에서 밀어 주어 하늘에 오를 수 있어서 뒤를 돌아보

---

1) 한나라 때 선주(船主)로 누런색 모자를 썼기 때문에 이렇게 불렸다.

니 그 황두랑의 옷에 등 뒤로 띠를 맨 곳의 솔기가 터져 있었다. 문제는 잠에서 깬 뒤 점대(漸臺)로 가서 꿈속에 나타나 등을 밀어 올려 준 황두랑을 조용히 찾아보았다. 그런데 등통을 보니 그 옷의 등 뒤가 터졌는데 꿈속에서 본 것과 같았다. 〔그를〕 불러 성과 이름을 물어보니, 성은 등씨이고 이름은 통이었다. 문제는 기뻐하면서 날이 갈수록 그를 더욱더 총애했다. 등통도 삼가며 신중한 데다가 〔궁궐〕 밖 사람들과 사귀는 것을 싫어하여 휴가를 주어도 나가려 하지 않았다. 이리하여 문제는 등통에게 거만 전을 열 번이나 상으로 내렸고, 〔그의〕 벼슬은 상대부까지 이르렀다. 문제는 때때로 등통의 집으로 가서 놀기도 했다. 그러나 등통에게는 다른 재능이 없고 능력 있는 사람을 추천할 줄도 모르며, 다만 자기 한 몸을 삼가며 황상의 비위를 맞출 뿐이었다.

황상이 관상을 잘 보는 사람에게 등통의 관상을 보게 하니 가난해서 굶어 죽을 상이라고 했다. 〔그러자〕 문제가 말했다.

"등통에게는 부자로 만들어 줄 수 있는 내가 있는데 어떻게 가난하다고 말하는가?"

그래서 등통에게 촉군 엄도현(嚴道縣)에 있는 구리 광산을 주고 마음대로 돈을 만들어 쓸 수 있게 해 주어 등씨전(鄧氏錢)이 온 천하에 널리 퍼졌다. 그는 이 정도로 부자였다.

문제가 일찍이 종기를 앓았는데, 등통은 황제를 위해 늘 종기의 고름을 빨아 내었다. 문제는 마음이 편치 못하므로 조용히 등통에게 물어보았다.

"이 세상에서 누가 가장 나를 사랑하느냐?"

등통이 대답했다.

"물론 태자를 따를 사람이 없을 것입니다."

태자가 문병하러 들어오자 문제는 [태자에게] 종기의 고름을 빨아내게 했다. [태자는] 종기를 빨아내기는 하지만 난감해 했다. 얼마 뒤 [태자는] 등통이 황제를 위해 늘 종기의 고름을 빨아낸다는 말을 듣고 마음속으로 부끄러우면서도 이로 인해 등통을 원망하게 되었다.

문제가 죽고 경제가 즉위하자 등통은 벼슬을 그만두고 집에 있었다. 오래지 않아 등통이 나라의 법을 어기고 돈을 주조하여 국경 밖으로 실어 낸다고 고발하는 사람이 있었다. 관리가 이 일을 조사하매 그런 일이 있으므로 결국 유죄로 판결되어 등통의 재산을 모조리 몰수하니 [등통은] 거만금의 빚까지 지게 되었다. 장공주(長公主)경제의 누나가 등통에게 재물을 내려 주었으나 그때마다 관리가 재빨리 몰수해 갔다. 그래서 등통은 비녀 하나조차 몸에 지닐 수 없는 처지가 되었다. 그러자 장공주는 빌려주는 것으로 하여 [등통에게] 입을 것과 먹을 것을 보내 주었다. [등통은] 끝내 자기 이름으로는 단 한 푼도 가져 보지 못한 채 남의 집에 얹혀살다가 죽었다.

효경제 때에는 궁궐에 총애하는 신하가 없었고, 낭중령 주문인(周文仁)만이 있었다. 주문인은 보통 사람보다는 훨씬 많이 총애를 받았지만 그다지 두텁지는 않았다.

효무제의 총신 한언

지금 천자효무제가 궁궐에서 총애하는 신하에 사인으로는 한왕(韓王)의 손자 한언(韓嫣)이 있고, 환관으로는 이연년(李延年)이 있다.

한언은 궁고후(弓高侯)의 서손(庶孫)첩에게서 얻은 손자이다. 금상께서 교동왕(膠東王)으로 있을 때 한언은 왕황상과 함께 글을 배워 서로 친했는데, 그 뒤 황상이 태자가 되면서 한언을 더욱더 가까이했다. 한언은 말타기와 활쏘기를 좋아하며 아첨도 잘했다. 황상은 즉위하자 흉노를 치는 일에 전념하려 하였다. 한언은 그전부터 흉노의 군사에 대해 잘 알고 있었으므로 더욱 높고 귀하게 되어 벼슬이 상대부(上大夫)에 이르렀으며, 그가 받은 상은 등통에 맞먹을 정도였다. 그 무렵 한언은 늘 황상과 함께 기거했다.

강도왕(江都王)효무제의 아우이 조회에 들었는데 [왕은] 조서가 내려와 황상을 따라 상림원에서 사냥을 하기로 되어 있었다. [황제가 지날 길에] 사람의 통행을 막고 길 좌우의 경계를 다 끝내고 천자가 출발하기에 앞서 먼저 한언더러 부거(副車)황제를 호송하는 수레를 타고 기병 수십 수백 명을 거느리고 달려서 짐승이 있는지 없는지 돌아보게 했다. 강도왕은 멀리서 바라보다가 천자의 행차라고 생각하여 시종들을 물리치고 길가에 엎드려 배알했는데, 한언은 빨리 달려 시나가느라 [왕을] 보지 못했다. 이미 지나가고 나서 [그가 한언이었음을 안] 강도왕은 분한 나머지 황태후에게 울면서 말했다.

"바라건대 봉국을 폐하게 돌려 드리고 숙위(宿衛)궁중을 호위하는 벼슬로 들어와 한언처럼 폐하를 모실 수 있도록 해 주십시오."

황태후는 이때부터 한언에게 원한을 품었다. 한언에게는 황상을 모시고 영항(永巷)궁녀들이 머무는 곳에 드나드는 것도 허용되었는데, 그가 [궁녀와] 간통한다는 소문이 황태후까지 들어왔다. 황태후는 노하여 사자를 시켜 한언에게 죽음을 내리도록 했다. 황상이 [한언을 위해] 사과했으나 황태후가 끝내 용서하지 않아 한언은 결국 죽고 말았다. 그의 아우 안도후(案道侯) 한열(韓說)도 아첨으로 총애를 받았다.

효무제의 총신 이연년

이연년은 중산(中山) 사람이다. 그는 부모, 형제, 자매와 함께 다 창(倡)고대에 노래와 춤을 추던 배우이었다. 이연년은 법을 어겨 부형(腐刑)궁형을 받은 뒤 구중(狗中)황제의 사냥개를 담당한 관청에서 일을 보았다. 평양 공주가 황상에게 이연년의 누이동생이 춤을 잘 춘다고 말하자, 황상은 그의 누이동생을 보고 속으로 기뻐하여 영항으로 들여보내고는 이연년을 불러 지위를 높여 주었다. 이연년은 노래도 잘 부르고 새로운 운율도 변화시켜 만들었다.

[당시] 황상은 마침 천지신명에 대한 제사를 일으키고, 음

악에 어울리는 시를 지어 연주하고 노래 부르려고 했다. 이연년은 〔그런〕 뜻을 잘 받들어 새로운 악시(樂詩)를 만들어 연주하였다. 그의 누이동생도 총애를 받아 사내아이를 낳았다. 〔그래서〕 이연년은 2000석의 인수를 차고 협성률(協聲律)음악을 담당한 장관로 불렸다. 그는 황상과 함께 기거하며 매우 총애를 받아 귀한 신분이 되었는데, 한언을 대한 것과 거의 비길 만했다. 〔그러나〕 세월이 지나면서 이연년은 점점 궁녀와 사통했으며, 〔궁궐을〕 드나드는 태도가 교만하고 방자했다. 게다가 누이 이 부인마저 죽은 뒤로는 이연년에 대한 황상의 사랑도 식어 이연년과 그 형제는 잡혀 처형되었다.

이 뒤로 궁궐에서 총애를 받는 신하는 대부분 외척이었으나 특별히 헤아릴 만한 사람은 없다. 위청과 곽거병도 외척으로서 총애를 받아 존귀한 신분이 되었지만 그들은 자기 재능으로 승진할 수 있었다.

태사공은 말한다.

"심하구나! 사랑과 미움이 때에 따라 바뀌는 것이. 미자하(彌子瑕)[2]의 행적은 후세 사람들에게 아첨으로 총애를 받는 자의 운명을 충분히 보여 준다. 비록 백세(百世) 뒤에도 알 수 있으니."

---

2) 춘추 시대 위(衛)나라 영공(靈公)에게 총애를 받던 신하이다. 그가 한창 영공에게 총애를 받을 때는 법을 어기고 임금의 수레를 몰아 밖으로 나가고 먹던 복숭아를 임금에게 주어도 칭찬을 받았지만, 총애를 잃은 뒤로는 오히려 이러한 행동들로 인하여 죽게 되었다.

66

◎

골계 열전
滑稽列傳

'골계'란 재치가 있어 우스갯소리도 하고 말도 유창하게 하는 것을 뜻한다. 이 편은 골계 인물인 순우곤(淳于髡), 우맹(優孟), 우전(優旃) 세 명의 열전으로, 앞의 두 사람은 진한 때의 하급 계층이며 특히 순우곤은 죄인과 동일시되는 데릴사위 출신인데 사마천의 붓끝에서 긍정적으로 재탄생한다. 사마천은 이들의 혜안을 육예와 함께 논하면서 찬미했다. 골계가는 대부분 왜소하고 외모도 빼어나지 못하며 지위도 없지만 기지와 해학이 넘치고 반어와 풍자에 뛰어났다. 그래서 그들이 말을 하면 치밀던 화도 가라앉아 군주가 온화해지고, 포악한 군주가 웃는 가운데 자신의 잘못을 깨닫기도 한다. 사마천은 하층 인물들에 대해 호의적인 시각을 드러내면서 그들이 국가와 백성에게 이익이 되고 있음을 보여 주고 있다.

저소손이 덧붙인 일곱 명의 골계 사례는 사마천이 열전을 만든 것과 그 맥락이 일치하는데, 이들의 기지와 말재주에 중점을 두고 묘사하여 생동하는 역사 인물로 그렸다. 이 가운데 서문표(西門豹)의 치적이 가장 빼어난데, 그는 미신을 타파하기 위해서 기지를 발휘하여 사악한 사람을 벌하고 백성을 교육시키려 하였다. 저소손이 쓴 서문표에 관한 이야기는 내용도 좋고 문장 수준도 사마천의 문장에 뒤지지 않는다.

서문표가 하수의 신에게 여자를 바치는 악습을 고치다.

육예에는 세상을 다스리는 힘이 있다

공자는 말했다.

"육예(六藝)육경는 〔나라를〕 다스리는 데 하나로 귀결된다. 『예』는 인간의 행동을 절도 있게 하고, 『악』은 인간의 마음을 조화롭게 하며, 『서』는 사실을 말하고, 『시』는 감정을 표현할 수 있게 하며, 『역』은 〔천지의〕 기묘한 변화를 알 수 있게 해 주고, 『춘추』는 큰 뜻을 이야기한다."

태사공은 말한다.

"천도(天道)는 넓고 넓으니 어찌 위대하지 않겠는가! 〔육예뿐 아니라〕 은미한 말 속에도 이치에 맞는 것이 있어 이것으로

얽힌 것을 풀 수 있다."

3년 동안 날지도 울지도 않는 새는 무슨 새일까

순우곤(淳于髡)은 제나라 사람의 데릴사위[1]였다. 〔그는〕 키가 일곱 자도 못 되지만 익살스럽고 변설에 뛰어나 자주 제후들에게 사신으로 갔으나 굴욕을 당한 일은 일찍이 없었다.

제나라 위왕(威王)은 때때로 수수께끼를 좋아하고 음탕하게 놀며 밤새도록 술 마시기를 즐겨, 술에 빠져 〔나랏일을〕 다스리지 않고 정사를 경대부에게 맡겨 버렸다. 백관들은 문란해지고 제후들이 나란히 침탈하여 〔나라의 존망이〕 아침저녁으로 절박한 지경에 놓였으나 주위 신하 가운데 감히 간언하는 자가 없었다. 〔이때〕 순우곤이 〔위왕에게〕 수수께끼를 냈다.

"나라 안에 큰 새가 있는데, 왕의 뜰에 멈추어 있으면서 3년이 지나도록 날지도 않고 울지도 않고 있습니다. 왕께서는 이것이 어떤 새인지 아십니까?"

왕이 대답했다.

"이 새는 날지 않으면 그만이지만 한번 날았다 하면 하늘 높이 날아오르고, 울지 않으면 그만이지만 한번 울었다 하면

---

1) 진한 대에 데릴사위는 사회적 지위가 매우 낮고, 법률상으로도 공개적인 박해를 받아 죄수들과 거의 비슷한 대우를 받았다.

사람들을 놀라게 할 것이다."

그러고는 곧 각 현의 현령과 현장(縣長)²⁾ 일흔두 명을 조정
으로 불러들여, 〔그중〕 한 사람─묵대부에게는 상을 주고 한 사
람─아대부은 사형에 처한 뒤 병사들의 사기를 일으키고는 〔침략
국을 향해〕 출정했다. 제후들은 크게 놀라 그동안 빼앗아 갔던
땅을 모두 제나라에 돌려주었다. 그 뒤로 36년간이나 〔제나라
의〕 위엄이 떨쳐졌다. 이 일은 「전경중완 세가(田敬仲完世家)」
에 기록되어 있다.

적은 것을 가지고 큰 것을 바라면 가능할까

위왕 8년에 초나라가 군사를 크게 일으켜 제나라로 쳐들어
왔다. 제나라 왕은 순우곤에게 황금 100근, 사두마차 10대를
예물로 가지고 조나라로 가서 구원병을 청하게 했다. 〔그러자〕
순우곤이 하늘을 우러러보며 크게 웃으니 갓끈이 죄다 끊어
졌다. 왕이 물었다.

"선생은 적다고 생각하시오?"

순우곤이 대답했다.

"어찌 감히 그러겠습니까!"

---

2) 현의 크기에 따라 그곳 책임자의 칭호에도 차이가 있었다. 1만 호 이상일
경우는 현령(縣令)이라 하고 그 이하이면 현장(縣長)이라 불렀다.

왕이 말했다.

"웃으며 어찌 (그렇게) 기뻐하시오?"

순우곤이 말했다.

"지금 신이 동쪽에서 오는 길에 길가에서 풍작을 비는 사람을 보았는데, 돼지 발 하나와 술 한 잔을 손에 들고 이렇게 빌었습니다.

> 높은 밭에서는 광주리에 넘치고
> 낮은 밭에서는 수레에 가득 차게
> 오곡이 풍성하게 익어
> 집 안에 넘쳐 나게 해 주십시오.

신은 그가 손에 들고 있는 것은 그처럼 적으면서 원하는 바가 그처럼 큰 것을 보았기 때문에 (그걸 생각하고) 웃었습니다."

제나라 위왕은 황금 1000일, 백벽(白璧) 10쌍, 사두마차 100대로 예물을 늘려 보냈다. 순우곤은 작별 인사를 하고 출발하여 조나라에 이르렀다. 조나라 왕은 그에게 정예 병사 10만 명과 전차 1000대를 내주었다. 초나라는 이 소식을 듣고 밤중에 병사를 이끌고 돌아갔다.

사물은 극도에 이르면 쇠한다

　위왕은 크게 기뻐하며 후궁에 주연을 준비하여 순우곤을 불러 술을 내려 주며 물었다.

　"선생은 어느 정도 마셔야 취하시오?"

　순우곤이 대답했다.

　"신은 한 말을 마셔도 취하고 한 섬을 마셔도 취합니다."

　위왕이 말했다.

　"선생이 한 말을 마시고 취한다면 어떻게 한 섬을 마실 수 있겠소! 그 이유를 들려줄 수 있소?"

　순우곤이 대답했다.

　"대왕이 계신 앞에서 술을 내려 주시는데 법을 집행하는 관리가 곁에 서 있고 어사가 뒤에 있으면 신은 몹시 두려워하며 엎드려 마시기 때문에 한 말을 못 넘기고 바로 취합니다. 만일 어버이에게 엄한 손님이 있어 신이 옷매무새를 단정히 하고 꿇어앉아 그 앞에서 술을 대접하면서 때때로 끝잔을 받기도 하고 여러 차례 일어나 술잔을 받들고 손님의 장수를 빌며 자주 일어나게 되면 두 말을 마시기 전에 곧장 취합니다. 만약 친구들과 서로 교류하면서 오랫동안 만나지 못하다가 뜻밖에 만나면 너무 기뻐 지난날 일을 이야기하고 사사로운 생각이나 감정까지 서로 터놓게 되어 대여섯 말을 마시면 취합니다. 만약 같은 고향 마을에 모여 남녀가 한데 섞여 앉아 실랑이하듯 술을 돌리며 쌍륙(雙六)과 투호(投壺) 놀이를 벌여

짝을 짓고 남자와 여자가 손을 잡아도 벌을 받지 않고, 눈이 뚫어져라 쳐다보아도 금하는 일이 없으며, 앞에 귀걸이가 떨어지고 뒤에 비녀가 어지럽게 흩어지면 신은 이런 것을 즐거워하여 여덟 말쯤 마셔도 약간 취기가 돌 뿐입니다. 그러다 날이 저물어 술자리가 끝나면 술 단지를 한군데로 모아 놓고 자리를 좁혀 남녀가 한자리에 앉고 신발이 뒤섞이고 술잔과 그릇이 어지럽게 흩어지며 마루 위의 촛불이 꺼지고 주인은 신만을 머물게 하고 손님들을 돌려보냅니다. 이윽고 얇은 비단 속옷의 옷깃이 열리는가 싶더니 은은한 향내가 퍼집니다. 이때 신의 마음은 몹시 즐거워 술을 한 섬은 마실 수 있습니다. 그러므로 '술이 극도에 이르면 어지럽고 즐거움이 극도에 이르면 슬퍼진다.'라고 하는데 모든 일이 이와 같습니다. 사물이란 지나치면 안 되며, 지나치면 반드시 쇠합니다.'

이러한 말로 풍간하였다. 제나라 왕이 말했다.

"좋은 말이오."

그러고는 그 뒤로 밤새워 술 마시는 것을 그만두고, 순우곤에게 제후들 사이의 주객(主客)외국 사신 접대를 맡은 우두머리 관원으로 삼았다. 종실에서 주연이 열릴 때마다 순우곤은 언제나 곁에서 모셨다.

그로부터 100여 년 뒤에 초나라에 우맹이라는 자가 있었다.

말을 임금의 예로 장사 지낸다

우맹(優孟)은 본래 초나라 음악가로 키가 여덟 자이고 구변이 좋아 언제나 웃으며 이야기하는 가운데 풍자하여 간언했다.

초나라 장왕(莊王) 때에 애마가 한 필 있었는데, 무늬 있는 비단옷을 해 입히고 화려한 집에서 기르며 장막이 없는 침대에서 자게 하고 대추와 육포를 먹였다. 말이 살찌는 병으로 죽자 (왕은) 신하들에게 복상(服喪)하게 하고 속 널과 바깥 널을 마련하여 대부의 예로써 장사 지내려 했다. 주위 신하들이 다투어 그르다고 말하므로 왕은 명령을 내렸다.

"감히 말을 놓고 간하는 자가 있으면 죄를 물어 사형에 처하겠다."

우맹이 이 말을 듣고 궁전 문으로 들어가 하늘을 우러러보며 크게 소리 내어 울었다. 왕이 놀라 그 까닭을 물어보니 우맹이 대답했다.

"말은 왕께서 아끼시던 것입니다. 초나라처럼 위대한 나라에 기댄다면 무엇을 구한들 얻지 못하겠습니까? 그런데 대부의 예로 말을 장사 지낸다는 것은 박정합니다. 원컨대 임금의 예로 장사 지내십시오."

왕이 물었다.

"어찌하면 되겠소?"

(우맹이) 대답했다.

"신이 청컨대 옥을 다듬어 관을 짜고 무늬 있는 가래나무로 바깥 널을 만들고, 느릅나무와 단풍나무와 녹나무로 (관을 보호하는) 횡대를 만드십시오. 병사들을 내어 무덤을 파게 하고, 노약자들에게 흙을 져 나르게 하며, 제나라와 조나라의 사신을 앞쪽에 열을 지어 서게 하고, 한(韓)나라와 위(魏)나라 사신이 그 뒤에서 호위하게 하십시오. 사당을 세워 태뢰(太牢)로 제사 지내고, 만 호의 읍으로 받들게 하십시오. 제후들이 이 소식을 들으면 모두 대왕께서 사람을 천하게 여기고 말을 귀하게 여기는 줄을 알 것입니다."

왕이 말했다.

"과인의 잘못이 이 지경에 이르렀다는 말이오? 이 일을 어찌하면 되겠소?"

우맹이 말했다.

"청컨대 대왕을 위하여 육축(六畜)소, 말, 돼지, 양, 닭, 개의 예로 장사 지내십시오. 부뚜막을 바깥 널로 삼고 구리로 만든 솥을 속 널로 삼아 생강과 대추로 맛을 내고 목란을 때어 볏짚으로 제사 지내고 타오르는 불빛으로 옷을 입혀 이것을 사람의 창자 속에서 장사 지내는 것입니다."

그리하여 왕은 말을 태관(太官)왕의 음식을 책임진 관직에게 넘겨 세상 사람들로 하여금 오래도록 소문이 나지 않게 처리하도록 했다.

청렴한 관리도 할 것이 못 된다

초나라 재상 손숙오(孫叔敖)는 우맹이 어진 사람임을 알고 그를 잘 대해 주었다. 〔손숙오가〕 병으로 죽으려 할 때, 그 아들에게 당부하여 말했다.

"내가 죽으면 너는 틀림없이 가난해질 것이다. 〔그렇게 되거든〕 너는 우맹을 찾아가서 '저는 손숙오의 아들입니다.'라고 말하여라."

그로부터 몇 년 뒤 손숙오의 아들은 정말 나무를 등에 지고 다닐 정도로 곤궁해졌으므로 우맹을 찾아가 말했다.

"저는 손숙오의 아들입니다. 아버님께서 돌아가시려 했을 때 저에게 가난해지거든 당신을 찾아뵈라고 당부하셨습니다."

우맹이 말했다.

"자네는 멀리 가는 일이 없도록 하게."

우맹은 그날로 손숙오의 의관을 걸치고 행동과 말투를 흉내냈다. 1년 남짓 그렇게 하니 손숙오와 비슷해져 초나라 왕과 좌우에 있는 신하들조차 분별할 수 없게 되었다. 장왕이 주연을 베풀었을 때 우맹이 앞으로 나아가 장수를 기원하니 장왕은 깜짝 놀랐다. 〔장왕은〕 손숙오가 다시 살아온 것으로 여겨 그를 재상으로 삼으려 했다. 우맹이 말했다.

"청컨대 집으로 돌아가 아내와 상의하고 나서 사흘 뒤에 재상으로 삼아 주십시오."

장왕이 허락했다. 사흘 뒤에 우맹이 다시 찾아왔다. 왕이 말했다.

"아내는 뭐라고 말했소?"

우맹이 말했다.

"제 아내는 '삼가 (재상을) 하지 마십시오. 초나라 재상이란 할 만한 것이 못 됩니다. 손숙오 같은 분은 초나라 재상이 되어 충성을 다하고 청렴하게 초나라를 다스려 초나라 왕을 패자로 만들었습니다. (그런데 손숙오가) 막 죽자 그 아들은 송곳조차 세울 만한 땅도 없고 가난하여 땔나무를 져서 스스로 먹을 것을 마련하고 있습니다. 반드시 손숙오처럼 될 바에야 스스로 목숨을 끊는 편이 낫습니다.'라고 말하였습니다."

그러고 나서 다음과 같은 노래를 불렀다.

　　　산골에 살며 힘들게 밭을 갈아도

　　　먹을 것을 얻기 어렵네.

　　　몸을 일으켜 관리가 되어도

　　　탐욕스럽고 비루한 자는 재물을 남기며

　　　치욕을 돌아보지 않네.

　　　몸은 죽어도 집은 넉넉하게 하려면서

　　　또 두려워하는 것은

　　　뇌물을 받고 법을 굽혀

　　　부정을 일삼다 큰 죄를 지어

　　　패가망신하는 거라네.

　　　탐욕스러운 관리가 어찌 될 수 있겠는가.

　　　청렴한 관리가 되려고

법을 받들어 맡은 일을 지키며
죽을 때까지도 나쁜 일을 하지 않네.
청렴한 관리 또한 어찌 될 수 있겠는가!
초나라 재상 손숙오는 죽을 때까지 청렴을 지녔건만
이제 처자식은 가난하여
땔나무를 져서 풀칠을 하니 할 만한 것이 못 되네.

　그래서 장왕은 우맹에게 사과하고 손숙오의 아들을 불러들여 침구(寢丘)의 땅 400호를 봉지로 주어 아버지의 제사를 받들게 했다. 이 뒤로 10대까지 끊어지지 않았다. 이는 〔우맹이〕 말해야 할 때를 안 것이다.
　그로부터 200여 년 뒤 진(秦)나라에 우전이라는 사람이 있었다.

우스갯소리도 이치에 맞으면 가치가 있다

　우전(優旃)은 진나라의 난쟁이 배우로 우스갯소리를 잘했지만 〔모두〕 큰 도리에 맞았다. 시황제 때 주연을 베풀었는데 때마침 비가 쏟아졌다. 섬돌 가에 늘어서 호위를 맡고 있던 군사는 모두 비에 젖어 떨고 있었다. 우전은 이것을 보고 측은하게 여겨 말했다.
　"여러분은 쉬고 싶소?"

섬돌 가에서 호위하는 자가 말했다.

"매우 바랍니다."

우전이 말했다.

"내가 당신들을 부를 테니, 당신들은 재빨리 '예.'라고 대답하시오."

얼마간 지나고 나서 어전 위에서는 시황제의 장수를 빌며 만세를 불렀다. 우전이 난간으로 다가가 큰소리로 불렀다.

"섬돌 가의 호위병들!"

호위병들이 대답했다.

"예."

우전이 말했다.

"너희는 키만 크지 무슨 소용이 있느냐? 빗속에 서 있구나. 나는 키는 작지만 다행히도 방 안에서 편히 쉬고 있다."

그래서 시황제는 호위병들로 하여금 절반씩 교대하게 했다.

시황제는 일찍이 원유(苑囿)를 크게 넓혀 동쪽으로는 함곡관에 이르게 하고, 서쪽으로는 옹(雍)과 진창(陳倉)에 이르게 하고자 논의했다. 우전이 말했다.

"좋은 일입니다. 그 속에 새와 짐승을 많이 풀어놓아 길러 적이 동쪽에서 쳐들어오면 고라니나 사슴을 시켜 그들을 막게 하면 충분할 것입니다."

시황제는 이 말 때문에 〔곧장〕 그만두고 말았다.

이세황제는 즉위하자 성벽에 옻칠을 하려고 했다. 우전이 말했다.

"좋은 일입니다. 주상의 말씀이 없었더라도 신이 진실로 청하려 하였습니다. 성벽에 옻칠하는 것은 백성 입장에서는 그 비용이 걱정스럽지만 참으로 훌륭한 일입니다. 옻칠한 성벽이 웅장하게 서 있으면 적군이 쳐들어와도 기어오를 수 없을 것입니다. 그러나 일을 시작한다면 성벽에 옻칠하는 건 쉽지만 음실(蔭室)건조실을 만들기가 어렵다는 것을 헤아려 주십시오."

그래서 이세황제는 웃으면서 계획을 그만두었다. 그로부터 얼마 지나 이세황제가 피살되자, 우전은 한나라로 귀순했다가 몇 년 뒤에 죽었다.

태사공은 말한다.

"순우곤이 하늘을 우러러보고 크게 웃자 제나라 위왕이 패권을 차지했고, 우맹이 머리를 흔들며 노래하자 땔나무를 지던 자가 봉토를 받았다. 우전이 난간으로 다가가 큰소리로 부르자 호위하는 군사들이 절반씩 교대할 수 있었다. 이 어찌 위대하지 않은가!"

저 선생(褚先生)은 말한다.

"신은 다행히 경술(經術)유가 학술에 밝아 낭이 되었으나 외가(外家)정사나 육경 외의 사전(史傳)이나 잡학(雜學) 등을 말함 기록을 즐겨 읽었습니다. 스스로 사양하지 않았고 골계 인물에 대한 고사 여섯 장을 지어 이것을 다음과 같이 엮어 둡니다. 이것을 읽으면 기분이 유쾌해지므로 후세 사람들에게 보일 만하고 호사가가 이것을 읽는다면 마음이 즐거워지고 귀가 놀랄 것입니다. 그래서 앞에 태사공이 쓴 세 장 뒤에 이것을 덧붙입니다."

자주 뒤돌아보아 연민의 정을 일으키라

무제 때 총애를 받은 배우로 곽사인(郭舍人)이라는 자가 있었다. 그가 늘어놓는 말들은 큰 도리에 맞지 않지만 군주 된 자의 마음을 편하고 기쁘게 해 주었다. 무제는 어린 시절 동무후(東武侯)의 어머니에 의해 길러졌는데, 장년이 되어 그녀를 대유모(大乳母)로 불렀다. 〔유모는〕 대체로 한 달에 두 번 궁궐로 들어왔다. 〔무제는〕 조정으로 들어오라는 조서를 내릴 때마다 총애하는 신하 마유경(馬游卿)을 시켜 비단 50필을 유모에게 내려 주었고, 또 마실 것과 말린 밥과 익힌 음식을 준비해서 유모를 봉양했다. 한번은 유모가 글을 올려 말했다.

어느 곳에 공전(公田)이 있는데 그것을 빌려주셨으면 합니다.

무제가 말했다.
"유모는 그것을 가지고 싶소?"
그러고는 〔그 땅을〕 유모에게 내려 주었다. 〔무제는〕 일찍이 유모의 말을 들어주지 않은 적이 없었다. 조서를 내려 유모에게는 천자가 다니는 길을 수레를 탄 채로 지나갈 수 있게 해 주었다.

이 무렵 공경과 대신도 모두 유모를 존경했다. 〔그러자〕 유모 집의 자손과 하인들이 장안 거리에서 횡포를 부렸다. 길에서 남의 거마를 세워 놓는가 하면 남의 옷을 〔강제로〕 빼앗아 가기도 했다. 이러한 소문이 궁궐에까지 들렸지만 차마 법대로 다스리지 못했다. 담당 관리가 유모의 집을 변경으로 옮겨 살게 하도록 청하자 〔무제가〕 재가했다. 유모는 궁궐로 들어와 〔무제〕 앞으로 나아가 만나 뵙고 작별 인사를 하려 했다. 유모는 이보다 앞서 곽사인을 만나 눈물을 흘렸다. 곽사인이 말했다.

"들어가 작별 인사를 하고 종종걸음으로 물러나면서 자주 뒤를 돌아보시오."

유모는 곽사인의 말대로 작별 인사를 하고 걸음을 빨리 옮기면서 자주 돌아보았다. 〔그러자〕 곽사인이 빠른 말투로 꾸짖어 말했다.

"허허, 이 노파가 어찌하여 빨리 가지 않느냐? 폐하께서는 장년이 되셨는데, 아직도 그대 젖을 먹어야만 사실 줄로 아는가! 이제 와서 무엇 때문에 돌아다보는가?"

이리하여 군주 된 자는 유모를 불쌍하게 여겨 조서를 내려 옮겨 살지 않게 하고, 유모를 헐뜯은 자들을 벌을 주어 귀양 보냈다.

조정 안에서 세상을 피해 산다

　무제 때 제나라 사람 동방 선생(東方先生)이라는 자가 있는데 이름을 삭(朔)이라 했다. 예로부터 전해 내려오는 책을 좋아하고 경술을 사랑하며 경사(經史) 외의 전기나 잡설도 두루 읽었다.

　동방삭은 처음 장안으로 들어왔을 때 공거(公車)조정의 공문서를 처리하는 곳에서 글을 올렸는데 그 글은 약 3000장의 주독(奏牘)황제에게 상주할 때 쓰던 죽간에 쓴 것이었다. 공거에서는 두 사람이 함께 겨우 들어 옮길 수 있었다. 천자는 상방(上方)황실의 물건을 만드는 곳에서 읽었는데, 〔중간에〕 쉴 때는 그 위치를 표시해 가며 두 달이 걸려 겨우 다 읽을 수 있었다.

　〔무제가〕 조서를 내려 〔동방삭을〕 낭으로 삼았으므로 언제나 궁중에 들어와 〔황제를〕 가까이에서 모셨다. 〔그는〕 자주 어전으로 불려 나가 〔황제의〕 말 상대가 되었는데, 〔그때마다〕 황제는 기뻐하지 않은 적이 없었다. 가끔 조서를 내려 〔동방삭에게〕 어전에서 식사를 하게 했는데, 식사가 끝나면 먹다 남은 고기를 모조리 품속에 넣어 가지고 나오므로 옷이 모두 더러워지곤 했다. 〔황제는〕 자주 비단을 내려 주었는데 그때마다 어깨에 메고 물러갔다. 그는 하사받은 돈과 비단을 헛되이 써서 장안의 미녀 가운데 젊은 여자를 아내로 맞이했다. 아내를 얻은 지 1년쯤 되면 그 여자를 버리고 다시 아내를 맞이했다. 하사받은 돈과 재물을 모두 여자들에게 써 버렸다. 황제의 좌우

에 있던 낭관 절반쯤은 그를 미치광이로 취급했다. 황제가 이 소문을 듣고 말했다.

"동방삭에게 일을 시키면서 이와 같은 행동을 못하게 한다면, 너희가 어떻게 그에게 미칠 수 있겠는가?"

동방삭은 자기 아들을 추천하여 낭으로 삼았다가 다시 시알자(侍謁者)궁궐의 일을 전달하는 관리로 삼았으며, 언제나 부절을 가지고 사신으로 나가게 했다.

동방삭이 궁궐 안을 거닐고 있을 때 어떤 낭관이 그에게 말했다.

"사람들이 모두 선생을 미치광이라고 합니다."

동방삭이 대답했다.

"나 같은 사람은 이른바 조정 안에서 속세를 피하고 있는 것이오. 옛날 사람들은 깊은 숲속에서 속세를 피했소."

때때로 술자리에서 술에 거나하게 취하면 땅을 짚고 이렇게 노래를 불렀다.

세속에 묻혀 살며 세상을 금마문(金馬門)에서 피한다.
궁중 안은 세상을 피하고 몸을 온전하게 할 수 있는데
하필 깊은 산골의 쑥대 움막 아래랴.

금마문이란 환서(宦署)환관들을 관리하는 부서의 대문을 말하는데, 그 문 곁에 동으로 만든 말이 있으므로 금마문이라고 했다.

때가 다르면 할 일도 다르다

한 번은 학궁(學宮)에 모인 박사와 여러 선생이 서로 의견을 펴던 끝에 모두 (동방삭을) 비난하여 말했다.

"소진과 장의는 만승의 군주를 한번 만나기만 하면 경상의 지위에 오르며 그 은택은 후세에까지 미쳤습니다. 지금 선생께서는 선왕의 법술(法術)을 닦고 성인의 의로움을 사모하여 『시』와 『서』와 제자백가의 말을 외우고 있는 것이 이루 헤아릴 수 없을 정도입니다. 죽백(竹帛)에 (문장을) 짓는 데도 뛰어나 스스로 세상에 둘도 없다고 자부하고 있으니, 보고 들은 것이 넓고 사물을 판단하는 데 밝으며 변설과 지혜가 뛰어난 선비라 할 수 있습니다. 그러나 온 힘으로 충성을 다해 성스러운 황제를 섬겨 허송세월하고 오래되어 수십 년이나 지났건만 벼슬은 겨우 시랑(侍郞)에 지나지 않고 직위는 집극(執戟)에 지나지 않습니다. 잘못이 있었는지 생각해 보십시오. 그 까닭은 무엇입니까?"

동방삭이 말했다.

"이것은 진실로 당신들이 다 알 수 없을 것이오. 그때소진과 장의가 산 때도 하나의 시대고 지금도 하나의 시대인데 어찌 같을 수 있겠소! 대체로 장의와 소진이 살던 때는 주나라 왕실이 크게 무너져 제후들이 조회에 들지 않고, 힘으로 정치를 하고 권력을 다투며 서로 무력으로 침략하여 열두 나라로 겸병되었으나 세력의 우열이 가려지지 않았소. 인재를 얻은 나라는 부강해지고 인재를 잃은 나라는 멸망했소. 그래서 유세가들의 말이 받아들여지고 하려고 하던 것이 실행되었으며, 자신은 높은 지위에 오르고 은택은 후세에까지 미쳐 자손들도 길이 부귀영화를 누렸던 것이오. 〔그러나〕지금은 그런 때가 아니오. 성스러운 황제가 위에 계시고 은덕이 천하에 흐르고 있으며 제후들은 복종하고 위엄은 사방 오랑캐에게까지 떨치고 있소. 사해 밖까지 마치 자리 한 장을 깔아 놓은 것처럼 이어져 있으며, 그릇을 엎어 놓은 것처럼 안정되었소. 천하가 태평스럽고 합쳐져 한집을 이루었고 계획을 세워 일을 일으키는 것이 마치 손바닥 안에서 움직이는 것과 같소. 현명한 사람과 어리석은 사람을 무엇으로 구분하겠소? 지금 천하는 넓고 백성은 많으므로 정력을 다해 유세하여 〔신임을 얻으려고〕모여드는 자가 헤아릴 수 없을 정도로 많소. 온 힘으로 〔군주와 신하의〕의를 실행하더라도 먹고 입는 데에 곤란을 겪거나 나아갈 문을 찾지 못하고 있소. 만일 장의와 소진이 나와 함께 지금 세상에 태어났다면 장고(掌故) 자리조차 얻지 못했을 것이오. 어떻게 감히 상시나 시랑 자리를 바랄 수 있겠소! 전해 내려오는 말에도 '천하에 재해가 없으면 성인이 있다 해도 그 재능을 펼 데가 없으며, 윗사람과 아랫사람이 화합하고 뜻을 모으면 어진 사람이 있어도 공을 세울 수 없다.'라고 했소. 그래서 '때가 다르면 일도 다르다.'라고 하는 것이오. 그렇다고는 하나 어떻게 제 몸을 닦는 일에 힘쓰지 않겠소? 『시』에서도 이렇게 노래했소.

궁궐에서 종을 치면

소리는 밖까지 들린다.

깊은 못에서 학이 울면

소리는 하늘까지 들린다.

　진실로 제 몸을 닦을 수만 있다면 어찌 영달하지 못할까
봐 걱정하겠소! 태공(太公)강태공 여상은 몸소 인의를 실천하다
가 일흔두 살에야 주나라 문왕을 만나 자신의 견해를 실행할
수 있게 되었고, 제나라에 봉해져 [자손들에 이르기까지] 700
년 동안이나 끊어지지 않았소. 이것이 바로 선비가 밤낮으로
부지런히 학문을 닦으며 도를 실천하기를 멈추지 않는 까닭
이오. 지금 시대의 처사들은 비록 이 시대에 쓰이지는 못한다
하더라도 홀로 우뚝 서고 홀로 처신하면서 위로는 허유를 보
고 아래로는 접여[의 처세 태도]를 살피며, 계책은 범려와 같고
충성심은 오자서와 합치되지만 천하가 태평한 때에는 자신을
닦으면서 바르게 있는 것이오. 짝이 적고 무리가 적은 것은 본
래 당연하오. [그런데] 당신들은 어찌하여 나를 이상하게 생각
하시오?”

　이에 여러 선생은 입을 다물고 아무런 대답도 하지 못했다.

추아가 나타나면 먼 나라가 투항해 온다

건장궁(建章宮) 후각(後閣)의 이중 난간 안에 이상한 동물이 나타났는데 그 생김새가 고라니와 비슷했다. 이 일이 소문나자, 무제가 이것을 직접 가서 보고 좌우 신하 가운데 경험이 많고 경술에 정통한 자에게 물어보았지만 아는 이가 없었다. 〔그래서〕 조서를 통해 동방삭을 불러 이것을 보게 하니 동방삭이 말했다.

"신은 이것을 알고 있으니 바라건대 맛난 술과 기름진 쌀밥을 내려 실컷 먹게 해 주십시오. 그러면 신이 말씀드리겠습니다."

조서를 내려 좋다고 말했다.

〔동방삭은〕 내려진 음식을 먹고 난 뒤 또 말했다.

"어느 곳에 공전(公田)과 고기를 기르는 못과 갈대밭 몇 이랑이 있습니다. 폐하께서 그것을 신에게 주시면 말씀드리겠습니다."

또 조서를 내려 좋다고 말했다.

그제야 동방삭은 흡족해져 말했다.

"이것은 추아(騶牙)[3]라는 짐승입니다. 먼 곳에 있는 나라가 의를 사모하여 귀속하려 할 때 추아가 먼저 나타납니다. 이놈

---

3) 흰색 바탕에 검은색 얼룩이 있는 전설 속의 동물로 통치자의 신의가 뛰어남을 상징적으로 나타낸다고 한다.

의 이는 앞뒤가 하나같이 가지런하며 어금니가 없습니다. 그래서 이것을 추아라고 합니다."

그 뒤 1년쯤 지나서 흉노 혼야왕이 과연 무리 10만 명을 이끌고 한나라로 투항해 왔다. 그래서 또 동방삭에게 아주 많은 돈과 재물을 내려 주었다.

사람이 죽으려면 하는 말이 착하다

동방삭이 늙어 죽게 되었을 때 간언했다.
"『시』에서 이렇게 노래했습니다.

　윙윙 파리가 울타리에 앉네
　화락한 군자여 참언을 믿지 말라
　참언은 끝이 없어 사방의 나라를 서로 어지럽힌다네

바라건대 폐하께서는 간사하게 아첨하는 신하를 멀리하시고 참언을 물리치십시오."
무제가 말했다.
"요즘 들어 동방삭이 좋은 말을 많이 하네."
〔무제는〕 괴이하게 여겼는데 얼마 뒤 동방삭은 병들어 죽었다. 전해 오는 말에 "새가 죽으려 하면 그 울음소리가 애달프고, 사람이 죽으려 하면 그 말이 착하다."라고 했는데 이를 두

고 하는 말인가 보다.

남루한 옷 속에 있는 보화를 찾으라

무제 때 대장군 위청은 위 황후의 오빠로 장평후(長平侯)에 봉해졌다. 〔그는〕 종군하여 흉노를 깨뜨리고 여오수(余吾水) 부근까지 갔다가 돌아왔다. 적의 머리를 베고 포로를 잡아 공을 세웠으므로 〔그가〕 돌아오자 조서를 내려 황금 1000근을 주었다. 장군이 궁궐 문을 나서자, 방사(方士)기이한 방술이 있는 사람으로서 공거에서 조서를 기다리고 있던 제나라의 동곽 선생(東郭先生)이라는 자가 길로 나와 위 장군의 수레를 가로막고는 절한 뒤 말했다.

"아뢸 일이 있습니다."

장군이 수레를 멈추고 〔동곽 선생을〕 앞으로 나오게 하니 동곽 선생은 수레 옆으로 다가서서 말했다.

"왕 부인께서 새로 황상의 총애를 받고 있습니다만 〔그녀의〕 집이 가난합니다. 지금 장군께서 황금 1000근을 받았으니, 부디 왕 부인의 부모님께 그 절반을 주십시오. 황상께서 이 일을 들으면 반드시 기뻐할 것입니다. 이는 매우 기이하고 편리한 계책입니다."

위 장군이 고마워하며 말했다.

"선생께서는 다행히도 편리한 계책을 일러 주셨습니다. 가르침을 받들겠습니다."

그래서 위 장군은 왕 부인의 부모님께 황금 500근으로 장수를 빌었다. 왕 부인이 이 사실을 무제에게 들려주자 무제가 말했다.

"대장군은 이런 일을 할 줄 모른다."

그러고는 대장군에게 물었다.

"이런 계책을 누구한테 받았는가?"

〔대장군이〕 대답했다.

"조서를 기다리고 있는 동곽 선생에게 받았습니다."

〔무제는〕 조서를 내려 동곽 선생을 불러서 〔어떤〕 군의 도위로 임명했다.

동곽 선생은 오래도록 공거에서 조서를 기다리고 있었으므로 빈곤하여 굶주리고 추위에 떨었으며, 옷은 해지고 신발도 온전치 못해서 눈 속을 걸어가면 신발이 위만 있고 바닥은 없어서 발이 그대로 땅에 닿았다. 길 가던 사람들이 그를 보고 웃자 동곽 선생은 이렇게 응수했다.

"누군가 신을 신고 눈 속을 걸어가는데, 사람들이 볼 때 그 위는 신발이지만 그 신발 아래는 사람의 발처럼 보이게 할 수 있는 사람이 있소?"

그는 2000석의 관리가 되어 푸른색 인수를 차고 궁궐 문을 나선 뒤 〔숙소의〕 주인에게 작별 인사를 했다. 전에 함께 조서를 기다리던 자들이 성문 밖에 반듯하게 늘어서서 조도신(祖道神)에게 제사를 지내 그의 출발을 영화롭게 하고 이름이 세상에 알려지게 했다. 이는 이른바 베옷을 입고 보화를 품은 자이다. 그가 빈곤할 때는 사람들이 살펴보지도 않더니 존귀해지자 앞다투어 그에게 귀의했다. 속담에 "말((馬))을 감정할 때에는 여윈 것 때문에 실수하고, 사람을 감정할 때에는 가난 때문에 잘못 본다."라는 말이 있는데 아마도 이런 경우를 두고 하는 말일까?

왕 부인의 병이 심해지자 황제가 몸소 가서 문병을 하며 말했다.

"그대 아들은 마땅히 왕이 될 것이오. 어디에 두면 좋겠소?"

〔왕 부인이〕 대답했다.

"낙양에 있게 해 주십시오."

황제가 말했다.

"그것은 안 되오. 낙양에는 무기고와 오창(敖倉)곡식 창고이 있으며, 관의 출입구에 해당하여 천하의 목구멍이오. 선제 이래로 이곳에는 줄곧 왕을 두지 않았소. 그러나 함곡관 동쪽의 나라들 중에서 제나라보다 큰 나라는 없소. 제나라 왕으로 삼을 수 있소."

왕 부인이 제 손으로 머리를 치면서 말했다.

"아주 다행스러운 일입니다."

왕 부인이 죽자 제나라 왕의 태후가 죽었다고 했다.

고니를 잃은 자의 변명

옛날에 제나라 왕은 순우곤을 시켜서 고니를 초나라에 바치도록 한 일이 있었다. [순우곤은] 도성 문을 나서자 길에서 그 고니를 날려 보내고 빈 새장만 든 채 거짓으로 할 말을 꾸며 놓고는 가서 초나라 왕을 뵙고 말했다.

"제나라 왕께서는 신을 보내어 고니를 바치도록 했는데 물가를 지나다가 고니가 목말라 하는 것을 차마 볼 수 없어 [새장에서] 꺼내 물을 마시게 하니 신을 버리고 날아가 버렸습니다. 신은 배를 찌르고 목을 매어 목숨을 끊을까도 생각했습니다만, 사람들이 우리 왕을 보고 새나 짐승 때문에 선비가 스스로 목숨을 끊도록 했다고 할까 봐 두려웠습니다. 고니는 털을 가진 놈이라 비슷한 놈이 많으므로 고니 대신 사서 가져올까 했습니다만, 이는 신의가 없는 행위로 우리 왕을 속이는 것입니다. 다른 나라로 도망치려고도 했습니다만 두 나라 군주 사이에 사신의 왕래가 끊길까 봐 가슴 아팠습니다. 그래서 여기까지 와서 잘못을 자백하고 머리를 두드려 대왕께 죄를 받으려 합니다."

초나라 왕이 말했다.

"훌륭하다. 제나라 왕에게 이처럼 신의 있는 선비가 있었다니!"

초나라 왕은 순우곤에게 많은 상을 내렸다. 그 재물은 고니를 바쳤을 경우보다 배나 되었다.

군자는 서로 좋은 말(言)을 보낸다

무제 때 북해 태수를 불러 행재소(行在所)황제가 임시 머무는 곳로 나오도록 했다. 그때 문학졸사(文學卒史)문서 담당 관리로 있던 왕 선생이라는 자가 스스로 태수와 같이 가고 싶다고 청했다.

"제가 당신에게 도움이 될 것입니다."

태수는 허락했다. [그러나] 그 부서의 속관들이 말했다.

"왕 선생은 술을 좋아하는 데다 말만 많고 실속이 적어 아마도 그와 함께할 수 없을 것입니다."

[그러나] 태수는 말했다.

"선생이 가겠다고 하니 거절할 수 없다."

결국 함께 가서 행궁 밑에 이르러 궁부(宮府) 문에서 조서를 기다렸다. 왕 선생은 날마다 그저 품속에 지닌 돈으로 술을 사서 위졸복야(衛卒僕射)와 마시고 취해 태수는 아예 만나려고도 하지 않았다. 태수가 [행재소로] 들어가 [무제를] 배알하게 되었을 무렵, 왕 선생은 호랑(戶郞)궁궐 문을 지키는 낭관에게 말했다.

"저를 위해 저희 태수를 문안으로 불러내어 멀리서라도 좋으니 말을 할 수 있게 해 주십시오."

호랑(戶郞)이 태수를 부르자 태수가 와서 왕 선생을 바라보았다. 왕 선생이 말했다.

"천자께서 당신께 '어떻게 북해군을 다스려 도적을 없게 했느냐?'라고 물으시면 당신께서는 뭐라고 대답하시겠습니까?"

〔태수가〕 대답했다.

"현명한 인재를 뽑아 각자의 재능에 따라 일을 맡기고, 상의 등급을 달리하고 착하지 않은 자에게는 벌을 주었다고 대답하겠소."

왕 선생이 말했다.

"그렇게 대답하신다면 당신 스스로 칭찬하고 스스로 공을 뽐내는 것이니 안 됩니다. 태수께서는 '이는 신의 능력이 아니라 모두 폐하의 신령함과 위무(威武)가 변화시킨 것입니다.'라고 대답하십시오."

태수가 말했다.

"알았소."

〔태수가〕 불려 들어가 어전에 이르니, 조서를 내려 다음과 같이 물었다.

어떻게 북해군을 다스려 도적들이 일어나지 않게 되었소?

태수는 머리를 조아리며 대답했다.

"신의 능력이 아니라 모두 폐하의 신령함과 위무가 변화시킨 것입니다."

무제가 크게 웃고는 말했다.

"아! 어찌 장자의 말을 듣고 이렇게 말하는가! 이 말을 누구에게 들었소?"

〔태수가〕 대답했다.

"문학졸사에게 들었습니다."

무제가 말했다.

"〔그자는〕 지금 어디 있는가?"

〔태수가〕 대답했다.

"궁부 문밖에 있습니다."

조서를 내려 왕 선생을 불러 수형(水衡)의 승(丞)으로 삼고, 북해 태수를 수형도위(水衡都尉)상림원을 맡은 관리로 삼았다. 전해 오는 말에 "아름다운 말(言)은 〔남에게〕 팔 만하고 고귀한 행실은 〔자기를〕 남보다 빼어나게 한다.", "군자는 서로 좋은 말을 보내고 소인은 서로 재물을 보낸다."라고 했다.

서문표의 결단과 용기

위(魏)나라 문후(文侯) 때 서문표(西門豹)가 업현(鄴縣)의 현령이 되었다. 서문표는 업현에 이르자마자 장로(長老)명망 있는 노인들을 불러 놓고 백성이 괴로워하는 것이 무엇인지를 물었다. 장로들이 말했다.

"하백(河伯)하수의 신에게 신붓감을 바치는 일로 괴로워하고 있으며 그 때문에 가난합니다."

서문표가 그 까닭을 물으니 대답하여 말했다.

"업현의 삼로(三老)향(鄕)에서 교화를 맡은 관리와 아전들은 해마다 백성에게 세금을 부과하여 수백만 전을 걷는데, 그 가운데 하백에게 여자를 바치는 데 20~30만 전을 쓰고 그 나머지는 무당들과 함께 나누어 가지고 돌아갑니다. 그 시기가 되면 무당이 백성 집에서 예쁜 처녀를 발견하여 '하백의 아내가 될 것이다.'라고 말하고는 폐백을 보내 주고 데려갑니다. 처녀를 목욕시킨 뒤 촘촘하게 짠 비단으로 옷을 지어 주고, 조용한 곳에 머물게 하여 재계시킵니다. 재궁(齋宮)조용히 머물며 재계하는 곳을 물가에 짓고 두꺼운 비단으로 만든 붉은 장막을 치고는 처녀를 그 안에 있게 하고 쇠고기와 술과 밥을 줍니다. 열흘쯤 지나 화장을 시키고 여자가 시집갈 때처럼 이부자리나 방석 같은 것을 만들고 그 위에 처녀를 태워 물 위로 띄워 보냅니다. 처음에는 떠 있지만 수십 리쯤 흘러가면 물에 가라앉고 맙니다. 그래서 어여쁜 딸을 가진 집에서는 무당이 하백을 위하여 자기 딸을 데려갈까 봐 두려워서 딸을 데리고 멀리 달아나는 자가 많습니다. 이런 까닭으로 성안에는 더욱 사람이 비고 없으며 또 곤궁하고 가난해졌습니다. 이런 일이 있은 지 실로 오래되었습니다. 민간의 속어에도 '하백에게 아내를 얻어 주지 않으면 물이 흘러넘쳐 백성을 빠져 죽게 할 것이다.'라고 했습니다."

서문표가 말했다.

"하백을 위해 아내를 얻어 주려고 할 때 삼로와 무당과 부로(父老)들이 처녀를 물 위로 보내거든 와서 그 일을 알려 주기 바라오. 나도 가서 그 여자를 전송하겠소."

모두 말했다.

"알겠습니다."

그때가 되어 서문표가 물가로 나갔다. 그곳에는 삼로와 관속과 호족과 마을의 부로가 모두 모였으며, 구경 나온 백성도 2000~3000명은 되었다. 무당은 노파로 일흔 살이 넘었다. 여제자 10여 명이 따르고 있었는데 모두 비단으로 된 홑옷을 걸치고 무당 뒤에 서 있었다. 서문표가 말했다.

"하백의 신붓감을 불러오면 그녀가 예쁜지 미운지 보겠소."

장막 안에서 처녀를 데리고 나와〔서문표〕앞으로 왔다. 서문표는 그녀를 본 뒤 삼로와 무당과 부로들을 돌아보고 이렇게 말했다.

"이 처녀는 예쁘지 않으니 수고스럽겠지만 무당 할멈은〔하수로〕들어가서 하백에게 '예쁜 처녀를 다시 구해 다른 날에 보내 드리겠습니다.'라고 말씀드려 주시오."

바로 이졸들을 시켜 무당 할멈을 안아서 하수 속으로 던졌다. 조금 있다가 서문표가 말했다.

"무당 할멈이 왜 이렇게 꾸물거릴까? 제자들은 그녀에게 가 보라."

다시 제자 한 명을 하수 가운데로 던져 버렸다. 조금 지나서 말했다.

"제자가 왜 이토록 꾸물거릴까? 다시 한 사람을 보내 그녀에게 가게 하라."

또다시 제자 한 명을 하수 속으로 던졌다. 모두 세 명을 던지고 서문표가 말했다.

"무당과 제자들은 여자이기 때문에 사정을 말씀드리기가 어려울 것이오. 수고스럽지만 삼로가 들어가서 하백에게 말씀드려 주시오."

다시 삼로를 하수 물속으로 던졌다. 서문표는 붓을 관에 꽂고 몸을 경(磬)처럼 굽혀 물을 향해 꽤 오랫동안 서 있었다. 곁에서 보고 있던 장로와 아전이 모두 놀라고 두려워했다. 서문표가 돌아보며 말했다.

"무당과 삼로가 모두 돌아오지 않으니 이를 어찌하면 좋겠소?"

다시 아전과 호족 한 사람씩을 물로 들어가 재촉하게 하려하니, 모두 머리를 조아려 이마가 깨져 피가 땅 위로 흐르고 얼굴은 잿빛으로 변했다. 서문표가 말했다.

"좋다. 잠시 머물며 잠깐만 더 기다려 보자."

조금 있다가 서문표가 다시 말했다.

"아전들은 일어서라. 하백이 손님들을 오래 머물게 하는 것 같다. 너희는 모두 돌아가라."

업현의 관리나 백성은 크게 놀라고 두려워했으며 이때부터 감히 다시는 하백을 위하여 아내를 얻어 주자고 말하지 않았다.

100년 뒤에 내 말을 되새기리라

서문표가 백성을 동원하여 하천 열두 개를 파서 하수의 물을 끌어다가 백성의 논에 대니 논마다 모두 물을 얻을 수 있었다. 당시 백성은 하천을 만드는 일이 번거롭고 수고스러워서

하려 들지 않았다. 서문표가 말했다.

"백성이란 〔일이 이루어진 뒤에〕 함께 누릴 수 있을 뿐 함께 일을 시작할 생각은 못한다. 지금 부로와 자제들은 자기들을 괴롭힌다고 원망하겠지만, 100년 뒤 부로의 자손들은 내 말을 되새기게 될 것이다."

지금에 이르러서는 모두 물의 이로움을 얻어 백성이 자급 자족해 부유해졌다. 하천 열둘은 〔황제의〕 치도(馳道)를 가로 지르고 있었다. 한나라가 일어나자 지방 장리(長吏)들이 열두 하천의 다리가 치도를 끊고 서로 근접해 있는 것은 좋지 않다 고 여겨 하천 물을 합치려고 했다. 또 치도에 이르러서는 하천 세 개를 합쳐 다리 한 개를 놓으려 했다. 그러나 업현의 부로 들은 장리의 말을 들으려 하지 않았다. 이 하천은 서문군(西門君)이 만든 것이니, 어진 사람의 법식을 바꾸면 안 된다고 생 각한 것이다. 장리들도 마침내 그 말을 받아들여 그대로 두기 로 했다.

그래서 서문표는 업현의 현령이 되어 명성이 천하에 알려지 고, 은택은 후세에까지 흘러 그치지 않았다. 어찌 현명한 대부 라고 일컫지 않을 수 있겠는가!

전하는 말에 "자산(子産)공손교(公孫僑)이 정나라를 다스리자 백성은 그를 속일 수 없었고, 자천(子賤)복자제(宓子齊)이 선보(單父)를 다스리자 백성은 차마 그를 속일 수 없었으며, 서문표가 업현을 다스리자 감히 그를 속이지 못했다."라고 하는데, 이 세 사람의 재주와 능력 가운데 누가 가장 현명할까? 그것은 다스 리는 길을 아는 사람이라면 마땅히 구별할 수 있을 것이다.

67

◎

일자 열전
日者列傳

　일자란 육상(六象) 곧 천상(天象)을 관찰하여 길흉을 점치는 사람으로 복서와는 차이가 있으나 비슷한 부류로 보면 된다. 본래 복서는 미신의 일종이었지만 『주례』에도 태복(太卜)이라는 관직 이름이 보이는 것을 보면, 은나라와 주나라에서 아주 성행했음을 알 수 있다. 아무래도 신권에 의탁하여 하늘의 명을 받아 운명을 재단하려고 한 의도에서 나온 듯하다. 한나라 때 특히 점이 성행하여 일자들은 태복을 맡아 제왕 곁에서 국가의 운명을 좌우할 정도였다. 저소손이 보충한 데서도 나타나듯 한나라 무제가 며느리를 맞이하는데 이들을 불러 점을 치게 하니, 제각기 다른 점괘가 나와 결국에는 오행에 근거하여 무제 스스로가 판단할 수밖에 없었다.

　이 열전은 세상을 풍자하고 세태를 꾸짖는 성격의 문장으로, 연이은 「귀책 열전」과 뗄 수 없는 편이다. 그런데 사마정(司馬貞)의 『사기색은(史記索隱)』에 의하면 없어진 열 편의 목록에 이 두 편이 들어가 있어서 이 편의 진위 문제는 지금까지 논쟁거리가 되고 있으며, 특히 사마계주의 이야기와 관련된 부분을 보더라도 그러하다. 「태사공 자서」를 보면 두 편을 지은 의도가 분명하게 쓰여 있어 사마정 견해의 타당성 여부에 의문이 생기기도 한다. 문사가 조잡하여 위작 시비는 신빙성이 있으며 「귀책 열전」은 그 정도가 더 심하다고 볼 수 있다.

　그럼에도 사마계주의 입을 빌려 관료 사회의 추악한 면모를 꾸짖는 것은 독자의 가슴을 뚫리게 한다. 요컨대 담백하게 지족(知足)하는 도가의 풍모와

점이나 치며 운둔하며 세상을 조롱하는 군자의 모습이 사마천에 의해 풍자적
으로 그려지고 있다.

복자(卜者)는 어떤 사람인가

예로부터 천명을 받은 사람만이 왕 노릇을 하였으나 왕 노릇을 하는 자가 일어날 때 일찍이 복서(卜筮)로 천명을 판단하지 않은 적이 있었는가! 복서의 일은 주나라에서 가장 성행했고, 진나라에 들어와서도 볼 수 있었다. 대왕(代王)한나라 문제 유항(劉恒)이 한나라 조정으로 들어와 천자가 된 것도 복자(卜者)의 판단에 근거하여 결정했던 것이다.[1] 태복(太卜)점복관(占卜

---

1) 여후가 죽자 주발 등은 여씨 일족들의 난을 진압하고 대왕을 황제로 세우려고 했다. 이때 대왕은 복자에게 점을 치게 했는데, '대횡(大橫)'이라는

官)은 한나라가 일어날 때부터 있었다.

사마계주(司馬季主)는 초나라 사람으로 장안의 동쪽 저자에서 점을 쳤다.

〔당시〕 송충(宋忠)은 중대부이고 가의(賈誼)는 박사였는데, 같은 날 휴가를 얻어 목욕하러 함께 〔궁궐 밖으로〕 나오게 되었다. 〔두 사람은〕 서로 걸으면서 담론하다가 『역』이 선왕과 성인의 도술로서 인간의 감정에 통하고 있음을 찬양하고 서로 돌아보며 감탄했다.

가의가 말했다.

"내가 듣건대 옛 성인들은 조정에 있지 않으면 반드시 점쟁이나 의원들 가운데 있었다고 하오. 지금 내가 삼공과 구경을 비롯하여 조정의 사대부들을 보니 모두 〔성인이 못 된다는 것을〕 알 수 있겠소. 그러니 복자 가운데서 〔성인 같은 사람이 있는지〕 찾아내어 풍모와 도량을 시험해 봅시다."

두 사람은 곧 수레를 함께 타고 저잣거리로 나가 점 집으로 들어갔다. 마침 비가 내리기 시작하여 길에는 사람들이 적었다. 사마계주는 한가롭게 자리에 앉고 옆에 서너 명의 제자가 모시고 있는데, 그는 마침 천지의 도와 일월의 운행과 음양과 길흉의 근본을 설명하고 있었다. 두 대부는 뵈려고 두 번 절을 하였다. 사마계주는 이들의 용모를 보고 학식이 있는 사람인 듯하여 예를 표한 뒤 제자를 시켜 이끌어 자리에 앉게 했다. 〔이들이〕 자리에 앉자 사마계주는 하던 이야기를 다시 계속하

점괘가 나오므로 제위에 올랐다.

여 천지의 끝과 처음, 일월성신의 운행 원리를 밝히고 인의를 차례로 설명하며 길흉의 징험을 열거하였다. 그는 수천 마디 말을 했지만 이치에 어긋난 것이 한마디도 없었다.

송충과 가의는 놀라운 마음과 깨달은 바가 있어 관의 끈을 고쳐 매고 옷깃을 여민 뒤 똑바로 앉아서 말했다.

"선생의 모습을 뵙고 말씀을 들어 보니, 저희가 가만히 세상을 바라보건대 일찍이 뵌 적이 없는 분입니다. 지금 어떻게 이런 낮은 곳에 살면서 지저분한 일점쟁이을 하십니까?"

사마계주는 배를 움켜잡고 호탕하게 웃으며 말했다.

"두 대부들을 보건대 도덕과 학설이 있는 분들 같은데 지금 어찌 그리 고루한 말을 하고, 어찌 그리 투박한 말을 합니까? 지금 당신들이 어질다고 하는 것은 어떤 것입니까? 높다고 여기는 사람은 어떤 사람입니까? 또 무엇을 가지고 장자인 나를 낮고 지저분하다고 여깁니까?"

두 사람은 말했다.

"높은 벼슬과 후한 봉록은 세상 사람들이 높이 여기는 것이고, 어진 사람이 그런 지위에 있게 됩니다. 지금 [선생이] 계시는 데는 그런 곳이 아니므로 낮다고 말한 것입니다. [점치는 사람이 하는] 말은 미덥지 못하고, 행동은 볼 만한 게 없으며, 취하는 것이 부당하므로 지저분하다고 말한 것입니다. 대체로 점은 세상에서 천하게 여기는 것입니다. 세상 사람은 모두 '대체로 점쟁이는 말이 많고 과장되게 꾸며 사람들의 감정에 맞추고, 공연히 남의 운명을 높여 말하여 사람의 마음을 기쁘게 하고, 멋대로 환난이 있다고 떠벌려 사람의 마음을 상하게 하며, 귀신을 빙자하여 남의 재산을 빼앗고, 많은 사례금을 요구하여 자신을 살찌운다.'라고 말합니다. 이 같은 일을 나는 부끄럽게 여기고 있으므로 낮고 지저분하다고 한 것입니다."

사마계주는 이렇게 말했다.

"공들께서는 잠시 편히 앉으시지요. 공들께서는 머리를 풀어헤치고 다니는 아이들을 보셨습니까? 〔그들은〕 해와 달이 비추면 밖으로 나가고 비추지 않으면 나가지 않습니다. 그러나 아이들에게 일식이나 월식, 길흉을 물어보면 이치를 설명하지 못합니다. 이런 이치로 본다면 어진 것과 어질지 못함을 〔확실하게〕 분별하여 아는 사람은 드뭅니다.

어진 이의 행동은 도를 올곧게 실천하여 바르게 간언하고, 세 차례 간언해도 듣지 않으면 〔벼슬에서〕 물러납니다. 남을 칭찬할 때에는 보답을 바라지 않고, 남을 미워할 때에는 원망을 돌아보지 않으며, 나라에 편리하고 모든 사람에게 이익이 되도록 하는 것을 임무로 삼습니다. 그러므로 벼슬이 자기 임무에 알맞지 않으면 그 자리에 있지 않으며, 봉록이 자기 공로에 알맞지 않으면 받지 않습니다. 바르지 못한 사람을 보면 그가 비록 귀한 지위에 있더라도 존경하지 않으며, 오점이 있는 사람을 보면 비록 그 사람이 높은 신분이라도 몸을 굽히지 않습니다. 벼슬을 얻어도 기뻐하지 않고, 〔벼슬에서〕 물러나도 원통해하지 않습니다. 자신이 죄를 짓지 않았으면 몸이 묶이는 치욕을 당해도 부끄러워하지 않습니다.

〔그런데〕 지금 공들께서 말하는 어진 사람이란 모두 부끄러워해야 할 자입니다. 몸을 낮추어 앞으로 나아가고 지나치게

겸손하게 말하며, 권세로 서로 끌어들이고 이익으로 서로 이 끕니다. 도당을 만들어 바른 사람을 배척함으로써 높은 영예를 구하고, 나라의 봉록을 받고 있으면서 사사로운 이익만을 꾀하며, 나라의 법을 어기고 농민들을 착취합니다. 관직을 위세 부리는 수단으로 삼고 법을 무기로 삼아 이익만을 찾아 포악하고 〔도리에〕 어긋나는 행동을 자행하니, 비유하자면 흰 칼날을 잡고 사람을 위협하는 것과 다름없습니다. 처음 벼슬에 나갔을 때에는 교묘한 수단으로 실력을 두 배로 보이게 하고, 있지도 않은 공적을 꾸며 말하며, 있지도 않은 일을 문서로 만들어 임금을 속입니다. 다른 사람의 윗자리에 있는 것을 좋게 여겨 벼슬에 임명될 때 어진 사람에게 양보하려 하지 않습니다. 공적을 말할 때에는 거짓을 보고하기도 하고, 사실을 과장하기도 하며, 없는 것을 있는 것처럼 하기도 하고, 적은 것을 많은 것처럼 꾸미기도 하여 〔자기에게〕 유리한 권세와 높은 지위를 구합니다. 〔그리고〕 주연과 말타기놀이를 일삼으며 미녀와 노래하는 여자를 좇느라 부모를 돌보지 않고, 법을 어겨가며 백성을 해치고 나라를 텅 비게 합니다. 이것은 창과 활을 들고 있지는 않지만 도둑질하는 것이고, 칼을 쓰지는 않지만 남을 공격하는 것입니다. 부모를 속였지만 아직 그 벌을 받지 않고, 임금을 죽였으나 아직 그 벌을 받지 않은 것뿐입니다. 어떻게 그들을 높고 어진 사람이라고 할 수 있겠습니까?

〔이런 무리는〕 도적이 일어나도 막을 수 없고, 오랑캐가 복종하지 않아도 평정할 수 없으며, 간사한 일이 생겨도 막지 못하고, 관직의 기강이 어지러워져도 다스릴 수 없으며, 사계절이

조화를 이루지 못해도 조절할 수 없고, 그해의 곡식이 흉년이 들어도 조절할 줄 모릅니다. 능력이 있는데도 이를 실행하지 않는다면 이것은 국가에 대한 불충입니다. 능력도 없이 관직에 앉아 위에서 주는 봉록만을 탐하고 어진 사람을 방해한다면 이는 벼슬을 도둑질하는 것입니다. 도당을 거느리고 있는 자가 등용되고, 재물이 있는 자를 예우하는 것은 거짓된 행위입니다. 공들께서만 유독 올빼미소인와 봉황군자이 함께 나는 것을 보지 못했다고 하십니까? 난(蘭), 지(芷), 궁(芎), 궁(藭) 같은 향기로운 풀은 넓은 들판에 버려지고 호(蒿)와 소(蕭)가 숲을 이룹니다. 군자가 물러나 세상에 나타나지 못하게 한 것은 바로 공들 같은 사람입니다.

'옛일을 서술할 뿐 저술하지 않는다.'라는 것이 군자의 원칙입니다. 지금의 점치는 자는 천지를 본받고 사계절을 모방하며, 인의에 순응하여 책(策)점치는 시초을 나눠 괘(卦)를 정하고 식(式)[2]을 돌려 기(棊)산목(算木)를 바로잡은 뒤에야 비로소 천지의 이해(利害)와 일의 성패를 말합니다. 옛날 선왕께서 나라를 정할 때에는 반드시 먼저 해와 달을 점친 뒤에 하늘을 대신하여 정치를 맡고, 길한 날을 고른 다음 침실에 들며, 또 집에서 자식을 낳으면 반드시 먼저 길흉을 점친 뒤에야 기를 것을 결정하였습니다. 복희씨가 팔괘를 만들고, 주나라 문왕이 부연하여 364효(爻)를 만듦으로써 천하가 바로 다스려졌습니

2) 길흉을 점치는 판으로 위에는 하늘 모습이 그려져 있고 아래에는 땅의 모습이 그려져 있다. 이 도구는 대부분 하늘과 땅이 혼란스러울 때 썼다.

다. 월나라 왕 구천은 문왕의 팔괘를 본받아 점을 쳐서 적국을 깨뜨려 천하의 패권을 잡았습니다. 이렇게 본다면 복서가 어찌 이치를 거스른다고 하겠습니까?

또한 복서는 깨끗이 청소하고 자리를 정하고 의관을 바르게 한 뒤에야 일을 말하므로 이것에는 예가 있습니다. 일을 말하면 귀신은 더러 흠향하고 충신은 그 군주를 섬기고 효자는 그 어버이를 봉양하며 어버이는 그 자식을 양육하니, 이는 곧 덕이 있는 것입니다. 점을 부탁하는 사람은 의무적으로 수십 전에서 100전까지 냅니다. 이것으로써 아픈 사람이 낫고, 죽어 가던 자가 되살아나며, 재앙을 면하는 사람도 있고, 사업을 이루는 사람도 있으며, 자식을 장가들이고 며느리를 맞이하여 인생을 누립니다. 이 은덕이 어찌 수십 전이나 100전 가치만 되겠습니까? 이것이 저 노자가 말한 '상덕(上德)은 덕 같지 않으므로 덕이 있는 것이다.'라는 것입니다. 대체로 복서는 베푸는 이익은 크지만 받는 사례는 적습니다. 노자의 말이 어찌 이런 이치와 다르겠습니까?

장자(莊子)가 말하기를 '군자는 안으로는 굶주리고 추위에 떨 염려가 없고 밖으로는 겁탈당할 걱정이 없으며, 윗자리에 있으면 존경을 받고 아랫자리에 있으면 사람들을 해치지 않으니 이것이 군자의 도이다.'라고 했습니다. 오늘날 복서를 직업으로 삼는 사람들은 이것서죽(筮竹)과 산목(算木)을 쌓아 올려도 부풀 것이 없고 간직하는 데 창고가 필요하지 않으며 옮기는 데 수레를 쓰지 않고 능에 싫어져도 무겁지 않으며 머물러 써도 다함이 없습니다. 다함이 없는 물건을 가지고 끝이 없는 세상에서 노니, 장씨(莊氏)장자의 행동도 이보다 더하지는 못했을 것입니다. 공들께서는 무슨 까닭으로 점치는 일을 못할 짓이라고 하십니까? 하늘은 서북쪽에 모자라는 곳이 있기 때문에 별이 서북쪽으로 옮겨 가고, 땅은 동남쪽에 모자라는 곳이 있기 때문에 바다로써 못을 만듭니다. 해는 중천에 오르면 반드시 옮겨 가고, 달은 차면 반드시 이지러지며, 선왕의 도는 때로는 있다가도 때로는 없어집니다. 공들께서 '말에는 반드시 믿음이 있어야 한다.'라며 꾸짖은 것은 또한 잘못 생각한 게 아닙니까?

공들께서는 저 담론하는 변사들을 보았습니까? 일을 생각하고 계책을 정하는 것은 반드시 그 사람들이지만, 〔그들은〕 말 한마디로 임금의 마음을 기쁘게 할 수 없습니다. 그래서 〔그들은〕 말할 때 반드시 선왕을 일컫고 상고(上古)를 언급합니다. 〔그들은〕 일을 생각하고 계책을 정할 경우 선왕들이 세운 공적을 꾸며 말하는가 하면 그 실패도 말함으로써 임금의 마음을 두렵게도 하고 기쁘게도 하여 그들의 욕망을 이루려 합니다. 말이 많고 심하게 과장하는 점에서 그들보다 심한 사람이 없습니다. 그렇지만 나라를 강하게 만들고 일을 성공시키고 임금에게 충성을 다하려 할 경우에는 이렇게 하지 않으면 이룰 수 없습니다. 오늘날 점치는 자는 미혹한 사람을 이끌어 주고 어리석음을 깨우쳐 줍니다. 대체로 어리석고 미혹한 사람을 어찌 말 한마디로 이해시킬 수 있겠습니까? 그래서 말이 〔지나치게〕 많은 것을 싫어하지 않습니다.

따라서 기기(騏驥)준마 곧 천리마는 지친 노새와 사마(駟馬)같은 수레를 끄는 말 네 마리가 될 수 없으며, 봉황은 제비나 참새와 무리를 지을 수 없습니다. 〔이와 마찬가지로〕 어진 사람은 어리석은 사람과 항렬을 함께하지 않습니다. 그러므로 군자는 몸을 낮추어 〔사람들의 눈에 띄지 않는 곳에 살며〕 무리를 피하고, 스스로 몸을 숨겨 사람을 피하며, 드러나지 않는 곳에서 덕을 보여 주고, 많은 재해를 제거하여 사람의 천성을 밝혀 주며, 윗사람을 돕고 아랫사람을 교화시켜 그 공로와 이익이 많게 하지만 〔자신의〕 높은 영예를 구하지는 않습니다. 공들처럼 세속에 부화뇌동하는 무리가 어찌 장자의 이치를 알겠습니까?"

송충과 가의는 망연자실하여 얼굴이 창백해지고 입을 다문 채 아무 말도 하지 못했다. 그래서 옷깃을 바로 여미고 일어나 두 번 절하고 작별 인사를 한 뒤 정신없이 발을 옮겨 시문(市門)을 나와 겨우 수레에 올랐으나, 수레 앞 가로막대에 엎드려 고개를 떨구고 끝내 숨도 제대로 쉴 수 없었다.

사흘 뒤에 송충은 궁궐 문밖에서 가의와 마주치자 곧장 서로 잡아당겨 다른 사람을 피해 대화를 했다. 서로 스스로를 탄식하며 말했다.

"도란 높을수록 더욱 편하지만 권세는 높을수록 더욱 위태롭다. 혁혁한 권세를 가진 자리에 있으면 몸을 망치는 날이 오게 마련이다. 점을 쳐서 정확하지 않은 일이 있어도 복채를 빼앗기는 일은 없지만, 임금을 위해 꾀한 일이 맞아떨어지지 않으면 몸 둘 곳이 없다. 서로 간의 거리는 멀어 머리에 쓰는 관과 발에 신는 신의 차이만큼이다. 이것이 바로 노자가 '이름 없음(無名)은 만물의 시초이다.'라고 말한 것이다. 하늘과 땅은 넓고 크며 만물은 너무 많아 안전한 곳도 있고 위험한 곳도 있어 어디에 있어야 할지 모른다. 나와 당신이 그 사람처럼 세상을 살 수 있겠는가? 그는 세월이 흘러도 더욱 편안히 살 수 있을 것이다. 증씨(曾氏)여기서는 장자(莊子)의 뜻도 이와 다르지 않을 것이다.”

오랜 뒤에 송충은 흉노에 사신으로 갔다가 도중에 되돌아온 일로 죄를 짓게 되었다. 그리고 가의는 양나라 회왕의 부(傅)가 되었다가 왕이 말에서 떨어져 죽자 밥도 먹지 않고 그 일을 슬퍼하다가 〔굶어〕죽고 말았다. 이는 영화를 얻으려고 애쓰다가 도리어 〔생명의〕뿌리를 끊은 것이다.

태사공은 말한다.

“옛날의 점치는 사람이 기록되어 있지 않은 까닭은 다른 책에 보이지 않았기 때문이다. 사마계주에 이르러야 나는 기록하여 적었다.”

맞는 땅이 아니면 심어도 나지 않는다

저 선생은 말한다.

“신이 낭관으로 있을 때 장안을 돌아다니다가 복서를 직업으로 하는 어진 대부를 보았습니다. 그가 기거하는 모습과 걸음걸이, 앉았다 일어서는 행동을 보면 시골 사람들을 대할 때도 의관을 바르게 하니 진실로 군자의 기풍이 있었습니다. 〔그는 사람의) 성품을 보고 풀기를 잘하였고, 또 예쁜 여인들이 점을 보러 와도 그들을 대할 때 얼굴빛을 엄숙히 하여 이를 드러내고 웃는 일이 일찍이 없었습니다.

예로부터 어진 사람은 세상을 피하여 무성한 늪에 사는 자도 있고, 민간에 살면서 입을 다물고 말하지 않는 자도 있으며, 복자 사이에 숨어 살면서 자신을 보전하는 사람도 있었습니다. 사마계주는 초나라의 어진 대부로서 장안에 유학하여 『역경』에 통하고 황제(黃帝)와 노자의 학설을 전술했으며, 널리 듣고 멀리 본 것이 많았습니다. 그가 두 대부와 주고받은 이야기만 보더라도 현명한 옛 임금과 성인의 도를 인용하는데, 이는 본래 천박한 견문이나 얕은 술수로는 할 수 있는 일이 아닙니다.

복서로 1000리 밖까지 명성을 떨친 사람도 가끔 있습니다. 전해 오는 말에 '부(富)가 첫째이고 귀(貴)는 그다음이다. 이미 몸이 귀해지면 각각 한 가지 재능을 배워 자신을 세워라.'라고 하였습니다. 황직(黃直)은 대부이고 진군부(陳君夫)는 그 아내였는데, (이 두 사람은) 말(馬) 관상을 보는 일로 천하에 이름을 드러냈습니다. 제나라 장중(張仲)과 곡성후(曲成侯)는 격자(擊刺)를 잘하여 검술을 배워 천하에 이름을 떨쳤습니다. 유장유(留長孺)는 돼지 관상을 보는 것으로 천하에 이름을 드러냈습니다. 형양현(滎陽縣)의 저씨(褚氏)는 소를 감정하는 것으로 이름을 날렸습니다. 이렇게 재능으로 이름을 드러낸 사람은 대단히 많습니다. 모두 세상에서 우뚝 솟아 일반 사람들을 능가하는 뛰어난 풍모가 있음을 어찌 하나하나 말할 수 있겠습니까? 그러므로 '그 땅이 아니면 심어도 나지 않고, 그 뜻이 아니면 가르쳐도 소용이 없다.'라고 했습니다. 대체로 집에서 자손을 가르칠 경우에는 마땅히 그들이 좋아하는 것을 알아야 합니다. 좋아하는 것은 참으로 그 생활과 맞는 것이니 〔좋아하는 것을 따라〕 가르치면 이루게 됩니다. 그러므로 '한 집안을 이끌어 가고 자식을 가르치는 것을 통해 그 사람의 사람됨을 볼 수 있고, 자식들이 있을 곳에 있으면 〔그 부모는〕 어진 사람이라고 할 수 있다.'라고 했습니다.

신이 낭관일 때 태복으로 낭관이 되려고 황제의 조서를 기다리던 사람과 같은 관청에서 일한 적이 있는데, 〔그는〕 이렇게 말했습니다.

'효무제 때 점치는 사람들을 모아 놓고 아무 날에 며느리를 맞이해도 좋은지 물었습니다. 오행가(五行家)음양오행으로 점치는 사람는 좋다고 대답하고, 감여가(堪輿家)풍수가는 안 된다고 하며, 건제가(建除家)십이신점가(十二神占家)는 불길하다고 하고, 총진가(叢辰家)십이진(十二辰)과 오행을 서로 연관시켜 점치는 사람는 아주 흉하다고 하며, 역가(曆家)역법에 근거하여 점치는 사람는 조금 흉하다고 하고, 천인가(天人家)천인(天人)의 감응을 가지고 점치는 사람는 조금 길하다고 하며, 태일가(太一家)자연 만물의 변화를 보고 점치는 사람으로 태을가(太乙家)라고도 함는 아주 길하다고 했습니다. 〔저마다〕 논쟁을 벌였으나 결론이 나지 못하고 상황만 소문이 났습니다. 〔황상이〕 조서에서 「죽거나 꺼리는 모든 것을 피하려면 오행을 위주로 삼으라.」 했습니다.'

사람은 오행에 따라 태어나고 살아가기 때문입니다."

68

◎

귀책 열전
龜策列傳

「귀책 열전」은 앞의 「일자 열전」과 매미의 두 날개처럼 쌍을 이루는 편으로서, 거북 껍데기(귀갑)와 시초로 점치는 것을 말한다.

고대 중국인의 의식 세계는 우주 자연을 단순히 물리적인 것이 아니라 정신적이고 생명적인 기를 포괄하는 것으로 여겼기 때문에 이 같은 원칙 위에서 전문적인 점술 이론을 발전시키고, 점술가라는 전문 직업인마저 배출하였던 것이다.

이 편은 복서 생활의 역사를 기록한 것으로서 복서가 지역과 민족에 따라 수단과 방식이 서로 다르다는 것을 서술하고 있다. 요임금과 순임금 이전에는 복서 활동이나 기록이 없었고 하(夏) 왕조 이후로 생겨났음을 밝혔다. 사마천이 생각하기에 옛사람들은 생활의 편리함이나 전쟁의 승리를 위해 복서를 두루 활용했다고 보았다. 이런 현상은 사마천과 동시대에 살던 한 무제에게도 예외가 아닌데, 한 무제는 사이(四夷)를 토벌하려고 할 때에도 복서의 길흉에 따라 일을 추진했던 것이다.

사마정이 목록만 있고 내용은 없다고 한 편 중의 하나인 이 편도 사마천이 쓴 것은 한나라 때 이미 없어지고 겨우 논찬 부분만 남아 있었다. 현존하는 것은 모두 저소손이 보충한 것이다. '태사공은 말한다'로 시작되는 이 편을 통해 독자들은 사마천의 관점과 함께 점치는 방법 및 그 변천사를 한눈에 알 수 있다.

점을 친 거북딱지에 새겨진 갑골문.

복서의 역사와 효험

태사공은 말한다.

"예로부터 성스러운 왕이 나라를 세우고 천명을 받아 사업을 일으키려 할 때, 어찌 일찍이 복서를 보배롭게 여겨 훌륭한 정치를 돕지 않은 적이 있었던가! 요임금과 순임금 이전의 점복에 관해서는 기록할 수 없지만 〔하, 은, 주〕 삼대가 일어난 뒤로는 각각 상서로운 징조에 따랐다. 〔우임금이〕 도산씨(塗山氏)의 딸을 아내로 맞이할 때 친 점이 길하므로 아들 계(啓)가 천하를 이어받았고, 〔은나라 시조 설(契)의 어머니 간적(簡狄)이〕 날아가는 제비의 알을 먹은 일을 두고 친 점이 길하기 때문에 은나라가 일어났으며, [주나라 시조 후직은 어릴 때부터 농사일을 좋아하여] 온갖 곡식을 즐겨 심었는데 그 점괘가 길하므로 주나라가 천하의 왕자가 되었다.[1] 왕들은 여러 가지 의심스러운 것을 결정할 때마다 복서를 참고하고 시초(蓍草)나 귀갑(龜甲)으로 결단을 내렸는데, [이것은] 바꿀 수 없는 도(道)규칙이다.

만(蠻), 이(夷), 저(氐), 강(羌) 등은 비록 임금과 신하의 차례는 없지만 의심스러운 것을 결정할 때 점을 쳤다. 어떤 때는 쇠와 돌을 써서 점치기도 하고, 풀과 나무를 써서 점치는 등 나라마다 그 습속이 달랐다. 그러나 모두 [이것에 근거하여] 전쟁을 일으키고 공격하고 군사를 나아가게 하여 승리를 얻었으며 각각 그들의 신을 믿고 닥쳐올 일들을 알 수 있다고 생각했다.

대체로 들은 바에 의하면 하나라와 은나라는 점치려고 할 때 시초와 귀갑을 마련하고 끝난 뒤에는 그것을 버렸다. 귀갑은 간직해 두면 영험이 없고, 시초는 오래 두면 신통함을 잃는다고 생각했기 때문이다. 주나라에 들어와서는 복관(卜官)이 언제나 시초와 귀갑을 보물처럼 간직해 두었다. 또 그것들의 크기나 사용 순서에서도 각기 숭상하는 바가 있지만 언제나 그 귀착되는 곳만은 같았다. 어떤 사람은 '성왕(聖王)'이 어떤 일을 만나면 [길흉을] 결정하지 않은 적이 없으며, 의심나

---

1) 제곡의 첫째 부인 강원(姜原)이 거인의 발자국을 밟고 임신하여 기(棄)를 낳았다고 한다. 기는 어려서부터 농사에 큰 관심을 보이더니 요임금의 농관(農官)이 되어 백성에게 농사짓는 법을 가르쳤다. 순임금 때 호를 후직(后稷)이라고 했다. 그가 바로 주나라의 시조이다.

는 점을 결정할 때는 〔그것을〕 보지 않은 적이 없었다. 성스러운 왕이 시초와 귀갑으로 신에게 아뢰어 묻고 의심나는 점을 풀어낸 것은 뒤에 오는 세상이 점점 쇠미해져 어리석은 사람이 지혜로운 사람을 스승으로 받들지 않고, 사람들은 제각기 자기 편한 대로 생각하며, 가르침이 백가(百家)로 나누어지고, 도가 흩어지고 경계가 없어졌기 때문에 미묘한 것점에서 추리하여 정신을 맑게 하려는 것이다.'라고 말했다. 또 어떤 사람은 '거북의 영묘한 점에서는 성인도 더불어 다툴 수 없는데, 거북이 길흉을 보여 주고 옳고 그름을 분별하는 것이 인간의 일에 적중하는 경우가 많기 때문이다.'라고 했다.

한나라 고조 때에는 진나라 때의 태복관(太卜官)을 그대로 따랐다. 당시 천하는 안정을 찾았으나 전란은 여전히 그치지 않았다. 효혜제는 재위 기간이 짧았고 여 태후가 여제가 되었다. 효문제와 효경제 때는 선례를 따를 뿐 복서를 연구하거나 시험할 겨를이 없었다. 아버지와 아들이 주관(疇官)점복을 주관하는 관리을 대대로 이었으나 정미함과 신묘함을 많이 잃었다. 그러나 지금의 황제무제가 즉위한 뒤로는 널리 예능의 길을 열어 백가의 학문을 모두 권장하였다. 따라서 한 가지 재능에만 정통한 선비라도 모두 자신의 능력을 발휘할 수 있으며, 사람들 중에서 능력이 월등히 뛰어난 사람은 높은 지위에 오르므로 〔남에게〕 아부하거나 개인적인 친분에 치우치는 자가 없었다. 몇 해 사이에 태복 벼슬은 매우 많아졌다. 때마침 무제는 흉노를 치고 서쪽으로 대원을 물리치고 남쪽으로 백월을 손아귀에 넣으려고 하면서, 복서가 미리 길흉의 징조를 예견하여 그 일의 이익을 꾀하려고 했다. 용맹스러운 장수들이 예봉을 휘두르고 [천자의 사신이 전쟁터에서] 부절을 들고 승리를 얻는 데도 한나라에서 시초와 귀갑으로 친 점이 도움이 되었다. 그래서 황제는 점복가를 더욱더 중시하여 수천만 전을 내리기도 했다. 구자명(丘子明) 같은 자는 부귀를 누리고 은총까지 받아 [그 권세가] 조정 대신들을 압도했다.

복서를 이용하여 고도(蠱道)무당의 사기술를 적발하고, 무고(巫蠱)무당을 시켜 사람을 저주하여 죽이는 것 사건2)도 많이 알아맞혔다. 그러나 그들이 점괘를 이용하여 평소 사소한 원한이나 못마땅한 일이 있었던 상대를 공적인 일과 결부시켜 죄를 덮어씌우고, 또 사람을 멋대로 모함하여 일족에게 해를 입히고 한 가문을 사라지게 한 예는 이루 헤아릴 수 없을 정도였다. 관리들은 몹시 두려워 모두 '귀갑과 시초가 말을 할 수 있다.'라고까지 했다. 그러나 나중에 그들의 간악한 짓이 발각되어 삼족이 주멸되었다.

무릇 책(策)을 두 손으로 받들어 [길흉의] 수를 정하고 거북을 구워 그 징조를 살피는 일은 변화가 무궁하다. 그 때문에 어진 사람을 뽑아 점치게 하였는데, 이것이야말로 성인이 신중하게 해야 한다고 할 수 있지 않은가?

주공은 삼귀(三龜)태왕(太王)과 계력(季歷)과 문왕(文王)의 거북로

---

2) 무고 사건은 무제 때 가장 많이 일어났다. 무제는 만년에 자주 병을 앓게 되자 그 원인을 무고 때문이라고 단정 짓고, 주위에 있던 사람을 300여 명이나 죽였다. 태자 유거(劉据)마저 그 죄를 뒤집어쓰게 되자 무제와 닷새 동안 싸워 수만 명이 죽었다.

점쳐 무왕의 병을 완쾌되도록 했고, 주왕은 포학한 짓을 일삼고 원귀(元龜)큰 거북로 점쳤으나 〔길하다는〕 점괘가 나타나지 않았다. 또 진(晉)나라 문공은 주나라 양왕의 왕위를 정하려고 점쳐서 황제(黃帝)가 판천(阪泉)에서 싸운다는 조짐을 얻은 뒤에야 동궁(彤弓)천자가 공이 많은 제후에게 내리는 붉은 활을 하사받았다. 〔진(晉)나라〕 헌공은 여희의 미모가 탐나 점을 치니 입의 형상구설수에 오른다는 것이 나타났는데, 그 재앙은 결국 다섯 대까지 흘러왔다. 초나라 영왕이 주나라 왕실을 배반하고자 점치니 거북의 조짐이 불길했는데, 마침내 건계(乾谿) 싸움에 져서 죽었다.

〔이같이〕 〔길흉의〕 징조와 응험은 점괘에 사실 안에서 그대로 나타났고, 당시 사람들은 이것을 분명히 보았으므로 점의 징조와 응험이 들어맞는다고 말하지 않을 수 있겠는가! 군자는 '대체로 복서를 가볍게 여기고 신명을 믿지 않는 자는 사람의 도리에 어긋난다. 〔그러나〕 사람의 도리를 거스르면서 상서로움만을 믿으려 하는 자에게는 귀신도 바르게 알려 주지 않는다.'라고 말했다. 그러므로 『서경』에서는 '의심나는 일을 생각하고 결정하는 방법으로 오모(五謀)다섯 가지 묻는 방법 즉 자기 생각, 신하, 백성, 복, 서가 있는데, 복(卜)과 서(筮)가 그 가운데 둘을 차지한다. 〔일을 할 때는〕 이 다섯 가지로 점쳐서 많은 쪽을 따른다.'라고 했다. 이것은 오로지 복서에만 의지하지는 말라고 밝힌 것이다.

나는 강남에 갔다가 점치는 것을 보고 그곳 장로늘에게 불으니 '거북은 천년을 살면 연꽃 잎 위에서 놀고, 시초는 한 뿌리에 100개의 줄기가 올라온다. 또 시초가 있는 곳에는 호랑이와 이리 같은 짐승이 살지 않고 독초나 쏘는 풀도 나지 않는다. 강수 가에 있는 사람들은 흔히 거북을 길러서 잡아먹는데, 혈액 순환을 좋게 하고 원기를 보충하여 늙는 것을 막는 데 도움이 된다고 생각한다.'라고 했는데 어찌 믿지 못하겠는가?"

　저(褚) 선생은 말한다.

"신은 경학에 능통했으므로 박사에게 학업을 받고, 『춘추』를 배워 우수한 성적으로 낭관이 되었으며, 다행히 숙위(宿衛)로서 대궐을 드나든 지가 10여 년이나 되었습니다. 저는 『태사공전(太史公傳)사기』을 좋아합니다. 『태사공전』에는 '삼왕(三王)하, 은, 주 삼대은 거북으로 점치는 방법이 다르고, 사방의 오랑캐들 역시 점치는 법이 제각기 다르나 모두 이것으로 길흉을 판단했다. 〔그래서〕 대충 그 요지를 살펴 「귀책 열전」을 지었다.'라고 했습니다.

　신은 장안 거리를 다니면서 「귀책 열전」을 구하려 했으나 얻을 수 없었으므로 태복관(太卜官)을 찾아가 장고(掌故), 문학(文學)의 장로들 중에서 모든 일에 능통한 사람들에게 물어 귀책(龜策)과 복사(卜事)를 기록하여 아래와 같이 편술합니다."

시초와 명귀(名龜)의 조건

들건대 옛날 오제와 삼왕은 일전쟁을 일으키려 할 때는 반드시 먼저 시초와 거북으로 점을 쳐서 결정했다고 한다. [점복서에] 전하여 말하기를 "아래에 복령(伏靈)소나무 뿌리에 기생하는 버섯의 일종이 있으면 위에는 토사(兔絲)실새삼가 있고, 위에 시초가 있으면 밑에는 신령스러운 거북(神龜)이 있다."라고 하였다. 복령이라고 하는 것은 토사 밑에서 자라는 것으로 모습이 마치 나는 새의 형상과 비슷하다. 비가 막 그친 뒤 하늘이 맑고 고요하며 바람 한 점 없는 날 밤에 토사를 베어 내고 그곳을 횃불로 비추어 보다가 횃불이 꺼지면 장소를 표시해 둔다. 네 길(丈) 길이의 새 베로 주위를 빙 둘러싸 두었다가 날이 밝는 대로 [복령을] 파내는데 네 자에서 일곱 자를 파 들어가면 얻을 수 있으며 일곱 자를 넘으면 얻지 못한다. 복령은 천년 묵은 소나무 뿌리로 이것을 먹으면 죽지 않는다. 들건대 시초가 나서 줄기 100개가 차게 되면 그 밑에는 반드시 신령스러운 거북이 있어서 이를 지키고, 그 위에는 언제나 푸른 구름이 그것을 덮고 있다고 한다. [점복서에] 전하여 말하기를 "천하가 태평스러워 왕도가 행해지면 시초의 줄기는 한 길이나 자라고, 한 다발에서 100개 이상의 줄기가 생겨난다."라고 했다. [그러나] 오늘날에는 시초를 얻어도 옛날 법도에 맞게 할 수 없으며, 줄기가 100개 이상이고 그 길이가 한 길 되는 것도 얻기 어렵다. 줄기가 80개 이상으로 길이가 여덟 자 되는 것마저도 얻기 어렵다. 백성이 점괘에 즐겨 사용하는 것은 줄기가 60개 이상이고 길이가 여섯 자인 것을 취하면 쓸 만하다.

기록에는 "명귀(名龜)를 얻는 사람에게는 재물이 모여들어 그 집은 반드시 1000만 전을 모으는 부자가 된다. 첫째 북두귀(北斗龜), 둘째 남진귀(南辰龜), 셋째 오성귀(五星龜), 넷째 팔풍귀(八風龜), 다섯째 이십팔수귀(二十八宿龜), 여섯째 일월귀(日月龜), 일곱째 구주귀(九州龜), 여덟째 옥귀(玉龜)의 여덟 종류의 명귀가 있다. 거북의 그림에는 각각 배 밑에 문자가 있는데, 이 문자에는 어떠어떠한 거북이라고 말하고 있다."라고 했다. 여기서는 그것의 대체적인 뜻만을 기록하고 그림은 옮겨 그리지 않았다.

이런 거북을 잡으면 반드시 한 자 두 치가 안 되는데, 사람들은 길이가 일고여덟 치 되는 거북을 얻어도 보물로 여긴다. 지금 주옥이나 보기(寶器)는 비록 깊이 감춰져 있어도 반드시 그 빛을 드러내고 반드시 그 신명함을 나타내는 것은 아마도 이것을 말하는 것인가! 그러므로 산에 옥이 있으면 초목이 기름지고, 못에 구슬이 있으면 언덕이 마르지 않는 것은 〔구슬과 옥의〕 윤택이 더해졌기 때문이다. 명월주(明月珠)는 강과 바다에서 나는데 조개 속에 감추어져 있고, 교룡(蛟龍)이 그 위에 엎드려 있다. 왕이 이것을 얻으면 길이 천하를 보존하며 사방 오랑캐들이 신하로서 복속된다. 줄기가 100개 있는 시초를 얻고, 아울러 그 밑에 있는 거북까지 얻어 점을 친다면 말하는 것마다 모두 맞아 충분히 길흉을 결정할 수 있다.

신령스러운 거북은 강수의 물속에서 나오는데 여강군(廬江

郡)은 해마다 그곳에서 자라는 길이 한 자 두 치 되는 거북 스무 마리를 잡아 태복관으로 보낸다. 태복관에서는 길일을 가려 그 배 밑의 껍질을 떼어 낸다. 거북은 천년을 살아야 족히 한 자 두 치가 된다.

신령스러운 거북의 영묘함

왕이 군대를 일으켜 장수를 내보낼 때에는 반드시 종묘의 당상에서 거북으로 점쳐 길흉을 정한다. 지금 고묘(高廟)고조의 사당 안에는 귀실(龜室)이 있는데, 그 안에 〔거북딱지를〕 신령스러운 보물로 감추어 두었다. 〔점복서에〕 전하여 말하기를 "거북의 앞발 뼈를 얻어서 구멍을 뚫어 〔몸에 지니거나〕 거북을 얻어서 방의 서북쪽 구석에 걸어 두면 깊은 산이나 큰 숲 속으로 들어가도 길을 잃지 않는다."라고 했다.

내가 낭관으로 있을 때 『만필술(萬畢術)』「석주방전(石朱方傳)」을 본 일이 있는데, 다음과 같이 씌어 있었다.

어떤 신령스러운 거북은 강남의 가림(嘉林)아름다운 숲 속에 살고 있다. 가림이란 짐승으로는 범이나 이리 같은 것이 없고 새로는 부엉이나 올빼미 같은 것이 없으며 풀로는 독초 같은 것이 나지 않고 들불도 비치지 못하며 도끼도 닿지 않는 숲, 이것이 가림이다. 신령스러운 거북은 이곳에서 언제나 꽃 같은 연

잎 위에서 산다. 그 왼쪽 옆구리에는 "갑자(甲子) 중광(重光)십간 십이지의 신(辛)에 해당하는 해에 필부가 나를 얻으면 임금이 되거나 봉토를 차지하는 제후가 될 것이고, 제후가 나를 얻으면 제왕이 될 것이다."라는 글이 씌어 있다. 이 신령스러운 거북을 백사반오림(白蛇蟠杅林)백사(白蛇)가 몸을 서리고 있는 숲속에서 구하려는 사람은 재계한 뒤 그것이 나타나 주기만을 기다리는데, 공손하고 엄숙하게 마치 소식을 전해 주는 이가 오기만을 기다리듯 하며 땅에 술을 뿌려 제사 지내고, 머리를 풀어헤쳐 사흘 밤낮을 갈구한 뒤에야 얻을 수 있다.

이 기록을 보면 어찌 거룩하다고 하지 않겠는가! 어찌 거북을 존경하지 않을 수 있겠는가?

남쪽의 어떤 노인이 거북으로 침상의 다리를 받쳐 두었는데 20여 년이 지나 노인이 죽어 침상을 옮기려니 거북은 여전히 죽지 않고 살아 있었다. 거북은 기운을 움직여 몸속으로 끌어들일 수 있기복기술(服氣術) 때문이다. 어떤 사람이 물었다.

"거북은 이처럼 매우 신령스러운데, 태복관에서는 어찌 살아 있는 거북을 얻자마자 죽여 그 딱지를 취합니까?'

최근 강수 가에 사는 사람이 명귀(名龜)를 얻어 길렀는데, 그 집은 그로 인해 큰 부자가 되었다. 〔그는〕 다른 사람과 상의하여 거북을 보내 주려 했으나 그 사람은 거북을 죽일지언정 놓아주지 말지니, 거북을 놓아주면 집안이 망할 것이라고 했다. 그런데 거북이 꿈에 나타나서 말했다.

"나를 물속으로 보내 주고 나를 죽이지 마시오.'

그러나 그 집에서는 결국 거북을 죽였다. 거북을 죽이자 집 주인 자신도 죽고 집안도 불행하였다. 백성과 임금은 도를 달리한다. 백성이 명귀를 얻으면 아무래도 죽이지 말라는 것 같다. 하지만 옛 고사에 따르면 옛날 현명한 왕과 성스러운 군주는 모두 거북을 죽여서 이용했다.

송나라 원왕(元王) 때에도 거북을 얻게 되면 죽여서 이용했다. 삼가 그 일을 다음과 같이 연이어 적어 호사가들이 이 가운데서 보고 선택하도록 하고자 한다.

신령스러운 거북은 덕을 쌓은 자에게만 내린다

송나라 원왕 2년에 강수의 신이 신령스러운 거북을 하수의 신에게 사신으로 보내어 〔신령스러운 거북이〕 천양(泉陽)까지 왔을 때, 예저(豫且)라는 어부가 그물을 걷어 올려 이를 잡아 대바구니 속에 넣어 두었다. 한밤중에 거북은 기어 나와 송나라 원왕의 꿈속에 나타나 말했다.

"나는 강수의 신을 위해 사신으로 하수의 신에게 가던 길에 길목에 그물이 쳐져 있어 천양에 사는 예저라는 자에게 잡혀 갈 수 없게 되었습니다. 몸은 도망칠 걱정으로 가득하지만 〔사정을〕 말할 만한 데가 없습니다. 왕께서는 덕과 의로움이 있으므로 찾아와 호소합니다."

원왕은 깜짝 놀라 깨어났다. 그러고는 박사 위평(衛平)을 불러 물었다.

"지금 과인은 꿈속에서 한 대장부를 만났는데, 목을 뻗고 머리를 늘어뜨리고는 수놓은 검은색 옷을 입고 짐수레를 타고 꿈속에 와서는 과인에게 이렇게 말했소. '나는 강수의 신을 위해 사신으로 하수의 신에게 가던 길에 길목에 그물이 쳐져 있어 천양에 사는 예저라는 자에게 잡혀 갈 수 없게 되었습니다. 몸은 도망칠 걱정으로 가득하지만 〔사정을〕 말할 만한 데가 없습니다. 왕께서는 덕과 의로움이 있으므로 찾아와 호소합니다.' 이것이 무슨 뜻이오?"

위평은 식(式)점치는 도구로 하늘과 땅의 형상이 그려져 있음을 손에 들고 일어서더니 하늘을 우러러 달빛을 보고 북두성이 가리키는 곳을 살피고 해가 향하는 곳을 정하고 규(規)컴퍼스와 구(矩)짧은 자, 권(權)저울대과 형(衡)저울추의 도움을 빌려 사유(四維)서북, 서남, 동남, 동북를 정하고 팔괘가 서로 바라보게 했다. 〔그런 뒤에〕 그 길흉을 살펴보니 거북 형상이 먼저 나타났다. 그러자 위평은 원왕에게 대답했다.

"어젯밤은 임자일(壬子日)로 이십팔수(二十八宿)가 견우에 자리하고 있습니다. 하수의 물은 크게 모이고 귀신들이 서로 의논합니다. 은하수가 남북으로 바로 위치하여 강수와 하수의 신은 굳건히 약속하기를 남풍이 막 불어오면 강수의 신을 사신을 먼저 보내기로 하였습니다. 흰 구름이 은하수를 덮으면 만물이 모두 제자리에 멈춥니다. 북두성의 두병(斗柄)자루 부분이 해 있는 쪽을 가리키고 있으니 사자가 갇히게 된 것입니다. 검은 옷을 입고 짐수레에 탄 것은 거북입니다. 왕께서는 급히 사람을 시켜 물어서 찾으십시오."

왕이 대답했다.

"좋소."

이에 왕은 곧 사람을 보내어 천양(泉陽)의 현령에게 달려가 묻도록 했다.

"고기잡이하는 자는 몇 집이나 되느냐? 예저라고 이름 불리는 자가 누구냐? 예저가 잡은 거북이 왕의 꿈에 나타났기 때문에 왕이 나를 보내 거북을 찾아오라고 하셨다."

천양 현령은 아전들을 시켜 호적을 조사하고 지도를 살펴보도록 했다. 강가에서 고기잡이하는 자가 쉰다섯 집인데 상류에 있는 움막에 예저가 살았다. 천양 현령이 말했다.

"맞구나."

곧 〔천양 현령은〕 사자와 함께 달려가 예저에게 물었다.

"어젯밤 너는 고기를 잡으러 나가 무엇을 잡았느냐?"

예저가 대답했다.

"한밤중에 그물을 끌어올려 거북을 잡았습니다."

사자가 말했다.

"지금 거북은 어디에 있느냐?"

〔예저가〕 대답했다.

"대바구니 속에 있습니다."

사자가 말했다.

"왕께서는 네가 거북 잡은 것을 아시고 나에게 그것을 찾아오라고 하셨다."

예저가 말했다.

"알겠습니다."

즉시 거북을 묶어 대바구니 속에서 꺼내 사자에게 바쳤다.

사자는 〔거북을〕 싣고 가 천양의 성문을 나왔는데, 마침 대낮인데도 보이는 것이 없고 비바람이 내리치고 어두컴컴했다. 구름이 수레 위를 덮으니 오색찬란하게 빛나고, 번개가 그치고 비가 내리니 바람이 불어왔다. 〔사자는〕 단문(端門)왕궁 남쪽의 정문으로 들어와 〔정전〕 동쪽 방에서 원왕을 뵈었다. 거북의 몸뚱이는 흐르는 물처럼 윤택이 나고 빛이 있었다. 〔거북은〕 원왕을 보자 목을 늘어뜨려 앞으로 세 걸음 나오더니 멈춰 목을 움츠린 뒤에 물러나 제자리로 돌아갔다. 원왕은 이것을 이상하게 여겨 위평에게 물었다.

"거북이 과인을 보자 목을 늘어뜨리고 나왔는데 무엇을 말하는 것이오? 또 목을 움츠리고 제자리로 돌아갔는데 이것은 무슨 뜻이오?"

위평이 대답했다.

"거북은 걱정 속에 하룻밤을 꼬박 갇혀 있었습니다. 왕께서 덕과 의로움이 있어 사자를 보내 살려 주셨습니다. 지금 목을 늘어뜨리고 앞으로 나간 것은 감사하다는 뜻이며, 목을 움츠리고 물러난 것은 빨리 떠나고 싶다는 뜻입니다."

원왕이 말했다.

"좋구나. 신령스러움이 지극하여 이와 같단 말이오? 오래 머물게 해서는 안 되겠소. 수레를 재촉하여 거북을 보내 주어 기한에 늦지 않도록 하시오."

위평이 대답했다.

"거북은 천하의 보물이기에 [남보다] 먼저 이 거북을 얻는 사람이 천자가 되며, [이 거북으로 점을 치면] 열 번 물어보면 열 번 다 알아맞히고 열 번 싸우면 열 번 다 이깁니다. [이 거북은] 깊은 못에서 태어나 황토에서 자라 하늘의 도를 알며 상고(上古)의 일에도 밝습니다. 3000년 동안 [물속에서] 노닐고 그 영역을 벗어나지 않습니다. 안정되고 평화로우며 고요하고 바르며 움직이는 데 기력을 쓰지 않습니다. 그 수명은 천지를 덮을 만하며 그 끝을 아는 사람이 없습니다. 사물과 함께 변하여 사계절마다 색깔을 바꿉니다. 가만히 숨어 살면서 엎드린 채 아무것도 먹지 않습니다. 즉 봄에는 푸른색, 여름에는 누런색, 가을에는 흰색, 겨울에는 검은색으로 바뀌어 음양에 밝고 형덕(刑德)에 밝아서 먼저 이해(利害)를 알고 화복(禍福)을 살필 줄 압니다. 그러므로 [거북으로 점쳐서] 말하는 것은 맞고 싸우면 이기는 것입니다. 왕께서 이것을 보물처럼 간직하고 있으면 제후가 모두 복종할 것입니다. 왕께서는 놓아 보내주지 마시고 이 거북으로 사직을 편안히 하십시오."

원왕이 말했다.

"이 거북은 대단히 신령스러워 하늘에서 내려와 깊은 못으로 떨어져 환난을 겪으면서, 과인을 어질고 후덕하며 신의 있는 사람으로 여겼기 때문에 찾아와 호소했던 것이오. 그런데 만일 과인이 놓아주지 않으면 이것은 고기 잡는 자나 할 짓이오. 어부는 거북의 살코기를 이익으로 알고 과인은 그 거북의 [신묘한] 힘을 탐낸다면, 이는 아랫사람은 어질지 못하고 윗사람은 덕이 없는 것이오. 군주와 신하가 예가 없으면서 어떻게 복을 받을 수 있겠소? 과인은 〔이 거북을〕 차마 붙들어 둘 수 없으니 어찌 보내 줄 수 없겠소?"

위평이 대답했다.

"그렇지 않습니다. 신이 듣건대 큰 덕은 갚지 않아도 되고, 귀중한 물건을 〔남이〕 맡기면 돌려주지 않아도 되며, 하늘이 준 것을 받지 않으면 하늘은 그 보물을 도로 빼앗는다고 했습니다. 지금 이 거북은 천하를 두루 돌아다니다가 다시 제자리로 돌아온 것입니다. 〔거북은〕 위로는 푸른 하늘에 이르고 아래로는 진흙에 다다르며 구주(九州)를 두루 돌아다니지만 치욕을 당한 일도 없고 오래 붙들려 있은 적이 한 번도 없었습니다. 〔그런데〕 지금 천양에 이르러 치욕스럽게도 어부에게 잡혀 갇히는 신세가 되었습니다. 왕께서 놓아주시더라도 강수의 신과 하수의 신은 틀림없이 노하여 원수를 갚으려 할 것이며, 거북 스스로도 모욕을 당했다며 다른 신들과 의논하여 〔다양한 방법으로 복수할 테니〕 장마는 갤 줄 모르고 홍수는 다스릴 방법이 없을 것입니다. 그렇지 않으면 큰 가뭄이 들고 바람이 불어 먼지를 일으키며, 메뚜기 떼가 크게 일어나 백성은 수확 시기를 잃게 될 것입니다. 왕께서 〔거북을 놓아주는〕 인의를 실천하여도 반드시 징벌이 찾아올 것입니다. 그것은 다른 까닭이 있어서가 아니라 재앙의 빌미가 거북에 있기 때문입니다. 나중에 후회한들 어찌 미칠 수 있겠습니까! 왕께서는 〔이 거북을〕 놓아주지 마십시오."

원왕은 몹시 슬퍼 탄식하며 말했다.

"대체로 남의 사자를 가로막고 남의 계획을 끊어 놓는다면

338

이것이 포학한 짓이 아니겠소? 남이 가지고 있는 것을 빼앗아 자기 보물로 만든다면 이것은 강탈이 아니겠소? 과인이 듣건대 포학한 것으로 얻는 자는 반드시 포학한 것으로 망하고, 강제로 빼앗은 자는 반드시 뒤에 공을 잃는다고 들었소. 걸왕과 주왕은 강포했기 때문에 자신도 죽고 나라도 망했소. 지금 내가 그대 말을 받아들이면 인의를 갖춘 군주라는 이름은 없고 강포의 도만 남소. 〔그렇게 되면〕 강수와 하수의 신은 탕왕과 무왕이 되고 나는 걸왕과 주왕이 되는 것이니 이익을 얻기는커녕 허물만 받게 될까 두렵소. 과인은 의심스러워 주저하는데 어찌 이 보물만을 섬기겠소? 수레를 재촉하여 거북을 보내 주고 오래 머물지 않도록 하시오."

위평이 대답했다.

"그렇지 않습니다. 왕께서는 근심하지 마십시오. 하늘과 땅 사이에는 돌이 쌓여 산을 이루었으나 〔산은〕 높아도 무너지지 않으며 땅은 〔산 때문에〕 안정됩니다. 그러므로 물건이란 위태로워 보이나 도리어 편안한 것이 있고, 가벼워 보이나 도리어 옮길 수 없는 것이 있으며, 사람은 충성스럽고 신의가 있어도 방종한 사람만 못한 경우도 있고, 때로는 아주 못생겼어도 큰 벼슬에 어울리고, 때로는 아름답고 고운 얼굴을 하고 있어도 많은 사람의 근심거리가 되기도 한다고 했습니다. 신성한 사람이 아니면 〔사물의 이치를〕 다 말할 수 없습니다. 봄, 여름, 가을, 겨울은 덥기도 하고 춥기도 한데 추위와 더위가 서로 조화를 이루지 못하면 〔사물을〕 해치는 기운이 서로 침범하게 됩니다. 해를 같이하면서도 절기를 달리하는 것은 그 때가 그렇게 만들기 때문입니다. 그러므로 봄에는 [만물이] 나고 여름에는 자라며 가을에는 거두고 겨울에는 저장합니다. [사람도 이와 같아서] 어떤 사람은 인의를 실천하고 어떤 사람은 강포를 행하는데, 강포도 때로는 행하는 이유가 있고 인의도 실행하는 때가 있습니다. 만물은 모두 이와 같아서 똑같이 다스릴 수 없습니다.

왕께서 신의 말을 듣고 싶다면 신은 이 점을 모두 말씀드리겠습니다. 하늘은 오색을 나타내어 흑백을 분간하고, 땅은 오곡을 낳아 선악을 압니다. [그러나] 인간은 분간할 지혜가 없어 짐승과 서로 같았습니다. 골짜기나 동굴에서 살았으며 밭을 일굴 줄도 몰랐습니다. 천하에 재난이 일어나고 음양이 서로 뒤섞이자 다급하고 총망해하며 [남녀가] 통하였으나 서로 선택하지는 않았습니다. 요사스럽고 불길한 일이 자주 나타나서 [종족을] 전하는 것도 외롭고 척박했습니다. [그래서] 성인이 생명 있는 것들을 분별하여 서로 잡아먹는 일이 없도록 했습니다. 짐승에게는 암수 구별이 있으므로 산에 살도록 하고, 새에게도 암수가 있으므로 숲과 못에 살게 하며, 딱딱한 껍질을 가진 벌레는 계곡에 살도록 하였습니다. 그리고 백성을 다스리기 위해 성곽을 만들어 그 안에는 여(閭)스물다섯 집와 수(術)1000집를 경계 짓고, 그 밖에는 천(阡)남북으로 이어지는 길과 맥(陌)동서로 이어지는 길을 만들었습니다. 부부인 남녀에게는 밭과 집을 나눠 주고, 그 집들이 늘어서면 지적도와 호적을 만들어 친족 이름을 구별하였습니다. 관청을 세워 관리를 두고 작위와 봉록을 주는 방법으로 그들을 권장하며, 명주와 삼베

옷을 지어 입히고 오곡을 먹여 길렀습니다. 〔백성은〕 밭을 갈아 씨앗을 흙으로 덮고, 호미질로 김을 맵니다. 입은 맛있는 것을 먹고, 눈은 아름다운 것을 보며, 몸은 그 이익을 받았습니다. 이러한 것으로 보면 강한 것이 아니고는 〔이러한 데까지〕 이르지 못합니다. 그러므로 밭갈이하는 사람이 강하지 않으면 균(囷)원형의 곳집과 창(倉)방형의 곳집이 차지 않고, 장사꾼이 강하지 않으면 이익을 얻지 못하며, 부녀자가 강하지 않으면 〔짜 놓은〕 포백(布帛)이 정교하지 못하고, 관청의 통제가 강하지 않으면 위세가 설 수 없으며, 대장이 강하지 않으면 군사들이 명령대로 부려지지 않으며, 제후나 왕이 강하지 않으면 영원히 명성을 떨치지 못한다고 합니다. 따라서 강(彊)이란 것은 모든 일의 처음이며 분별하는 도리이고 사물의 기강입니다. 강을 통하면 찾는 것을 얻지 못하는 일이 없습니다.

왕께서 그렇지 않다고 생각하신다면 왕께서는 저 옥독(玉櫝)과 척치(隻雉)가 곤륜산에서 생산되고, 명월주가 사해(四海)에서 난다는 말을 듣지 못하셨습니까? 돌을 깨고 조개를 갈라 꺼내어 저잣거리에 내다 팔게 되면 성인은 그것을 얻어 큰 보물로 여기고, 큰 보물을 가진 사람이라야만 천자가 됩니다. 지금 왕께서는 〔거북을 붙들어 두는 것을〕 스스로 포학하다고 하시지만 조개를 바다에서 쪼개는 것만 못하고, 스스로 강포하다고 생각하시지만 곤륜산에서 돌을 깨는 것만 못합니다. 〔이것을〕 갖는다고 하여 허물이 될 수 없으며, 보물로 삼는다고 하여 화가 될 수 없습니다. 지금 거북이 사자가 되어 찾아오다가 그물에 걸려 어부에게 잡혔지만 왕의 꿈에 나타나

〔직접 도움을〕 호소했으니 이것은 나라의 보물인데 왕께서는 무엇 때문에 걱정하십니까?"

원왕이 말했다.

"그렇지 않소. 내가 듣건대 간언은 복이 되고 아첨은 화가 된다고 하오. 남의 임금 된 자가 아첨을 듣는다면 이는 어리석고 미혹스러운 것이라고 했소. 그렇지만 화라는 것은 함부로 이르지 않고, 복이라는 것은 부질없이 오지 않는 법이오. 하늘과 땅의 기운이 화합하여 모든 재물을 낳고, 기운에는 음양의 구분이 있고 사계절이 차례로 바뀌며, 열두 달은 동지와 하지를 기한으로 하여 바뀌오. 성인은 〔이와 같은 데에〕 통철했으므로 몸이 재앙을 입지 않고, 현명한 왕은 이런 이치로 다스리므로 감히 사람들을 속이지 않소. 그러므로 복이 이르는 것은 사람 스스로 낳는 것이고, 화가 이르는 것은 사람 스스로 이루는 것이라고 하오. 화와 복은 같은 것이며, 형(刑)과 덕(德)은 나란히 가는 것이오. 성인은 이러한 이치를 살펴보아 길흉을 알았소.

걸왕과 주왕 때에는 하늘과 공을 다투고, 귀신의 길을 막아 사람과 서로 통하지 못하도록 했소. 이것은 이미 무도한 일인데도 아첨하는 신하가 많았소. 걸왕에게는 조량(趙梁)이라는 아첨하는 신하가 있었는데 〔걸왕으로 하여금〕 무도한 일을 하도록 가르치고 탐욕스럽고 잔인한 것을 권장하며, 탕왕을 하대(夏臺)에 가두고 관용봉(關龍逢)을 죽이도록 했소. 좌우에 있는 신하들은 죽음이 두려워 〔걸왕〕 옆에서 구차스럽게 아첨을 일삼았소. 나라는 달걀을 쌓아 놓은 것처럼 위태로운데도 모두 걱정 없다고만 말하고 만세를 외치며 즐겼소. 그들 중에는 〔즐거움을〕 아직 반도 누리지 못했다고 말하여 걸왕의 눈과 귀를 가리고 함께 속이며 미쳐 날뛰는 자도 있었소. 탕왕이 드디어 걸왕을 치니 그는 죽고 나라는 멸망했소. 그는 신하가 아첨하는 말을 들었기 때문에 자신이 홀로 재앙을 입게 된 것이오. 『춘추』에 이 사실이 기록되어 오늘날까지 잊히지 않고 있소.

주왕에게도 좌강(左彊)이라는 아첨하는 신하가 있었소. 그는 눈썰미가 좋은 것을 자랑하며, 〔주왕으로 하여금〕 상랑(象郎)상아로 만든 방을 짓게 하여 하늘에 닿고자 했고 또 옥으로 만든 침상이 있었으며, 코뿔소 뿔이나 옥으로 만든 그릇에 상아로 만든 젓가락으로 국을 먹었소. 성인(聖人)비간(比干)이 심장을 갈리고, 〔겨울 아침에 차가운 내를 건넌〕 장사는 다리를 끊겼소. 기자는 죽는 것이 두려워 머리를 풀어헤치고 미친 척했소. 주나라 태자 역(歷)을 죽이고 문왕 창(昌)을 잡아 석실(石室)에 가둬 놓고 저녁부터 아침까지 버려두었소. 음긍(陰兢)이라는 자가 그를 구출하여 함께 달아나 주나라 땅으로 들어가 〔그곳에서〕 태공망을 얻어 군사를 일으키고 모아서 주왕을 공격했소. 문왕이 병으로 죽자 그 시체를 수레에 싣고 앞으로 나아가며, 태자 발(發)이 대신 장수가 되어 무왕이라 하고 목야(牧野)에서 싸워 화산(華山) 남쪽에서 〔주왕을〕 깨뜨렸소. 주왕은 싸움에서 져 달아났다가 상랑에서 포위되자 선실(宣室)천자가 머무는 곳에서 스스로 목숨을 끊었는데 자신이 죽었어도 장사조차 지내지 못했고, 그 머리는 말 네 마리가 끄는 수레

뒤의 횡목에 매달려 끌려갔소. 과인은 이 같은 일들을 생각하면 창자가 뒤끓는 것만 같소. 이들은 천하를 차지할 만큼 부유하고 천자라는 귀한 자리에 올랐으면서도 몹시 거만하고 욕심이 끝없으며, 일을 일으켜 높아지는 것을 좋아하고 아주 탐욕스럽고 교만했소. 충성스럽고 신의가 있는 신하는 쓰지 않고 아첨하는 신하의 말만 받아들여 천하의 웃음거리가 되었소. 지금 과인의 나라는 제후들 사이에 놓여 있어 〔힘이〕 가을날의 새털만도 못하오. 일을 일으켰다가 감당하지 못하면 또 어디로 도망치겠소?"

위평이 대답했다.

"그렇지 않습니다. 하수의 신이 신령스럽고 현명하다 해도 곤륜산의 신만 못하고, 강수의 원류가 멀어 길게 흐르더라도 사해만 못합니다. 그래서 사람들은 곤륜산과 사해의 보물을 빼앗아 취하고, 제후들은 〔이것을 가지려고〕 다투어 전쟁을 일으킵니다. 작은 나라는 망하고 큰 나라는 위태로워지며, 남의 아버지와 형을 죽이고 남의 처자식을 포로로 잡으며, 나라를 해치고 종묘를 없애 가면서 이 보물을 놓고 다툽니다. 나누고 빼앗으려 전쟁하고 공격하니 이것이 강포함입니다. 그러므로 그것을 강포함으로써 빼앗아 갖더라도 문덕(文德)으로 다스리고, 사계절의 변화에 어긋나지 않게 하며, 반드시 어진 선비를 친애하고, 음양과 더불어 변하고, 귀신을 사자로 삼아 천지와 통하게 하여 더불어 벗이 되면 제후는 기꺼이 복종하고 백성은 몹시 기뻐하며 나라는 편안하고 세상과 더불어 다시 새로워질 것이라고 했습니다. 탕왕과 무왕은 이를 실천하여 천자 지위를 차지했고, 『춘추』에 이를 기록하여 기강으로 삼았습니다. 〔그런데〕 왕께서는 탕왕과 무왕을 찬양하지 않고 스스로 걸왕과 주왕에 비하려고만 하십니다. 걸왕과 주왕은 처음부터 강포한 것을 당연하게 생각했습니다. 걸왕은 〔사치스러운〕 와실(瓦室)을 짓고 주왕은 상랑을 지었으며, 백성으로부터 실을 거둬들여 〔장작 대신〕 태우고 백성의 힘을 애써 소모시켰으며, 부세에는 한도가 없고, 법칙도 없이 살육했으며, 다른 사람의 육축(六畜)을 죽여 그 가죽으로 자루를 만들고 자루 안에 그 피를 담아 매달아 놓고 사람들과 함께 이것을 쏘아 천제(天帝)와 강함을 다투었습니다. 사계절의 법칙을 거슬러 행동하여 계절의 차례를 어지럽히고, 모든 〔제사〕 귀신에게 올리기 전에 먼저 〔음식을〕 맛보았습니다. 간언하는 사람은 그 즉시 죽이고 아첨하는 자만 곁에 두었습니다. 성인은 엎드려 숨어 살고 백성은 행동할 수 없었습니다. 하늘에는 자주 가뭄이 들고 나라에는 요상한 일이 많았습니다. 명충(螟蟲)이 해마다 생겨 오곡이 익지 못했습니다. 백성은 한곳에서 편히 살지 못하고 귀신은 〔제사를〕 받지 못했습니다. 날마다 회오리바람이 일어나고 대낮인데도 캄캄하였습니다. 일식과 월식이 함께 일어나 숨을 죽인 듯 천지에 빛도 없었으며, 뭇별이 어지럽게 움직이니 모든 것이 기강에서 벗어났습니다. 이러한 일을 보더라도 어떻게 〔걸왕과 주왕이〕 오래 지속될 수 있었겠습니까? 탕왕과 무왕이 나타나지 않더라도 당연히 멸망해야 될 때였습니다. 그러므로 탕왕이 걸왕을 치고 무왕이 주왕을 이긴 것은 그 때가 그렇게 만든 것입니다. 이리하여 〔탕왕과 무왕은〕 천자가 되고 자손이 대대로 이어받았으며 죽을 때까지 허물이 없었으므로, 후세 사람들은 그들을 칭송하여 오늘날까지 그칠 줄 모릅니다. 이것은 때에 맞추어 행동하고 일의 형세를 보아 강하게 나갔기 때문에 그들은 제왕의 사업을 이룰 수 있었던 것입니다.

지금 이 거북은 큰 보물이니 성인강수의 신의 사자가 되어 [뜻을] 현왕(賢王)에게 전하러 왔습니다. [거북은] 손발을 쓰지 않아도 우레와 번개가 인도하고, 바람과 비가 보내 주고, 흐르는 물이 흘러가게 해 주었습니다. 후왕(侯王)께서 덕이 있어 이 거북을 얻게 된 것입니다. 지금 왕께서 덕이 있어 이 보물을 받았는데도 받지 않고 보내시면 송나라에 반드시 재앙이 있을 것입니다. 나중에 후회한다 해도 미칠 수 없을 것입니다."

원왕은 몹시 기뻐했다. 그래서 원왕은 태양을 향해 감사드리고 두 번 절한 뒤에 [거북을] 받았다. 날을 가려 재계한 뒤 [점을 쳐 보니] 갑, 을 일이 가장 좋으므로 그날에 흰 꿩과 검은 양을 죽여 그 피를 거북의 몸통에 뿌리고 제단 가운데 놓고 칼로 거북딱지를 발라내었는데 몸은 온전하여 상처도 없었다. 포와 술로 예를 나타내고 그 배에 채워 넣었다.

싸리나무 가지로 [태워] 점을 보는데, 반드시 거북딱지 위에 무늬가 나타났다. 사리(事理)는 무늬의 이치로 드러났으며 무늬는 서로 엇갈려 나타났다. 복공(卜工)에게 이것으로 점치게 하니 말하는 것마다 모두 맞았다. [그래서] 나라의 귀중한 보물로 간직했는데, [이 사실이] 이웃 나라에까지 소문이 났다. 또 소를 죽인 뒤 그 가죽을 벗겨 정나라에서 나는 오동나무에 씌워 북을 만들자, 풀과 나무가 각각 흩어져 무장한 군사로 바뀌었다. 싸우면 이기고 치면 빼앗는 데 원왕만 한 사람이 없었다. 원왕 때 위평은 송나라 재상이 되었다. 그 무렵 송나라가 가장 강한 것은 거북의 능력 때문이었다.

신령스러운 거북은 길흉을 알지만
곧장 그 뼈는 말린다

그러므로 이런 말이 있다.

"거북은 신령스러워 원왕의 꿈속에 나타날 수는 있지만 어부의 대바구니에서 스스로 빠져나오지는 못했다. 그 몸이 열 번 말해서 모두 맞었어도 사자로서의 맡은 일을 하수의 신에게 전하고 돌아가 강수의 신에게 보고할 수는 없었다. 현명하여 능히 사람이 싸우면 이기고 치면 얻을 수 있게는 했지만 스스로 칼날을 물리쳐 등딱지를 발리는 우환을 면할 수는 없었다. 성스러운 지혜로〔자신의 위기를〕미리 알고 재빨리〔왕의 꿈에〕나타나기는 했지만 위평으로 하여금 말을 하지 못하게 할 수는 없었다. 말하는 일마다 다 완벽하게 맞였으나 자기 몸은 붙잡히는 신세가 되고 말았다. 닥친 때가 불리하면 또한 어찌 그 현명함을 쓸 수 있겠는가! 현명한 사람은 언제나 일정한 규범이 있지만, 선비도 가끔은 어질 때가 있다. 그러므로 밝은 눈에도 보이지 않는 것이 있고, 밝은 귀에도 들리지 않는 것이 있다. 사람은 비록 현명해도 왼손으로 네모를 그리면서 오른손으로 동그라미를 그릴 수는 없다. 해와 달의 밝음으로도 때로는 뜬구름에 가리어질 때가 있다. 예(羿)는 활을 잘 쏘기로 이름났으나 웅거(雄渠)와 봉문(蠭門)[3]에는 미치지 못했고, 우임금은 변론과 지혜로 이름났으나 귀신을 이길 수는 없었다. 땅의 기둥이 부러지고 하늘에는 서까래가 본래 없거늘 또한 어찌 사람이 완전하라고 꾸짖겠는가?"

공자는 이 말을 듣고 말했다.

"신령스러운 거북은 길흉을 알지만 그 뼈는 곧장 헛되이 말린다. 해는 덕을 베풂으로 천하에 군림하나 〔해 가운데 산다는〕 세 발 까마귀에게 욕을 당하고, 달은 형(刑)의 상징으로서 〔해와〕 서로 돕지만 〔달 가운데 사는〕 두꺼비에게 먹힌다. 고슴도치는 까치에게 욕을 당하고, 등사(螣蛇) 운무를 타고 날아다닌다는 전설 속의 뱀은 신령스럽기는 하나 오공(蜈蚣) 지네에게 위협을 당하며, 대나무 겉은 마디가 있으나 속은 텅 비었으며, 소나무와 잣나무는 모든 나무의 으뜸이지만 집 문을 만드는 데 쓰인다. 일진(日辰) 십간과 십이지이 완전하지 못하므로 고(孤)와 허(虛)한 날이 생긴다. 황금에도 흠이 나고 백옥에도 티가 생길 수 있는 날이 있다. 일에는 빨리 해야 할 것과 천천히 해야 할 것이 있고, 사물에는 〔단점에〕 구속되는 경우와 〔장점에〕 의지하는 경우가 있으며, 그물에는 촘촘한 것도 있고 성긴 것도 있다. 사람에게도 귀중한 것이 있고 뜻대로 되지 않는 것이 있다. 어떻

---

3) 웅거와 봉문은 모두 활을 잘 쏘기로 유명한 전설 속의 인물이다.

게 하는 것이 적당할 수 있겠는가? 사물도 어찌 완전할 수 있겠는가? 하늘도 오히려 완전하지는 못하므로 세상에서 집을 지을 때는 기와를 세 장 모자라게 덮어 하늘의 완전하지 못함에 맞춘다. 천하에는 등급이 있고, 만물은 완전하지 못한 채로 살아간다."

저 선생은 말한다.

"어부가 그물을 들어 올려 신령스러운 거북을 잡았고, 거북은 송나라 원왕의 꿈속에 저절로 나타났으며, 원왕은 박사 위평을 불러 꿈에 본 거북의 형상을 알려 주었습니다. 위평은 점판을 움직여 해와 달의 위치를 측정하고, 경중과 장단을 분별하고 길흉을 관찰하고서 (원왕이 꿈에서 본) 물건의 빛깔로 점치는 거북임을 알아내었습니다. 위평은 왕에게 간언하여 신령스러운 거북을 붙들어 두어 나라의 중요한 보물로 삼게 했으니 잘한 일입니다. 옛날부터 점칠 때 반드시 거북을 사용한 것은 그 아름다운 이름이 전해 내려온 지 오래되었기 때문입니다. 그 차례를 적어 전합니다."

거북의 모양

3월, 2월, 정월, 12월, 11월은 가운데는 닫히고 안은 높고 밝은 낮다. 4월은 머리가 들리고 발을 펴며, (발을) 오므리기도 하고 펴기도 한다. 머리를 숙여 큰 모양이 되는 것은 5월이다. 딱지에 가로지른 선이 있어서 좋으며 머리를 숙여 큰 모양을 하는 것은 6월, 7월, 8월, 9월, 10월이다.[4]

점을 금하는 때

점치면 안 되는 때는 자(子), 해(亥), 술(戌)시로, 점을 쳐도 안 되고 거북을 죽여도 안 된다. 한낮이나 일식이나 해질녘에 점을 치면 거북이 분명하게 말하지 않는다. 경일(庚日)과 신일(辛日)에는 거북을 죽여도 되고 거북딱지를 벗겨도 된다.

언제나 그달 초하루에 거북에게 비는데, 먼저 이것을 맑은 물에 씻고 새알로 문질러서 상서롭지 못한 기운을 없앤 뒤에야 거북을 잡고 구워서 점을 친다. 이렇게 하는 것이 늘 원칙대로 하는 것이다.

만일 점을 쳤는데도 맞지 않으면 다시 새알로 씻어 낸 뒤 동쪽을 향해 서서 싸리나무나 단단한 나무로 구우며 흙으로 만든 새알로 거북을 세 번 가리킨 다음 그 거북을 손에 들고 새알로 둘러쌓고는 이렇게 빈다.

---

4) 거북을 이용하여 그 달의 길흉을 점칠 때는 거북의 배 밑에 있는 열두 개의 검정색 점을 12월로 간주하고 친다. 즉 왼쪽에서 오른쪽으로 가면서 3월, 2월, 정월에서 12월까지를 한 주기로 하며, 한 점 주위에 나타난 무늬로 그 달의 길흉을 예측한다.

"오늘은 길일이니, 삼가 기장과 새알과 제(祭)거북을 태우는 나무로 옥령(玉靈)거북을 존칭하는 말임의 상서롭지 못한 것을 씻어 버렸습니다."

옥령은 반드시 믿음과 정성으로 모든 일의 정황을 알려 준다. 그러면 〔길흉의〕 조짐을 분별하여 점칠 수 있다. 믿음도 없고 정성도 없다면 옥령을 불태워 그 재를 날려 보내 다음 거북에게 경고한다. 점칠 때는 반드시 북쪽을 향하며 귀갑은 반드시 한 자 두 치가 되어야 한다.

점치는 원칙

점칠 때는 먼저 거북을 아궁이에 구워 가운데에 구멍을 뚫는다. 다시 구운 뒤 거북의 머리에 구멍을 뚫어 세 번 굽는다. 처음 구운 뒤 가운데에 구멍을 뚫고 다시 굽는 것을 정신(正身)이라 하고, 머리를 굽는 것을 정수(正首)라 하며, 발 쪽을 굽는 것을 정족(正足)이라고 한다. 각각 세 번씩 굽는다. 그런 다음 다시 아궁이에서 거북을 세 번 돌리며 이렇게 빈다.

"그대 옥령부자(玉靈夫子)신령스러운 거북에 대한 존칭에게 빕니다. 선생 옥령이시여, 싸리나무로 그대 가슴을 구워 그대로 하여금 먼저 알게 합니다. 그대는 위로는 하늘까지 오르고 아래로는 못에 이릅니다. 신령한 수많은 것이 책(策)을 헤아려 점을 쳐도 그만큼 믿을 수는 없습니다. 오늘은 길일이니 행하는 것마다 순조롭습니다. 어떤 일을 점치려 하는데, 〔바라는 바를〕 얻으면 기뻐할 것이고 얻지 못하면 뉘우칠 것입니다. 만일 얻을 것 같으면 일어나서 나를 보고 몸을 길게 하고 손발은 모두 위를 향하십시오. 얻지 못할 듯하면 일어나서 나를 보고 몸을 굽혀 안과 밖이 서로 응하지 않고 손과 발을 오므리십시오.”

신령스러운 거북으로 점칠 때는 이렇게 빈다.

“신령스러운 거북에게 빕니다. 오서(五筮)역(易)의 오의(五義). 즉 변역(變易), 교역(交易), 반역(反易), 대역(對易), 이역(移易) 오령(五靈)기린(麒麟), 봉황(鳳), 거북(神龜), 용(龍), 백호(白虎)의 신령함도 신령스러운 거북의 신령함이 사람의 삶을 아는 것이나 사람의 죽음을 아는 것에 미치지 못합니다. 어떤 사람이 몸을 바르게 하고 어떤 사람이 어떤 물건을 얻고 싶어 합니다. 만일 〔바라는 것을〕 얻을 수 있다면 머리를 내밀고 발을 펴며 안팎이 서로 응하게 하고, 만일 얻을 수 없다면 머리를 쳐들고 발을 오므리며 안팎이 서로 호응하게 하십시오. 〔이렇게 하여〕 점칠 수 있게 하십시오.”

환자를 점칠 때는 이렇게 빈다.

“지금 아무개가 병으로 고생하고 있습니다. 〔그가〕 죽으려 한다면 머리를 젖히고 발을 안과 밖이 서로 교차되게 하고 몸을 꺾으십시오. 만일 그가 죽으려 하지 않는다면 머리를 쳐들고 발은 오므리십시오.”

환자가 요사스러운 일이 있을까 없을까를 점칠 때는 이렇게 말한다.

"지금 환자가 요사스러운 일이 있게 되면 징조를 보이지 말고, 요사스러운 일이 없다면 징조를 보이십시오. 안에 요사스러운 일이 있으면 안에 징조를 보이고, 바깥에 요사스러운 일이 있으면 밖에 징조를 보이십시오."

감옥에 갇힌 사람이 나올 수 있는지 없는지를 점칠 때는 이렇다.

"[감옥에서] 나올 수 없으면 횡길(橫吉)옆으로 금이 가는 것하여 편안히 있게 하고, 만일 나올 수 있으면 발을 펴고 머리를 쳐들어 징조를 밖으로 보이십시오."

재물을 구하면서 그것을 얻을 수 있을지 없을지를 점칠 때는 이렇다.

"얻을 수 있으면 머리를 쳐들고 발을 펴 안팎이 서로 응하게 하고, 얻을 수 없으면 머리를 쳐들고 발을 오므리십시오."

노비나 첩이나 말과 소를 팔고 사는 것을 점칠 때는 이렇다.

"매매가 이루어지면 머리를 쳐들고 발을 펴 안팎이 서로 응하게 하고, 이루어지지 않으면 머리를 쳐들고 발을 오므리고 옆으로 선이 나타나도록 하여 편안히 있게 하십시오."

도둑이 몇 명 모여 있는 곳을 공격하는 일을 점칠 때는 이렇다.

"지금 어떤 사람이 군사 몇 명을 이끌고 도적을 치러 갑니다. 이길 수 있다면 머리를 쳐들고 발을 펴며 몸을 바르게 하며, 안은 높이고 밖은 낮게 하십시오. 이길 수 없으면 발을 오므리고 머리를 쳐들고, 몸과 머리는 안이 낮고 밖이 높게 하십시오."

가야 할지 가지 말아야 할지를 점칠 때는 이렇다.

"가도 좋으면 머리와 발을 펴고, 가지 말아야 하면 발을 오므리고 머리를 쳐드십시오. 횡길이 안정되니, 안정되고 나면 가지 않아도 됩니다."

도적을 치러 가면서 도적을 마주칠지 못 마주칠지를 점칠 때는 이렇다.

"마주칠 수 있으면 머리를 쳐들고 발은 오므려드는 것이 바깥에 보이게 됩니다. 마주치지 못하면 발을 펴고 머리를 드십시오."

도적을 정탐하러 가면서 만날 수 있을지 없을지를 점칠 때는 이렇다.

"만날 수 있으면 머리를 쳐들고 발을 오므리게 되고 오므리는 징조가 바깥에 보입니다. 만날 수 없으면 발을 펴고 머리를 쳐드십시오."

도적의 소문들 듣고 〔그들이〕 쳐들어올지 안 올지를 점칠 때는 이렇다.

"쳐들어온다면 밖은 높고 안은 낮게 하고, 발은 오므리고 머리를 쳐드십시오. 쳐들어오지 않는다면 발을 펴고 머리를 드십시오. 횡길이 평안하다면 〔도적은〕 기약한 시기에 차례대로 올 것입니다."

관직을 옮기게 되었을 때, 관직을 떠날지 그대로 있을지를 점칠 때는 이렇다.

"떠나는 편이 좋으면 발을 펴고 조짐을 바깥으로 보여 머리를 쳐드십시오. 떠나지 않으려 해도 스스로 떠나고 발을 오므리게 되니 조짐은 횡길이 편안합니다."

관직에 있는 것이 길한지 길하지 않은지를 점칠 때는 이렇다.

"길하면 몸을 바르게 하고 횡길을 나타내고, 편안해 길하지 않으면 몸을 구부리고 머리를 쳐들고 발을 펴십시오."

집에 있는 것이 좋은지 안 좋은지를 점칠 때는 이렇다.

"길하면 몸을 바르게 하거나 횡길을 나타내고, 길하지 않으면 몸을 구부려 머리를 쳐들고 발을 펴십시오."

그해 농사가 풍년인지 흉년인지를 점칠 때는 이렇다.

"풍년이면 머리를 들고 발을 펴며 안은 스스로 높이고 밖은 스스로 〔밑으로〕 늘어지게 하십시오. 흉년이면 발을 오므리고 머리를 쳐들어 밖으로 보이십시오."

그해에 전염병이 돌지 안 돌지를 점칠 때는 이렇다.

"전염병이 돌면 머리를 쳐들고 발을 오므리며, 몸의 마디가 굳어지는 것을 밖으로 보이십시오. 돌지 않는다면 몸을 바르게 하고 머리는 쳐들고 발을 펴십시오."

그해에 전쟁이 일어날지 안 일어날지를 점칠 때는 이렇다.

"전쟁이 일어나지 않는다면 징조를 보이거나 횡길을 나타내고, 전쟁이 일어난다면 머리를 쳐들고 발을 펴며 몸이 밖으로 굳어지는 정상(情狀)을 하십시오."

귀인을 만나는 것이 길한지 길하지 않은지를 점칠 때는 이렇다.

"길하면 발을 펴고 머리를 쳐들며 몸을 바로 하여 안이 절로 높아지게 하십시오. 길하지 않으면 머리를 쳐들어 몸의 마디를 꺾고, 발을 오므려 밖으로 보여 고기잡이가 없는 것처럼 하십시오."

남에게 부탁할 경우 그것이 잘될지 안 될지를 점칠 때는 이렇다.

"잘될 것 같으면 머리를 쳐들고 발을 펴서 안은 절로 높아지게 하고, 잘 안 될 것 같으면 머리를 쳐들고 발을 오므려 밖으로 보이십시오."

도망친 사람을 뒤쫓는데 잡을 수 있을지 없을지를 점칠 때는 이렇다.

"잡을 수 있으면 머리를 쳐들고 발을 오므려 안팎이 서로 응하게 하고, 잡을 수 없으면 머리를 쳐들고 발을 펴거나 횡길을 나타내십시오."

고기잡이나 사냥을 나갈 때 잡는 것이 있을지 없을지를 점칠 때는 이렇다.

"잡을 수 있다면 머리를 쳐들고 발을 펴서 안팎이 서로 응하게 하고, 잡을 수 없으면 발을 오므리고 머리를 쳐들거나 횡길을 나타내십시오."

길을 가다가 도적을 만날지 만나지 않을지를 점칠 때는 이렇다.

"만난다면 머리를 쳐들고 발을 펴며, 몸의 마디를 꺾어 밖은 높게 하고 안은 낮게 하십시오. 만나지 않는다면 징조를 보이십시오."

비가 오느냐 오지 않느냐를 점칠 때는 이렇다.

"비가 온다면 머리를 쳐들고 밖은 높게 안은 낮게 하고, 비가 오지 않는다면 머리를 들고 발을 펴거나 횡길을 나타내십시오."

하늘에 비가 갤지 안 갤지를 점칠 때는 이렇다.

"갠다면 발을 펴고 머리를 쳐들고, 개지 않는다면 횡길하십시오."

징조를 보고 판단하는 법

명(命)징조를 보고 판단하는 말에 "횡길이 나타나다."의 의미는 이렇다.

병을 점치면 병세가 심한 환자라도 그날 안으로는 죽지 않으며, 병세가 심하지 않은 환자는 점치는 날로 낫고 죽지 않는다. 감옥에 갇힌 사람 가운데 큰 죄를 지은 사람은 (감옥에서) 나오지 못하고 가벼운 죄를 지은 사람은 나오는데, 만일 하루가 지나도 나오지 못한다면 오랫동안 갇혀 있어도 상하는 일은 없다. 재물을 구하고 노예와 말과 소를 사는 것도 그날 안으로는 얻을 수 있지만, 하루를 넘기면 못하는 것도 있다. 길을 떠날까 말까 하는 것이면 떠나지 말아야 하고, 기다리는 사람이 올지 안 올지 하는 것이면 온다. 그러나 밥을 먹을 때가 지나도 오지 않는 사람은 오지 않는다. 도적을 치러 갈까 말까 하는 것이면 가지 말아야 한다. 설령 가더라도 도적을 만나지 못한다. 도적이 일어났다는 말이 들려와도 쳐들어오는 일은 없다. 관직을 옮길지 말지 하는 것이면 그대로 있게 된

다. 관직에 나아가거나 집에 있는 것은 모두 길하다. 그해 농사
는 흉년이고 백성들에게 전염병은 돌지 않는다. 이해에는 전쟁
이 발생하지 않는다. 사람을 찾아갈까 말까 하는 것이면 찾아
가 봐야 한다. 찾아가지 않으면 기쁨이 없다. 남에게 부탁해야
할 경우 가서 부탁하지 않으면 얻을 수 없다. 도망간 사람을
뒤쫓아도 잡을 수 없고, 고기잡이나 사냥을 나가도 얻는 것이
없다. 길에 나가도 도적을 만나지 않는다. 비가 올까 안 올까
하는 것이면 오지 않는다. 날이 갤지 개지 않을지 하는 것이
면 개지 않는다.

명에 "징조가 보인다."의 의미는 이렇다.

환자는 죽지 않고 감옥에 갇힌 사람은 나오며, 가려고 하는
사람은 가고 오려고 하는 사람은 온다. 시장에서 사려고 하
는 사람은 사게 된다. 도망친 사람을 뒤쫓으면 잡을 수 있지만,
하루가 지나면 잡지 못한다. 나간 사람은 찾아도 오지 않는다.

명에 "기둥이 서 있다."의 의미는 이렇다.

환자를 점치면 죽지 않고, 감옥에 갇힌 자는 〔감옥에서〕 나
온다. 가려고 하는 사람은 가고 오려고 하는 사람은 온다. 시
장에서 사려고 하는 사람은 사지 못한다. 걱정거리가 있는 사
람은 걱정이 사라지고, 도망친 사람은 뒤쫓아도 잡지 못한다.

명에 "〔거북이〕 머리를 쳐들고 발을 오므리고 안으로는 변화
가 있고 밖으로는 변화가 없다."의 의미는 이렇다.

병을 점치면 병이 심하더라도 죽지 않고, 감옥에 갇힌 사람
은 풀려난다. 재물을 구하고 노비와 말과 소를 사는 것은 잘
되지 않는다. 갈려고 하는 사람은 가는 것이 좋다는 말을 들

었더라도 가지 말아야 한다. 오려고 하는 사람은 오지 않는다. 도둑이 있다는 소문이 있어도 오지 않는다. 말만 들었지 이르지는 않는다. 벼슬을 옮길까 말까 할 경우 옮기게 될 것이라는 소문을 들어도 옮기지 못한다. 관직에 있으면 걱정되는 일이 생기고 집에 있으면 재난이 많다. 이해 농사는 중간 정도이고 백성에게는 전염병이 유행한다. 이해 안에 전쟁이 일어난다. 그러나 공격을 받을 것이라는 소문만 있고 공격을 받지는 않는다. 귀인을 만나는 것은 길하다. 청탁은 이루어지지 않으며 가서 부탁해도 좋은 말[言]을 얻지 못한다. 도망친 사람은 쫓아가도 잡지 못한다. 고기잡이나 사냥을 해도 잡히는 것이 없다. 길을 가다가 도적을 만나지 않는다. 비 오는 점을 쳐도 비가 전혀 내리지 않는다. 날이 개는 점을 쳐도 개지 않는다. 원래 '막(莫)'이라는 글자는 '수비(首備)'로 풀이되는데, 이를 풀어보니 '비(備)'란 '우러러본다'라는 뜻이므로 '머리를 쳐들고'라고 해석했다. 이것은 사사로운 기록이다.

명에 "머리를 쳐들고 발을 오므리고 안으로는 변화가 있고 밖으로는 변화가 없을 경우 병을 점치면 병이 심해도 죽지 않고, 감옥에 갇힌 사람은 나오지 못한다."의 의미는 이렇다.

재물을 구하고 노비를 사려 해도 얻을 수 없다. 가려고 하는 사람은 가지 말아야 하고, 오려고 하는 사람은 오지 않는다. 도적을 치러 나가도 [도적을] 만나지 못한다. 도적이 쳐들어온다는 말을 듣고 마음속으로 놀라지만 쳐들어오는 일은 없다. 벼슬을 옮기려고 하는 사람은 옮기지 않는다. 관직이나 집에 있는 것은 길하다. 농사는 흉년이고 백성에게 전염병이 크게 심해진다. 이해 안에 전쟁은 일어나지 않는다. 귀인을 만나는 것은 길하다. 부탁해도 좋은 말을 얻지 못한다. 도망친 사람은 쫓아가도 잡지 못한다. 재물을 잃으면 되찾지 못한다. 고기를 잡고 사냥을 해도 얻는 것이 없다. 길을 나서도 도적을 만나는 일은 없다. 비 오는 점을 쳐도 비가 오지 않는다. 날이 개는 점을 쳐도 개지 않는다. 흉하다.

명에 "조짐을 보이되 머리를 쳐들고 발을 오므리다."의 의미는 이렇다.

병을 점치면 죽지 않는다. 감옥에 갇혀 있는 사람은 나오지 못하고, 재물을 구하고 노비나 말이나 소를 사는 일은 잘되지 않는다. 가려고 하는 사람은 가지 않아야 한다. 오려고 하는 사람은 오지 않는다. 도적을 치러 나가도 만나지 못하고, 도적이 쳐들어온다는 말을 들어도 쳐들어오지 않는다. 벼슬을 옮기려고 해도 옮기지 않는다. 관직에 머문 지 오래되면 근심이 많고, 집안에 머무는 것은 길하지 않다. 이해 농사는 흉년이고 백성들에게 전염병이 돈다. 이해 안에 전쟁은 일어나지 않고, 귀인을 만나는 것은 길하지 않으며, 부탁하는 일은 잘 이루어지지 않는다. 고기를 잡고 사냥을 해도 얻는 것이 적다. 길을 나서도 도적을 만나는 일은 없다. 비 오는 점을 쳐도 비가 오지 않는다. 날이 개는 점을 쳐도 개지 않는다. 길하지 않다.

명에 "조짐을 보이는 것이 머리를 쳐들고 발을 펴다."의 의미는 이렇다.

병을 점치면 위독한 [환자는] 죽는다. 감옥에 갇힌 사람은 나오고, 재물을 구하고 노비와 말과 소를 사는 일은 잘 안 된다. 가려고 하는 사람은 가야 하고, 오려고 하는 사람은 온다. 도적을 치러 나가도 도적을 만나지 못하고, 도적이 쳐들어온다는 말이 들려와도 쳐들어오는 일은 없다. 관직은 옮기려는 사람은 옮기고, 관직에 머물러 있으려 해도 오래 있지 못한다. 집에 있는 것은 좋지 않고 이해 농사는 흉작이다. 백성들에게 전염병이 돌기는 하지만 그리 대단하지는 않다. 이해 안에 전쟁은 일어나지 않는다. 귀인을 만나는 것은 만나지 않는 편이 낫다. 일을 부탁해도 잘 이루어지지 않는다. 도망치는 사람을 쫓아가도 붙잡지 못하고, 고기를 잡고 사냥을 해도 잡는 것이 없다. 길을 나서면 도적을 만나게 된다. 비 오는 점을 쳐도 비가 오지 않는다. 날이 개는 점을 쳐도 개지 않는다. 약간 길하다.

명에 "머리를 쳐들고 발을 오므리다."의 의미는 이렇다.

병을 점치면 죽지 않는다. 감옥에 갇힌 사람은 오래 있어도 몸을 상하는 일이 없다. 재물을 구하고 노비와 말과 소를 사는 일은 잘 이루어지지 않는다. 가려고 하는 사람은 가지 말아야 한다. 도적을 치는 것은 차라리 가지 않는 편이 낫다. 기다리는 사람은 온다. 도적이 쳐들어온다는 소식이 들려오면 쳐들어온다. [전임될지 안 될지 할 경우] 전임된다는 소문이 있어도 전임되지 않는다. 집에 있는 것은 좋지 않다. 이해 농사는 흉작이고 백성들에게 전염병은 그리 대단하지 않다. 이해 안에 전쟁은 일어나지 않는다. 귀인을 만나려고 하면 만날 수 있다. 부탁하려는 일은 부탁해도 잘되지 않고, 도망자를 뒤쫓아도 잡을 수 없으며, 고기잡이와 사냥을 해도 얻는 것이 없다. 길을 나서면 도적을 만나게 된다. 비 오는 점을 쳐도 비가 오지 않는다. 날이 개는 점을 쳐도 개지 않는다. 길하다.

명에 "머리를 쳐들고 발을 펴고 안에 조짐이 있다."의 의미는 이렇다.

환자를 점치면 죽는다. 감옥에 갇힌 사람은 나오게 되고, 재물을 구하고 노비와 말과 소를 사는 일은 잘되지 않는다. 가려고 하는 사람은 가야 한다. 오려고 하는 사람은 온다. 도적을 치는 것은 나가도 도적을 만나지 못하고, 도적이 쳐들어온다는 소문이 들려도 쳐들어오는 일이 없다. 전임될지 안 될지 할 경우는 전임된다. 관직에 머무르려 해도 오래 있지 못한다. 집에 있는 것은 좋지 못하다. 이해 농사는 풍작이고 백성들에게 전염병이 돌기는 하지만 대단하지는 않다. 이해 안에 전쟁은 일어나지 않는다. 귀인을 만나는 것은 길하지 않다. 일을 부탁해도 잘 이루어지지 않는다. 도망친 사람은 쫓아가도 붙잡지 못하고, 고기를 잡고 사냥을 해도 얻는 것이 없다. 길을 나서도 도적을 만나는 일이 없다. 비가 개니, 개면 조금 길하고 개지 않으면 길하다."

명에 "횡길이면서 안팎이 절로 높다."의 의미는 이렇다.

환자를 점치면 복일(卜日)에는 낫지 않고 죽는다고 한다. 감옥에 갇힌 사람은 무죄 판결을 받고 나오고, 재물을 구하고 노비와 소와 말을 사는 일은 잘 이루어진다. 가려고 하는 사람은 가야 한다. 오려고 하는 사람은 온다. 도적을 치면 서로 힘이 비슷하고, 도적이 쳐들어온다는 소문이 들려오면 쳐들어온다. 전임될지 안 될지 할 경우는 전임된다. 집에 있는 것이 좋고, 이해 농사는 풍작이며, 백성들에게 전염병은 돌지 않는다. 이해 안에 전쟁은 일어나지 않는다. 귀인을 만나 부탁하거나 도망자를 뒤쫓거나 고기 잡고 사냥하는 일은 모두 잘되지 않는다. 길을 나서면 도적을 만나게 된다. 비 오는 점을 치면 비가 갠다. 날이 개는 점을 치면 날이 갠다. 아주 길하다.

명에 "횡길로서 안팎의 징조가 저절로 길하다."의 의미는 이렇다.

병을 점치면 환자는 죽고, 감옥에 갇힌 사람은 나오지 못한다. 재물을 구하고 노비와 말과 소를 사고, 도망자를 뒤쫓고, 고기를 잡고 사냥하는 일은 모두 잘 안 된다. 가려고 하는 사람은 (가게 되면) 돌아오지 못한다. 도적을 치러 나가도 만나지 못하고, 도적이 쳐들어온다는 소문이 들려도 쳐들어오는 일이 없다. 전임될지 안 될지 할 경우는 전임된다. 관직에 머무르고 있으면 걱정거리가 생긴다. 집에 있거나 귀인을 만나거나 부탁하는 일은 모두 잘 안 된다. 이해 농사는 흉작이고 백성들에게 전염병이 돈다. 이해 안에 전쟁은 일어나지 않고, 길을 나서도 도적을 만나는 일이 없다. 비 오는 점을 쳐도 비가 오지 않는다. 날이 개는 점을 쳐도 날이 개지 않는다. 흉하다.

명에 "어인(漁人)"의 의미는 이렇다.

환자를 점치면 병이 심한 사람도 죽지 않고, 감옥에 갇힌 사람은 나오게 된다. 재물을 구하고 노비와 말과 소를 사고, 도적을 치고, 부탁하고, 도망친 사람을 뒤쫓고, 고기를 잡고 사냥하는 일은 모두 잘 된다. 가려고 하는 사람은 가게 되면 돌아온다. 도적이 쳐들어온다는 소식이 들려와도 쳐들어오지 않는다. 전임될지 안 될지 할 경우는 전임되지 않는다. 집에 있는 것이 좋고 이해 농사는 흉작이며 백성들에게 전염병이 돈다. 이해 안에 전쟁은 일어나지 않는다. 귀인을 만나는 것은 좋다. 길을 나서도 도적을 만나는 일이 없다. 비 오는 점을 쳐도 비가 오지 않는다. 날이 개는 점을 쳐도 날이 개지 않는다. 길하다.

명에 "머리를 쳐들고 발을 오므리고 안은 높고 밖을 낮게 한다."의 의미는 이렇다.

병을 점치면 병세가 심한 환자라도 죽지 않고, 감옥에 갇힌 사람은 나오지 못한다. 재물을 구하고 노비와 말과 소를 사고, 도망친 사람을 뒤쫓고, 고기를 잡고 사냥하는 일은 모두 잘된다. 가려고 하는 사람은 가지 말아야 한다. 오려고 하는 사람은 온다. 도적을 치면 이긴다. 전임될지 안 될지 할 경우는 전임되지 않는다. 관직에 있으면 걱정거리는 있어도 손상되는 일은 없다. 집에 있으면 근심과 병이 많다. 이해 농사는 아주 풍작이고 백성들에게 전염병이 돈다. 이해 안에 전쟁이 일어나지만 쳐들어오지는 않는다. 귀인을 만나거나 부탁하는 것은 잘 안 된다. 길을 나서면 도적을 만난다. 비 오는 점을 쳐도 비가 오지 않는다. 날이 개는 점을 쳐도 날이 개지 않는다. 길하다.

명에 "횡길로서 위에 앙(仰)이 있고 아래에 주(柱)가 있다."의 의미는 이렇다.

병은 오래 지속되어도 죽지는 않는다. 감옥에 갇힌 사람은 나오지 못한다. 재물을 구하고 노비와 말과 소를 사고, 도망자를 뒤쫓고, 고기를 잡고 사냥하는 일은 모두 잘 안 된다. 가려고 하는 사람은 가지 않아야 한다. 오려고 하는 사람은 오지 않는다. 도적을 치는 일은 나가지 않는 편이 길하다. 설령 나간다 해도 만나지 못한다. 도적이 쳐들어온다는 소문이 들려와도 쳐들어오는 일이 없다. 전임될지 안 될지 할 경우는 전임되지 않는다. 집에 있거나 귀인을 만나는 일은 길하다. 이해 농사는 크게 풍작이며 백성들에게 전염병이 돈다. 이해 안에 전쟁은 일어나지 않는다. 길을 나서도 도적을 만나지 않는다. 비 오는 점을 쳐도 비가 오지 않는다. 날이 개는 점을 쳐도 날이 개지 않는다. 아주 길하다.

명에 "횡길이면서 유앙(楡仰)이다."의 의미는 이렇다.

병을 점치면 죽지 않고, 감옥에 갇힌 사람은 나오지 못한다. 재물을 구하고 노비와 말과 소를 사는 일은 나가 보아도 뜻대로 되지 않는다. 가려고 하는 사람은 가지 말아야 한다. 오려고 하는 사람은 오지 않는다. 도적을 치는 것은 나가지 않는 편이 길하다. 설령 나가더라도 만나지 못한다. 도적이 쳐들어온다는 소식이 들려도 쳐들어오지 않는다. 전임될지 안 될지 할 경우는 전임되지 않는다. 관직에 있거나 집에 있거나 귀인을 만나는 일은 모두 길하다. 이해 농사는 풍작이다. 이해 안에 백성들에게 전염병은 돌지만 전쟁은 일어나지 않는다. 일을 부탁하거나 도망친 사람을 뒤쫓는 일은 뜻대로 안 된다. 고기를 잡고 사냥하는 일은 나가 봐도 얻는 것이 없고 잘 되지 않는다. 길을 나서도 도적을 만나지 않는다. 비가 오는 점을 쳐도 비는 오지 않는다. 날이 개는 점을 쳐도 개지 않는다. 약간 길하다."

명에 "횡길로서 아래에 주(柱)가 있다."의 의미는 이렇다.

병을 점치면 병세가 심하더라도 쉽게 낫고 죽지 않는다. 감옥에 갇힌 사람은 나온다. 재물을 구하거나 노예와 말과 소를 사고, 부탁하고, 도망친 사람을 뒤쫓고, 고기를 잡고 사냥하는 일은 모두 뜻대로 되지 않는다. 가려고 하는 사람은 가야 한다. 오려고 하는 사람은 안 온다. 도적을 치러 나가도 만나지 못한다. 도적이 쳐들어온다는 소문이 들리면 쳐들어온다. 전임하든 관직에 있든 좋지만 오래가지 못한다. 집에 있는 것은 좋지 않다. 이해 농사는 흉작이고 백성들에게 전염병은 돌지 않는다. 이해 안에 전쟁은 일어나지 않는다. 귀인을 만나는 것은 길하고 길을 나서도 도적을 만나지 않는다. 비 오는 점을 쳐도 비가 오지 않는다. 날이 개는 점을 치면 날이 갠다. 약간 길하다.

명에 "재소(載所)"의 의미는 이렇다.

병을 점치면 완쾌되어 죽지 않고, 감옥에 갇힌 사람이 나온다. 재물을 구하고 노비와 말과 소를 사고, 부탁하고, 도망친 사람을 뒤쫓고, 고기를 잡고 사냥하는 일은 모두 뜻대로 된다. 가려고 하는 사람은 가야 한다. 오려고 하는 사람은 온다. 도적을 칠 경우 마주치기는 하지만 싸움까지는 이르지 않는다. 도적이 쳐들어온다는 소식이 들리면 쳐들어온다. 전임될지 안 될지 할 경우는 전임된다. 집에 있으면 근심거리가 있고, 귀인을 만나는 것이 길하다. 이해 농사는 풍작이고 백성들에게 전염병은 돌지 않는다. 이해 안에 전쟁은 일어나지 않는다. 길을 나서도 도적을 만나지 않는다. 비 오는 점을 쳐도 비가 오지 않는다. 날이 개는 점을 치면 날이 갠다. 길하다.

명에 "근격(根格)"의 의미는 이렇다.

환자를 점치면 죽지 않고, 옥에 갇힌 사람은 오래 옥에 갇혀 있어도 해가 없다. 재물을 구하고 노비와 말과 소를 사고, 부탁하고, 달아난 자를 뒤쫓고, 고기를 잡고 사냥하는 것은 모두 뜻대로 안 된다. 가려고 하는 사람은 가지 말아야 한다. 오려고 하는 사람은 오지 않는다. 도적을 칠 경우 나가도 싸움까지는 가지 않는다. 도적이 쳐들어온다는 소식이 들려와도 쳐들어오지는 않는다. 전임될지 안 될지 할 경우는 전임되지 않는다. 집에 있는 것이 길하다. 이해 농사는 평년작이고 백성들에게 전염병이 돌기는 하지만 죽는 사람은 없다. 귀인을 만나려 해도 만날 수 없고 길을 나서도 도적을 만나지 않는다. 비 오는 점을 쳐도 비가 오지 않는다. 아주 길하다.

명에 "머리를 쳐들고 발은 오므리고 밖은 높고 안이 낮다."의 의미는 이렇다.

근심이 있는 사람을 점쳐 보면 해가 없다. 갈까 말까 할 경우 가면 돌아오지 못한다. 오래 앓은 사람은 죽는다. 재물을 구하는 것은 뜻대로 안 된다. 귀인을 만나는 것은 길하다."

명에 "밖이 높고 안이 낮다."의 의미는 이렇다.

환자를 점치면 죽지는 않지만 탈이 난다. 사고파는 것은 뜻대로 안 된다. 관직에 있거나 집에 있는 것은 좋지 않다. 가려고 하는 사람은 가지 말아야 한다. 오려고 하는 사람은 오지 않는다. 감옥에 갇힌 사람은 그 기간이 오래 지속되어도 별 해가 없다. 길하다.

명에 "머리를 쳐들고 발을 펴며 안과 밖이 서로 응한다."의

〔의미는〕이렇다.

환자를 점치면 회복되고, 감옥에 갇힌 사람은 나온다. 가려고 하는 사람은 가야 한다. 오려고 하는 사람은 온다. 재물을 구하는 일은 뜻대로 된다. 길하다.

명에 "징조를 보이되 머리를 쳐들고 발이 펴진다."의 〔의미는〕이렇다.

병을 점치면 악화되어 죽고, 감옥에 갇힌 사람은 나오기는 하지만 걱정거리가 있다. 재물을 구하고 노비와 말과 소를 사거나, 부탁하고, 도망자를 뒤쫓으며, 고기를 잡고 사냥하는 것은 모두 뜻대로 안 된다. 가려고 하는 사람은 가지 말아야 한다. 오려고 하는 사람은 오지 않는다. 도적을 쳐도 싸움까지 이르지는 않고, 도적이 쳐들어온다고 하면 쳐들어온다. 관직을 옮기거나 그 관직에 있거나 집에 있는 것은 좋지 않다. 이해 농사는 흉작이며 백성들에게 전염병이 돌기는 하지만 죽는 사람은 없다. 이해 안에 전쟁은 일어나지 않는다. 귀인을 만나는 것은 좋지 않다. 길을 나서도 도적을 만나지 않는다. 비 오는 점을 쳐도 비가 오지 않는다. 날이 개는 점을 치면 날이 갠다. 불길하다.

명에 "징조를 보이되 머리를 쳐들고 발을 펴고 밖이 높고 안이 낮다."의 의미는 이렇다.

환자를 점치면 죽지는 않지만 다른 탈이 생긴다. 감옥에 갇힌 사람은 나오기는 하지만 걱정거리가 생긴다. 재물을 구하고 노비와 말과 소를 사는 일은 만나려 해도 만나지 못한다. 가려고 하는 사람은 가야 한다. 오려고 하는 사람은 소문이

들려도 오지 않는다. 도적을 치면 이기고, 도적이 쳐들어온다는 소식이 들려도 쳐들어오는 일은 없다. 관직을 옮기거나 그 관직에 머무르거나 집에 있거나 귀인을 만나는 것은 길하지 않다. 이해 농사는 보통이고 백성들에게 전염병이 돈다. 이해 안에 전쟁이 일어난다. 부탁하거나 달아나는 자를 뒤쫓거나 고기를 잡고 사냥하는 것은 모두 뜻대로 잘 되지 않는다. 도적이 쳐들어온다는 소문을 들으면 도적을 만나게 된다. 비 오는 점을 쳐도 비가 오지 않는다. 날이 개는 점을 치면 날이 갠다. 흉하다.

명에 "머리를 쳐들고 발을 오므리고 몸을 굽혀 안과 밖이 서로 응한다."의 의미는 이렇다.

병을 점치면 심한 병이라도 죽지 않는다. 감옥에 갇힌 사람은 그 안에서 오래 있어도 나오지 못한다. 재물을 구하고 노비와 말과 소를 사고, 고기를 잡고 사냥하는 것은 모두 생각대로 안 된다. 가려고 하는 사람은 가지 말아야 한다. 오려고 하는 사람은 오지 않는다. 도적을 치면 이긴다. 도적이 쳐들어온다는 소리가 들리면 쳐들어온다. 전임될지 안 될지 할 경우는 전임되지 않는다. 관직에 머물거나 집에 있는 것은 좋지 않다. 이해 농사는 흉작이고 백성들에게 전염병이 돈다. 이해 안에 전쟁이 있기는 하나 쳐들어오지는 않는다. 귀인을 만나면 기쁨이 있다. 부탁하거나 달아난 자를 뒤쫓는 것은 뜻대로 안 된다. 길을 나서면 도적을 만나게 된다. 흉하다.

명에 "안은 격(格)이 있고 밖은 드리워진다."는 〔의미는〕 이렇다.

가려고 하는 사람은 가지 말아야 한다. 오려고 하는 사람은 오지 말아야 한다. 환자가 죽는다. 감옥에 갇힌 사람은 나오지 못한다. 재물을 구하는 일은 뜻대로 안 된다. 사람을 만나려 해도 만나지 못한다. 아주 길하다.

명에 "횡길로서 안과 밖이 서로 응하여 저절로 높고 유(楡)가 상주(上柱)를 쳐다보고 발을 오므리고 있다."의 의미는 이렇다.

병을 점치면 병이 심해도 죽지 않는다. 감옥에 갇힌 사람은 그 안에서 오래 있어도 죄는 되지 않는다. 재물을 구하고 노비와 말과 소를 사고, 부탁하거나, 도망치는 사람을 뒤쫓거나, 고기를 잡고 사냥하는 것은 모두 뜻대로 되지 않는다. 가려고 하는 사람은 가지 말아야 한다. 오려고 하는 사람은 오지 않는다. 관직에 머물거나 집에 있거나 귀인을 만나는 것은 길하다. 전임될지 안 될지 할 경우는 전임되지 않는다. 이해 농사는 크게 풍작이라고는 할 수 없다. 백성들에게 전염병이 돈다. 이해 안에 전쟁이 일어나기는 하지만 전쟁의 재앙은 없다. 길을 나서면 도적을 만난다는 소문이 있어도 실제로는 만나지 않는다. 비 오는 점을 쳐도 비가 오지 않는다. 날이 개는 점을 치면 날이 갠다. 아주 길하다.

명에 "머리를 쳐들고 발을 오므리고 안과 밖이 자연스럽게 드리워진다."의 의미는 이렇다.

병으로 걱정하는 사람을 점쳐 보면 병세가 심하더라도 죽지 않는다. 관직에 머물러 있고 싶어도 그렇게 할 수 없다. 가려고 하는 사람은 가야 한다. 오려고 하는 사람은 오지 않는다. 재물을 구하는 일은 뜻대로 안 된다. 사람을 구하는 것도 뜻대로 안 된다. 길하다.

명에 "횡길로서 아래에 주(柱)가 있다."의 의미는 이렇다.

오려고 하는 사람은 점쳐 보면 온다. 점친 그날 오지 않으면 당분간은 오지 않는다. 환자를 점쳤을 때는 하루가 지나도 완쾌되지 않으면 죽는다. 가려고 하는 사람은 가지 않는 편이 좋다. 재물을 구하는 것은 뜻대로 되지 않는다. 감옥에 갇힌 사람은 나온다.

명에 "횡길로서 안과 밖이 저절로 들린다."의 의미는 이렇다.

환자를 점치면 오랫동안 앓은 병이라도 죽지 않는다. 감옥에 갇힌 사람은 그 안에서 오랫동안 있어도 나오지 못한다. 재물을 구하는 것은 뜻대로 되기는 하지만 얻는 것이 적다. 갈까말까 할 경우는 가지 말아야 한다. 오려고 하는 사람은 오지 않는다. 귀인을 만날까 말까 할 경우는 만나는 편이 길하다. 길하다.

명에 "안이 높고 밖이 낮으며 빠르고도 쉽게 발이 벌어진다."의 의미는 이렇다.

재물을 구하는 일은 뜻대로 되지 않는다. 가려고 하는 사람은 가야 한다. 환자는 쉽게 낫는다. 감옥에 갇힌 사람은 나오지 못한다. 오려고 하는 사람은 온다. 귀인을 만날까 말까 할 경우는 만나지 않는 편이 좋다. 길하다.

명에 "외격(外格)"의 의미는 이렇다.

재물을 구하는 일은 뜻대로 안 된다. 가려고 하는 사람은 가지 말아야 한다. 오려고 하는 사람은 오지 않는다. 감옥에 갇힌 사람은 나오지 못하며 불길하다. 환자는 죽는다. 재물을 구하려고 하는 것이 뜻대로 되지 않는다. 귀인을 만날까 말까 할 경우는 만나는 편이 좋다. 길하다.

명에 "안이 저절로 들리고 밖에서 오는 것이 바르고 발이 펴진다."의 의미는 이렇다.

가려고 하는 사람은 가야 한다. 오려고 하는 사람은 온다. 재물을 구하는 일은 뜻대로 된다. 환자는 병이 오래 지속되기는 해도 죽지는 않는다. 감옥에 갇힌 사람은 나오지 못한다. 귀인을 만날까 말까 할 경우는 만나는 편이 좋다. 길하다.

이것은 횡길이 나타나고 상주(上柱) 안팎이 있고 안이 저절로 들리고 발이 오므라든 경우로 점치면 구하는 것을 얻을 수 있다. 환자는 죽지 않고, 감옥에 갇힌 사람은 해를 입지는 않지만 나오지는 못한다. 가려고 하는 사람은 가지 말아야 한다. 오려고 하는 사람은 오지 않는다. 사람을 만나려 해도 만나지 못한다. 모든 일이 다 길하다.

이것은 횡길이 나타나고 상주 안팎이 저절로 들리고 주족(柱足)이 만들어진 경우로 점치면 구하는 것을 얻을 수 있다. 거의 죽을 것 같은 환자도 병이 나아 회복된다. 옥에 갇힌 사람은 몸을 상하는 일 없이 풀려난다. 가려고 하는 사람은 가지 말아야 한다. 오려고 하는 사람은 오지 않는다. 사람을 만나는 것은 만나지 않는 편이 좋다. 모든 일이 길하다. 군사를 일으켜도 괜찮다.

이것은 정사(挺詐)로서 밖으로 조짐이 있는 경우인데 점치면 구하는 것이 뜻대로 안 된다. 환자는 죽지 않고 자주 회복

된다. 옥에 갇힌 사람은 죄가 있지만 말만 그럴 뿐 해는 입지 않는다. 가려고 하는 사람은 가지 말아야 한다. 오려고 하는 사람은 오지 않는다.

이것은 정사로서 안으로 [조짐이] 있는 경우인데 점치면 구하는 것이 뜻대로 되지 않는다. 환자는 죽지 않으며 자주 회복된다. 감옥에 갇힌 사람은 죄가 있지만 해는 입지 않고 나온다. 가려고 하는 사람은 가지 말아야 한다. 오려고 하는 사람은 오지 않는다. 사람을 만나는 것은 만나지 않는 편이 좋다.

이것은 정사로서 안팎이 저절로 들린 경우인데 점치면 구하는 것이 뜻대로 된다. 환자는 죽지 않는다. 감옥에 갇힌 사람은 죄가 없다. 가려고 하는 사람은 가야 한다. 오려고 하는 사람은 온다. 밭갈이, 장사, 고기잡이, 사냥은 모두 길하다.

이것은 호학(狐狢)으로 점치면 구하는 것이 뜻대로 안 된다. 환자는 죽고 일어나기 어렵다. 감옥에 갇힌 사람은 죄가 없어도 나오기 어렵다. 집에 있는 것은 좋다. 장가들고 시집가는 것은 좋다. 가려고 하는 사람은 가지 말아야 한다. 오려고 하는 사람은 오지 않는다. 사람을 만나는 것은 만나지 않는 편이 좋다. 근심거리가 있으나 근심하지 않는다.

이것은 호철(狐徹)로서 점치면 구하는 것이 뜻대로 안 되고, 환자는 죽으며, 감옥에 갇힌 사람은 죄를 받는다. 가려고 하는 사람은 가지 말아야 한다. 오려고 하는 사람은 오지 않는다. 사람을 만나는 것은 만나지 않는 편이 좋다. 말하려고 한 것이 확정된다. 모든 일이 다 불길하다.

이것은 머리를 숙이고 발을 오므려 몸이 굽은 경우로 점쳐 보면 구하는 것이 뜻대로 안 되고, 환자는 죽으며, 감옥에 갇힌 사람은 유죄 판결을 받는다. 떠난 자는 오지 않는다. 가려고 하는 사람은 가야 한다. 오려고 하는 사람은 오지 않는다. 사람을 만나는 것은 만나지 않는 편이 좋다.

이것은 정(挺)의 안팎이 저절로 드리워진 경우로 점치면 구하는 것이 뜻대로 안 된다. 환자는 죽지는 않지만 회복하기 어렵다. 감옥에 갇힌 사람은 죄가 없지만 풀려나기 어렵다. 가려고 하는 사람은 가지 말아야 한다. 오려고 하는 사람은 오지 않는다. 사람을 만나는 것은 만나지 않는 편이 좋다. 불길하다.

이것은 횡길이 나타나고 유앙(楡仰)이며 머리를 숙인 경우로 점치면 구하는 것이 뜻대로 안 된다. 환자는 회복하기 어렵지만 죽지는 않는다. 감옥에 갇힌 사람은 나오기는 어렵지만 해를 입지는 않는다. 집으로 가 며느리를 들이고 딸을 시집보내는 것은 길하다.

이것은 횡길이 나타나며, 상주(上柱)는 바르고 몸의 마디가 꺾여 안팎이 저절로 들린 경우이다. 환자를 점치면 점친 날에는 죽지 않지만 그 이튿날에 죽는다.

이것은 횡길이 나타나며, 상주 발이 오므라들고 안이 저절로 들리고 밖이 절로 드리워진 경우이다. 환자를 점치면 점친 날에는 죽지 않지만 그 이튿날에 죽는다.

머리를 숙이고 발을 감추고 바깥 징조는 있고 안 징조는 없는 경우 환자는 거북의 점이 끝나기도 전에 급하게 죽는다. 점으로 묻는 것은 하찮지만, 큰 손실이 있으니 하루 만에 죽지는 않는다.

머리를 들고 발은 움츠린 경우로 점치면 구하는 것이 뜻대로 안 된다. 감옥에 갇힌 사람은 유죄가 된다. 〔그 죄에 대해〕 사람들이 말하는 것은 두렵기는 해도 〔그 때문에〕 해를 입지는 않는다. 외출하려고 한다면 가면 안 된다. 사람을 만나려 해도 만날 수 없다.

대략적으로 논의하여 말한다.

바깥〔外〕은 남 일이고 안〔內〕은 자기 일이다. 바깥은 여자 일이고 안은 남자 일이다. 머리를 숙이는 것은 걱정거리가 있는 것이다. 큰 균열은 몸으로, 작은 균열은 가지로 판단한다. 그것은 대체로 이렇다. 환자는 발이 오므라들면 살고 발이 펴지면 죽는다. 가는 사람은 발이 펴지면 가고 오므라들면 가지 않는다. 가는 사람은 발이 오므라들면 가서는 안 되고 발이 펴지면 가야 한다. 구하는 것은 발이 펴지면 뜻대로 되고 오므라들면 뜻대로 되지 않는다. 감옥에 갇힌 사람은 발이 오므라들면 나오지 못하고 펴지면 나온다. 환자를 점친 경우 발이 펴졌는데도 죽는 것은 안이 높고 밖이 아래이기 때문이다.

69

◎

화식 열전
貨殖列傳

　이 편은 춘추 말기부터 한나라 초기까지 상공업으로 치부한 사람들의 활동을 다룬 것으로, 그들의 탁월한 재능을 찬양하면서 상업의 발생 과정과 부의 축적과의 상관성을 논의하고 있어 이 시기 부와 권력과의 관계도 엿볼 수 있다. '화식(貨殖)'이라는 이름을 붙였는데 '화(貨)'는 재산, '식(殖)'은 불어난다는 뜻으로 재산을 늘리는 방법을 말한다. 이 열전의 서론 부분은 유가와 도가의 경제관의 잘못된 점을 논박하면서 먹고사는 문제, 즉 경제 능력이 사회생활에서 얼마만큼 중요한지를 강조하고 있으니, 명분보다는 실질을 택하여 빈천함을 수치로 여길 만큼 강한 어조로 일관했다.

　사마천은 농업, 공업, 상업 등의 분업은 사회 경제 생활에서 중요한 작용을 하는 필연적인 것으로 생각하였다. 그는 상업이야말로 의식주 문제를 근본적으로 해결할 수 있는 길로 보고 농업, 공업과 함께 모든 직업을 중시하는 진보적 면모를 보였다. 적어도 그는 '중농억상(重農抑商)'의 전통적인 가치관을 부정하면서 개인의 권력도 결국은 경제력에서 나오고 있음을 강조하고 있다.

　이 편은 「평준서」와 자매편이라고 할 수 있다. 「평준서」는 국가적 관점에서 경제 정책의 변천 과정을 다루고 있는 데 비해 「화식 열전」은 사회 발전의 각도에서 역대 상공업의 발전 상황을 고찰하고 있다.

　특히 사마천은 물질의 이익을 추구하는 것이 결코 사회의 비판, 혹은 비난을 받아서는 안 되며 자연스런 인간 본성의 발로로 보았다. 그러면서 치부 과정에서 지리적 환경과 개인 역량의 중요성을 피력하였다.

춘추 시대 사농공상의 모습.

입고 먹는 것이 다스림의 근원이다

　노자는 〔이렇게〕 말했다.

　"지극히 잘 다스려지는 시대는 이웃 나라끼리 바라보며 닭
울고 개 짖는 소리가 서로 들려도 백성은 제각기 자신들의 음
식을 달게 먹고, 자기 나라의 옷을 아름답게 여기며, 자기 나
라의 습속을 편히 여기고, 자신들의 일을 즐기며, 늙어 죽을
때까지 서로 오가지 않는다."[1]

---

1) 이 문장은 『노자』 80장에 나온 것인데 사마천이 변형하여 노자의 원문과
는 꽤 차이가 있다. 그 기본적인 취지는 소국과민(小國寡民)의 중요성이다.

반드시 이러한 것을 이루려 힘써 근대의 풍속을 돌이키고 백성의 귀와 눈을 막으려 한다면 아마 실행할 수 없을 것이다.

태사공은 말한다.

"신농씨 이전의 일에 대해 나는 알지 못한다. 『시』와 『서』에서 말하는 우나라나 하나라 이래의 것을 보면 귀와 눈은 아름다운 소리와 아름다운 모습을 한껏 즐기려 하고, 입은 소와 양 따위의 좋은 맛을 다 보려 하며, 몸은 편하고 즐거운 것을 좋아하고, 마음은 권세와 유능하다는 영예를 자랑하고 싶어 한다. 〔이러한〕 풍속은 백성의 마음속까지 파고든 지 이미 오래여서 미묘한 논리로 집집마다 깨우치려 해도 끝내 교화시킬 수 없을 것이다. 그래서 〔세상을〕 가장 잘 다스리는 방법은 자연스러움을 따르는 것이고, 그다음은 이익을 이용하여 이끄는 것이며, 그다음은 가르쳐 깨우치는 것이고, 또 그다음은 백성을 가지런히 바로잡는 것이고, 가장 못하는 것은 〔재산을 가지고〕 백성과 다투는 것이다.

대체로 산서 지방에는 목재와 대나무와 닥나무와 모시와 검은 소꼬리와 옥석 등이 풍요롭고, 산동 지방에는 물고기와 소금과 옻과 명주실과 미녀 등이 많으며, 강남 지방에는 녹나무와 가래나무와 생강과 계수나무와 금과 주석과 납과 단사와 무소뿔과 대모바다거북와 진주와 상아와 가죽 등이 나오고, 용문(龍門)우문구(禹門口)과 갈석(碣石) 북쪽에는 말과 소와 양과 모직물과 갖옷과 짐승의 힘줄과 뿔 등이 많다. 구리와 철은 〔사방〕 1000리 안에서 종종 나오므로 바둑돌을 벌여 놓은 것처럼 〔여기저기에〕 있다. 이것이 대략적인 상황으로 모두 중원 사람들이 좋아하는 것으로 세속에서 몸에 걸치고 먹으며, 산 사람을 받들고 죽은 사람을 장사 지내는 데 쓰는 도구이다.

그러므로 농부는 먹을 것을 생산하고, 어부와 사냥꾼은 물건을 공급하고, 기술자는 이것으로 물건을 만들고, 장사꾼은 이것을 유통시킨다. 이러한 일이 어찌 정령(政令)이나 교화나 징발이나 기일을 정해 놓음으로써 모이겠는가! 사람들은 각각 그 능력에 따라 그 힘을 다하여 바라는 바를 얻는다. 그러므로 물건 값이 싸다는 것은 비싸질 조짐이며, 값이 비싸다는 것은 싸질 조짐이다. 각자가 그 생업에 힘쓰고 그 일을 즐겁게 하는 것이 마치 물이 낮은 곳으로 흐르는 것과 같아, 밤낮으로 쉴 새 없이 물건은 부르지 않아도 절로 모여들고 구하지 않아도 백성이 만들어 낸다. 〔이것은〕 어찌 도와 부합한 바가 아니겠으며, 자연의 징험이 아니겠는가?"

『주서(周書)』에 '농부가 생산하지 않으면 먹을거리가 모자라고, 장인이 물건을 만들어 내지 않으면 제품이 부족하고, 상인이 물건을 팔지 않으면 삼보(三寶)식량, 제품, 자재의 유통이 끊어진다. 산림과 연못 관리자가 내보내지 않으면 자재가 모자란다. 자재가 모자라면 산과 택지는 개척되지 않는다.'라고 했다. 이 네 가지는 백성이 입고 먹는 것의 근원이다. 그 근원이 크면 백성은 풍요로워지고 그 근원이 작으면 백성은 결핍된다. 이 네 가지는 위로는 나라를 잘살게 하고 아래로는 가정을 잘살게 한다. 빈부의 도란 빼앗거나 안겨 주어서 되는 게 아니고, 교묘한 재주가 있는 사람은 남아도는 것이고 꾀가 없는 사람은 모자란 것이다.

부잣집 아들은 저잣거리에서 죽지 않는다

전에 태공망여상(呂)(尙)이 영구(營丘)에 봉해졌을 때 그 땅은 소금기가 많고 백성이 적었다. 그래서 태공망은 부녀자들의 일을 장려하여 기교를 극대화하고, 〔각지로〕 생선과 소금을 유통하자 사람과 물건이 〔그곳으로〕 돌아오고 줄지어 잇달아 모여들었다. 그리하여 제나라는 천하에 관과 띠와 옷과 신을 퍼뜨려, 동해와 태산 사이의 제후들은 소매를 바로 하고 〔제나라로〕 가서 조회하였다. 그 뒤 제나라는 한때 쇠약하기도 하였으나 관자(管子)관중가 〔나라를〕 재정비하여 다스리면서 경중구부(輕重九府)[2]를 두었고, 환공은 이것으로써 패자가 되어 제후들을 아홉 차례나 모이게 하여 천하를 바로잡았다. 관씨관중 또한 후 신분으로 있으면서도 열국의 왕들보다 부유하여 삼귀(三歸)세 성씨의 여자를 얻는 것를 가질 정도였다. 이 때문에 제나라의 부강함은 위왕(威王)과 선왕(宣王) 대에까지 이르

---

2) 화폐에 관한 일을 하던 아홉 관부로 대부(大府), 옥부(玉府), 내부(內府), 외부(外府), 천부(泉府), 천부(天府), 직내(職內), 직금(職金), 직폐(職弊)를 말한다.

렀다.

그러므로 '창고가 가득 차야 예절을 알고, 먹고 입을 것이 넉넉해야 영예와 치욕을 안다.'라고 한 것이다. 예라는 것은 〔재산이〕 있는 데서 생겨나고 없는 데서는 사라진다. 그런 까닭에 군자가 부유하면 덕을 즐겨 실천하고, 소인이 부유하면 자기 능력에 닿는 일을 한다. 못은 깊어야 고기가 있고, 산은 깊어야 짐승이 오가며, 사람은 부유해야만 인의를 따른다. 부유한 사람이 세력을 얻으면 세상에 더욱 드러나고, 세력을 잃으면 빈객들이 갈 곳이 없어져 따르지 않는다. 이러한 경향은 만이 나라에서 더욱 심하다. 속담에 '천금을 가진 부잣집 아들은 저잣거리에서 죽지 않는다.'라고 했는데 이것은 빈말이 아니다. 그러므로 '천하 사람은 모두 이익을 위해 기꺼이 모여들고, 모두 이익을 위해 분명히 떠난다.'라고 하는 것이다. 저 천승의 왕, 1만 가(家)를 가진 후(侯), 100실(室)을 가진 대부도 오히려 가난을 걱정했는데 하물며 보통 사람이나 서민이야 어떠하겠는가?

물건과 돈은 흐르는 물처럼 유통시켜야 한다

옛날 월나라 왕 구천은 회계산에서 고통을 겪으면서 범려와 계연(計然)범려의 스승을 등용했다. 계연은 이렇게 말했다.

'전쟁이 있을 것을 알면 미리 방비해야 하고, 때와 쓰임을 알면 〔필요한〕 물건을 알게 됩니다. 이 두 가지가 드러나면 모든 재물의 실정을 알 수 있습니다. 그러므로 세성(歲星)목성이 서쪽에 있으면 풍년이 들고, 북쪽에 있으면 수해가 발생하며, 동쪽에 있으면 기근이 들고, 남쪽에 있으면 가뭄이 듭니다. 가뭄이 든 해에는 미리 배를 준비해 두고, 수해가 있는 해에는 미리 수레를 준비해 두는 것이 사물의 이치입니다. 6년마다 한 차례 풍년이 들고, 6년마다 한 차례 가뭄이 들며, 12년마다 한 차례 흉년이 듭니다. 쌀값이 한 말에 20전이면 농민이 고통을 받고, 90전이면 〔반대로〕 상인이 고통을 받습니다. 상인이 고통을 받으면 상품이 유통되지 않고, 농민이 고통을 받으면 논밭이 개간되지 못합니다. 쌀값이 비싸도 80전을 넘지 않고, 싸도 30전 아래로 떨어지지 않게 하면 농민과 상인이 다 함께 이롭습니다. 쌀값을 안정시키고 물자를 고르게 유통시켜 관문이나 시장에 물건을 넉넉하게 하는 것이 나라를 다스리는 길입니다. 물자를 축적하는 원칙은 물건을 온전한 채로 보존하는 데 힘써야 하는 것이지 물화를 오래 쌓아 두는 게 아닙니다. 물자를 서로 교역하는데 상하기 쉬운 것을 팔지 않고 남겨 두면 안 되고, 물건을 쌓아 두고 비싸질 때까지 오래 기다리면 안 됩니다. 물건이 남아도는지 모자라는지를 살펴보면 그것이 비싼지 싼지를 알 수 있습니다. 비쌀 대로 비싸지면 헐값으로 돌아오고, 쌀 대로 싸지면 비싼 값으로 되돌아갑니다. 값이 비싸면 오물을 배설하듯이 내다 팔고, 값이 싸면 구슬을 손에 넣듯이 사들여야 합니다. 물건과 돈은 그 유통이 흐르는 물과 같아야 합니다.'

이러한 방법을 실천한 지 10년이 되니 나라는 부강해지고 병사들은 많은 상을 받게 되었다. 병사들은 목마른 사람이 물을 얻는 것처럼 적군의 화살과 돌을 향해 용맹스럽게 달려 나가게 되고, 드디어 강한 오나라에 복수하여 중원에 병력을 떨치고 오패로 불리게 되었다.

범려는 회계산의 치욕을 씻고 나서 이렇게 탄식했다.

'계연의 일곱 가지 계책 중에서 월나라는 다섯 가지를 써서 뜻을 이루었다. 나라에서는 이미 써 보았으니, 나는 이것을 집에서 써 보겠다.'

이리하여 그는 작은 배를 타고 강호로 다니다가 성과 이름을 바꾸고 제나라로 가서는 치이자피(鴟夷子皮)라 부르고, 도(陶)로 가서는 주공(朱公)이라 불렀다. 주공은 도(陶)는 천하의 중심으로 사방 여러 나라로 통하여 물자의 교역이 이루어지는 곳이라고 생각했다.

이에 장사를 하며 물자를 쌓아 두었다가 시세의 흐름을 보아 내다 팔아서 이익을 거두었는데 사람의 노력에 기대지는 않았다. 그러므로 생업을 잘 운영하는 사람은 거래 상대를 고른 뒤 자연의 시세에 맡긴다. 주공은 19년 동안에 세 차례나 천금을 벌었는데, 그것을 두 번은 가난한 친구들과 먼 형제들에게 나눠 주었다. 이것이 이른바 '부유하면 그 덕을 즐겨 행한다.'라는 것이다. 나중에 그는 늙고 쇠약해지자 일을 자손에게 맡겼다. 자손들이 가업을 잘 운영하여 재산을 늘려 거만금에 이르는 부자가 되었다. 그러므로 부를 말하는 사람은 모두 도 주공을 일컫는다.

세력을 얻어 더욱 세상에 드러난다

자공(子贛)은 중니(仲尼)공자에게 배운 뒤 물러나 위(衛)나라에서 벼슬하고, 조(曹)나라와 노나라 사이에서 물자를 쌓아 두기도 하고 팔기도 하였는데, 공자의 70여 제자 중에서 자공이 가장 부유했다. 원헌(原憲)은 술지게미나 쌀겨조차 제대로 먹지 못하면서 후미진 뒷골목에 숨어 살았다. 자공은 네 마리 말이 끄는 수레를 타고 기마행렬을 거느리며 비단을 폐백으로 들고 제후들을 찾아가므로 가는 곳마다 왕들이 몸소 뜰까지 내려와 대등한 예로 맞이하지 않는 자가 없었다. 대체로 공자의 이름이 천하에 널리 알려지게 된 것도 자공이 공자를 앞뒤로 모시고 다녔기 때문이다. 이것이 이른바 '세력을 얻어 더욱 드러나는' 일 아니겠는가?

시세 변동에 따라 새처럼 민첩하게 사고팔라

백규(白圭)는 주나라 사람이다.[3] 위(魏)나라 문후(文侯) 때 이극(李克)은 지력(地力)을 높이는 일에 힘을 기울였으나, 백규는 시세의 변동을 살피기를 좋아했다. 그래서 〔백규는〕 사람들

---

3) 여기서는 낙양 사람이라는 뜻이다.

이 버리면 자신이 사들이고, 세상 사람들이 사들일 때는 자신이 팔아넘겼다. 풍년이 들면 곡식을 사들이고 실과 옷은 팔았으며, [흉년이 들어] 누에고치가 나돌면 비단과 풀솜을 사들이고 식량을 팔았다. 태음(太陰)목성 뒤의 세성(歲星)이 동쪽에 있는 해에는 풍년이 들지만 그 이듬해에는 흉년이 든다. 또 남쪽에 있는 해에는 가물고 그 이듬해에는 풍년이 든다. 서쪽에 있는 해에는 풍년이 들고 그 이듬해에는 흉년이 든다. 북쪽에 있는 해에는 크게 가물고 그 이듬해에는 풍년이 든다. 그리고 홍수가 나는 해가 있으면 태음이 다시 동쪽으로 돌아온다. 백규는 풍년과 흉년이 순환하는 이러한 이치를 살펴 사고팔므로 물건을 사재기하는 것이 해마다 배로 늘어났다. 돈을 불리려면 값싼 곡식을 사들이고, 수확을 늘리려고 상급의 종자를 취했다. 거친 음식을 달게 먹고 하고 싶은 것을 억누르며 옷을 검소하게 입고 노복들과 고통과 즐거움을 함께했으나, 시기를 보아 나아가는 데는 마치 사나운 짐승이나 새처럼 재빨랐다. 그는 말했다.

'나는 생산을 운영할 때 마치 이윤과 여상이 계책을 꾀하고, 손자손무와 오자오기가 군사를 쓰고, 상앙이 법을 시행하는 것과 같이 한다. 그런 까닭에 임기응변하는 지혜가 없거나 일을 결단하는 용기가 없거나 주고받는 어짊이 없거나 지킬바를 끝까지 지킬 수 없는 사람이면 내 방법을 배우고 싶어 해도 끝까지 가르쳐 주지 않겠다.'

대체로 천하에서 생산하는 방법을 말하는 사람들은 백규를 그 원조로 보았다. 백규는 직접 시험을 해보고 남보다 뛰어남을 입증할 수 있었는데, 이것은 아무렇게나 되는 게 아니다.

의돈(猗頓)은 염전을 경영하여 〔집안을〕 일으켰고 한단의 곽종(郭縱)은 철광 제련으로 사업을 이루었는데, 〔그들은〕 왕과 대등할 만큼 부유했다.

목자와 과부가 천자에게 대우받을 수 있는 까닭

오지현(烏氏縣) 사람 나(倮)는 목축을 본업으로 했는데, 〔가축〕 수가 불어나자 팔아 신기한 비단을 사서 남몰래 융왕(戎王)에게 바쳤다. 융왕은 그 대가로 나에게 열 배나 더 많은 가축을 주었으므로 가축은 골짜기 수로 말과 소의 수를 셀 정도가 되었다. 진시황은 그를 군(君)으로 봉해진 자들과 똑같이 예우하여 정해진 때봄과 가을마다 대신들제후들과 함께 조회에 들게 했다.

또 파(巴) 땅에 사는 과부 청(淸)은 그 선조가 단사(丹沙)가 나는 동굴을 발견하여 그 이익을 여러 대에 걸쳐 독점해 왔으므로 재산이 헤아릴 수 없을 정도였다. 청은 과부이지만 그 가업을 지키고 재물을 이용하여 자신을 지켜 사람들로부터 침범당하지 않았다. 진나라 시황제는 청을 정조 있는 부인으로 여겨 빈객으로 대우하고, 〔그녀를〕 위해 여회청대(女懷淸臺)를 지었다. 이처럼 나(倮)는 시골뜨기 목장 주인이고 청은 시골의 과부에 지나지 않지만 만 대의 수레를 내는 천자와 똑같은 예를 받고 이름을 천하에 드러냈으니, 어찌 부유했기 때문이 아니겠는가?

천하엔 물자가 많은 곳도 있고 적은 곳도 있다

한나라가 일어나 천하가 하나가 되자, 관문과 다리를 개방하고 산림과 소택의 〔나무를 베고 고기를 잡지 못하게 한〕 금령을 느슨하게 하였다. 이에 부상(富商)과 대상(大商)들이 천하를 두루 다니게 되어 교역하는 물건은 유통되지 않는 게 없었으므로 바라는 것은 다 얻을 수 있었다. 그리고 〔한나라는 지방의〕 호걸들과 제후국의 권문세족들을 경사(京師)로 옮겨 살게 했다.

관중(關中)은 견(汧)과 옹(雍)에서부터 동쪽으로 하수와 화산(華山)에 이르기까지 기름진 땅이 1000리에 펼쳐 있어 우(虞)와 하(夏) 시대의 공부(貢賦)에서도 상등급의 전답으로 삼았던 것이다. 또한 공류(公劉)는 빈(邠)으로 갔고, 대왕(大王) 공단보과 왕계(王季)는 기산(岐山)에서 살았으며, 문왕은 풍(豐)을 일으켰고, 무왕은 호경(鎬京)을 다스렸으므로 이 땅에 사는 백성은 아직도 선왕이 남긴 풍모를 지니고 있기 때문에 농사짓기를 즐겨 오곡을 심고 토지를 소중히 여기고 사악한 짓을 두려워한다. 진(秦)나라 문공과 덕공과 목공이 옹(雍)에 도읍하니, 〔그곳에는〕 농(隴)과 촉의 물자가 많이 모여들고 장사꾼도 많았다. 헌공은 역읍(櫟邑)으로 도읍을 옮겼는데 역읍은 북쪽으로는 융적(戎翟)을 물리칠 수 있고, 동쪽으로는 삼진(三晉)과 통해서 또한 큰 장사꾼이 많았다. 효공과 소왕은 함양에서 다스렸으므로 한나라는 〔그곳에 가까운〕 장안에 도읍을 정했다. 장안 주변에는 여러 개의 능묘(陵墓)가 있으므로 수레바퀴 살이 바퀴 축으로 향하듯 사방에서 줄지어 모여들었다. 땅이 좁고 사람이 많으므로 그곳 백성은 약아져서 말단상업을 가리킴을 일삼았다.

〔관중〕 남쪽에는 파와 촉이 있다. 파와 촉은 땅이 기름져 치자, 생강, 단사, 돌, 구리, 쇠, 대나무 그릇, 나무 그릇 등을 많이 생산했다. 그래서 그 남쪽의 전(滇)과 북(僰)을 능가했고, 북에서는 노예를 많이 냈다. 서쪽으로는 공(邛)과 작(笮)에 가까운데 작에서는 말과 모우(旄牛)를 생산했다. 사방이 막혀 있지만 1000리에 걸친 잔도가 있어 통하지 않는 곳이 없었다. 다만 포(褒)와 야(斜)의 땅[4]은 파와 촉의 길 어귀를 꿰매어 얽어 놓은 것만 같아서 남아도는 물자를 모자라는 것과 바꾸곤 했다.

천수(天水), 농서(隴西), 북지(北地), 상군(上郡)은 관중 지방과 같은 풍속을 가지고 있었다. 서쪽에는 강중(羌中)의 이익이 있고, 북쪽에는 융적의 가축이 있으며, 목축은 천하에서 으뜸이었다. 이곳은 구석지고 험난하며 오로지 경사(京師)로만

---

4) 종남산(終南山)의 남쪽 골짜기에서 북쪽 골짜기에 이르기까지 470리나 되는 교통의 요충지이다.

길이 통했다. 관중 땅은 천하의 3분의 1을 차지해도 인구는 10분의 3에 지나지 않았다. 그러나 그 부를 논해 보면 10분의 6이나 차지하였다.

옛날 당(唐) 사람요임금은 하동(河東)에 도읍하였고, 은나라 사람반경(盤庚)은 하내(河內)에 도읍하였으며, 주나라 사람평왕(平王)은 하남(河南)의 낙양에 도읍하였다. 대체로 삼하(三河)는 천하의 중앙에 있어 솥의 세 발과 같고 왕들이 번갈아 있던 곳이다. 나라를 세운 지 제각기 수백 년에서 수천 년 되었고, 땅은 좁으나 백성은 많았다. 도성과 봉국에는 제후들이 모였으므로 그 풍속이 섬세하고 검소함을 숭상하며 세상사에 익숙했다.

양(楊)과 평양(平陽)은 서쪽으로 진(秦)나라, 백적(白翟)과 장사하고 북쪽으로는 종(種), 대(代)와 장사하였다. 종과 대는 석읍현(石邑縣) 북쪽에 있는데 흉노와 이웃하여 자주 침략당했다. 그곳 백성은 자존심이 강하고 다른 사람을 이기려 들며 성을 잘 내고 유협의 기질이 있어 간악한 일을 하고, 농사나 장사에 종사하지는 않았다. 그러나 북쪽 오랑캐와 가까이 있어 군대가 자주 출동하는 탓으로 중원에서 자주 수송을 위탁하므로 뜻하지 않게 큰 이익을 얻을 때도 있었다. 그곳 사람들은 들양처럼 날쌔고 사나우며, 전진(全晉)진나라가 한, 조, 위 셋으로 갈라지기 전 시기부터 그들의 포악함은 골칫거리였다. 그러나 〔조나라의〕 무령왕이 그들의 포악한 기질을 더욱 조장하였으므로 이곳 풍속에는 아직도 조나라의 유풍이 있었다. 그래서 양과 평양은 그 사이에서 장사를 하여 원하는 것을 얻었다.

온(溫)과 지(軹)는 서쪽으로 상당과 거래하고 북쪽으로는 조, 중산(中山)과 거래했다. 중산은 땅이 메마르고 사람이 많은 데다 사구 일대에는 음란한 짓을 하던 주왕의 자손들이 사는데, 그들의 풍속은 경박하고 교활한 방법으로 이익을 얻어 생활했다. 남자들은 서로 모여 놀고 희롱하며, 슬픈 노래로 울분을 터뜨리고, 일어나면 서로 따르고 사람을 죽이고 강도질을 하며, 일이 없을 때는 무덤을 파헤쳐서 보물을 훔쳐 위조품을 교묘하게 만들고 나쁜 짓을 하며, 광대놀이를 하기도 했다. 여자들은 비파를 타고 신발을 끌고 다니며 부귀한 사람들에게 아부하여 후궁으로 들어가 제후국마다 두루 퍼져 있다.

한단은 장수(漳水)와 하수(河水) 사이에 있는 큰 고을이다. 북쪽으로 연과 탁(涿)에 통하고, 남쪽에는 정과 위(衛)나라가 있다. 정과 위나라의 풍속은 조나라와 비슷하지만 양나라와 노나라에 가까우므로 다소 중후하고 절조를 숭상한다.

복상(濮上)의 읍은 야왕(野王)으로 옮겨 갔는데 야왕 사람들이 의기를 소중히 여기고 유협을 숭상하는 것은 위(衛)나라의 유풍이다.

연나라는 발해(渤海)와 갈석산(碣石山) 사이에 있는 큰 고을인데 남쪽으로는 제와 조나라에 통하고, 동북쪽으로는 흉노와 경계를 맞대고 있다. 상곡(上谷)부터 요동에 이르는 곳은 아주 멀어 백성이 적고 자주 침략당했다. 풍속은 조나라, 대나라와 아주 닮았고 백성은 강하고 사납지만 생각이 얕다. 물고기, 소금, 대추, 밤 등이 많이 생산된다. 북쪽으로는 오환 및 부여와 이웃하고 있고 동쪽으로는 예맥, 조선, 진번에서 이익을 독점하고 있다.

낙양은 동쪽으로 제, 노나라와 통하고 남쪽으로는 양, 초나라와 거래한다. 태산 남쪽은 노나라이고, 북쪽은 제나라이다.

제나라는 산과 바다로 둘러싸여 있고 기름진 들은 뽕나무와 삼을 기르기에 알맞으며 백성이 많고 무늬 있는 베, 비단, 생선, 소금 등이 생산된다.

임치 또한 동해와 태산 사이에 있는 큰 도시이다. 그곳 풍속은 너그럽고 느슨하며 활달하고, 지혜가 있고 의논하기를 좋아한다. 땅을 중시하여 이동하거나 흩어지는 일도 드물다. 떼를 지어 싸우는 것은 겁내지만 개인끼리 다투고 찌르며 싸우는 데는 용감하므로 남을 협박하는 사람도 많다. 대체로 큰 나라의 유풍이 있으며 그중에는 사, 농, 상, 공, 고(賈)가 두루 모여 산다.

추(鄒)와 노(魯)는 수수(洙水)와 사수(泗水) 가에 있으며, 지금도 주공(周公)의 유풍이 남아 있다. 이곳 풍속은 유교를 숭상하고 예를 잘 지키기 때문에 백성은 도량이 깊다. 뽕과 삼의 산업이 성행하기는 하지만 산이나 못의 생산물이 풍요롭지는 않다. 게다가 땅은 좁고 사람이 많으므로 사람들은 검소하고 인색하며, 죄를 두려워하여 사악한 것을 멀리한다. 그러나 노나라가 쇠한 뒤로는 장사를 좋아하고 이익을 좇는 것이 주나라 사람들보다도 심해졌다.

홍구(鴻溝)의 동쪽, 망산(芒山)과 탕산(碭山) 북쪽 거야현(巨野縣)까지는 양과 송나라 땅이었다. 도(陶)와 수양(睢陽)도 한 도시였다. 옛날 요임금은 휴식을 취하는 궁실을 성양(成陽)에 세웠고, 순임금은 뇌택(雷澤)에서 물고기를 잡았으며, 탕왕은 박(亳)에서 거주했다. 그러므로 그들의 풍속에는 여전히 선왕의 유풍이 남아 있다. 사람들은 중후하여 군자가 많고 농사짓기를 좋아한다. 산과 물에서 생산되는 풍요로움은 없지만 남루한 옷에 거친 음식으로 생활하며 재물을 모은다.

월나라와 초나라 땅에는 세 가지 풍습이 있다. 무릇 회수 북쪽으로 패(沛), 진(陳), 여남(汝南), 남군(南郡)까지는 서초(西楚)이다. 그곳 풍습은 사납고 경솔하며 쉽게 화를 낸다. 땅은 거칠고 메말라서 물자를 축적하기가 어렵다. 강릉(江陵)은 본래 초나라 도읍인 영(郢)으로서, 서쪽으로는 무(巫)와 파(巴)로 통하고 동쪽으로는 운몽의 풍요한 생산물이 있다. 진(陳)은 초나라와 하(夏)나라의 중간에 있어 생선과 소금 등의 물자를 교역하고, 그곳 백성 중에는 장사꾼이 많다. 서(徐), 동(僮), 취려(取慮)의 백성은 청렴하지만 각박하고 약속을 중히 여기는 것을 자랑으로 삼는다.

팽성(彭城) 동쪽으로 동해(東海)진(秦)나라가 설치한 군 이름, 오(吳), 광릉(廣陵)까지가 동초(東楚)이다. 이곳 풍속은 서(徐), 동(僮)과 비슷하다. 또 구(朐)와 증(繒)으로부터 그 북쪽의 풍속은 제나라와 비슷하고, 절강 남쪽은 월나라와 비슷하다. 저 오나라는 오왕 합려, 춘신군, 오왕 유비 세 사람이 천하에서 놀기 좋아하는 젊은 사람들을 모두 불러 모았다. 동쪽에는 물고기와 소금의 풍요로움이 있고 장산(章山)의 구리, 삼강(三江)과 오호(五湖)에서 이익을 얻는다. 오나라도 강동(江東)의 하나의 도시이다.

형산(衡山), 구강(九江), 강남(江南), 예장(豫章), 장사(長沙)는 남초(南楚)로서 이곳 풍습은 서초와 대체로 비슷하다. 〔옛날 초나라는〕 영(郢)이 멸망한 뒤 수춘(壽春)으로 옮겼는데 수춘도 큰 도시 중 하나이다. 합비(合肥)는 〔강수(江水)와 회수(淮水)의〕 조수를 남북으로 받으며 피혁, 건어물, 목재 등이 모이는 곳이다. 이곳 풍속에는 민중(閩中)과 간월(干越)월(越)의 명칭의 것이 섞여 있기 때문에 남초(南楚) 사람들은 문사(文辭)를 좋아하지만 말을 교묘하게 하여 믿음이 적다. 강수 남쪽은 땅이 낮고 습하여 남자가 일찍 죽는다. 대나무가 많이 난다. 예장에서는 황금을 생산하고 장사에서는 아연과 주석을 생산하기는 하지만 그 양이 아주 적어 캐는 비용에도 미치지 못한다.

구의산(九疑山)창오산(蒼梧山)과 창오군(蒼梧郡)에서부터 남쪽 담이(儋耳)에 이르기까지는 강수 남쪽과 거의 풍습이 같으며 양월(楊越) 사람이 많다. 번옹(番禺)도 큰 도시 가운데 하나이며 주옥, 서각(犀角), 대모(玳瑁), 과실, 삼베 등이 모이는 곳이다.

영천(潁川)과 남양(南陽)은 옛날 하나라 사람들이 살던 곳이다. 하나라 사람은 충실하고 질박한 정치를 숭상했으므로 지금까지도 선왕의 유풍이 남아 있다. 영천 사람들은 후덕하고 삼가며 신중하다. 진나라 말기에는 반역 행위를 한 사람들을 남양으로 옮겨 살게 했다. 남양은 서쪽으로 무관(武關)과 운관(鄖關)에 통하고, 동남쪽으로는 한수(漢水)와 강수와 회수를 받아들인다. 완(宛)도 큰 도시 중 하나이다. 이곳 풍속은 여러 가지가 뒤섞여 있으며 일하는 것을 좋아한다. 생업으로 장사하는 사람이 많고 협객의 기질이 있다. 이곳은 영천과 서로 통하므로 지금까지도 이곳 사람들을 하나라 사람이라고 부른다.

대체로 천하에는 물자가 적은 곳도 있고 많은 곳도 있다. 백성의 풍속은 〔지역에 따라 차이가 있어〕 산동에서는 바닷소금을 먹고, 산서에서는 호수 소금을 먹으며, 영남과 사북(沙北)사막 북쪽으로 몽골 고원과 그 이북은 원래 소금을 생산하는 곳이 있다. 〔물자와 사람의 관계는〕 대체로 이와 같다.

이것을 총괄해 보면 초나라와 월나라는 땅은 넓지만 사람이 드물고, 쌀밥에 생선국을 먹는다. 어떤 곳에서는 마른 풀을 태워 밭을 갈고, 논에 물을 대어 김을 매고, 초목의 열매와 소라나 조개 등이 장사꾼을 기다리지 않아도 될 만큼 넉넉하다. 지형상 먹을 것이 풍부하여 굶주릴 염려가 없으므로 백성은 게으르고 그럭저럭 살아가며 재산을 모으지 않아 가난한 사람이 많다. 이 때문에 강수와 회수 남쪽에는 굶주리는 사람도 없지만 천금을 가진 부잣집도 없다.

기수와 사수 북쪽 지역은 오곡과 뽕과 삼을 심고 육축(六畜)소 말, 양, 닭, 개, 돼지을 기르기에 알맞다. 그러나 땅이 좁고 사람은 많은 데다 수해와 가뭄이 잦다. 그곳 사람들은 저축을 즐긴다. 그러므로 진(秦), 하(夏), 양(梁), 노(魯)에서는 농사를 권장하고 농민을 소중히 여긴다. 삼하(三河)와 완(宛)과 진(陳)의 땅도 이와 같으나 상업에도 힘을 기울인다. 제나라와 조나라 지역 사람들은 지혜와 재주를 부리고 기회를 보아 이익을 잡으려 하며, 연나라와 대나라는 농사를 짓고 목축을 하며 양

잠에도 힘쓴다.

부라는 것은 타고난 본성이다

이러한 이치로 볼 때 어진 사람이 묘당에서 깊이 도모하고 조정에서 논의하며, 신의를 지켜 절개에 죽거나 동굴 속에 숨어 사는 선비가 높은 명성을 얻으려는 것은 결국 무엇을 위해서인가? (그것은 다) 부귀로 귀착된다. 그러므로 깨끗한 벼슬아치도 시간이 오래되면 더욱 부유해지고, 공정한 장사꾼도 마침내 부유해진다. 부라는 것은 사람의 타고난 본성이라 배우지 않아도 누구나 바라는 것이다. 그러므로 건장한 병사가 전쟁에서 성을 공격할 때 먼저 오르고 적진을 점령하여 적군을 물리치며, 적장을 베고 깃발을 빼앗으며, 화살과 돌을 먼저 무릅쓰고 끓는 물과 불의 어려움도 피하지 않는 것은 큰 상 때문에 그렇게 한 것이다. 또 마을의 젊은이들이 강도질을 일삼고 사람을 때려죽인 뒤 묻어 버리고, 사람들을 협박하며 사악한 짓을 일삼고 무덤을 파헤쳐 보물을 훔치고 돈을 위조하며, 협객인 체하면서 같은 패거리를 대신하여 원수를 갚고, 세상 사람의 눈에 띄지 않는 후미진 곳에서 물건을 빼앗고 사람을 내쫓는 등 법에 저촉되는 행위를 피하지 않고 말을 달리듯 죽을 곳으로 나아가는데 이는 사실 모두 재물의 쓰임 때문에 그렇게 한 것이다.

지금 조나라와 정나라의 미녀들이 아름답게 화장하고 거문고를 손에 들고, 긴소매를 나부끼며 가볍게 발을 놀리며 눈짓으로 유혹하여 마음을 사로잡아 1000리를 멀다 않고 나아가는데 나이가 많고 적음을 가리지 않는 것은 큰 부로 달려가는 것이다. 한가하게 노니는 공자들이 관과 칼을 장식하고, 수레와 말을 줄지어 따르게 하는 것도 부귀를 과시하기 위함이다. 주살로 고기를 잡고 활을 쏘아 사냥하면서 새벽과 밤을 가리지 않고 서리와 눈을 무릅쓰며 동굴과 깊은 골짜기를 뛰어다니고 맹수의 위험을 피하지 않음은 맛있는 것을 얻기 위해서이다. 도박, 경마, 닭싸움, 개싸움 등을 하면서 얼굴빛을 바꿔가며 서로 자랑하고 반드시 싸워 이기려고 다투는 것은 져서 돈을 잃고 싶지 않기 때문이다. 의사나 도사 그 밖의 여러 가지 기술로 먹고사는 사람이 노심초사하며 자신의 재능을 다하려는 것은 막대한 보수를 얻기 위해서이다. 벼슬아치가 글을 교묘하게 꾸미며 법을 농간하고 도장과 문서를 위조하여 자신들에게 내려질 형벌마저 피하지 않는 것은 뇌물을 탐닉하기 때문이다. 농, 공, 상들이 저축하고 이익을 늘리는 것은 부를 구하고 재산을 불리려 하기 때문이다. 이들은 지혜와 능력을 다해 온 힘을 기울여서 끝내 남에게 재물을 넘겨주는 일은 없을 뿐이다.

　속담에 '100리 먼 곳에 나가 뗄나무 장사를 하지 말며, 1000리 먼 곳에 나가 양식을 팔지 말라.'라고 했다. 또 〔어떤 곳에〕 1년을 머물려 하거든 곡식을 심고, 10년은 나무를 심으며, 100년은 덕을 베풀어야 한다. 덕이란 인재를 두고 하는 말이다.

이제 관직의 지위에 따라 받는 봉록도 없고 작위에 봉해짐에 따라 받는 식읍의 수입도 없으면서 이런 것을 가진 사람들처럼 즐거워하는 사람이 있으니, 이를 소봉(素封)봉지나 작위 등이 없는 봉군(封君)이라고 부른다.

부를 얻는 데는 상업이 최상이다

봉(封)이란 〔영지에서 거둬들이는〕 조세를 받아 먹고사는 것이다. 해마다 1호에서 200전을 걷는다고 하면 1000호를 가진 군주는 연간 수입이 20만 전이나 되어 입조 비용과 제후들을 초대하고 연회를 여는 등의 비용을 그 수입에서 지출할 수 있다. 서민인 농부, 직공, 상인은 해마다 1만 전에 대한 이익이 2000전이므로 100만 전을 갖고 있는 집이라면 20만 전의 수입이 있으니 병역과 부역을 대신해 줄 돈과 조(租)와 부(賦)가 이 가운데서 지출된다. 이들은 입고 먹는 것을 제 욕심껏 마음대로 채울 수 있다.

그러므로 '말 54마리, 소 167마리, 양 250마리를 키울 수 있는 목장, 돼지 250마리를 키울 수 있는 습지대, 1000섬의 물고기를 양식할 수 있는 연못, 1000장(章)의 목재를 벌채할 수 있는 산, 안읍(安邑)의 대추나무 1000그루, 연나라와 진나라의 밤나무 1000그루, 촉(蜀), 한(漢)과 강릉의 귤나무 1000그루, 회북과 상산 남쪽 및 하수와 제수 사이의 가래나무 1000그루, 진(陳)과 하나라의 옻나무 밭 1000무(畝),[5] 제나라와 노나라의 뽕나무 밭과 삼밭 1000무, 위천(渭川) 유역의 대나무 숲 1000무, 거기에 각국의 번창한 성이나 성곽 주위에서 1무에 1종(鍾)의 수확이 있는 밭 1000무 혹은 잇꽃이나 꼭두서니 밭 1000무, 생강과 부추 밭 1000무 가운데서 어느 것이라도 가진 사람이면 모두 1000호를 가진 제후와 같다.'라고 했다. 이러한 것들은 부의 자원이다. 이것을 가진 사람들은 저잣거리를 기웃거릴 필요도 없고, 다른 마을에 가지 않고 가만히 앉아 수입만 기다리면 된다. 몸은 처사(處士)벼슬하지 않는 선비처럼 있으면서도 수입이 있다. 만일 집이 가난하고 어버이는 늙고 처자식은 연약하며, 세시(歲時)가 되어도 조상에게 제사를 올리지 못하고, 가족이 모여 음식을 먹지 못하며 옷을 입고 사람들과 어울리기 어려우면서도 이러한 것을 부끄러워할 줄 모른다면 비할 곳이 없을 만큼 못난 사람이다. 그래서 재물이 없는 사람은 힘써 일하고, 재물이 조금 있는 사람은 지혜를 짜내고, 이미 많은 재산을 가진 사람은 이익을 좇아 시간을 다툰다. 이것이 그 대강이다.

생활을 꾸려 나감에 위태롭게 하지 않으면서 수입을 얻으려는 것은 현명한 사람이 힘쓰는 바이다. 그러므로 농업으로 부를 얻는 것을 으뜸이라 하고, 상업으로 부를 얻는 것은 그다음이며, 간사하고 교활한 수단으로 부를 얻는 것이 가장 저급하다. 동굴 속에 숨어 사는 선비의 기이한 행동도 없으면서

---

5) 100보(步)를 1무라고 하는데, 1보는 사방 6자를 말한다.

오랫동안 가난하고 천하게 살며 인의를 말하는 것만 즐기는 것도 아주 부끄러운 일이다.

대체로 호적에 올린 보통 백성은 부유함을 비교하여 자기 보다 열 배 많으면 몸을 낮추고, 백 배 많으면 두려워하며, 천 배 많으면 그의 일을 해 주고, 만 배 많으면 그 하인이 되니, 이것이 사물의 이치이다. 대체로 가난에서 벗어나 부자를 추구하는 길에는 농업이 공업만 못하고 공업이 상업만 못하니, 비단에 수를 놓는 것이 저잣거리에서 장사하는 것만 못하다. 이것은 말단의 생업상업이 가난한 사람의 자본임을 말한다.

교통이 편리한 큰 도시에서는 한 해에 술 1000독, 식초 1000병, 간장 1000독, 도축한 소와 양과 돼지 1000마리, 내어 판 곡식 1000종(鍾)1종은 64말, 땔나무 1000수레, 길이가 1000장(丈) 되는 배에 실은 땔감용 목재, 목재 1000장(章), 대나무 장대 1만 개, 말이 끄는 수레(軺車) 100대, 소가 끄는 수레 1000대, 칠기 1000개, 구리 그릇 1000균(鈞)1균은 30근(斤), 나무 그릇이나 쇠 그릇 또는 잇꽃이나 꼭두서니 1000섬, 말 200마리, 소 250마리, 양과 돼지 각 2000마리, 노비 100명, 힘줄과 뿔과 단사 1000근, 비단과 솜과 가는 베 1000균, 무늬 있는 비단 1000필, 두꺼운 베와 가죽 1000섬, 옻 1000말, 누룩과 메주 각 1000홉, 복어와 갈치 1000근, 말린 생선 1000섬, 절인 생선 1000균, 대추와 밤 각 3000석을 생산하는 자는 10분의 3의 이익을 거둔다. 여우와 담비로 만든 갖옷 각 1000장, 염소와 양으로 만든 갖옷 1000섬, 털자리 1000장, 다른 과일과 야채 1000종 등의 물건을 팔면 그 이자는 1000관

(貫)1000매(枚)을 얻게 된다. 중간에서 소개하는 사람이나 탐욕스러운 상인은 본전의 3분의 1을 이익으로 챙기고, 큰 욕심을 부리지 않는 상인은 5분의 1을 이익으로 얻는다. 이들의 수입 역시 영지 1000호를 가진 제후와 같은 수준이다. 이상이 소봉의 대강이다. 그 밖의 잡일을 하면 10분의 2의 이익도 올리지 못하므로 우리가 말하는 재물을 모으는 방식이 아니다.

부유해지는 데는 정해진 직업이 없다

이제 당시 사방 1000리 안에 살았던 현명한 사람들이 어떤 방법으로 부유해졌는지를 대략적으로 말함으로써 후세 사람들이 살펴 선택하는 데 도움이 되게 하기를 청한다.

촉군의 탁(卓)씨탁왕손는 조상이 조나라 사람이다. [탁씨는] 철을 캐고 제련하여 부자가 되었다. 진(秦)나라가 조나라를 깨뜨렸을 때 탁씨를 옮겨 살도록 했다. 탁씨는 포로가 되어 재물을 빼앗겼으므로 부부가 손수레를 끌고 이주지로 갔다. 함께 옮겨 간 포로 가운데 남은 재산이 조금이라도 있는 사람들은 다투어 [진나라] 관리에게 뇌물을 바치고, 가까운 곳으로 가게 해 달라고 부탁하여 가맹(葭萌)에 자리를 잡았다. 탁씨는 말했다.

'가맹은 땅이 좁고 메마르다. 나는 민산(汶山) 기슭에 기름진 들이 있어 큰 감자가 생산되기 때문에 죽을 때까지 굶지 않으

며, 백성은 장사에 뛰어나고 쉽게 거래할 수 있다고 들었다.'

이에 먼 곳으로 옮겨 가기를 원하여 임공(臨邛)으로 가게되었다. 그는 매우 기뻐하며 철이 생산되는 산으로 들어가 쇠를 녹여서 그릇 만드는 일을 했다. 그는 지혜롭게 교역하여 전(滇)과 촉 땅의 백성을 기술자로 이용했다. 〔그의〕 부(富)는 노비가 1000명에 이르고, 전답과 연못에서 사냥하고 고기잡이하는 즐거움이 임금의 그것에 견줄 만했다.

정정(程鄭)은 산동에서 이주해 온 포로로서, 역시 철을 제련하여 머리를 방망이 모양으로 상투를 틀어 올린 사람들과 거래했다. 〔그도〕 탁씨처럼 부유했고 함께 임공에서 살았다.

완(宛) 땅 공(孔)씨의 조상은 양나라 사람이다. 공씨는 철제련을 직업으로 삼았다. 진(秦)나라가 위(魏)나라를 쳤을 때공씨는 남양(南陽)으로 이주하였다. 그는 대규모로 쇠를 녹여그릇을 만들고, 큰 못(池)도 계획하여 만들었다. 수레와 말을거느리고 제후에게 유세하였고 그것을 이용하여 장사하였다. 교역의 이로움에도 밝아 그는 '유한공자(游閑公子)'라는 이름을 얻었지만 이익을 지나치게 챙겨 인색한 장사치보다 더했다. 그 결과 그는 수천 금의 부를 쌓았다. 남양의 장사꾼은 모두공씨의 큰 배짱을 본받았다.

노나라 사람의 풍속은 검소하고 절약했는데, 조(曹) 땅의병(邴)씨는 그중에서도 특히 심하여 철 제련법으로 일어나 거만금의 부를 쌓게 되었다. 그러나 그 집안의 부형에서 자손들에 이르기까지 '구부리면 물건을 줍고, 우러러보면 물건을 취하라.'라고 하고, 행상을 하며 모든 군과 국에 돈을 빌려주었다. 추와 노에서는 이런 이유 때문에 문학(文學)학문을 버리고 이익을 좇아 나서는 사람이 많아졌으니, 이는 조 땅의 병씨 탓이다.

제나라 풍속에는 노예를 업신여기는데, 조간(刁閒)만은 노예를 사랑하고 귀하게 대했다. 사람들은 사납고 교활한 노예를 싫어하지만 조간은 그런 자를 발탁하여 생선과 소금 장사를 시켜 이익을 얻었다. 조간은 수레와 말을 거느리고 다니며 고을 태수나 나라의 재상과 사귀기도 했지만, 노예들을 더욱 신임하여 그들의 힘을 빌려서 수천만 금의 부를 쌓았다. 그래서 '차라리 벼슬살이를 하기보다 조간의 노예가 되겠다.'라는 말까지 나오게 되었다. 이것은 조간이 사나운 노예를 잘 이끌어 부유하게 만들고, 그들의 힘을 제대로 발휘하게 함을 말한 것이다.

주나라 사람은 본래 인색하지만 그중에서도 사사(師史)라는 자는 더욱 심하여 수레 수백 대에 물건을 실어 나르며 군과 국으로 나가 장사했는데 가지 않은 곳이 없었다. 낙양 거리는 제, 진, 초, 조의 한가운데에 있기 때문에 가난한 사람은 부자들에게 장사하는 법을 배웠다. 이들은 오랜 기간 상업에 종사하는 것을 서로 자랑하며 고향 마을을 자주 지나면서도 자기 집에 들르지 않았다. 사사는 이들에게 일을 맡겨 장사를 시킨 결과 7000만의 재산을 쌓을 수 있었다.

선곡(宣曲)의 임(任)씨 조상은 독도(督道)의 창고 관리였다. 진(秦)나라가 싸움에서 졌을 때 호걸은 모두 앞을 다투어 금과 은과 옥을 차지했으나, 임씨만은 창고의 곡식을 굴속에 감추어 두었다. 그 뒤 초나라와 한나라가 형양에서 대치하자 백성은 밭을 갈고 씨를 뿌릴 수 없어 쌀 한 섬 값이 1만 전까지 뛰었다. 호걸들이 차지했던 금과 은과 옥은 모두 그의 것이 되어 부유해졌다. 부유한 사람들이 사치를 다툴 때 임씨는 절약하고 검소한 생활을 하며 농사와 목축에 힘썼다. 사람들은 밭과 가축을 살 때 싼 것만을 택하지만, 임씨만은 값은 비싸도 질이 좋은 것을 골랐다. 이리하여 임씨는 여러 대 동안 부유했다. 그런데도 임씨는 집안에 약속하기를 '내 집의 밭과 가축에서 얻은 것이 아니면 먹지도 입지도 않고, 공사(公事)가 끝나기 전에는 술과 고기를 입에 대지도 않는다.'라고 했다. 이런 까닭에 임씨는 마을의 모범이 되었고, 집안은 더욱 부유해졌으며 천자도 그를 존중했다.

〔한나라가 흉노를 친 뒤〕 변경의 땅을 넓혔을 때 교요(橋姚)라는 사람만이 말 1000마리, 소 2000마리, 양 1만 마리, 곡식 수만 종(鍾)을 얻었다. 오, 초 등 일곱 나라가 난을 일으켰을 때 장안에 있는 크고 작은 제후들은 토벌군에 가담하기 위해 자금을 빌리려 했다. 돈놀이하는 사람은 모두 '제후들의 봉읍은 관동(關東)에 있는데, 관동의 일이 성공할지 패할지는 아직 결정지을 수 없다.'라고 생각하고 기꺼이 빌려주려는 사람이 없었다. 오직 무염(無鹽)씨만이 1000금을 풀어 빌려주었는데 이자를 원금의 열 배로 하였다. 석 달 만에 오, 초가 평정되었다. 무염씨는 겨우 한 해 만에 원금의 열 배를 이자로 받아 그 재산은 관중 전체의 부와 맞먹게 되었다.

관중의 부상이나 대상은 대부분 전(田)씨 일족이었는데 전색(田嗇), 전란(田蘭) 등이 그들이다. 위가(韋家)의 율(栗)씨, 안릉(安陵)과 두(杜)현의 두(杜)씨도 거만금을 가진 부자였다.

이상은 [부자들 중에] 꽤 두드러진 인물들이다. 그들은 모두 작읍이나 봉록을 가진 것도 아니고 법률을 교묘하게 운용하고 나쁜 짓을 하여 부자가 된 것도 아니다. 모두 사물의 이치를 헤아려 행동하고 시세 변화를 살펴 그 이익을 얻고, 상업으로 재물을 쌓고 농업으로 부를 지켰다. 무(武)로 모든 것을 이룬 뒤에는 문(文)으로 그것을 지켰으며, 그 변화에는 절도와 순서가 있어 기술할 만하다. 농사와 목축과 공업과 벌목과 행상에 온 힘을 기울여 이익과 손해를 따져 대처하여 이익을 올림으로써 부를 이룩한 사람 가운데에 크게는 한 군(郡)을 압도하고, 그다음은 한 현(縣)을 압도하며, 작게는 한 마을을 압도하는 사람도 있었으니 그 예를 일일이 다 들 수 없을 정도로 많다.

대체로 아껴 쓰고 부지런한 것은 생업을 다스리는 바른 길이다. 그렇지만 부자가 된 사람은 반드시 기이한 기회를 활용했다. 밭에서 농사짓는 것은 [재물을 모으는 데에는] 졸렬한 업종이지만, 진(秦)나라의 양씨(揚氏)는 이것으로 주(州)에서 제일가는 부호가 되었다. 무덤을 파서 보물을 훔치는 것은 나쁜 일이지만 전숙(田叔)은 그것을 발판으로 하여 일어섰다. 도박은 나쁜 놀이이지만 환발(桓發)은 그것으로 부자가 되었고, 행상은 남자에게는 천한 일이지만 옹낙성(雍樂成)은 그것으로 부자가 되었다. 연지(臙脂)를 파는 것은 부끄러운 일이지만 옹백(雍伯)은 그것으로 천금을 얻었고, 술장사는 하찮은 일이지만 장(張)씨는 그것으로 천만 금을 얻었으며, 칼을 가는 것은 보잘것없는 기술이지만 질(郅)씨는 그것으로써 제후들처럼 반찬 솥을 늘어놓고 식사를 했다. 양의 위를 삶아 말려 파는 것은 단순하고 하찮은 일이지만 탁(濁)씨는 그것으로 기마행렬을 거느리고 다녔다. 말의 병을 치료하는 것은 대단치 않은 의술이지만 장리(張里)는 그것으로써 종을 쳐서 하인을 부르게 되었다. 이는 모두 성실하게 한 가지 일에 노력한 결과이다.

이런 것으로 미루어 볼 때 부유해지는 데에는 정해진 사업이 없고, 재물에는 일정한 주인이 없다. 능력이 있는 사람에게는 〔재물이〕 한곳으로 모이고, 능력이 없는 사람에게서는 기왓장 부서지듯 흩어진다. 천금의 부자는 한 도읍의 군주에 맞먹고, 거만금을 가진 부자는 왕과 즐거움을 같이한다. 〔그들이야말로〕 어찌 이른바 소봉(素封)이라고 할 만한 자들인가? 아닌가?"

70
◎
태사공 자서
太史公自序

「태사공 자서」는 열전의 마지막 편으로 들어가 있지만, 사실은 『사기』 전체의 머리말에 해당한다. 요즘은 저자 머리말을 맨 앞에 놓지만 예전에는 끄트머리에 두었다. 그런데 『사기』의 「태사공 자서」가 다른 책의 머리말과는 달리 유독 중요하게 평가되는 까닭은 단순히 전체적인 집필 동기와 구성 체제 등을 쓴 것이 아니라, 아버지를 중심으로 한 자신의 집안 내력과 학문적 배경 및 경력 등이 모두 포함되어 있어 『사기』를 이해하는 데 매우 도움을 주기 때문이다. 특히 「태사공 자서」에는 『사기』 130편에 대한 간단한 해제가 붙어 있어, 이것만 읽어 보아도 『사기』 전체 내용을 일목요연하게 짐작할 수 있다.

전문은 7812자로 이루어졌는데 순서대로 보면 ① 사마천의 가계, ② 사마씨 부자의 「육가요지(六家要旨)」, ③ 사마천의 청년 시절과 부친의 죽음 및 태사령이 된 자신, ④ 사마천이 아버지의 유언을 받는 과정, ⑤ 사마천과 호수의 『춘추』 논쟁, ⑥ 사마천이 궁형을 받고 발분해서 글을 쓰게 된 동기, ⑦ 『사기』 전편의 해제 등으로 구성되어 있다.

사마천의 가계에 관한 내용에서는 그 조상이 군사가, 경제가, 학자 등의 다양한 전통을 두루 갖고 있다는 점을 알 수 있으며, 사마천이 아버지 사마담의 영향을 받아 역사를 기록한다는 깊은 소명 의식이 담겨 있다. 특히 제자백가로 일컬어지는 육가(六家)에 대한 견해는 당시 학문적 다양성을 보여 주는 것으로서, 향후 중국 문화가 이런 사상적 배경을 가지고 발전했다고 해도 지나친 말은 아닐 것이다.

사마천은 역사적 사실에 대한 깊이 있는 이해와 통찰력으로 머리말을 썼다. 어떠한 역사서도 역사가의 주관을 거치지 않은 것은 없다. 사마천이 재해석한 역사는 그의 인간적 면모가 잘 드러나기도 하고, 현실에 냉정한 실증주의자의 면모 또한 느낄 수 있게 해 준다.

　또한 이 편에는 사마천의 인생관과 생사관이 고스란히 드러나 있으며, 이릉의 화를 자신이 겪은 궁형과 대비시켜 치욕을 참고 저술하여 천하에 이름을 남기겠다는 포부를 함께 나타내고 있다.

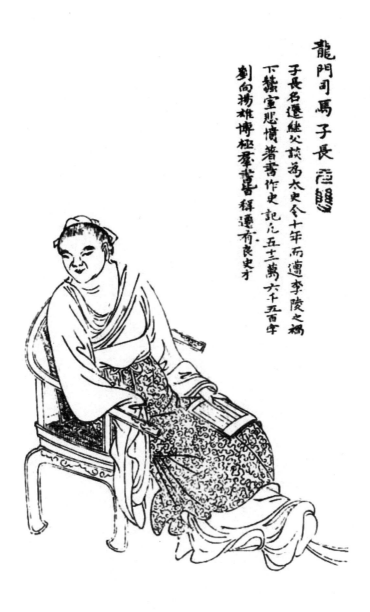

龍門司馬子長產態
子長名遷繼父談為太史令十年而遭李陵之禍
下蠶室悲憤著書作史記凡五十二萬六千五百字
劉向揚雄博極群書稱遷有良史才

책을 들고 앉아 있는 사마천.

뼈대 있는 집안의 내력

　옛날에 전욱(顓頊)황제(黃帝)의 손자은 남정(南正)천문을 관장하는 벼슬 중(重)에게 하늘에 관한 것을 주관하게 하고, 북정(北正)지리를 관장하는 벼슬 여(黎)에게는 땅에 관한 일을 관장하도록 명령하였다.

　당요(唐堯)와 우순(虞舜) 시대에 이르러서는 중과 여의 후손들에게 계속 천문과 지리를 맡게 하여 하(夏)와 상(商)에까지 이르렀으니, 중과 여는 대대로 천문과 지리를 주관한 것이다. 주 대(周代)에 정백(程伯)에 봉해졌던 휴보(休甫)도 여씨의 후손이다. 그런데 주나라 선왕 때에 이르러 그 후손들은 관직을 잃어 사마씨(司馬氏)¹⁾가 되었다. 사마씨는 대대로 주나라 역사를 관장하였다. [주나라] 혜왕과 양왕 사이에 사마씨는 주나라를 떠나 진(晉)나라로 가게 되었으며, 진(晉)나라의 중군(中軍)인 수회(隨會)가 진(秦)나라로 달아나 버리자 사마씨는 소량(少梁)으로 들어갔다.

사마씨가 주나라를 떠나 진(晉)나라로 간 뒤부터 [사마씨 일족들은] 뿔뿔이 흩어지기 시작하여 어떤 사람은 위(衛)나라에 살고, 어떤 사람은 조나라에 살고, 몇몇은 진(秦)나라에 살기도 했다. 위나라에서 살던 사람은 중산국의 재상이 되기도 하였고, 조나라에 살던 사람은 검술에 관한 견해를 전함으로써 [후세에] 명성을 날렸으니 괴외(蒯聵)가 바로 그 후손이다. 진나라에 있던 사람은 이름이 사마조(司馬錯)로 장의와 논쟁을 벌였다. 이때 혜왕이 사마조에게 촉나라를 치게 하자, [사마조는] 마침내 [촉나라를] 무너뜨리고 그로 인하여 그곳을 지키게 되었다.

사마조의 손자 사마근(司馬靳)은 무안군(武安君) 백기(白起)를 섬겼다. [사마씨가 살고 있던] 소량은 명칭을 하양(夏陽)으로 바꾸었다. 사마근과 무안군은 장평(長平)에 진을 치고 있던 조나라 군대를 [깨뜨려 장평] 땅에 생매장시키고 돌아왔다. 그는 두우(杜郵)에서 백기와 함께 자결 명령을 받아 화지(華池)에 묻혔다. 사마근의 손자 사마창(司馬昌)은 [진시황 때] 진나라의

---

1) 사마(司馬)는 관직 이름으로 시대에 따라 그 맡은 일이 달랐다. 사마는 본래 군사나 군수품 등을 관장했는데, 때로는 사관(史官) 일까지 겸했다.

주철관(主鐵官)철을 녹여 그릇 만드는 일을 관장하던 관리이 되었다.

괴외의 현손 사마앙(司馬卬)은 무신군의 장수부장가 되어 군대를 거느리고 조가현(朝歌縣)을 정벌하였다. 제후들이 서로 왕을 칭하게 되자 그는 은왕(殷王)으로 봉해졌다. 한왕이 초나라를 칠 때 사마앙은 한나라에 귀의함으로써 하내군을 자기 땅으로 만들었다.

사마창이 무택(無澤)을 낳았고, 무택은 한나라의 시장(市長)시장을 관리함이 되었다. 무택이 사마희(司馬喜)를 낳았고, 사마희는 오대부(五大夫)가 되었다. 〔이들은〕 세상을 떠나자 모두 고문(高門)에 묻혔다. 사마희가 사마담(司馬談)을 낳으니, 사마담은 태사공(太史公)[2]이 되었다.

천하의 이치는 하나인데 제각기 길을 간다

태사공사마담은 당도(唐都)천문학자에게 천문에 관한 것을 배우고, 양하(楊何)에게 『역』을 전수받고, 황자(黃子)황생(黃生)에게 도가의 이론을 배웠다. 태사공은 건원과 원봉 사이에 벼슬을 하였다. 〔그는〕 학자들이 학문의 참뜻에 통달하지도 못하면

---

2) 태사(太史)는 상나라 말기와 서주 시대에는 태사료(太史寮)의 장관을 일컬었고, 서주와 춘추 시대에는 사서 편찬과 천문과 역법과 제사 등을 관장했다. 진한 시대에는 그 지위가 낮아졌다.

서 스승을 배척하는 것을 우려하여 곧 육가(六家)유가, 묵가, 도가, 법가, 음양가, 명가의 핵심이 되는 가르침을 다음과 같이 논의했다.

『역』「대전(大傳)계사전(繫辭傳)」에서 "천하 사람들제자백가의 학설은 하나이건만 〔거기에 이르기 위해서〕 온갖 생각을 다하고, 같은 길로 귀착되면서 〔일부러〕 다르게 가려고 한다."라고 하였듯이 저 음양가, 유가, 묵가, 명가(名家), 법가, 도덕가도가 등은 이를 힘써 다스리려고 하는데 다만 그들이 내세우는 이론이 서로 길을 달리하여 어떤 것은 제대로 살폈고 어떤 것은 제대로 살피지 못한 것이 있을 뿐이다.

일찍이 나는 음양가의 학술을 관찰해 본 적이 있는데, 대체로 상서로움에 치중하고 금기하고 꺼리는 것이 많아 사람으로 하여금 구속받게 하고 두려워하게 하는 바가 많았다. 그러나 사시(四時)춘하추동가 운행하는 큰 순서를 배열한 점만은 놓쳐서는 안 될 것이다.

유가의 학설은 넓고 요점이 적어 힘써 연구해도 효과는 적다. 이로 인하여 그들의 학설을 모두 따르기는 어렵다. 그러나 그들이 군신과 부자 사이의 예절을 자리매김한 것과 부부와 장유 사이의 구별을 정한 것은 바꿔서는 안 된다.

묵가는 검소함을 〔내세워〕 따르기가 어렵다. 이로 인하여 모두 따라 실천할 수는 없지만, 그 근본을 튼튼히 하고 씀씀이를 절약해야 한다는 견해는 버릴 수 없는 것이다.

법가의 학설은 엄격하여 은혜가 적지만 군신과 상하의 본분을 바르게 하자는 것은 고칠 수 없는 것이다.

명가는 사람들을 명분(名)에 얽매이게 하고 간략하여 진실을 잃기 쉽게 한다. 그러나 그들이 명분과 실질(實)의 관계를 바르게 한 것은 살피지 않을 수 없다.

도가는 사람으로 하여금 정신을 한곳으로 모아 행동을 무형(無形)의 도에 들어맞게 하고 만물을 풍족하게 한다. 그 학술은 음양가의 천지자연의 법칙(四時)에 따르고, 유가나 묵가의 좋은 점을 받아들이고, 명가와 법가의 요점을 취하여 시대에 따라 더불어 옮겨 가고, 만물에 순응하여 변화하며, 풍속을 세우고 일을 시행하니 적절하지 않은 것이 없고 그 취지는 간략하여 요점을 파악하기 쉽고 일은 적게 해도 효과는 많다.

유가는 그렇지 않으니 군주는 천하의 모범과 법도라고 생각하여 군주가 제창하면 신하가 화답하고, 군주가 먼저 하면 신하는 따라서 해야 한다. 이와 같이 한다면 군주는 수고스럽고 신하는 편안하다. 〔도가가 말하는〕대도(大道)의 요체는 강함과 탐욕을 버리고 지혜를 물리치니, 이를 내려놓고 〔자연의〕법도에 맡기는 것이다. 무릇 정신을 많이 쓰게 되면 고갈되고, 육체를 너무 수고롭게 하면 피폐해진다. 육체와 정신이 소란스럽고 동요되는데 천지자연과 더불어 영원히 존재하였다는 말은 들어 본 바 없다.

저 음양가는 사시, 팔위(八位),[3] 십이도(十二度),[4] 이십사절

___

3) 팔괘(八卦)의 방위, 즉 진동(震東), 이남(離南), 태서(兌西), 감북(坎北), 건서북(乾西北), 곤서남(坤西南), 손동남(巽東南), 간동북(艮東北)을 말한다.
4) 십이차(十二次). 고대 중국에서 태양, 달, 행성의 위치와 운행 경로 등을

(二十四節)24절기마다 교령(教令)해야 할 것과 해서는 안 될 여러 가지 규정을 마련하여 이 교령에 따르는 자는 번창하고 거스르는 자는 죽지 않으면 망한다고 한다. 반드시 그렇지는 않다. 그러므로 "사람으로 하여금 이것의 구속을 받게 하여 매우 두려워하게 한다."라고 말한 것이다. 봄에 싹이 트고, 여름에 성장하며, 가을에 거둬들이고, 겨울에 저장하니, 이는 〔영원히 바뀌지 않는〕 하늘의 법칙이므로 이것을 따르지 않는다면 천하의 기강을 세울 수 없게 된다. 그러므로 "사시 〔운행〕의 큰 순서를 놓칠 수 없다."고 한 것이다.

유가는 육예(六藝)를 법도로 삼는데 육예의 경전본문과 주석서이 천만을 헤아려 여러 세대에 걸쳐 배워도 그 학문에 통할 수 없으며, 자신의 세대에 모두 바쳐도 그 예의를 연구할 수 없다. 그러므로 "범위가 넓고 요점이 적어 힘써 연구해 보아도 효과는 적다."라고 말한 것이다. 군신과 부자의 예절을 배열하고, 부부와 장유의 구분을 정해 놓은 것은 비록 백가(百家)모든 학파라 하더라도 바꿀 수 없다.

묵가도 요임금과 순임금의 도를 숭상하여 그들의 덕행에 대해 말했다.

"〔요임금과 순임금이 살던 집의〕 마루높이는 석 자이고 흙으로 만든 섬돌 계단이 세 단이며, 지붕은 띠풀로 엮고 처마 끝을 가지런히 자르지 않았으며, 원목 서까래도 〔매끈하게〕 다듬지 않

측량할 목적으로 황도대(黃道帶)를 열둘로 나눈 것을 말한다. 이것은 24절기와 관련이 있다.

왔다. 밥을 먹을 때는 흙을 빚어 만든 그릇을 쓰고, 국을 먹을 때는 흙으로 만든 국그릇을 사용했다. 거친 잡곡밥을 먹고 명아주잎과 콩잎 국을 먹었다. 여름에는 칡베 옷을 입고 겨울에는 사슴 가죽으로 만든 옷을 입었다."

〔묵가는〕 죽은 자를 보내는 데 세 치밖에 안 되는 오동나무 관을 쓰고, 소리 내어 울면서도 그 비통한 마음을 모두 드러내지는 않았다. 〔이렇듯 간략하게〕 상례(喪禮)를 가르쳐 반드시 이런 것을 모든 백성의 표준으로 삼았다. 〔그러나〕 천하 사람이 이와 같이 하는 것을 본받는다면 존귀함과 비천함의 분별이 없어진다. 세상이 달라지고 시대가 바뀌면 사업이 반드시 같아야 할 필요는 없으므로 "검약함을 내세워 따르기가 어렵다."라고 말한 것이다. 〔그러나〕 그 요지에 근본을 강화시키고 쓸쓸이를 절약해야 한다고 한 말은 사람마다 풍족해지고 집집마다 넉넉해지는 이치이다. 이는 묵가의 장점으로서 비록 백가라 하더라도 폐기할 수 없는 것이다.

법가는 가깝고 먼 관계를 구별하지 않고, 귀하고 천한 것을 차별하지도 않으며, 법에 따라 한 번에 단죄하므로 가까운 이를 가깝게 대하고 존귀한 자를 존귀하게 대하는 온정이 끊어지고 말았다. 한때의 계책으로 실행할 수는 있어도 오랫동안 사용할 수는 없으므로 "엄격하여 온정이 적다."라고 한 것이다. 군주를 높이고 신하를 낮추며 분수와 직책을 분명히 함으로써 서로 〔권한을〕 뛰어넘거나 침범할 수 없는 점은 백가라도 바꿀 수 없는 것이다.

명가는 살피는 것을 가혹하게 하면서 서로 뒤엉켜 흐려지게 하며, 사람으로 하여금 그 진의에 돌아가지 못하게 하고, 오로지 명분개념에 의해서만 결정하여 사람의 정서인정를 잃게 하므로 "사람으로 하여금 명분에 얽매이게 하고 그 진실을 잃기 쉽다."라고 말한 것이다. 명분에 의거하여 실질을 비판하되 명분과 실질이 서로 호응함으로써 〔진실을〕 잃지 않은 이것은 살피지 않을 수 없다.

도가는 〔억지로〕 하는 것이 없음(無爲)을 주장하면서 '하지 않음이 없음(無不爲)'을 말하는데, 그 실질은 쉽게 시행할 수 있지만 그 말은 알기 어렵다. 그들의 학술은 '텅 비고 없음(虛無)'을 근본으로 삼고 '자연에 순응함(因循)'을 작용으로 삼는다. 고정된 형세(勢)도 없고 일정한 형상(形)도 없으므로 만물의 실정을 구명할 수 있는 것이다. 만물보다 앞서지 않고 만물보다 뒤처지지도 않으므로 만물의 주인이 될 수 있다. 물론 법도(法)가 있지만 〔자연에 순응하므로〕 법도로 삼지 않고 시대에 따라서 일을 이루며, 제도가 있으나 제도로 삼지 않고 만물에 따라 합쳐진다. 그러므로 "성인이 사라지지 않는 것은 시대의 변화를 준수하기 때문이다. 비움(虛)은 도의 영원함이며, 순응(因)은 군주의 강령이다."라고 말한 것이다. 여러 신하가 모두 이르면 〔군주는〕 각자 스스로 〔그 직분을〕 밝히도록 해야 한다. 그 실질이 그 명성에 들어맞는 것을 바름(端)이라 하고, 그 실질이 명성에 들어맞지 않는 것을 공허함(窾)이라고 한다. 공허한 말(窾言)을 듣지 않으면 간사한 신하는 생겨나지 않고, 어진 자와 어리석은 자가 자연스럽게 구분되며, 흰색과 검은색이 즉시 드러나게 된다. 이와 같이 운용하고자 한다면 무슨 일이든지 이루어지지 않겠는가! 천지자연의 도와 합치되어 혼돈의 상태로 들어가며, 천하를 밝게 비추어 다시 이름 없는(無名) 경지로 돌아가게 된다.

대체로 사람이 살아 있다는 것은 정신이 있다는 것이며 기탁하는 것은 육체이거늘, 정신을 너무 쓰게 되면 고갈되고 육체를 너무 수고롭게 하면 피폐해진다. 육체와 정신이 분리되면 죽게 된다. 죽은 자를 다시 살려 낼 수 없고 떨어진 것을 다시 돌이킬 수 없으니, 성인은 이 두 가지를 모두 중시했다. 이로 말미암아 보건대 정신이란 삶의 근본이며 육체는 삶의 도구이다. 먼저 그 정신과 육체를 안정시키지 않고 "나만이 천하를 다스릴 수 있다."라고 말하니 무엇에 근거한 것인가?

태사공은 이미 천문을 관장하고 있었으므로 백성을 다스리지는 않았다. 〔그에게〕 아들이 있는데 사마천(司馬遷)이라고 했다.

사마천의 각지 여행

사마천은 용문(龍門)에서 태어나 하수 북쪽과 용문산 남쪽 기슭에서 농사를 짓고 가축을 길렀다. 열 살 때 옛날 문헌〔古文〕을 암송했으며, 스무 살 때는 남쪽으로 강수와 회수를 유력하고 회계산에 올라 우임금의 동굴을 탐험하고 〔순임금이 매장된〕 구의산(九疑山)도 살펴보았으며, 원수(沅水)와 상수(湘水)

에 배를 띄우고 유람하였다. [그러다가] 북쪽으로 문수(汶水)와 사수(泗水)를 건너 제나라와 노나라의 수도에서 학업을 닦고 공자가 남긴 풍속을 살펴보았으며, 추현(鄒縣)과 역산(嶧山)에서는 향사(鄉射)[5]를 살펴보았다. 파현(鄱縣), 설현(薛縣), 팽성(彭城) 등에서 재앙과 곤란을 겪고 양나라와 초나라를 거쳐 [고향으로] 돌아왔다. 이때 사마천은 관직에 나가 낭중이 되어서 명을 받들어 서쪽으로 파와 촉 남쪽 지역을 정벌하고, 남쪽서남이으로는 공(邛)과 작(筰)과 곤명(昆明)을 공략하고 돌아와서 다시 명을 받들었다.

선친의 뜻이 여기에 있지 않은가

이해에 천자효무제는 비로소 한나라 조정의 봉선 의식을 처음으로 거행하였는데, 태사공사마담은 주남(周南)낙양에 머물러 있어 그 일에 참여하여 받들 수 없으므로 분통이 터져 죽을 지경에 이르렀다. 그런데 아들 사마천이 때마침 [파촉 평정의] 사명을 마치고 돌아오는 길이므로 하수와 낙수의 사이에서 아버지를 만나 뵐 수 있었다. 태사공은 사마천의 손을 잡고 울면서 말했다.

---

5) 지방 장관이 봄과 가을에 한 차례씩 일반 백성과 만날 때 시행한 활쏘기 의식이다.

"내 조상은 주나라 왕실의 태사(太史)사관였다. 일찍이 상고
시대에 우임금과 하임금에게서 공명을 드러낸 이래로 천문에
관한 일을 주관해 왔다. 후세로 내려오면서 중도에 쇠락하더
니 나에게서 끊어지고 마는 것인가? 너는 다시 태사가 되어
우리 조상이 하던 일을 이어야 한다. 지금 천자께서 천년의 대
통을 이어받아 태산에서 봉선 의식을 거행하고 있는데도 내
가 따라가지 못한 것은 분명 천명이로다! 천명이로다! 내가 죽
거든 너는 반드시 태사가 되어라. 태사가 되거든 내가 논하여
저술하려고 했던 바를 잊지 말아라. 무릇 효도란 부모를 섬기
는 데서 시작하며, 그다음은 임금을 섬기는 것이고, 마지막은
자신을 내세우는 데 있다. 후세에 이름을 떨침으로써 부모를
드러내는 것이 효도의 으뜸이다. 세상 사람들이 주공을 칭송
하는 것은 그가 문왕과 무왕의 덕을 찬양하여 노래하고, 〔주
왕실의 근거지인〕 주남과 소남의 작풍을 선양하며, 태왕(太王)
고공단보과 왕계(王季)공계(公季) 혹은 계력(季歷)의 깊은 생각에 통
달하여 공류(公劉)후직의 증손에 미치고 후직(后稷)을 받들었기
때문이다. 유왕(幽王)과 여왕(厲王) 이후로는 제왕의 도리가
무너지고 예와 악이 쇠락하여 공자께서 옛 전적을 정리하고
폐기된 것을 일으켜 『시』와 『서』를 강론하고 『춘추』를 지었으
니, 배우는 사람들이 오늘에 이르기까지 그것을 본받는 것이
다. 획린(獲麟)[6] 이래로 400여 년 동안 제후들은 서로 아우르

---

6) 『춘추』 「노 애공(魯哀公)」 14년조를 보면 "봄에 서쪽에서 사냥하다 기린
을 잡았다."라는 기록이 보인다. 기린은 본래 어진 짐승을 상징한다.

려 하고 사관의 기록들은 내버려지고 끊어졌다. 이제 한나라
가 흥기하여 천하가 하나로 통일되고, 현명한 군주와 어진 임
금과 충성스러운 신하와 정의를 보고 죽는 선비가 나왔다. 〔그
러나〕 내가 태사가 되고도 이들을 논하여 기록하지 못해 천하
의 역사 문헌을 폐기하였구나. 나는 이것이 매우 두렵다. 너는
이 점을 염두에 두어라."

사마천은 고개를 숙이고 눈물을 흘리며 말했다.

"소자가 영민하지는 못하나 아버님께서 순서대로 정리해 두
신 옛 문헌을 모두 논술해 감히 빠뜨리는 것이 없도록 하겠습
니다."

〔태사공이〕 세상을 떠난 지 3년 만에 사마천은 태사령이 되
어 사관의 기록과 〔황실 도서관인〕 석실(石室), 금궤(金匱)에 보
관한 책들을 꺼내 모았다. 〔그로부터〕 5년 뒤가 마침 태초(太
初) 원년으로, 그해 11월 갑자일(甲子日) 초하루 아침 동짓날
에 천력(天曆)[7]이 비로소 바뀌어 명당(明堂)[8]을 세우고 모든
신에게 제사를 지냈다.

태사공사마천을 지칭은 말한다.

"선친께서 '주공이 세상을 떠난 지 500년이 지나 공자가 있

고, 공자가 죽은 뒤 지금에 이르기까지 500년이 되었으니 다시 밝은 세상을 이어받고 『역전(易傳)』을 바로잡고 『춘추』를 이어받고 『시』, 『서』, 『예』, 『악』의 근본을 밝히는 자가 있을 것이다.'라고 말씀하셨으니 〔선친의〕 뜻이 여기에 있지 않았는가! 뜻이 여기에 있지 않았는가! 내가 어찌 감히 사양하겠는가?"

사마천과 호수의 『춘추』 논쟁

상대부 호수(壺遂)가 말했다.

"옛날 공자는 무엇 때문에 『춘추』를 지었습니까?"

태사공이 말했다.

"나는 동생(董生)동중서이 하는 말을 들었습니다. '주나라의 도가 쇠미해지고 폐지되자 공자가 노나라 사구(司寇)형옥(刑獄)을 살피던 직책가 되었다. 〔그러나〕 제후들은 공자를 해치고 대부들은 공자를 방해했다. 공자는 자기 주장이 쓰이지 못하고 도가 행해지지 못할 것을 알자 〔노나라〕 242년9) 동안의 일들에 대해서 옳고 그름을 따져 천하의 본보기로 삼았다. 천자라도 〔착하지 않은 일을 했으면〕 깎아내리고, 제후라도 〔무도하면〕 배격하며, 대부라도 〔의롭지 못하면〕 성토하여 왕이 할 일을 달

---

9) 『춘추』에 기록된 은공(隱公) 원년기원전 722년부터 애공 14년기원전 481년까지로서 242년이다.

성하려고 했다.' [또] 공자는 '나는 [처음에는] 헛된 말로 기록하려 했으나, 이것은 구체적인 사실로 표현하는 쪽이 보다 더 절실하고 명백하다.'라고 하였습니다. 『춘추』는 위로는 삼왕(三王)의 도를 밝히고 아래로는 사람들이 하는 일의 기강을 분별하여 의심나는 곳을 구별하였으며, 옳고 그른 것을 밝히고 아직 결정하지 못한 것을 결정하도록 하며, 선(善)을 선이라 하고 악(惡)을 악이라 하며, 현(賢)을 현이라 하고 못난 사람을 천하게 여기며, 멸망한 나라를 존재하게 하고 끊어진 집안을 다시 이었으며, 헐어 없어진 전통을 보완하여 다시 일으켰으니, [이는] 왕도(王道)의 중대한 것이라 하겠습니다.

『역』은 천지와 음양과 사시와 오행의 운행 원리를 밝히고 있으므로 변화에 대한 서술이 뛰어나고, 『예』는 인륜의 기강을 다루기 때문에 행실을 바르게 하는 데 대한 서술이 뛰어납니다. 『서』는 선왕의 사적을 기록하므로 정치에 대한 서술이 뛰어나고, 『시』는 산천, 계곡, 금수, 초목, 빈모(牝牡), 자웅(雌雄)에 대해 기록하고 있으므로 풍자적 은유에 뛰어납니다. 『악』은 근거하고 있는 곳에서의 즐거움을 기록하고 있어 조화에 대한 서술이 뛰어납니다. 『춘추』는 옳고 그름을 분별하므로 사람을 다스리는 일에 대한 서술이 뛰어납니다. 이러한 까닭으로 『예』는 사람을 절도 있게 하고, 『악』은 사람의 마음을 화합시켜 주며, 『서』는 사실을 말하고, 『시』는 진의를 전달하며, 『역』은 변화에 대해 말하고, 『춘추』는 도의를 밝힙니다. 어지러운 세상을 다스려 바른 데로 이끄는 것으로 『춘추』보다 가까운 것이 없습니다.

『춘추』는 문자 수만 자로 이루어졌으나 그 뜻은 수천 가지나 됩니다. 만물이 흩어지고 모이는 것이 모두 『춘추』에 실려 있습니다. 『춘추』 가운데에 임금을 시해한 것이 서른여섯 건이고, 나라를 망친 것이 쉰두 건이나 되며, 제후가 망명하여 그 사직을 보전하지 못한 경우는 이루 다 셀 수 없습니다. 그렇게 된 까닭을 살펴보면 모두 근본을 잃었기 때문입니다. 그래서 『역』에는 '털끝만 한 작은 잘못도 〔결과는〕 1000리나 오차가 있을 수 있다.'라고 했고, 또 '신하가 임금을 시해하고 자식이 아버지를 죽이는 것은 하루아침이나 하룻저녁의 원인으로 인한 것이 아니라 오랫동안 〔원인이〕 쌓인 것이다.'라고 했습니다. 따라서 나라를 가진 자는 『춘추』를 알지 못해서는 안 됩니다. 〔이것을 모르면〕 눈앞에서 참언해도 눈치채지 못하고 뒤에 역적이 있어도 알지 못합니다. 신하가 된 자도 『춘추』를 알지 못해서는 안 됩니다. 〔이를 모르면〕 늘 있는 일에도 마땅함을 모르며, 〔뜻하지 않은〕 변고를 당해도 알맞은 대처 방법을 모릅니다. 군주나 아버지가 되어 『춘추』의 의에 통하지 못한 자는 반드시 원흉이라는 악명을 듣게 될 것입니다. 신하나 자식 된 사람으로서 『춘추』의 의에 통하지 못한 자는 반드시 찬탈이나 시역(弑逆)의 벌을 받아 죽을 죄라는 악명을 입게 됩니다. 사실 그들은 모두 선(善)으로 여기지만 그 대의를 모르기 때문에 헛된 말을 뒤집어쓴다 해도 감히 〔그 죄를〕 벗어나지 못합니다.

무릇 예의의 근본 뜻에 통하지 못하면 임금은 임금답지 못하고, 신하는 신하답지 못하며, 아버지는 아버지답지 못하고,

자식은 자식답지 못하게 됩니다. 군주가 군주답지 못하면 〔신하에게〕 침범을 당하고, 신하가 신하답지 못하면 〔군주에게〕 주살되며, 아버지가 아버지답지 못하면 무도해지고, 자식이 자식답지 못하면 불효하게 됩니다. 이 네 가지 일은 천하에서 가장 큰 잘못입니다. 천하의 큰 잘못을 저질렀다는 말을 뒤집어써도 이것을 받아들이고 감히 벗어나지 못합니다. 그러므로 『춘추』는 예의의 대종(大宗)입니다. 예란 일이 아직 생기기 전에 막는 것이며, 법은 이미 생겨난 뒤에 실시하는 것입니다. 법이 작용하는 것은 눈에 잘 보이지만, 예가 미리 금할 수 있다는 것은 알기 어렵습니다."

호수가 말했다.

"공자 시대에는 위에 현명한 군주가 없어 아래에서 〔자신이〕 임용되지 못했습니다. 그래서 〔공자는〕 『춘추』를 지어 빈 문사로써 예의를 단정하여 왕의 법도로 삼았습니다. 〔그런데〕 지금 선생은 위로 밝은 천자를 만났고 아래에서 관직을 얻어 지키게 되었으니, 모든 일이 다 갖춰졌고 모든 사람이 각각 그 마땅함을 얻고 있습니다. 선생의 논저에서는 무엇을 밝히려는 것입니까?"

태사공이 말했다.

"예예. 아닙니다. 그런 것이 아닙니다. 나는 돌아가신 아버님이 말씀하시는 것을 들었는데 '복희는 지극히 순후(純厚)하여 『역』의 팔괘를 만들었다. 요임금과 순임금의 성스러운 덕은 『상서』에 기록되어 있고 예악이 〔여기에서〕 일어났다. 〔은나라〕 탕왕과 〔주나라〕 무왕이 융성한 때는 시인들이 이것을 노래하였다. 『춘추』에서는 선을 취하고 악을 물리치며 [하, 은, 주] 삼대의 덕을 높이고 주나라 왕실을 찬양했으므로 단지 풍자와 비방에 그치는 것만은 아니다.'라고 했습니다. 한나라가 일어난 뒤로 밝은 천자효무제에 이르러 상서로운 징조가 나타나 봉선 의식을 행하고, 정삭(正朔)¹⁰⁾을 다시 정하고, 의복 색깔을 바꾸고,¹¹⁾ [하늘로부터] 명을 받아 은택이 끝없이 흐르고 있습니다. 바다 바깥의 풍속이 다른 국가라서 여러 차례 통역을 거쳐 변경으로 찾아와 조정에 공물을 바치고 알현을 청하는 자가 이루 헤아릴 수 없을 정도입니다. 신화와 백관들이 애써 성덕을 칭송하고는 있지만 오히려 그 뜻을 다 표현할 수는 없습니다. 또한 선비가 어질고 재능이 있는데도 등용되지 못하는 것은 나라를 가진 자의 부끄러움이며, 임금이 밝고 거룩한데도 그 덕이 천하에 널리 알려지지 못하는 것은 유사(有司) 담당 관리의 잘못입니다. 하물며 나는 기록하는 벼슬인 사관이 되었으면서도 밝고 거룩한 천자의 덕을 버려둔 채 기록하지 않고 공신(功臣)과 세가(世家)와 현대부(賢大夫)의 업적을 없앤 채 기술하지 않았으니, 선친께서 남긴 말씀을 어긴 것으로 이보다 큰 죄는 없습니다. 나는 이른바 지난 일들을 적어 대대로 전해 내려오는 것을 간추려 정리하려 할 뿐 창작하려는 게 아닙니다. 그러므로 당신이 이것을 『춘추』와 비교하는 것은 잘

---

10) 여기서 정(正)이란 한 해의 시작이고, 삭(朔)은 한 달의 시작을 말한다.
11) 중국 고대에는 왕미디 히늘로부터 받는 덕(德)에 차이가 있으므로 입는 옷 색깔도 달랐다. 예를 들면 진나라 때는 수덕(水德)을 받아 검은색을 숭상하고, 한나라 때는 화덕(火德)을 받아 붉은색을 숭상하였다.

못입니다."

이렇게 하여 그 글문헌 자료을 논하여 순서를 매기게 되었다.

마음속에 맺힌 울분을 토로하기 위해
『사기』를 짓다

〔그로부터〕 7년 뒤에 태사공은 이릉(李陵)의 화[12]를 입고 감옥에 갇히고 말았다. 그는 한숨을 쉬고 탄식하며 말했다.

"이것이 내 죄인가? 이것이 내 죄인가? 몸이 망가져 쓸모없게 되었구나."

〔그는〕 물러나 깊이 생각한 끝에 말했다.

"대체로 『시』와 『서』의 〔뜻이〕 은미하고 〔말이〕 간략한 것은 마음속으로 생각하는 바를 펼쳐 보이려 했기 때문이다. 옛날 서백(西伯)주나라 문왕은 유리(羑里)에 갇혀 있으므로 『주역』을 풀이했고, 공자는 진(陳)나라와 채나라에서 고난을 겪었기 때문에 『춘추』를 지었으며, 굴원은 쫓겨나는 신세가 되어 「이소(離騷)」를 지었고, 좌구명(左丘明)은 눈이 멀어 『국어』를 남겼다. 손자손빈는 다리를 잘림으로써 『병법』을 논했고, 여불위는

---

12) 이릉이 흉노를 토벌하러 나갔다가 투항한 일을 놓고 탄핵 여부를 논할 때, 사마천은 이릉을 두둔하는 주장을 하다가 무제에게 노여움을 사서 궁형에 처해졌다.

촉나라로 좌천되어 세상에 『여람(呂覽)여씨춘추』을 전했으며, 한비는 진(秦)나라에 갇혀 「세난(說難)」과 「고분(孤憤)」 두 편을 남겼다. 『시』 300편은 대체로 현인과 성인이 발분하여 지은 것이다. 이런 사람들은 모두 마음속에 울분이 맺혀 있는데 그것을 발산시킬 수 없기 때문에 지나간 일을 서술하여 앞으로 다가올 일을 생각한 것이다.”

이리하여 마침내 도당(陶唐)요부터 인지(麟止)한나라 무제가 기린을 얻어 발 모양을 주조한 것을 말함에 이르기까지의 일을 서술하였으니, 황제(黃帝)부터 시작된다.

12 본기를 지은 뜻

옛날에 황제(黃帝)는 하늘과 땅을 법칙으로 삼았고, 사성(四聖)전욱, 제곡, 요, 순은 사계절의 운행에 따라 각각 그 법도를 이루었다. 당요(唐堯)가 제위를 물려주었지만 우순(虞舜)은 기뻐하지 않았다. [천하는] 이들 황제의 공적을 찬미하여 만세까지 이것을 전할 것이다. 「오제 본기(五帝本紀)」 제1을 지었다.

우임금의 공적은 구주(九州)가 한결같이 입어 당(唐)과 우(虞) 시대를 빛내고 은덕이 자손들에게까지 이르렀다. 하나라 걸왕은 음란하고 교만하여 명조(鳴條)로 쫓겨났다. 「하 본기(夏本紀)」 제2를 지었다.

설(契)은 상(商)나라를 일으켜 성탕(成湯)설의 13대 후손에까지 이르렀다. 태갑(太甲)은 동(桐)에 살았지만 〔그의〕 덕은 아형(阿衡)재상의 힘을 빌려 높아졌다. 무정(武丁)은 부열(傅說)을 얻어 고종(高宗)으로 불렀다. 제신(帝辛)주왕(紂王)은 주색에 빠져 제후들의 입조를 누리지 못했다.「은 본기(殷本紀)」제3을 지었다.

기(弃)는 후직(后稷)곡식 발명자이 되었고, 그 덕은 서백 시대에 이르러 성대해졌다. 무왕은 목야(牧野)에서 〔주왕을 물리쳐〕천하를 위로하고 어루만졌다. 유왕(幽王)과 여왕(厲王)은 어리석고 음란하여 풍(酆)과 호(鎬)를 잃었으며 점점 쇠하여 난왕(赧王)에 이르러서는 낙읍(洛邑)에서 조상의 제사조차 받들지 못했다.「주 본기(周本紀)」제4를 지었다.

진(秦)나라의 선조 백예(伯翳)백익(伯益)는 우임금을 도왔다. 목공(穆公)은 대의(大義)를 생각하여 효산(崤山)에서 싸우다 죽은 군사들을 애도했다. 〔그는 죽음에 이르자〕사람들을 순장시켰는데『시』의「진풍(秦風)·황조편(黃鳥篇)」은 이것을 노래하고 있다. 소양왕(昭襄王)은 제업(帝業)의 기초를 닦았다.「진 본기(秦本紀)」제5를 지었다.

진시황은 즉위하자 여섯 나라를 겸병하고 병기를 녹여 종과 종걸이를 만들고 방패와 갑옷무기을 못 쓰게 했지만, 그 뒤 〔왕이라는〕호칭을 높여 황제라고 했고 무력을 자랑하며 폭력을 휘둘렀다. 이세황제가 그 국운을 이어받았으며 자영(子嬰)은 항복하여 포로가 되었다.「진시황 본기(秦始皇本紀)」제6을 지었다.

진(秦)나라가 그 도를 잃자 호걸들이 〔사방에서〕나란히 소요를 일으켰는데 항량(項梁)이 이를 업으로 삼았고 항우가 계승했다. 항우가 경자관군(慶子冠軍)송의(宋義)을 죽이고 조나라를 구하니 제후들이 그를 옹립했다. 그러나 자영을 죽이고 〔초나라〕회왕을 배반하자 천하는 그를 비난했다. 「항우 본기(項羽本紀)」제7을 지었다.

항우가 포학했던 데 반해 한왕유방은 공덕을 쌓았다. 촉과 한중에서 분을 떨쳤으며, 회군하여 삼진(三秦)[13]을 평정하고, 항우를 죽이고 제업을 이루었다. 그리고 천하가 안정되자 제도를 고치고 풍속을 바꾸었다. 「고조 본기(高祖本紀)」제8을 지었다.

효혜제(孝惠帝)가 일찍 죽자 여씨 일족들은 민심을 얻지 못했다. 〔여 태후가〕여록(呂祿)과 여산(呂産)의 신분을 높여 권력을 강화시키자 제후들이 모반하려고 했다. 〔조나라〕은왕(隱王) 여의(如意)를 죽이고, 유왕(幽王) 우(友)를 유폐시키자 대신들은 의구심을 품어 마침내 여씨 종족은 멸문하는 재앙을 당했다. 「여 태후 본기(呂太后本紀)」제9를 지었다.

한나라가 처음 일어났을 때, 〔혜제가 죽은 뒤〕후사가 분명치 못했으나 대왕(代王)유항(劉恒)을 맞이하여 천자 자리에 오르게 하자 천하의 인심이 하나로 돌아왔다. 〔문제는〕육형(肉刑)을 없애고 관소육로와 교량을 개통시켜 널리 은혜를 베풀었으므로 태종(太宗)으로 불렸다. 「효문 본기(孝文本紀)」제10을 지

---

13) 관중 지역을 말한다. 항우는 진(秦)나라가 멸망하자 관중을 셋으로 나누어 장한(章邯)을 옹왕(雍王)에, 사마흔(司馬欣)을 새왕(塞王)에, 동예(董翳)를 적왕(翟王)에 봉했다.

었다.

제후들이 교만하고 방자하므로 오왕유비(劉濞)이 맨 먼저 반란을 일으키자 조정에서는 군대를 보내 주벌(誅罰)을 행하니 〔오, 초 등〕 일곱 나라가 죄를 받았다. 천하는 화목해지고 평화롭고 크게 안정되고 부유해졌다. 「효경 본기(孝景本紀)」 제11을 지었다.

한나라가 일어난 지 다섯 대[14]가 되었지만 건원효무제의 연호 연간에 가장 융성했다. 밖으로는 이적(夷狄)들을 물리치고, 안으로는 법도를 정비하며, 봉선 의식을 행하고 정삭(正朔)을 고치고 복색을 바꿨다. 「금상 본기(今上本紀)효무 본기」 제12를 지었다.

10 표를 지은 뜻

〔하, 은, 주〕 삼대는 너무 멀어 연대를 고증할 수 없어 대체로 보첩(譜牒)과 옛날 문헌들에서 취하여 이를 근본으로 하고 여기에 대략적으로 추정하여 「삼대 세표(三代世表)」 제1을 지었다.

유왕과 여왕 이후로 주나라 왕실이 쇠미해지자 제후들이 정권을 휘둘렀는데 『춘추』에도 기록하지 않은 부분이 있다.

---

14) 한나라 고조, 혜제, 문제, 경제, 무제를 말한다.

그러나 보첩에 기록된 경략(經略)에는 오패(五霸)가 번갈아 가며 성하고 쇠했다. 주나라 시대의 제후들이 서로 앞서거니 뒤서거니 한 의미를 고찰하고자 「십이 제후 연표(十二諸侯年表)」제2를 지었다.

춘추 시대 이후로는 배신(陪臣)제후국의 대부가 천자에게 자신을 일컫는 말들이 정권을 잡고 강대한 나라가 서로 왕이라고 일컬었다. 진(秦)나라에 이르러서 중원의 제후들을 아우르고 그들의 봉토를 없애고 〔황제의〕 칭호를 제멋대로 사용하였다. 「육국 연표(六國年表)」제3을 지었다.

진나라가 포학했기 때문에 초나라 사람진승과 오광이 반란을 일으켰다. 항우가 드디어 난을 자행하였으나 한나라가 의로움에 기대어 일어나 이를 정벌하였다. 8년 동안에 천하는 〔주인이〕 세 차례나 바뀌었기에 사건은 복잡하고 변화가 많다. 「진초지제 월표(秦楚之際月表)」제4를 상세하게 지었다.

한나라가 일어난 이래 태초(太初) 연간에 이르기까지 100년 동안 제후들은 폐립(廢立)되고 〔봉지가〕 나뉘고 깎였지만 보첩의 기록이 분명치 않은데, 이것은 담당 관리가 이어서 〔서술할 방법이〕 없어 〔제후국의〕 강약의 원리에 의거하여 세대를 끊지 못했기 때문이다. 「한흥 이래 제후 연표(漢興以來諸侯年表)」제5를 지었다.

고조가 처음 천하를 취할 때 보좌한 신하와 공신들은 부절을 쪼개 받고 작위를 받았으며, 그 은택이 후손에게까지 전해졌다. 그런데 어떤 이는 대대로 전해 내려온 것을 잊거나 죽음을 당하기도 하고 나라를 망하게 하기도 했다. 「고조 공신후자 연표(高祖功臣侯者年表)」제6을 지었다.

혜제와 경제 연간에는 〔고조의〕 공신 가운데 남은 사람들을 예우하여 작위와 봉토를 내려 주었다. 그래서 「혜경 간 후자 연표(惠景閒侯者年表)」제7을 지었다.

북쪽으로 강성한 흉노를 토벌하고 남쪽으로는 굳센 월나라를 무찔러 만이들을 정벌함으로써 그 무공에 따라 열후에 봉해진 사람이 많다. 「건원 이래 후자 연표(建元以來侯者年表)」제8을 지었다.

제후들이 강대해지자 일곱 나라가 연합하여 반란을 일으켰다. 〔제후의〕 자제들이 너무 많아졌으므로 작위와 봉읍이 없는 경우에는 은혜를 베풀고 의를 행하였으므로 제후들의 세력은 약해지고 위덕(威德)은 한나라 왕실로 돌아갔다. 「왕자후자 연표(王子侯者年表)」제9를 지었다.

나라에 어진 재상과 훌륭한 장수가 있다는 것은 백성의 사표(師表)이다. 한나라가 일어난 뒤의 장상(將相)과 명신(名臣)의 연표를 만들어 어진 사람에 대해서는 그 치적을 기록하고, 어질지 못한 사람에 대해서는 그가 한 일을 분명히 밝혔다. 「한흥 이래 장상명신 연표(漢興以來將相名臣年表)」제10을 지었다.

8 서를 지은 뜻

〔하, 은, 주〕삼대의 예는 더하고 덜한 것이 있는데 제각기 그 힘쓰는 바를 달리하기 때문이다. 그렇지만 그 요지는 사람의 성정에 가깝고 왕도에 통하는 것이므로 예는 사람의 자질에 근거하여 수식을 더하고 대략 고금(古今)의 변화에 어울리게 하는 것이다. 「예서(禮書)」제1을 지었다.

음악이란 풍속을 옮기고 바꾸는 것이다. 『시』의 「아(雅)」와 「송(頌)」의 소리가 흥성했을 때부터 〔사람들은〕 정나라와 위(衛)나라의 음악을 좋아하였으니 정나라와 위나라의 음악은 그 유래가 오래된 것이다. 사람의 정감이 느끼는 것은 다 같아 〔음악을 사용하면〕 풍속이 다른 먼 곳 〔사람들〕도 이에 따른다. 「악서(樂書)」를 살펴 예로부터의 음악을 서술하여 「악서(樂書)」제2를 지었다.

병력이 없으면 〔나라는〕 강할 수 없고 덕이 아니면 〔나라는〕 창성할 수 없다. 황제와 탕왕과 무왕은 이로써 일어났고, 걸왕과 주왕과 이세황제는 이로써 멸망했으니 삼가지 않을 수 있겠는가? 『사마법(司馬法)』이 전해 온 지는 오래되었다. 태공망과 손빈과 오기와 왕자성보(王子成甫) 등이 이를 이어받아 밝혔다. 근세로 오면서 더욱 절실해져 인사의 변화를 지극히 연구했다. 「율서(律書)」제3을 지었다.

악률(樂律)은 음(陰)에 입각하여 양(陽)을 다스리고, 역법(曆法)은 양에 입각하여 음을 다스린다. 율력과 역법이 서로 다스리므로 그 사이에 조그만 틈도 허락하지 않는다. 오가(吾家)의 역법황제력(黃帝曆), 전욱력(顓頊曆), 하력(夏曆), 은력(殷曆), 주력(周曆)은 각기 서로 다르다. 태초 원년부터의 역을 논하여 「역서(曆書)」 제4를 지었다.

성신(星辰)과 기상(氣象)에 관한 글에는 흔히 길흉화복에 관한 말이 섞여 있어 경전에 부합되지 않는다. 〔그러나〕 문사(文辭)를 미루어 응용하는 것을 고찰해 보면 특수한 것도 아니다. 그래서 실례들을 모아 그 행사를 논하고, 〔성신이〕 운행하는 법도를 차례로 조사하여 「천관서(天官書)」 제5를 지었다.

천명을 받아 왕이 되니 봉선과 같은 부서(符瑞)의 일을 행하는 경우는 드물다. 이를 거행하면 모든 신령이 제사를 받게 된다. 명산대천의 여러 신에게 제사 지내는 예의 본원을 거슬러 올라가 연구하여 「봉선서(封禪書)」 제6을 지었다.

우임금이 하천을 소통시키자 구주가 안정되었다. 선방궁(宣防宮)을 건립할 때에 이르러 막힌 물을 통하게 하고 개천을 끊어 도랑을 통하게 했다. 「하거서(河渠書)」 제7을 지었다.

화폐를 발행하는 것은 이것으로 농업과 상업을 유통시키기 위함이다. 그런데 그 궁극에 가서는 교활한 꾀를 써서 농간을 부리고 이를 겸병하는 자들이 점점 재산을 늘리고 투기로 얻는 이익을 다투는 바람에 근본농사을 버리고 끝장사을 향해 달린다. 그래서 일의 변화를 살펴보기 위해 「평준서(平準書)」 제8을 지었다.

30 세가를 지은 뜻

　태백(太伯)은 〔자리를 양보하려〕 계력(季歷)고공단보(古公亶父)의 막내을 피해 강남의 오랑캐 땅으로 갔다. 문왕과 무왕이 일어났고, 고공단보가 왕업을 세운 자취가 있기 때문이다. 합려는 〔오왕〕 요(僚)를 죽이고 형초(荊楚)를 항복시켰다. 부차가 제나라와 싸워 이겼고 오자서는 죽음을 당했다. 백비(伯嚭)를 신임하여 월나라와 친교를 맺었다가 오나라는 〔월나라에〕 멸망했다. 태백이 〔계력에게〕 양위한 것을 아름답게 여겨 「오 세가(吳世家)」 제1을 지었다.

　신(申)과 여(呂)가 쇠약해지자 상보(尙父)태공망는 미천해져 마침내 서백주 문왕에게 돌아가 의지했는데, 문왕과 무왕은 그를 스승으로 모셨다. 그의 공적은 사람들 가운데서 가장 뛰어났고, 그가 세운 계획은 깊이가 있었다. 그는 머리털이 황백색으로 변한 노년에 제나라 영구(營丘)에 봉해졌다. 〔환공이 노나라와 약속한〕 가(柯)의 맹약을 저버리지 않았기 때문에 환공은 번창하여 제후들과 아홉 차례나 회합하여 패자로서의 공적이 현저했다. 그 뒤 전씨(田氏)전상와 감씨(闞氏)감지(闞止)가 임금의 총애를 다퉜기 때문에 강성(姜姓)제나라은 와해되어 망하고 말았다. 상보의 모략을 아름답게 여겨 「제 태공 세가(齊太公世家)」 제2를 지었다.

　〔무왕이 죽자〕 어떤 자는 주나라에 복종하고, 어떤 자는 주나라를 배반했다. 주공(周公)단(旦)이 이를 평정하고 문덕(文德)

을 펼치자 천하가 이에 화답했다. 그가 성왕(成王)을 보좌했기
때문에 제후들이 주나라를 받든 것이다. 그런데 〔노나라〕 은공
(隱公)과 환공(桓公) 시대에는 〔주공 단의 자손이〕 어째서 편안
하지 못했을까? 삼환(三桓)[15]이 서로 세력을 다투었기 때문에
노나라가 번창하지 못했던 것이다. 〔주공〕 단의 금등(金滕)[16]
을 아름답게 여겨 「주공 세가(周公世家)」 제3을 지었다.

무왕(武王)이 주왕을 이겼으나 천하가 화합하기 전에 죽었
다. 성왕(成王)이 어리므로 관숙과 채숙은 〔섭정하는 주공을〕
의심하고 회이(淮夷)는 배반했다. 이에 소공은 덕으로써 왕실
을 편안하게 하는 한편 동쪽의 여러 나라도 안정시켰다. 그러
나 연나라 왕 쾌(噲)의 양위는 마침내 〔나라의〕 화란을 불러일
으켰다. 「감당(甘棠)」의 시를 아름답게 여겨 「연 세가(燕世家)」
제4를 지었다.

관숙과 채숙은 무경(武庚)주왕의 아들을 도와 옛 상나라 땅을
안정시키려 했다. 〔그러나 주공〕 단이 섭정을 하게 되자 관숙과
채숙은 주나라 왕실을 받들지 않았으니 주공 단은 선(鮮)관숙
을 죽이고 도(度)채숙를 내쫓았으며 주나라 왕실에 대해 충성
을 다했다. 태임(太任)문왕의 비이 아들 열 명을 낳자 주나라 왕

---

15) 춘추 시대 후기 노나라의 실권을 잡았던 맹손씨(孟孫氏), 권손씨(權孫
氏), 계손씨(季孫氏)를 말하는데 모두 노나라 환공의 아들이므로 이렇게 불
렀다.
16) 주공(周公)의 도축(禱祝) 책문을 가리킨다. 주공은 무왕이 병들어 낫지
않자, 선왕에게 대신 자기 목숨을 가져가라며 애원하고 점을 쳐 보며 사관
에게는 자기가 쓴 책을 읽도록 하였다. 점괘가 좋게 나오자 그 책문을 금등
궤 속에 넣어 두었다고 한다.

실은 강성해졌다. 중(仲)채숙의 아들인 채중이 허물을 뉘우친 것을 아름답게 여겨 「관·채 세가(管蔡世家)」 제5를 지었다.

성왕(聖王)의 후대가 끊어지지 않았으니 순임금과 우임금이 기뻐할 일이다. 덕이 아름답고 밝으면 그 자손들이 음덕을 입고 백세가 지나도 제사를 받는다. 주나라 때 진(陳)과 기(杞)나라가 있었지만 초나라가 이들을 멸망시켰다. 제나라 전씨(田氏)가 이미 일어났으니 순임금은 어떤 사람인가! 「진·기 세가(陳杞世家)」 제6을 지었다.

〔무왕은〕 은나라의 유민들을 거두어서 강숙(康叔)을 그 땅에 봉했다. 무왕은 〔강숙을〕 상나라 말기의 혼란함과 멸망된 일로써 경계시키고, 「주고(酒誥)」와 「자재(梓材)」[17]를 들어 〔주색의 해독을〕 일러 주었다. 삭(朔)혜공이 태어난 뒤로 위(衛)나라는 기울기 시작하여 편안하지 못했다. 남자(南子)위 영공의 부인가 태자 괴외(蒯聵)를 미워했기 때문에 아들과 아버지의 명분이 뒤바뀌게 되었다. 주나라의 덕이 쇠약해지고 전국 시대의 제후들은 강해졌다. 위(衛)나라는 약하고 작은 나라였으나 각(角)은 오히려 마지막에 멸망했다. 저 「강고(康誥)」를 아름답게 여겨 「위 세가(衛世家)」 제7을 지었다.

아, 기자(箕子)여! 아, 기자여! 바른말을 해도 받아들여지지 않더니 마침내 돌아와서 노예가 되었다. 무경(武庚)이 죽은 뒤 주나라는 미자(微子)를 봉했다. 〔송나라〕 양공(襄公)은 〔군자의

---

17) 주공이 무왕의 동생 강숙 봉(封)에게 은나라 말기의 부패한 상황을 들어 훈계한 내용으로 모두 『상서』의 편명이기도 하다.

예를 지키려 하다가) 홍수(泓水)에서 [초나라에] 상처를 입었는데 [그를] 군자라고 누가 칭찬하겠는가? 경공(景公)이 겸양의 덕을 지켰으므로 형혹(熒惑)화성으로 재난이나 병란의 징조를 보여줌이 물러갔고, 척성(剔成)이 포학했기 때문에 송나라는 마침내 멸망했다. 미자가 태사(太師)기자에게 [정치의 도리를] 물은 것을 아름답게 여겨 「송 세가(宋世家)」 제8을 지었다.

무왕이 죽고 숙우(叔虞)무왕의 아들가 당(唐)에 도읍하였다. 군자들이 [태자의] 이름을 비방했는데, 뒤에 결국은 [진(晉)나라 곡옥(曲沃)의] 무공(武公)에게 멸망했다.[18] 여희(驪姬)가 총애를 입어 [진나라를] 다섯 대 동안이나 어지럽게 했다. 중이(重耳)는 뜻을 얻지 못하고 [떠돌아다니다가] 마침내 패업을 이루었다. 육경(六卿)[19]이 정권을 멋대로 휘둘러 진(晉)나라는 쇠약해졌다. 문공이 규(珪)와 창(鬯)을 받은 일을 아름답게 여겨 「진 세가(晉世家)」 제9를 지었다.

중(重)과 여(黎)가 처음으로 [천문과 지리에 관한 일을] 창업했고 오회(吳回)가 이어받았다. 은나라 말기 육자(鬻子)부터 보첩에 기록되었다. 주나라 [성왕이] 웅역(熊繹)을 임용하고, 웅거(熊渠)가 이 일을 이었다. 장왕(莊王)은 현명하여 진(陳)을

18) 목후(穆侯) 비왕(費王)이 태자의 이름을 구(仇)라고 하고, 작은아들 이름을 성사(成師)라고 짓자, '구'란 원수라는 뜻이고 '성사'는 큰 이름으로 어떤 것을 이룬다는 뜻으로 서로 이름이 거꾸로 되었으니 혼란이 있을 것이라는 비난을 받았다. 후에 성사는 곡옥에 봉해졌고 마침내 그 후손인 무공이 진나라를 차지하게 된다.
19) 조씨(趙氏), 한씨(韓氏), 위씨(魏氏), 지씨(智氏), 범씨(范氏), 중항씨(中行氏)를 말한다.

〔멸망시켰다가〕 다시 일으키고, 또 〔정나라의 항복을 받았으나〕 정백(鄭伯)을 용서하고,[20] 〔송나라를 포위했으나〕 화원(華元)의 말을 받아들여 군사를 철수했다. 회왕이 〔진(秦)나라에서〕 객사했고 난(蘭)은 굴원을 꾸짖었다. 〔평왕이〕 아첨을 좋아하고 참소하는 말을 믿었기 때문에 초나라는 진(秦)나라에 병합되고 말았다. 장왕의 대의(大義)를 아름답게 여겨 「초 세가(楚世家)」 제10을 지었다.

소강(少康)하 왕조의 제왕의 아들무여(無餘)은 남해로 쫓겨나 몸에 문신을 하고 머리를 자르고 큰 자라들과 함께 살았다. 그 뒤 봉우산(封禺山)을 지키며 우임금의 제사를 받들었다. 구천은 〔회계산에서〕 고통을 겪고 문종(文種)과 범려를 등용했다. 구천이 만이들 속에 있으면서 그 덕을 닦아 강대한 오나라를 멸망시키고 주나라 왕실을 떠받든 것을 아름답게 여겨 「월왕 구천 세가(越王句踐世家)」 제11을 지었다.

환공(桓公)은 동쪽으로 옮길 때 태사의 말을 받아들였다.[21] 〔정나라가〕 주나라 땅을 침범하여 곡식을 빼앗자 주나라 왕실 사람들이 이를 비방했다. 제중(祭仲)이 〔송나라 장공의〕 강요로 맹약을 맺었으므로 정나라는 오래 번창하지 못했다. 자산(子産)의 어진 정치에 대해서는 대대로 어질다고 칭송했다. 삼진(三晉)이 침략하여 정나라는 한(韓)나라에 병합되었다. 여

---

20) 장왕은 정나라를 석 달 동안 공격했는데, 이때 정백의 간절한 애원을 빋아들여 화친을 맺었디.

21) 환공은 주나라 왕실의 혼란을 보고 태사에게 어떻게 하면 좋을지 물었고, 태사는 도읍을 동쪽으로 옮기도록 하였다.

공(厲公)이 주나라 혜왕을 〔주나라로〕 돌려보낸 것을 아름답게 여겨 「정 세가(鄭世家)」 제12를 지었다.

기(驥)천리마와 녹이(騄耳)주나라 목왕이 탄 명마가 조보(造父)어마(御馬)의 명인를 세상에 알려지게 했다. 조숙(趙夙)은 〔진(晉)나라〕 헌공(獻公)을 섬겼고, 조숙의 아들 조최(趙衰)가 그 뒤를 이어 문공(文公)을 돕고 주나라 왕실을 높이 받들어 마침내 진(晉)나라의 보신(輔臣)이 되었다. 조양자(趙襄子)는 곤욕을 당한 끝에 지백(智伯)을 사로잡았다. 주보(主父)무령왕는 산 채로 결박을 당하고 굶어 죽을 지경이 되자 참새를 잡아먹었다. 조나라 왕 천(遷)은 편협하고 음란하여 훌륭한 장수를 배척했다. 조앙(趙鞅)이 주나라의 혼란을 토벌한 것을 아름답게 여겨 「조 세가(趙世家)」 제13을 지었다.

필만(畢萬)이 위(魏)나라에서 작위를 받게 되자 점치는 사람이 〔후대에 융성할 것을〕 미리 알았다. 위강(魏絳)필만의 자손이 양간(楊干)진(晉) 도공(悼公)의 동생을 죽이려다가 그에게 융적과 화친을 맺게 했다. 문후(文侯)는 인의를 사모하여 자하를 스승으로 삼았다. 혜왕이 스스로 교만하자 제나라와 진(秦)나라가 그를 공격했다. 〔안희왕(安釐王)이〕 신릉군을 의심했기 때문에 제후들은 군사를 거둬들였다. 마침내 대량을 멸망시키고 〔위(魏)나라〕 왕 가(假)는 〔진(秦)나라에〕 잡혀 노역을 하였다. 위무자(魏武子)가 진(晉) 문공(文公)을 도와 패도(霸道)를 이룬 것을 아름답게 여겨 「위 세가(魏世家)」 제14를 지었다.

한궐(韓厥)의 음덕으로 조무(趙武)가 다시 일어나게 되었다. 한궐이 끊어진 것을 이어 주고, 폐지된 제사를 다시 세워 주었기 때문에 진(晉)나라 사람들이 그를 받들었다. 〔한(韓)나라〕소후(昭侯)가 열후 가운데 뛰어난 것은 신불해(申不害)를 등용했기 때문이다. 〔한(韓)나라 왕 안(安)은〕한비자를 의심하여 믿지 않았기 때문에 진(秦)나라가 〔한나라를〕 습격하게 되었다. 한궐이 진(晉)나라를 돕고 주나라 천자의 공부(貢賦)를 바로잡은 것을 아름답게 여겨 「한 세가(韓世家)」 제15를 지었다.

완자(完子)가 난을 피해 제나라로 가서 〔환공을〕 도왔고, 다섯 대에 걸쳐 은밀히 〔제나라 사람에게〕 은혜를 베풀었으므로 제나라 사람들은 이를 〔칭찬하여〕 노래했다. 전성자(田成子)는 정권을 잡고, 전화(田和)는 후(侯)가 되었다. 제나라 왕 건(建)이 〔진(秦)나라의 모략에〕 마음이 흔들려 공읍(共邑)으로 옮겨졌다. 위왕(威王)과 선왕(宣王)이 혼탁한 세상을 다스려 홀로 주나라 왕실을 받든 것을 아름답게 여겨 「전경중완 세가(田敬仲完世家)」 제16을 지었다.

주나라 왕실이 쇠약해지자 제후들은 제멋대로 행동했다. 중니(仲尼)공자는 예가 땅에 떨어지고 음악이 무너진 것을 슬퍼하여 경술(經術)을 닦아 왕도를 밝혀 어지러운 세상을 바로잡아 정도로 돌아오게 하고자 하였다. 이것을 글로 나타내고 천하를 위해 의법(儀法)을 만들었으며, 육예(六藝)의 기강을 후세에 전했다. 「공자 세가(孔子世家)」 제17을 지었다.

걸왕과 주왕이 도의를 잃자 탕왕과 무왕이 일어났고, 주나라가 도의를 잃자 『춘추』가 지어졌으며, 진(秦)나라가 정도(政道)를 잃자 진섭이 세상에 나타났다. 제후들이 반란을 일으켰는데, 그 기세는 바람이 일고 구름이 피어오르는 것과 같아서 마침내 진나라 황족들을 멸망시켰다. 천하의 실마리는 진섭에서 비롯되었다. 「진섭 세가(陳涉世家)」 제18을 지었다.

성고(成皐)의 대(臺)에서는 박희(薄姬)효문제의 어머니 박(薄) 태후가 처음으로 일어났다. 〔두(竇) 태후는〕 뜻을 굽혀 대(代)로 갔는데, 〔대왕(代王)이 황제가 되자〕 두씨 일족을 존귀한 신분으로 높였다. 율희(栗姬)효경제의 비는 신분상의 귀함을 믿고 교만했기 때문에 왕씨(王氏)경제의 왕후 왕 태후가 기회를 엿보아 황후가 되었다. 진(陳) 황후가 너무 교만했기 때문에 마침내 위자부(衛子夫)한나라 무제의 황후 이름를 황후로 삼았다. 위자부의 덕을 이와 같이 아름답게 여겨 「외척 세가(外戚世家)」 제19를 지었다.

한나라고조는 속임수를 써서 한신(韓信)을 진(陳)나라에서 사로잡았다. 월나라와 초나라 사람들은 사납고 경박했기 때문에 〔고조는〕 아우 유교(劉交)를 봉하여 초나라 왕으로 삼았다. 〔초나라 왕은〕 팽성(彭城)에 도읍을 정하고 회수와 사수 지역을 튼튼히 하여 한나라의 종번(宗藩)이 되었다. 이왕(夷王)의 아들 유무(劉戊)가 사도(邪道)에 빠져 〔그 아들〕 예(禮)가 뒤를 이었다. 유(游)유교의 자(字)가 고조를 도운 것을 아름답게 여겨 「초 원왕 세가(楚元王世家)」 제20을 지었다.

〔한나라〕 고조가 군사를 일으켰을 때, 유가(劉賈)형왕(荊王)도 가담했으나 뒤에 경포의 습격을 받아 그의 봉국인 형(荊)과 오나라 지역을 잃었다. 영릉후(營陵侯) 유택(劉澤)은 여 태후를 격분시켜 낭야왕(琅邪王)이 되었으나, 제나라 왕의 사자 축오(祝午)의 말에 속아 제나라를 믿고 갔다가 돌아오지 못했다.

서쪽 관중으로 들어갔다가 〔한나라 왕실이〕 효문제를 세울 당시 다시 연나라 왕에 봉해졌다. 천하가 결집되기 전에 유가와 유택은 일족을 이끌고 한나라 왕실의 번병(藩屛) 및 보신(輔臣)이 되었다. 「형·연 세가(荊燕世家)」 제21을 지었다.

천하는 이미 평정되었으나 〔고조에게는〕 친속이 적었기에 제나라 도혜왕(悼惠王)고조의 첩소생인 유비(劉肥)이 어른이 되자 동쪽 지방 제나라를 굳게 다스렸다. 〔그 아들〕 애왕(哀王)은 멋대로 행동하여 여러 여씨들에게 노여움을 샀다. 〔애왕의 삼촌으로 당시 재상이던〕 사균(駟鈞)이 포악했기 때문에 한나라 왕실에서는 〔애왕을 추대하는 것을〕 허락하지 않았다. 여왕(厲王)은 누이와 밀통하다가 주보언(主父偃)에게 들켜 죽게 되었다. 유비(劉肥)가 〔고조의〕 팔다리 같은 신하였음을 아름답게 여겨 「제도혜왕 세가(齊悼惠王世家)」 제22를 지었다.

초나라 사람항우의 군사가 한나라 왕의 군사를 형양에서 포위했으나 서로 3년 동안 대치하고 있었다. 소하(蕭何)는 산서 지역을 진압하여 안정시킨 뒤 계책을 써서 군대를 보충하고 양식을 끊어지지 않게 공급했다. 또한 백성이 한왕을 사랑하게 하고 초왕을 위해서는 즐겨 일하지 않도록 만들었다. 「소상국 세가(蕭相國世家)」 제23을 지었다.

〔조참(曹參)은〕 한신과 함께 위(魏)나라를 평정하고 조나라를 깨뜨리고 제나라를 점령하여 드디어 초나라 군사초 패왕의 군대를 약하게 만들었다. 소하의 뒤를 이어 한나라의 상국이 되어 〔소하의 법을 그대로 따르고〕 바꾸거나 고치지 않았기 때문에 백성이 편안했다. 조참이 자신의 공을 자랑하지 않고 재

능을 뽐내지 않은 것을 아름답게 여겨 「조 상국 세가(曹相國世家)」 제24를 지었다.

장막 안에서 꾀를 내어 눈에 보이지 않는 가운데 〔적을〕 제압하고 승리한 것은 자방(子房)장량이 그 일을 계획하고 꾸몄기 때문이다. 이름이 알려지지도 않고 용감한 공적도 없었으나 어려운 것을 쉽게 해결하고 큰일을 작은 일로 처리했다. 「유후 세가(留侯世家)」 제25를 지었다.

〔진평(陳平)의〕 여섯 가지 기이한 계책이 쓰여 제후들이 한나라에 복종했다. 여씨의 난을 토멸하는 데는 진평이 근본적으로 도모하여 결국 종묘를 편안히 하고 사직을 안정시켰다. 「진 승상 세가(陳丞相世家)」 제26을 지었다.

여씨 일족이 결탁하여 황실을 약화시키려고 일을 꾀했다. 주발(周勃)은 정도에 어긋났으나 임기응변으로 대처했다. 오나라와 초나라의 병사가 반란을 일으켰을 때, 주아부(周亞夫)주발의 아들는 창읍(昌邑)에 주둔하여 제나라와 조나라를 곤경에 빠뜨리면서 양나라의 출병을 독촉하여 오나라와 싸우도록 했다. 「강후 세가(絳侯世家)」 제27을 지었다.

〔오나라와 초나라 등〕 일곱 나라가 반란을 일으켰을 때 양나라만은 황실의 번병으로 방위에 임했으나 〔한나라 황실의〕 총애를 믿고 공을 자랑하다가 재앙을 입을 뻔했다. 오나라와 초나라를 막은 것을 아름답게 여겨 「양 효왕 세가(梁孝王世家)」 제28을 지었다.

오종(五宗)[22]이 왕이 되자 〔황실의〕 친속들은 화합하였고, 크고 작은 제후들은 모두 번병이 되어 그 마땅한 자리를 얻었으므로 분수에 벗어나는 일을 하는 것이 점점 사라지게 되었다. 「오종 세가(五宗世家)」 제29를 지었다.

〔황제의〕 세 황자(皇子)가 왕이 되었으니, 〔그 책문(策文)의〕 글이 볼 만하다. 「삼왕 세가(三王世家)」 제30을 지었다.

70 열전을 지은 뜻

말세에는 모두 이익을 다투지만 오직 저들백이와 숙제만은 의를 지키느라 바빴으며 나라를 양보하고 굶어 죽으니 천하가 그들을 칭송했다. 「백이 열전(伯夷列傳)」 제1을 지었다.

안자(晏子)안영는 검소하고 이오(夷吾)관중는 사치스러웠다. 제나라 환공은 〔관중의 보좌로〕 패자가 되었고, 경공(景公)은 안자를 써서 나라를 잘 다스렸다. 「관 안 열전(管晏列傳)」 제2를 지었다.

이이(李耳)노자는 무위(無爲)로써 스스로 변하고, 청정(淸淨)으로써 스스로 바르게 하였다. 한비는 사물의 이치를 헤아리고 시세(時勢)와 이치에 따랐다. 「노자 한비 열전(老子韓非列傳)」 제3을 지었다.

옛날부터 제왕에게는 모두 『사마법(司馬法)』이 있었는데, 양

---

22) 한나라 경제에게는 자식이 열네 명 있었다. 그중 열세 명의 어머니가 다섯 명인데, 같은 어머니를 서로 종친으로 여겨 오종(五宗)이라고 한 것이다.

저(穰苴)가 이것을 풀이하여 밝혔다. 「사마양저 열전(司馬穰苴列傳)」제4를 지었다.

신(信)믿음과 염(廉)청렴과 인(仁)어짊과 용(勇)용기이 없으면 병법을 전하거나 검술을 논할 수 없으며, 도(道)와 부합해야 안으로는 몸을 다스리고 밖으로는 변화에 순응할 수 있기에 군자는 덕을 기른다. 「손자 오기 열전(孫子吳起列傳)」제5를 지었다.

건(建)초나라 평왕의 태자이 참소를 당하여 〔그 재앙이〕오사(伍奢)건의 태부에게까지 미쳤다. 오상(伍尚)은 아버지를 구하려 했고, 오운(伍員)오자서은 오나라로 달아났다. 「오자서 열전(伍子胥列傳)」제6을 지었다.

공씨(孔氏)공자는 문헌을 서술하고, 제자들은 학업을 일으켜 모두 〔제후들의〕스승이 되었는데 인을 숭상하고 의를 권장했다. 「중니 제자 열전(仲尼弟子列傳)」제7을 지었다.

상앙은 위(衛)나라를 떠나 진(秦)나라로 가서 〔치국의〕법술을 밝혀 효공(孝公)을 강대한 패자로 만들었으니, 〔진나라는〕후세에도 그 법을 따랐다. 「상군 열전(商君列傳)」제8을 지었다.

천하는 〔여섯 나라가〕연횡하는 것과 진(秦)나라의 탐욕을 걱정하였는데 소자(蘇子)소진가 제후들을 붙들어 주고 합종을 맹약함으로써 탐욕스럽고 강대한 진나라를 억눌렀다. 「소진 열전(蘇秦列傳)」제9를 지었다.

여섯 나라는 이미 맹약을 하여 화친했으나, 장의는 주장연횡설을 밝힘으로써 제후들을 다시 흩어지게 했다. 그래서 「장의 열전(張儀列傳)」제10을 지었다.

진(秦)나라가 동쪽으로 나아가 제후들의 우두머리가 된 것은 저리자(樗里子)와 감무(甘茂)의 책략이 있었기 때문이다. 「저리자 감무 열전(樗里子甘茂列傳)」 제11을 지었다.

하수와 화산(華山)을 장악하고 대량을 포위하여 제후들이 손을 잡고 진(秦)나라를 받들게 한 것은 위염(魏冉)의 공이다. 「양후 열전(穰侯列傳)」 제12를 지었다.

남쪽으로 [초나라의] 언(鄢)과 영(郢)을 함락시키고 북쪽으로 [조나라의] 장평(長平)을 깨뜨리고 마침내 한단을 포위한 것은 무안군(武安君) 백기(白起)가 장수로 있을 때이고, 형(荊)초나라을 무찌르고 조나라를 멸망시킨 것은 왕전(王翦)의 계책이다. 「백기 왕전 열전(白起王翦列傳)」 제13을 지었다.

[맹자는] 유가와 묵가의 유문(遺文)전해 오는 문헌을 섭렵하고 예의의 계통과 기강을 밝혔으며, [양나라] 혜왕이 [추구하는] 이익의 실마리를 끊었다. [순경은] 지나간 세대의 흥망을 열거했다. 「맹자 순경 열전(孟子荀卿列傳)」 제14를 지었다.

[맹상군이] 빈객을 좋아하고 선비들을 반갑게 맞자 선비들이 설(薛) 땅으로 모여들었으므로 제나라를 위하여 초나라와 위(魏)나라의 침략을 막았다. 「맹상군 열전(孟嘗君列傳)」 제15를 지었다.

[조나라의 평원군(平原君)은] 풍정(馮亭)과 서로 권모(權謀)를 다투고, 초나라로 가서 한단의 포위를 풀고 [조나라의] 군주를 다시 제후들에게 거론되게 했다. 「평원군 우경 열전(平原君虞卿列傳)」 제16을 지었다.

부귀한 몸으로서 빈천한 선비에게 [몸을] 낮추고 어진 선비

로서 하찮은 사람에게 굽히는 일은 오직 신릉군(信陵君)만이
할 수 있다. 「위공자 열전(魏公子列傳)」 제17을 지었다.

몸을 군주에게 바치고 마침내 강한 진(秦)나라의 손아귀
에서 벗어나 유세객들을 시켜 남쪽 초나라로 달아나게 한 것
은 황헐(黃歇)의 충의였다. 「춘신군 열전(春申君列傳)」 제18을
지었다.

위제(魏齊)위나라 재상에게 받은 치욕을 참아 내고 강한 진
(秦)나라에서 신뢰와 위세를 떨쳤으며, 어진 사람을 추천하여
자리를 양보하였으니 두 사람이 있다. 「범저 채택 열전(范雎蔡
澤列傳)」 제19를 지었다.

장수가 되어 계책을 실행하고, 다섯 나라의 군사를 연합하
여 약한 연나라를 위해 강한 제나라에 원수를 갚아 그 선군
(先君)의 치욕을 씻었다. 「악의 열전(樂毅列傳)」 제20을 지었다.

〔인상여는〕 강한 진(秦)나라에게는 자기 생각을 펼치고, 염
파에게는 몸을 굽혀 그 군주를 위함으로써 한결같이 제후의
존중을 받았다. 「염파 인상여 열전(廉頗藺相如列傳)」 제21을 지
었다.

〔제나라〕 민왕(湣王)은 〔수도〕 임치를 잃고 거읍(莒邑)으로
달아났지만, 전단(田單)만은 즉묵(卽墨)을 굳게 지키며 기겁(騎
劫)을 깨뜨려 달아나게 함으로써 드디어 제나라의 사직을 보
존하였다. 「전단 열전(田單列傳)」 제22를 지었다.

궤변을 늘어놓아 〔진(秦)나라에〕 포위된 성의 근심을 풀고,
작위나 봉록을 가볍게 여기고 자기 뜻대로 자유롭게 사는 것
을 즐겼다. 「노중련 추양 열전(魯仲連鄒陽列傳)」 제23을 지었다.

문장을 지어 풍자하여 간언하고 유사한 비유를 들어 의(義)를 논한 것으로는 「이소」가 있다. 「굴원 가생 열전(屈原賈生列傳)」 제24를 지었다.

〔진(秦)나라의〕 자초(子楚)와 친분을 맺고 제후국의 선비들로 하여금 다투어 진나라를 섬기도록 하였다. 「여불위 열전(呂不韋列傳)」 제25를 지었다.

조자(曹子)조말의 비수로 노나라는 〔잃었던〕 땅을 되찾고, 제나라는 〔제후들에게〕 그 신의를 밝혔다. 예양은 의(義)를 지켜 두 마음을 품지 않았다. 「자객 열전(刺客列傳)」 제26을 지었다.

그 〔자신의〕 계획을 분명히 하고 시대의 추이에 따라 진(秦)나라를 추존하여 〔진나라가〕 마침내 해내(海內)를 통일하도록 한 것은 전적으로 이사의 힘이었다. 「이사 열전(李斯列傳)」 제27을 지었다.

진(秦)나라를 위해 땅을 개척하고 인구를 늘려 북쪽으로는 흉노를 무찌르고, 하수를 따라 요새를 만들었으며, 산에 의지하여 방비를 튼튼히 함으로써 유중현(楡中縣)을 건설했다. 「몽염 열전(蒙恬列傳)」 제28을 지었다.

조나라를 평정하고 상산(常山)에 요새를 만들어 하내(河內)를 넓히고 초나라의 권세를 약화시켜 한왕의 신의를 천하에 드러냈다. 「장이 진여 열전(張耳陳餘列傳)」 제29를 지었다.

〔위표는〕 서하와 상당의 군사를 거두어 〔한왕을〕 따라 팽성에 이르렀다. 팽월은 양나라를 침략하여 항우를 괴롭혔다. 「위표 팽월 열전(魏豹彭越列傳)」 제30을 지었다.

〔경포가〕 회남 땅을 가지고 초나라를 배반하고 한나라에 귀

순하니, 한나라는 그를 이용하여 〔초나라의〕 대사마 주은(周
殷)을 맞아들여 마침내 항우를 해하(垓下)에서 무찔렀다. 「경
포 열전(黥布列傳)」 제31을 지었다.

초나라 군대가 경(京)과 색(索) 사이에서 〔한나라를〕 압박할
때 한신은 위(魏)나라와 조나라를 점령하고, 연나라와 제나라
를 평정하여 천하의 3분의 2를 차지하게 함으로써 항우를 멸
망시켰다. 「회음후 열전(淮陰侯列傳)」 제32를 지었다.

초나라와 한나라가 공(鞏)과 낙(洛) 사이에서 서로 대치하
고 있을 때 한왕(韓王) 신(信)은 한(漢)나라를 위해 영천(潁川)
을 평정하고, 노관(盧綰)은 항우의 식량 보급로를 끊었다. 「한
신 노관 열전(韓信盧綰列傳)」 제33을 지었다.

제후들이 항왕을 배반했지만, 오직 제나라만이 성양에서
항우와 싸웠다. 한나라 군대가 마침내 그 틈을 타서 사잇길로
팽성으로 들어갈 수 있었다. 「전담 열전(田儋列傳)」 제34를 지
었다.

성을 공격하고 들판에서 싸워 공을 세우고 돌아와 보고하
는 데에는 번쾌와 역상이 유능하였다. 채찍을 들어 병마를 지
휘한 공이 있고, 또 한왕과 더불어 위기를 벗어난 적도 있었
다. 「번 역 열전」[23] 제35를 지었다.

한나라가 겨우 안정을 얻었으나 문치(文治)의 이치는 아직
밝지 못했다. 장창(張蒼)은 주계관(主計官)이 되어 도량형을 정

---

23) 『사기 열전』에는 「번 역 등 관 열전」이라고 하여, 등공과 관영의 열전이
덧붙어 있다.

리 통일하고 음률과 역법을 바로잡았다. 「장 승상 열전(張丞相列傳)」 제36을 지었다.

변설로써 맺고 사자가 되어 제후들과 약속하여 회유했다. 제후는 모두 그와 친해져 한나라로 귀순하여 번병이나 보신이 되었다. 「역생 육가 열전(酈生陸賈列傳)」 제37을 지었다.

진(秦)나라와 초나라의 일을 상세히 알고자 하니, 오직 주설(周緤)이 항상 고조를 따라다니며 제후를 평정하였다. 「부 근 괴성 열전(傅靳蒯成列傳)」 제38을 지었다.

강한 호족들을 이주시키고 관중에 도읍을 정하고 흉노와 화친을 맺으며, 조정의 의례를 분명히 하고 종묘 의법(儀法)의 순서를 매겼다. 「유경 숙손통 열전(劉敬叔孫通列傳)」 제39를 지었다.

〔계포는〕 강한 성격을 억누르고 부드러워져 마침내 〔한나라〕 대신(大臣)이 되었다. 난공(欒公)은 권세의 위협을 받았지만 죽은 자팽월를 배반하지 않았다. 「계포 난포 열전(季布欒布列傳)」 제40을 지었다.

감히 군주의 〔싫어하는〕 안색을 무릅쓰고 군주의 〔언행을〕 도의에 맞게 관철시키고, 자기 몸을 돌아보지 않고 나라를 위해 장구한 계획을 세웠다. 「원앙 조조 열전(袁盎鼂錯列傳)」 제41을 지었다.

법을 지켜 대의를 잃지 않고, 옛날의 어진 사람에 관해 말함으로써 군주의 현명함을 더하게 했다. 「장석지 풍당 열전(張釋之馮唐列傳)」 제42를 지었다.

돈후하고 자애롭고 효성스러우며 말은 어눌하지만 행동은

민첩하여 겸양에 힘써 군자와 장자(長者)가 되었다. 「만석 장숙 열전(萬石張叔列傳)」 제43을 지었다.

절개를 지키고 강직함을 지켜 의로움은 청렴하다고 하기에 충분하고, 행실은 현인들을 격려하기에 충분했다. 권세 있는 지위에 있어도 이치에 어긋나는 것에 굽히지 않았다. 「전숙 열전(田叔列傳)」 제44를 지었다.

편작(扁鵲)은 의술을 말함으로써 방술(方術)의술하는 사람들의 종주가 되었다. 〔그 의술은〕 매우 정밀하고 밝아 후세 사람들이 그의 법을 준수하고 바꾸지 못했다. 창공(倉公)은 그 편작에 근접한 사람이라 할 수 있다. 「편작 창공 열전(扁鵲倉公列傳)」 제45를 지었다.

〔고조의 형〕 유중(劉仲)의 아들 유비(劉濞)가 오왕이 되었다. 한나라가 처음 천하를 안정시켰을 때 〔그는〕 강수와 회수 사이의 땅을 진압하고 안정시켰다. 「오왕 비 열전(吳王濞列傳)」 제46을 지었다.

오나라와 초나라가 반란을 일으켰을 때, 〔한나라〕 황실의 친속 가운데 두영(竇嬰)위기후만이 현명하고 선비들을 좋아하여 선비들도 그를 따랐으므로 군사를 이끌고 산동 형양에서 〔반란군에게〕 대항했다. 「위기 무안후 열전(魏其武安侯列傳)」 제47을 지었다.

지혜는 근세의 사변(事變)에 대응하기에 넉넉하고, 너그러운 도량은 인재를 얻는 데 쓸 만했다. 「한장유 열전(韓長孺列傳)」 제48을 지었다.

〔이광은〕 적을 대적하는 데 용감하였고, 사졸들에게는 인자

하고 정이 많으며 호령이 번잡하지 않아서 사졸들이 그를 따랐다. 「이 장군 열전(李將軍列傳)」 제49를 지었다.

삼대 이래로 흉노는 늘 중원의 근심과 재해가 되었다. 〔한나라 왕실은 흉노의〕 강하고 약한 때를 알아 군비를 갖추어 정벌하려고 했다. 「흉노 열전(匈奴列傳)」 제50을 지었다.

구불구불한 변방을 곧게 하고 하남(河南) 땅을 넓혀 기련산(祁連山)의 적을 무찌르고, 서역의 나라들과 통하는 길을 개척하고 북방의 오랑캐를 무찔렀다. 「위 장군 표기 열전(衛將軍驃騎列傳)」 제51을 지었다.

대신(大臣)과 종실(宗室)이 사치를 내세우며 서로 다툴 때 공손홍만은 먹고 입는 것을 절약하여 모든 관리의 모범이 되었다. 「평진후 열전(平津侯主父列傳)」 제52를 지었다.

한나라가 이미 중원을 평정하자, 조타(趙佗)는 양월(楊越)을 안정시켜 남방 번병을 보전하고 공물을 바치게 했다. 「남월 열전(南越列傳)」 제53을 지었다.

오나라가 반란을 일으키자, 동구(東甌) 사람들이 오왕 유비를 죽이고 봉우산(封禺山)을 보위하여 결국 한나라의 신하가 되었다. 「동월 열전(東越列傳)」 제54를 지었다.

연나라 〔태자〕 단(丹)이 요동 사이로 흩어져 달아나자, 위만(衛滿)이 그 도망친 백성을 거둬 해동(海東)에 모으고, 진번(眞藩)을 안정시키고 변새를 보위함으로써 〔한나라〕 외신(外臣)이 되었다. 「조선 열전(朝鮮列傳)」 제55를 지었다.

당몽(唐蒙)은 사자로 나가 야랑(夜郞)과 봉하였고, 공(邛)과 작(笮)의 군장들은 스스로 한나라의 내신(內臣)이 되기를 청하여 한나라가 보낸 관리들의 통치를 받아들였다. 「서남이 열전(西南夷列傳)」 제56을 지었다.

「자허부(子虛賦)」와 「대인부(大人賦)」의 말은 지나치게 아름답고 과장된 부분이 많지만 그것이 가리키는 바는 풍간을 통해 무위(無爲)로 돌아가게 하는 것이다. 「사마상여 열전(司馬相如列傳)」 제57을 지었다.

경포가 반란을 일으키자, [고조의 아들] 유장(劉長)이 대신 군주가 되어 강수와 회수 남쪽을 진압하여 사나운 초나라 서민들을 안정시켰다. 「회남·형산 열전(淮南衡山列傳)」 제58을 지었다.

법률을 받들고 이치에 따라 일을 처리하는 관리는 공로를 자랑하지 않고 능력이 있음을 뽐내지 않는다. 백성이 칭찬하는 일이 없지만 그릇된 행동을 하지도 않는다. 「순리 열전(循吏列傳)」 제59를 지었다.

의관을 바르게 하고 조정에 서면 여러 신하 가운데 감히 허튼소리를 하는 자가 없으니 장유(長孺)급암의 자의 엄숙함 때문이었다. 그는 사람을 즐겨 추천하여 장자(長者)로 불렸으니, 장(壯)정당시의 자에게는 그러한 기개가 있었기 때문이다. 「급정 열전(汲鄭列傳)」 제60을 지었다.

공자가 죽은 뒤부터 경사(京師)에서 학교 교육을 중히 여기는 사람이 없었는데 건원, 원수 연간에는 문사(文辭)가 빛났다. 「유림 열전(儒林列傳)」 제61을 지었다.

백성이 근본을 저버리고 교묘함을 일삼아 정해진 규칙에서 벗어나 법을 우롱하니 착한 사람도 그들을 교화시킬 수 없었으며, 오직 모든 것을 엄격하고 혹독하게 해야만 이를 바로잡을 수 있었다. 「혹리 열전(酷吏列傳)」 제62를 지었다.

한나라는 이미 사자를 대하(大夏)까지 통하게 하여 서쪽 멀리 있는 오랑캐는 안쪽 나라를 향해 목을 내밀고 중원을 보고 싶어 했다. 「대원 열전(大宛列傳)」 제63을 지었다.

다른 사람을 곤경에서 구해 주고 다른 사람이 부족한 것을 도와주니 어진 사람이 아닌가? 신의를 잃지 않고 언약을 저버리지 않았으니 의로운 자들에게서 취할 것이 있다. 「유협 열전(游俠列傳)」 제64를 지었다.

군주를 섬기면서 군주의 이목을 즐겁게 하고 얼굴빛을 펴게 하여 친근한 정을 얻은 것은, 그들이 미색으로 사랑받을 뿐 아니라 재능에도 각기 뛰어난 점이 있었기 때문이다. 「영행 열전(佞幸列傳)」 제65를 지었다.

세속에 흐르지 않고 권세와 이익을 다투지 않으며, 위아래가 막힌 곳이 없고, 사람들도 그것을 해롭게 여기지 않아 그 도가 받아들여졌다. 「골계 열전(滑稽列傳)」 제66을 지었다.

제, 초, 진, 조나라의 점복가들은 저마다 풍속에 따라 사용한 방법이 있었다. 그 대체적인 뜻을 살펴보려 한다. 「일자 열전(日者列傳)」 제67을 지었다.

삼대의 군왕은 거북으로 점치는 방법을 달리했고, 사방의 오랑캐들도 점치는 법이 제각기 달랐으나 각자 이것으로 길흉을 판단했다. 대충 그 요지를 살폈다. 「귀책 열전(龜策列傳)」 제68을 지었다.

벼슬이 없는 필부 신분으로 정치를 해치지도 않고, 백성에게 방해되지도 않으면서 때에 맞춰 팔고 사서 재산을 늘린 사람이 있다. 지혜로운 자도 이들에게서 취한 점이 있다. 「화식열전(貨殖列傳)」 제69를 지었다.

우리 한나라는 오제의 뒤를 잇고 삼대의 중단된 위업을 이었다. 주나라의 도가 사라지자 진(秦)나라는 고문(古文)을 없애고 『시』와 『서』를 불태워 없앴으므로 명당(明堂), 석실(石室), 금궤(金匱) 등에 보관하던 옥판(玉版)의 도적(圖籍)이 모두 흩어지고 말았다. 그래서 한나라가 일어나자 소하가 율령을 정리하고 한신이 군법을 밝히고 장창이 장정(章程)을 만들고 숙손통이 예의를 제정하니, 문학지사(文學之士)가 빛을 발하여 점차 등용되고 『시』와 『서』도 왕왕 곳곳에서 나왔다. 조참이 갑공(蓋公)을 추천한 뒤로 황제와 노자의 도를 말하였고, 가의와 조조(晁錯)는 신불해와 상앙의 법가 학술을 밝히고, 공손홍은 유가의 학설로 알려졌으니, 〔한나라 초기〕 100년 동안 천하에 있던 서적과 고사(古事)들이 태사공의 손에 모이지 않은 것이 없었다.

태사공의 관직은 아버지와 아들이 이어서 맡았다. 태사공 사마천은 말한다.

"아아! 나의 조상은 일찍이 이 일을 주관하여 당우(唐虞) 시대에 이미 알려졌고, 주 대(周代)에 이르러서 다시 이것을 맡았다. 그러므로 사마씨는 대대로 천관(天官)을 맡아 왔다. 나에게까지 이르렀으니 삼가며 새겨 두자! 삼가며 새겨 두자!"

천하에 흩어져 있는 구문(舊聞)을 망라하여 왕업(王業)이 일어난 처음과 끝을 살피고 흥성하고 쇠망한 것을 살펴보았으며, 사실에 입각하여 논하고 고찰했다. 대략 삼대를 추정하여 기술하고, 진나라와 한나라를 기록하되 위로는 헌원황제으로부터 시작하여 아래로는 지금에 이르기까지 12 본기를 지었으니 모두 조례를 나누어 기록했다. 그러나 시대를 같이하는 것도 있고 달리하는 것도 있어서 연대가 확실치 않으므로 10 표를 만들었다. 또 〔시대에 따라〕 예악의 증감, 법률과 역법의 개정, 병권, 산천, 귀신, 천인(天人), 시세 변화에 따라 폐해지는 것을 살피고 세상의 변화에 적응해 나가는 내용으로 8 서를 만들었다. 이십팔수(二十八宿)는 북극성을 돌고, 서른 개의 바퀴살은 한 개의 바퀴통을 향하여 끝없이 돈다. 보필하는 팔다리 같은 신하들을 이에 비유하여 충신으로서 도를 행하여 군주를 받드는 모습을 30 세가로 지었다. 정의를 따르고 재능이 뛰어나서 스스로 시기를 놓치지 않고 천하에 공명을 세운 사람들에 대해서는 70 열전을 지었다. 무릇 130편에 52만 6500자이니 『태사공서(太史公書)』라고 한다. 개략적인 것을 「자서」로 지어 본문에 빠진 부분을 보충하여 일가(一家)의 말을 이루었다. 육경에 대한 서로 다른 견해들을 정리하고 백가의 잡다한 학설을 정리했다. 〔정본(正本)은〕 명산(名山)에 깊이 간직하고 부본(副本)은 수도에 두어 후세 성인군자들의 열람을 기다린다. 「태사공 자서」 제70을 지었다.

태사공은 말한다.

"나는 황제로부터 역사를 서술하여 태조(太初)한나라 무제의 일곱 번째 연호에 이르러 마치니 130편이다."

작품 해설

　『사기』는 상고(上古) 시대부터 사마천이 살던 한 무제 때까지의 중국 역사를 다룬다. 여기에는 중국인들이 사이(四夷)라고 불렀던 주변 이민족의 역사가 포함되어 있다. 이 책은 중국 역사의 전범(典範)으로 일컬어지며, 중국뿐 아니라 한국, 일본 등 동아시아 역사서에 절대적인 영향을 끼쳤다.

　『사기』는 본기(本紀) 12편, 표(表) 10편, 서(書) 8편, 세가(世家) 30편, 열전(列傳) 70편 등 총 130편, 약 52만 6500자로 이루어져 있다. 오늘날 중화서국(中華書局)에서 간행한 표점본 『사기』는 약 55만 5600자인데 저소손(褚小孫) 등이 보필한 3만여 자가 더 수록되어 있기 때문이다. 본기, 표, 서, 세가, 열전 이 다섯 부분은 서로 긴밀하게 연계되어 있으며 얽히고설킨 인물 관계로 인해 비슷한 내용이 여러 편에 실려 있는 경우도 적지 않다. 더러는 같은 사건이 다른 시점으로 묘사되기도 한다.

본기는 고대 전설상의 오제(五帝)부터 한나라 무제에 이르기까지 천하에 권력을 행사하던 왕조나 군주들의 사적을 기록한 것이다. 대체로 왕조를 기준으로 하여 시대순으로 12편을 배열했다.

표는 『사기』가 다루고 있는 시공간을 재구성하여 일목요연하게 정리한 것으로, 세표(世表), 연표(年表), 월표(月表)로 이루어져 있다. 각 편마다 서문이 있어 논평을 간략하게 덧붙였다.

서는 사회 제도에 주목하여 이상과 현실, 변혁과 민생 문제 등을 보여 주는 전문적 논술이다. 즉 정치, 사회, 문화, 과학 등과 같은 전장(典章)을 기록하고 있어 문화사나 제도사의 성격을 갖는다.

세가는 제왕보다 낮은 위치인 봉건 제후들의 나라별 역사를 다루고 있다. 제후들 외에 황제의 친척과 공훈을 세운 신하 등이 포함되어 있다. 무관(無冠)의 제왕인 공자(孔子)와 왕을 칭한 지 여섯 달 만에 망한 진섭(陳涉)이 포함되어 있는 점이 이채롭다.

열전은 주로 제왕과 제후를 위해 일한 인물들의 전기를 수록하고 있으며, 때로 계급을 초월하여 기상천외의 인물들이 포진하고 있기도 하다. 각양 각층의 인물들의 삶이나 그들과 관련된 사건들을 서술하고 평가하여 사마천의 역사의식이 가장 잘 드러나는 부분이다.

『사기』의 이런 분류 방법은 일반적으로 천지자연의 원리에서 나온 것이라고 볼 수 있다. 본기 12편은 『문심조룡(文心雕龍)』「사전(史傳)」편에서 말한 것과 같이 『여씨춘추』의 12기(紀)에 바탕을 두고 있으며, 역법으로 볼 때 12간지와 관련된다. 표 10편은 사마천이 스스로 만든 것으로 『주보(周譜)』에 바탕을 두고 있다. 물론 이 또한 10간(干)과 관련된다. 서 8편은 『삼례(三禮)』를 모방한 데서 나온 것이며, 사방(四方)·팔방(八方) 등 방위 개념과 관련이 있다. 세가 30편에서는 사마천의 독창성이 엿보이는데 이 가운데 열전에 넣어도 그다지 무리가 없는 「공자 세가(孔子世家)」와 「진섭 세가(陳涉世家)」를 뺀다면 28편으로 28수(宿)와 일치한다고 볼 수도 있다. 그리고 열전 70편은 맨 마지막의 「태사공 자서(太史公自序)」를 '태사공 열전'으로 볼 수 있으니, 열전에 들어갈 수도 있는 「공자 세가」와 「진섭 세가」를 합치면 72편의 열전이 되어 천지와 음양의 성수(成數) 관념에서 생각하면 역법에 기초한 것이라 할 수 있다. 이는 사마천이 천문에 정통한 가계(家系)의 후손이라는 이유도 있겠지만, 고대 중국인의 우주관과 세계관에서 비롯된 것이기도 하다.

　『사기』 이전의 중국 역사서는 매년 매달 매일의 역사적 사건을 연대순으로 기록하는 방식을 취했으니, 『춘추(春秋)』나 『서경(書經)』 등 거의 모든 역사서가 유사한 방식으로 구성되었다. 다만 『춘추』 다음에 씌어진 『국어(國語)』나 『전국책(戰國策)』은 순수한 연대기에서 벗어나 국가별 서술 원칙에 의하고 있는데, 역시 연대기적 배열이라는 큰 틀을 벗어나지는 못했다. 그래서 한 사건이 분절되고 시간적 비약이 생겨나 읽으면서 곤혹스러울 때가 많다.

동양 역사서의 세 가지 편찬 체제인 편년체(編年體), 기사본말체(紀事本末體), 기전체(紀傳體) 가운데 기전체의 효시가 『사기』이다. 기전체는 본기(本紀)와 열전(列傳)을 중심으로 구성되는데, 먼저 제왕의 언행과 행적을 중심으로 당시의 정치, 경제, 군사, 문화, 외교 등 중대한 사건을 시대순으로 서술하고, 제왕이나 제후를 보좌한 개인들의 이야기를 서술하는 구성 방식을 취하고 있다.

사마천은 자신이 기술하고자 하는 시대의 사회 구조와 그 내부의 발전상, 인물과 사건 및 제도 등 그 사회가 가진 제반 현실에 역사적 해석을 부여하고자 했다. 그래서 사마천은 통사를 쓰면서도 자신의 시대인 한 대(漢代)를 다루었던 것이다. 사마천은 사료 해석에 충실하면서도, 역사의 발전적 흐름과 사물의 본질을 통찰하는 날카로운 안목을 보여 주었기에, 이 책이 오늘날까지도 지혜로운 삶의 지침서로서 왕성한 생명력을 자랑하는 것이다.

『사기』라는 명칭은 사마천이 스스로 붙인 것은 아니다. 사마천이 세상을 떠난 뒤 이 책은 '태사공서(太史公書)' 또는 '태사공기(太史公記)'로 불렸는데, '태사공기'의 약칭이 바로 '사기'다. 위(魏)나라 건안(建安) 연간에 순열(荀悅)이 지은 『한기(漢紀)』라는 책의 권30에 "태사공사마천사기(太史公司馬遷史記)"라는 말이 나와 정식으로 '사기'라는 말이 '태사공서'라는 명칭을 대체하게 되었다.

물론 『사기』의 「주 본기(周本紀)」, 「십이 제후 연표(十二諸侯)(年表)」, 「천관서(天官書)」, 「진섭 세가」, 「공자 세가」, 「유림 열전(儒林列傳)」 등에도 이 말이 나온다. 그러나 이들 편에서의 기록은 두 가지 내포된 의미가 있으니 선진 시대 각국의 '사관의 기록'이라는 의미와 한 대의 문장학(文章學)이 그것이다. 이책의 서문 격인 「태사공 자서」에 나와 있는 '태사공서'라는 말과는 전혀 다른 의미이다.

『사기』는 세상에 나오고도 오랫동안 왕실과 역사가들에게 소외된 채 몇 세기를 보내야 했다. 더욱이 한 무제(漢武帝)는 사마천이 『사기』에서 자신의 아버지인 경제(景帝)와 자신의 치부를 드러내 신랄하게 비판한 것을 두고 매우 노여워하며 이 두 인물을 다룬 「효경 본기(孝景本紀)」와 「효무 본기(孝武本紀)」를 폐기하도록 했다고 했을 정도니 말이다. 무제의 영토확장 정책에 대한 사마천의 신랄한 비판은 「봉선서(封禪書)」, 「평준서(平準書)」 등을 비롯하여 열전 곳곳에 생생하게 드러나있다.

게다가 『사기』가 그보다 90년 뒤에 나온 반고(班固)의 『한서(漢書)』와 달리, 도가와 병가, 잡가 등 제자백가를 두루 섭렵하여 한나라의 국가 이념인 유학에 배치된다는 점도 당시 지식인 사회에서 배척되는 요인이 되었다. 예컨대 사마천은 「자객 열전(刺客列傳)」, 「골계 열전(滑稽列傳)」, 「일자 열전(日者列傳)」, 「귀책 열전(龜策列傳)」에서 9류(流) 3교(敎) 등 당시 사회의 세세한 부분까지 담아내려고 애썼다. 그런데 반고는『한서』에서 「동방삭전(東方朔傳)」을 제외하면 유가 이외에는 모두 비정통파나 하류 문화로 취급하여 언급조차 하지 않으려고 했던 것이다. 「자객 열전」에서 형가(荊軻)가 고점리(高漸離)와 함께 술 마시고 노래하다가 눈물을 흘리며 마치 근처에 아무도 없는 것처럼 행동했다는 이야기는 한 대의 경직된 시대 분위기에서 보면 용납되기 힘든 만용일 수밖에 없었던 것이다.

그래서 반고는『한서』「사마천전(司馬遷傳)」에서 사마천이 시비를 가리느라 성인의 모습을 왜곡했으며, 대도(大道)를 논할 때에도 황로(黃老) 사상을 앞에 두고 육경(六經)을 뒤에 놓았으며, 유협을 서술할 때에는 처사(處士)들을 제치고 간웅(奸雄)들을 부각시켰다는 점을 비판했으니, 사마천이 「백이 열전(伯夷列傳)」, 「유협 열전(游俠列傳)」, 「화식 열전(貨殖列傳)」 같은 편을 설정한 것을 두고 하는 말이었다.

그러나『사기』가 소외의 시간만 보낸 것은 아니었다. 도가적 분위기가 강한 당 대(唐代)부터 관리 임용 과목에 들어가면서 점차 주목받기 시작했다. 당송 팔대가인 한유(韓愈)는 사마천에 대해 비판적이었으나 유종원(柳宗元)은『사기』를 "웅심아건(雄深雅健)"이라고 평가하면서 문장 학습의 기본 틀로 삼았고, 이는 유학이 지배적인 분위기였던 송 대(宋代)에도 이어졌다. 구양수(歐陽脩)는『사기』애호가로서 즐겨 읽으면서 글을 지을 때 이용하기도 했다.『사기』에 대한 평가는 원 대(元代)에 잠시 주춤했다가, 청 대(淸代)에 기윤(紀昀)과 조익(趙翼) 등이 재평가했으며 장병린(章炳麟)도『사기』와『한서』를 같은 대열에 두었다. 중국 근대화의 공헌자 양계초(梁啓超)는 사마천을 '역사계의 조물주'라고 치켜세우기도 했다. 프랑스의 중국학자 샤반(E. Chavannes)도 이 책의 중요성을 인식하여 1895년부터 1905년 사이에 『사기』의 앞부분 47편을 번역하고 해제를 붙여 서구인들에게 소개했다. 근대 중국의 위대한 문학가 루쉰(魯迅)은 "역사가의 빼어난 노래요, 운율이 없는 「이소」(史家之絶唱, 無韻之離騷)"『한문학사강요(漢文學史綱要)』라고 극찬했다.

물론 사마천의 기술 방식이나 자료 선정 방법 등에 전혀 문제가 없는 것은 아니다. 그러나 2000여 년 전이라는 시간적 의미로 볼 때, 정말 이 정도로 완벽한 체제를 갖춘 역사서가 어떻게 가능했는가 하는 탄성이 저절로 터져 나오게 된다.

요컨대, 개인적으로 기록한 역사 『사기』가 후대에 24사(史)의 필두로 거론되게 된 것은 중국 전설 시대부터 춘추 전국 시대를 거쳐 한 무제까지 이르는 유일한 통사이기 때문이라는 점이 일차적인 이유이다. 또 기전체라는 형식에 바탕을 둔 역사 서술의 정확도도 무시할 수 없는 요인이다. 그러나 무엇보다도 중요한 점은 절대 군주 위주로 재편되는 과정에 있던 엄혹한 현실과 인간에 대한 성찰, 즉 사마천의 역사를 보는 태도가 다른 역사서와 아주 다른 입장을 취하고 있다는 사실이다. 이에 더하여 『사기』가 뛰어난 문장력으로 문학서로서의 색채를 유발하고 있다는 점도 빼놓을 수 없을 것이다.

사성(史聖) 사마천은 누구인가?

사마천기원전 145년?~90년?은 자가 자장(子長)이며 용문(龍門) 지금의 섬서성(陝西省) 한성시(韓城市) 출신이다. 아버지 사마담(司馬談)은 한 무제 때 태사령(太史令)에 임명되었고 도가를 충실히 받들었다. 그는 당대의 저명한 지식인들에게 천문학과 『주역』 및 음양의 원리를 배웠다.

사마천은 어려서 집에서 공부하다가 열 살 때 아버지를 따라 수도인 장안(長安)에 와서 당시 경학 대사인 동중서(董仲舒)와 공안국(孔安國)에게 고문을 배웠다. 스무 살 때 여행을 시작하여 중국 전역을 두루 돌아다녔으며 돌아온 후에는 낭중(郎中)에 올랐고 또다시 무제를 따라 순행하면서 거의 온 나라를 주유했다. 어디를 가든지 고적을 탐방하고 자료를 수집했다.

그러던 중 사마천이 낙양(洛陽)에서 아버지와 만났을 때, 아버지가 그의 손을 잡고서 반드시 역사서를 집필하라고 당부한 뒤 세상을 떠났다. 사마담이 죽은 지 3년이 지나 무제 원봉(元封) 3년기원전 108년에 사마천은 태사령이 되어 무제를 시종하면서 천제(天帝)에 제사 드리는 봉선(封禪)에 참여하기도 하고 역법을 개정하기도 하였다. 그는 부친의 유업을 계승하기 위해 국가의 장서가 있는 석실금궤(石室金櫃)에서 수많은 자료를 정리하고 수집하면서 4년의 준비 기간을 거친 끝에 태초(太初) 원년기원전 104년에 『사기』를 집필하기 시작했다.

그런데 사마천은 생각지 못한 시련을 맞게 된다. 천한(天

漢) 2년기원전 99년 전한의 명장 이광(李廣)의 손자 이릉(李陵)이 군대를 이끌고 흉노와 싸우다가 투항하는 사건이 발생한 것이다. 당시 사람들은 이는 이씨 가문의 명예에 먹칠을 한 것일 뿐만 아니라 한나라 조정의 체면을 깎아내린 것이라고 여겼다. 그러나 사마천은 이릉이 어쩔 수 없이 투항했다고 여겼고 홀로 무제 앞에 나아가 적극적으로 변호했다. 결국 그는 무제의 노여움을 사 감옥에 갇히게 되는 몸이 되고 말았다. 1년 후 그에게 세 가지 형벌 중 하나를 고를 권리가 주어졌다. 첫째 법에 따라 주살될 것, 둘째 돈 50만 전을 내고 죽음을 면할 것, 셋째 궁형을 감수할 것이 그것이었다. 사마천은 두 번째 방법을 취하고 싶었으나 중인(中人)에 불과했던 그가 그런 거액을 낸다는 것은 사실상 불가능했고 결국 마지막 것을 선택하게 되었다. 목숨만이라도 부지하여 부친의 유지를 받들기로 한 것이다.

그로부터 5년 후기원전 93년 사마천은 다시 직책을 맡아 무제의 곁에 있게 되었다. 이때는 『사기』의 집필이 대체적으로 마무리되는 시점이었다. 아버지의 유언을 받든 지 대략 20년 만이었다. 집필을 완성하고 몇 년 후에 그는 세상을 떠났다.

사마천의 생몰 연도에 관해서는 역대로 정론이 없다. 그의 생년에 관한 고증은 주로 「태사공 자서」에 근거하여 당나라 사람들이 단 주석에 바탕을 두고 있다. 그가 죽은 시기 또한 『한서』 「사마천전」에도 명확하게 기재된 것이 없기 때문에 한 당(漢唐)의 주석가들이 추론해 낼 방법이 없었고 지금노 여선히 논란이 있다.

사마천이 『사기』를 쓴 목적은 무엇인가?

이에 대한 답은 전서의 서문 격으로 『사기 열전』의 맨 마지막에 둔 「태사공 자서」에 마련되어 있는데 정리하면 이러하다.

첫째, 발분(發憤) 의식의 소산이다. 사마천이 궁형을 당한 것은 목숨을 부지하기 위한 구차한 행위가 아니라 글을 지어 후세에 이름을 남기기 위한 피할 수 없는 선택이었다. 「백이 열전(伯夷列傳)」에서 '천도시비(天道是非)하늘의 도는 옳은가 그른가'의 질문을 제시한 것은 백이와 숙제의 입장이 마치 자신과 비슷하다는 데서 오는 동류의식을 반영한다. 또한 치욕을 견디고 세인들에게 이름을 떨친 관중(管仲)이나 오자서(伍子胥), 경포(黥布) 등에게 특별한 의미를 부여하여 그들의 전기를 따로 마련한 것도 마찬가지로 해석될 수 있다.

둘째, 역사적 사실의 포폄(褒貶)과 직서(直書)이다. 이는 「태사공 자서」에서도 드러나듯, 공자(孔子)가 『춘추』를 서술한 방식에 바탕을 두고 후세 사람들에게 하나의 도덕적 규범을 제시하여 미언대의(微言大義), 즉 작은 말 속의 큰 의미를 느낄 수 있도록 하기 위한 것이다. 물론 사마천이 『춘추』의 문장을 모방하여 『사기』를 지은 것은 아니다. 『춘추』의 정신을 계승하려는 사마천의 생각은 부친 사마담의 견해와 일치되는 것이며, 공자가 세상을 떠난 지 500년이 지난 당시에 공자의 역사 의식을 누군가가 계승해야 한다는 당위에서 비롯되었다.

이 밖에 사마천이 태사령이라는 자기 직분에 충실하면서 순수하게 개인의 자격으로 저술에 임했다는 점을 눈여겨봐야 한다. 태사령이란 본래 궁중의 예의 제도를 관장하고, 천문 역법에 따라 해가 끝나면 새 역법을 바치며, 나라에 큰 행사가 있으면 길일(吉日)과 기일(忌日)을 가려 올리는 직책이다. 따지고 보면 이 직책은 역사 기록과 별반 관련이 없으므로 저술의 직접적인 동기가 아닐 수도 있다. 그렇지만 사마천은 태사령으로 있으면서 궁궐에 소장된 모든 자료를 쉽게 접할 수 있었고, 또 마음만 먹으면 자료 수집을 위하여 유적을 답사할 수 있었으며, 해당 분야의 전문가들을 취재할 기회도 적지 않았을 것이다.

사마천은 아버지와 함께 무제 곁에서 절대 권력자의 영토 확장 야욕과 그로 인해 야기되는 수많은 현실적인 문제점들을 직접 눈으로 보았다. 또한 무제를 수행하면서 각종 성대한 의전 장면이나 열병 의식 및 수렵 활동 등을 통해 당시의 시대정신을 터득하기도 했다.

『사기 열전』은 어떻게 서술되었는가?

『사기 열전』은 서술에 있어 인물의 비중을 고려하여 안배한 흔적이 두드러진다. 독자에게 극적인 효과를 전달하기 위해 대립되는 인물을 같은 편에 놓은 경우도 많다. 또한 유림, 혹리, 자객, 유협, 골계 등 유사한 직업군을 한데 묶어 차례로 배치함으로써 인물을 체계적으로 분류했다.

열전이란 말을 풀이할 때 '열(列)'이 배열이나 서술의 의미를 갖고 있다는 데에는 의견이 대체로 일치하는 듯하다. '전(傳)'은 본래 경전의 주석을 가리키는 말로 스승과 제자 사이에 구두로 전해진 것을 의미하며, 전통적으로 전기(傳記) biography로 받아들여져 왔다. 좀 더 구체화시켜 이야기story 정도로 해석해도 큰 무리는 없다. 사마천은 전기를 개인의 역사로 확대 해석하고 있다. 그러나 전기라고 하면 아무래도 주인공의 삶을 모두 담아야 하는데 『사기 열전』에는 기재되어 있지 않은 사실도 더러 있다. 예컨대 열전의 두 번째 편인 「관 안 열전(管晏列傳)」을 보면 관중과 안영의 생애에 대한 서술은 철저히 무시되고, 그들의 개성을 엿볼 수 있는 두 일화가 소개되어 있을 뿐이다.

이렇듯 사마천은 열전에서 인물에 대해 나열식으로 정보를 제공하기보다 그 인물을 제대로 보여 줄 수 있는 특징을 제시하는 데 주력했다. 따라서 「중니 제자 열전(仲尼弟子列傳)」처럼 별로 중요하지 않은 인물들은 후반부에 이름만 나열하는 방식을 취하기도 했다.

또한 사마천은 자신이 입수한 문헌 가운데에서 될 수 있는 대로 도덕적 기여도가 높은 인물들을 먼저 고르고 거기에 평가를 더했다. 독자로 하여금 선을 행하는 자는 복을 받고, 그렇지 않은 자는 화를 입게 된다는 평범한 진리를 깨닫도록 하려는 것이다. 심지어 어떤 인물의 행동에서 본받을 만한 가치가 전혀 없으면 아예 그를 무시하고 다른 이의 전기에 곁들여 포함시키기도 한다. 진(秦)나라 말기에 권력을 휘둘렀던 환관 조고(趙高)의 경우, 다른 인물들의 열전 곳곳에서 찾아볼 수 있는데 특히 「이사 열전(李斯列傳)」 후반부는 조고의 이야기가 주를 이루기도 한다. 사마천은 인물들의 개별적인 유형에 입각해서 자신을 포함하여 당대를 움직인 인물들을 재구성하고, 그런 근거를 그 이전의 경서(經書)와 제자서(諸子書)뿐 아니라 민간의 구전에서도 취하는 유연성을 보여 주었다.

그렇다면 『사기』에서 사료의 취사선택 범위는 어디인가? 『사기』는 시간적으로 2000여 년을 포괄하지만, 이 중 과반수가 한 대(漢代)의 것이다. 무제는 한나라의 제5대 황제로서 고제(高帝), 혜제(惠帝), 문제(文帝), 경제(景帝)의 통치를 거치면서 중앙 집권 체제가 확고해졌을 때의 통치자다. 이 시기는 정치가 안정되고 경제가 번영하면서 학술이 번성했다. 따라서 각 분야마다 대표적인 학자들이 탄생했으니 위대한 경학가요 정치 평론가인 동중서, 문장가 사마상여(司馬相如), 군사 전략가 위청(衛靑)과 곽거병(霍去病), 그리고 천문학자 당도(唐都), 탐험가 장건(張騫), 음악가 이연년(李延年) 등 걸출한 인물들이 무제의 수하에 있었다. 이런 면에서 보면 『사기』가 후한의 무제 때 탄생한 것 역시 결코 우연이 아니다.

상고 문헌은 전적으로 경전에 기댔고, 당대 자료는 대체로 문헌 검증과 현지답사 등을 통한 체험에서 나왔다. 『사기 열전』 권32 「회음후 열전(淮陰侯列傳)」의 경우를 보면, 사마천은 이 열전을 쓰기 위해 한신의 고향을 방문했고, 마을 사람들이 제공한 소재를 토대로 한신을 새로운 삭노에서 그렸다.

『사기 열전』에 기록된 시대의 인물들은 누구인가?

　『사기 열전』의 독특한 인물의 선택, 서술 방식은 역사는 결코 지배자의 전유물이 아니라는 시각에서 출발한다. 먼저 대략적인 상황을 주요 편들을 중심으로 살펴보자.

　『사기』의 백미로서 열전의 첫머리를 장식하는 「백이 열전」은 지조와 소신의 문제를 세상의 공정성과 결부시켜 다루고 있다. 두 번째 편명인 「관 안 열전」에는 진정한 우정을 다룬 관포지교(管鮑之交) 고사가 담겨 있고, 창고가 차야 예절을 안다는 관중의 정치관도 배어 있다. 명재상 안영과 마부 이야기는 안영의 뛰어난 안목을 보여 준다. 전국 시대에 활약한 병법가들을 다룬 「사마양저 열전(司馬穰苴列傳)」, 「손자 오기 열전(孫子吳起列傳)」, 「오자서 열전(伍子胥列傳)」 등도 있다.

　「상군 열전(商君列傳)」에서는 법과 원칙의 소유자 상군, 즉 상앙에게서 냉철한 개혁가의 모습을 엿볼 수 있다. 이뿐만이 아니다. 「소진 열전(蘇秦列傳)」과 「장의 열전(張儀列傳)」은 합종과 연횡이라는 전략으로 천하를 빼앗으려는 자와 지키려는 자 사이의 처절한 두뇌 싸움을 보여 주는 명편이다. 두 사람은 같은 문하에서 배웠지만 나중에 정치적 라이벌 관계가 된다.

　지혜 주머니라고 불린 저리자(樗里子)와 어린 나이에 이미 기지가 뛰어났던 감무(甘茂) 이야기도 있고, 외척이면서 정치에 참여한 양후(穰侯)도 열전에서 한자리를 차지하고 있다. 또한 인재를 예우하여 수천 명의 식객을 거느렸던 전국 사공자(戰國四公子), 즉 맹상군(孟嘗君) 전문(田文), 평원군(平原君) 우

경(虞卿), 위 공자(魏公子) 무기(無忌), 춘신군(春申君) 황헐(黃
歇)의 여러 일화들도 엿볼 수 있다.

피를 뿌려서라도 군주의 위엄을 지킨 염파(廉頗)와 화씨벽
을 지키려는 인상여(藺相如)의 기개를 다룬 「염파 인상여 열전
(廉頗藺相如列傳)」에는 사나이의 의리, 큰 나라끼리의 사귐에
는 법도가 있다는 선비의 마음가짐, 나라의 위급을 먼저 생각
하는 지식인의 자세가 담겨 있다. 「전단 열전(田單列傳)」은 충
신은 두 임금을 섬기지 않는다는 의미가 담겨 있고, 「노중련
추양 열전(魯仲連鄒陽列傳)」에서는 천하에서 선비가 귀하게 여
겨지는 까닭을 보여 준다. 청빈한 지식인의 모습을 담은 「굴원
가생 열전(屈原賈生列傳)」에서는 혼탁한 세상에서 살아가기 어
려운 나약한 지식인의 모습을 만날 수 있다.

진귀한 재물은 사 둘 가치가 있다고 한 투자가 여불위(呂不
韋)는 진시황의 생부라는 전설적 요소가 더해지면서 열전의
주요 인물로 자리했으며, 선비는 자신을 알아주는 자를 위해
죽는다는 의리파 인물의 충절이 담긴 「자객 열전」은 진시황을
죽이려 한 형가를 비롯한 다섯 명의 자객을 다루고 있다. 「이
사 열전」은 사람이 잘나고 못남은 자신의 위치에 달려 있다는
냉혹한 현실주의자 이사의 이야기이다. 그는 진시황의 최측근
이면서 동시에 제위 계승의 농간을 부리다가 자결하게 되는
비운의 인물이다.

권53 「남월 열전(南越列傳)」부터 「동월 열전(東越列傳)」, 「조
선 열전(朝鮮列傳)」, 「서남이 열전(西南夷列傳)」 등은 한나라의
변방 지역의 민족들 사이의 충돌과 화해의 문제가 고스란히

담고 있다.

이 밖에도 『사기 열전』에는 청렴한 관리와 엄격한 법 집행을 하는 혹리의 이야기가 있다. 이를테면 「혹리 열전(酷吏列傳)」에서 사마천은 혹리 열두 명의 행적을 통해 한 무제의 무모한 정책을 비판하면서, 법령이 늘수록 도둑이 느는 데는 이유가 있으며 나라를 다스리는 근본이 혹독한 법령에 있는 것이 아니라고 힘주어 말한다.

또한 「유협 열전」에서는 춘추 전국 시대를 주름잡은 '유협'의 세계를 다루고 있다. 유협의 존재가 사회의 필요악인가라는 시각에서 출발하여 유협의 부류를 개인의 이익을 취하는 자와 정의의 편에 서는 자로 나눌 수 있다고 보았다. 이와 비슷하게 「영행 열전(侫幸列傳)」에서는 여색이나 남색을 통해 황제의 총애를 얻은 부류들을 다루고 있고, 「골계 열전」에서는 기지와 해학의 만담가요 풍자가인 골계들을 다루는데, 그들의 외모와 지위는 별것 없지만 그들의 날카로운 현실 풍자가 결코 예사롭지 않음을 보여 준다.

이처럼 「이사 열전」이나 「골계 열전」 등에서 볼 수 있는 주제에 대한 다양한 접근 방식, 「자객 열전」에서 보이는 구도의 설정 능력, 「여불위 열전(呂不偉列傳)」에서 볼 수 있는 구성 방식이나 희극적 효과의 운용은 중국인의 '문사일체(文史一體)' 관념을 보여 주는 구체적인 실례들이다.

일반 역사서와 달리 『사기 열전』에는 주관적 서술이 적잖이 드러나 있는데, 그럼에도 사마천 자신의 사료 비판 능력과 어우러져 탄탄한 역사 서술 체계를 구축하는 데 성공하고 있다. 사마천의 혼이 담겨 있다 해도 과언이 아닌 『사기 열전』의 서술 방식에는 냉정한 이성과 처절한 열정을 갖고 살아간 시대적 거장들의 숨결이 행간마다 녹아 있다.

　『사기 열전』이 폭넓은 독자층을 끌어들이는 까닭은 어디에 있을까? 『사기 열전』은 궁형을 당한 사마천의 세계관과 인생관 위에 개인적인 비극을 역사의식으로 승화시켜, 시대를 살다 간 인물을 조망해 나갔기 때문이다. 사마천은 무관의 제왕 공자와 시대에의 저항을 택한 백이와 숙제를 등장시키면서 자신의 논지를 펼쳐 나간다.

　사실상 『사기』 130편 가운데 인물 전기로 구성된 것이 112편인데, 이 중에서 57편이 비극적 인물의 이름으로 편명을 삼았다. 그리고 20여 편은 비극적인 인물로 표제를 삼지는 않았으나 들여다보면 비극적인 이야기이다. 나머지 70여 편에도 몇몇 예외를 제외하고 거의 모든 편에서 비운의 인물이 등장한다. 격동의 시대를 120여 명이라는 비운의 인물을 통해 그려 냈으니 결국 사마천에게 '비극'은 시대의 표징이었다.

　한나라 초기 비극적 결말을 맞이한 이성 왕(異姓王) 이야기의 주인공들인 한신, 팽월(彭越), 경포 등 세 명은 모두 열전에 수록되어 있으며, 그 나름의 의미를 획득하고 있다. 이러한 인물들의 이야기는 패배한 영웅 항우의 모습을 그린 「항우 본기(項羽本紀)」와 함께 읽으면 더욱 깊이 이해할 수 있다. 그리고 "연작이 어찌 홍곡의 뜻을 알리오?"라고 소리 높여 외쳤던 신섭을 그린 「진섭 세가」와도 관련이 있다.

그리고 재주가 있음에도 불구하고 왕에게 신임을 받지 못하여 일생을 고민한 비극적인 인물들도 있다. 굴원, 조조(趙錯), 위 공자 등이 그들이다. 굴원은 직언을 거듭했으나 받아들여지지 않자 자살했고, 어질고 능력 있는 위 공자 무기는 폭음으로 죽었다. 조조는 종묘의 담을 뜯어 문을 만들었다는 이유로 저잣거리에서 죽었다.

국가에 헌신했으나 비극을 초래한 자들도 있다. 그 대표적인 자가 이사이고 황헐과 주보언(主父偃)도 빼 놓을 수 없다. 춘신군 황헐은 합종으로 진나라에 맞서 20년간 재상 노릇 하다가 간사한 음모에 휘말려 비참하게 살해되었다.

현자 불우의 비극도 있다. 세가 부분에 배치된 공자를 비롯하여 「노자 한비 열전(老子韓非列傳)」에 나오는 한비, 「이 장군 열전(李將軍列傳)」의 이광(李廣)이 대표적인 예이다.

『사기 열전』은 "어떻게 살아가야 할까?"라는 물음에 대해 다양한 해답을 제시한다. 사마천은 우리가 살아가면서, 그리고 보다 나은 삶을 살아가기 위해 겪는 고충을 거의 모든 인물이 똑같이 겪었음을 역사적 사실을 통해 말해 준다. 좀 더 구체적으로 살펴보면, 시대에 맞선 자, 시대를 거스른 자, 그리고 시대를 비껴간 자들의 이야기가 대부분이다. 그러므로 우리에게 주는 교훈 역시 적지 않다.

이러한 열전을 구성하는 데 있어 사마천은 인간 사회에서 흔히 있을 수 있는 대립과 갈등, 배반과 충정, 이익과 손실, 물질과 정신, 도덕과 본능, 탐욕과 베풂 등 양자택일의 기로에

선 인간을 제시하고, 그런 갈등 자체가 인간이 사는 모습임을 강조한다. 『사기 열전』을 생명력이 꿈틀거리는 산 역사로 인식하게 만드는 것은 바로 현재를 살아가는 '인간' 본위의 역사를 서술해 낸 작가의 각고의 노력 덕분이다. 사마천은 역사의 뒤안길로 사라져 간 인물들을 현재에 생동하는 것처럼 묘사함으로써 독자들에게 큰 감흥을 불러일으키고 있다.

작가 연보

기원전 145년   음력 2월 8일, 용문(龍門, 오늘날 산시성(陝西省)
　　　　　　　　한청시(韓城市))에서 출생. 아버지 사마담(司馬
　　　　　　　　談)은 벼슬하기 이전으로 농사와 목축이 주업이
　　　　　　　　었음. 사마천의 자는 자장(子長).

기원전 140년   사마담이 태사령이 되어 장안으로 갔고 사마천
　　　　　　　　도 따라감. 사마천이 글공부 시작함. 한 무제 황
　　　　　　　　제의 자리에 오름.

기원전 136년   동중서(董仲舒)에게 직접 『춘추』를 배웠음. 공안
　　　　　　　　국에게 『고문상서』를 배웠는데, 특히 동중서의
　　　　　　　　가르침은 춘추필법이 반영된 『사기』 저술의 중요
　　　　　　　　한 지침의 역할을 하기에 충분하였음.

기원전 135년   고문을 배움. 여기서 고문(古文)이란 전서(篆書)

로 된 옛글을 의미함. 특히 당대의 저명한 지식인들에게 천문학과 『주역』 및 음양의 원리 등을 배우기도 함.

기원전 126년 사마천은 남방을 중심으로 오늘날의 후난성, 장시성, 저장성, 장쑤성, 산둥성, 허난성 등 남방 지역을 3년 가까이 유람함. 이때의 유람은 훗날의 『사기』의 현장성을 높이는 결정적인 역할을 하였으니 일례로 「굴원 가생 열전」에서는 굴원의 족적을 추적하면서 굴원의 인간미에 흠뻑 취해 보기도 하고 슬픈 그의 행적에 눈물을 흘리기도 하였음.

기원전 118년 낭중(郞中)이 되다. 낭중은 한대 관료 체계에서 의랑, 중랑, 시랑 다음의 낮은 등급으로 300석 급이었고 정원은 없었으며 어떤 경우에는 1000명 정도가 되는 자리였다. 하수(河水)와 낙수(洛水)를 주유한 데서 시작해 각 군현뿐 아니라 오제에게 제사 지내거나 봉선 의식을 거행할 때도 사마천은 한 무제를 모시고 다녔으니 사마천은 무제의 총애를 상당히 받은 것으로 사료됨. 낭중의 신분으로 파촉(巴蜀)에 사신으로 갔던 것도 그 한 예다. 낭중이 된 이유는 설명하기 어려운데 황제를 곁에서 수행한 것은 분명함. 관운이 별로 좋지 않았으며 낭중 자리에 최소 10년이 훌쩍 넘는 시간을 보냄.

기원전 113년	사마천은 아버지 사마담과 함께 한 무제의 황제의 순행에 동행했고, 그 이듬해 오치(五畤, 진한 시대 하늘에 제사 지내던 장소)의 제사 등에도 수행함.
기원전 112년	한 무제는 남월을 공격하고 서남이(西南夷) 지역에 5개 군을 설치했는데 이때 사마천은 겨울에 무제의 명에 따라 5군을 시찰함.
기원전 111년	무제의 명을 받들어 파촉 이남으로 파견되어 위무 목적으로 서남 지역을 시찰하고 일을 잘 처리하여 무제의 신임을 얻었으며 서남이로 가는 임무를 맡기도 함. 이때 서남 지역의 지리와 물산 등에 관한 안목을 길러 「화식 열전」 집필의 현장성을 높이는 데 기여함.
기원전 110년	신선술과 불로장생에 빠진 한 무제가 연호를 원봉(元封)으로 바꾸고, 4월 동쪽 태산에서 봉선 의식을 거행하였음. 수행하던 사마천의 아버지 태사령 사마담은 봉선 의식에 참여하지 못한 화병으로 낙수에서 병으로 쓰러졌고 결국 사망. 당시 사마담은 사마천에게 태사령 직분을 계승하고 역사를 기록하라는 유언을 남기고 세상을 떠났고 사마천은 역사 집필을 약속하였음.
기원전 108년	부친의 3년 상을 마치고 아버지의 대를 이어 태사령이 됨. 태사령이란 황제의 최측근 역사 고문으로서 중대한 제도의 개폐와 의전 등의 문제에

대해 자문하고 토론도 벌이는 자리임. 이때 궁중의 문서를 관리하면서 무제 수행도 하였음.

기원전 107년 한 무제의 북방 순행에 동행하면서 천지의 신과 명산대천에 제사 지내기도 하는 일을 수행하였음.

기원전 104년 사마천이 태사령이 된 지 만 5년이 되어 역법 개정 작업에 참여함. 한 무제는 태초력(太初曆)이라는 새로운 역법을 발표하고 연호를 태초(太初)로 바꾸고 봉선 의식을 치른다. 이 의식에 참여한 사마천은 이때의 감동을 「태사공 자서」에서 "내가 어찌 감히 사양하겠는가?"라고 격정적으로 표현하고 있으며, 이 시기를 『사기』 집필을 시작한 시점으로 봄. 특히 『춘추』를 계승하는 자신의 저술 입장을 분명히 하였음. 주목할 점은 사마천이 집필할 당시 사마담이 이미 『사기』의 체제를 어느 정도 세워 둔 상태였고 일부지만 거의 완성 단계에 있던 것도 서른일곱 편이나 된다는 사실이다. 이는 『사기』 130편 전체의 거의 4분의 1에 해당되는 적지 않은 양이므로 『사기』의 완성에 일정 부분 아버지 사마담의 기여가 있었다고 봄.

기원전 99년 전한의 명장 이광(李廣)의 손자 이릉(李陵)이 군대를 이끌고 흉노와 싸웠다가 흉노에 투항하는 일이 일어남. 당시 한나라 조정의 체면을 깎아내린 것이라고 비난하는 조정의 분위기에 아랑곳하지 않고 사마천은 이릉이 어쩔 수 없이 투항했

다고 변호해 결국 무제의 노여움을 사 감옥에 갇
힘.

기원전 98년   수감 중인 사마천은 첫째, 법에 따라 주살될 것,
둘째, 돈 50만 전을 내고 죽음을 면할 것, 셋째,
궁형을 감수할 것이라는 요청을 받음. 사마천은
두 번째 방법을 취하고 싶었으나 중인(中人)에
불과했던 그가 그런 거액을 낼 수는 없었으므
로 결국 마지막 방법인 궁형을 선택함. 주목할 점
은 당시 사마천의 아내는 같은 마을 출신인 양씨
(楊氏)라고 전해지고, 아내 이외에 첩도 한 명 있
었던 것으로 보이며 양씨와의 사이에 딸도 한 명
있었다고 함.

기원전 96년   사마천은 환관의 신분으로 중서령(中書令)이 됨.
중서령은 황제의 명을 상서(尙書)에게 전달하고
상소문을 무제에게 보고하는 일이 주 업무였으
나 궁형의 치욕을 가슴에 새기며 발분의 의지
다짐.

기원전 93년   친구 임안(任安)에게서 사람 조심하고 어진 선비
들을 추천하는 데 힘쓰라고 충고하는 편지를 받
음. 사마천은 거의 8개월 만에 긴 문장의 답장을
쓰면서 '치(恥)'와 '욕(辱)'이란 단어를 열아홉 번
이나 사용하며 자신의 한 서린 삶을 읊었음.

기원전 90년   사마천 사망. 그의 출생 연도가 기원전 145년이
라는 데에는 대체로 동의하지만 사망 연도는 기

원전 86년을 주장하는 학자도 있고, 기원전 91년
말에 하옥 중 사망했다는 설도 있음.

작품으로 『사기』 이외에도 목록만 있다시피 한
『사마천집(司馬遷集)』 1권과 부(賦) 8편도 남겼
다고 하는데 그중 「비사불우(悲士不遇)」라는 작
품은 전문이 『전한문(全漢文)』 권26에 실려 있
기도 함.

사마천의 후예는 성씨가 사(司), 마(馬), 풍(馮),
동(同) 등 넷으로 나뉘었음. 오늘날 사마천의 고
향 한청시의 후손들은 사마천이 한 무제에 의해
처형되었다고 믿는 경우가 많아 대부분 사마라
는 성씨 대신 동(同)씨 성을 씀. 이는 주목할 만
한 점으로 그의 죽음이 무제와 일정 부분 관련
되어 있음을 부인할 수 없음.

참고 문헌

司馬遷, 『史記』(北京: 北京中華書局 點校本, 1959 초판, 2013 개정판).

韓兆琦, 『史記』(北京: 中華書局, 2011).

＿＿＿＿, 『史記箋證』, 廣西: 江西人民出版社, 2004.

李勉, 『史記七十列傳評注』(臺北: 臺北國立編譯館, 1996).

馬持盈, 『史記今註』(臺北: 臺灣商務印書館, 1979).

安平秋, 『史記通論』(北京: 華文出版社, 2005).

楊燕起, 『『史記』的學術成就』(北京: 北京師範大學出版社, 1996).

楊樹增, 『史記藝術研究』(北京: 學苑出版社, 2004).

楊燕起, 『史記集評』(北京: 華文出版社, 2005).

＿＿＿＿, 『史記全譯』(貴陽: 貴州人民出版社, 2001).

閻崇東, 『史記史學研究』(北京: 華文出版社, 2005).

王明信, 『司馬遷思想研究』(北京: 華文出版社, 2005).

王利器 主編,『史記注譯』(北京: 三秦出版社, 1988).

王培華,『史記讀本』(北京: 北京師範大學出版社, 2001).

張大可,『史記新注』(北京: 華文出版社, 2000).

_____,『史記文獻研究』(北京: 民族出版社, 2001).

_____,『司馬遷評傳』(北京: 華文出版社, 2005).

張新科,『史記學槪論』(北京: 北京商務印書館, 2003).

程生田 外 編著,『司馬遷的人才觀』(西安: 西北大學出版社, 1998).

可永雪,『史記文學研究』(北京: 華文出版社, 2005).

周嘯天 外,『史記全本導讀辭典』(成都: 四川辭書出版社, 1997).

野口定男 外,『史記』(東京: 平凡社, 1958).

瀧川資言,『史記會注考證』(北京: 北岳文藝出版社, 1998).

吉田賢抗,『史記列傳』(東京: 明治書院, 1981).

Burton Watson, Records of the Historian(New York: Columbia Univ. Press, 1969).

김원중 역,『사기 본기』(서울: 민음사, 2010).

_____,『사기 세가』(서울: 민음사, 2010).

_____,『사기 표』(서울: 민음사, 2011).

_____,『사기 서』(서울: 민음사, 2011).

_____,『노자』(서울:휴머니스트 , 2018).

_____,『논어』(서울: 휴머니스트, 2019).

_____,『손자병법』(서울: 휴머니스트, 2017).

_____,『한비자』(서울: 휴머니스트, 2019).

_____,『정사 삼국지』(서울: 휴머니스트, 2018).

이성규 편역,『사기』(서울: 서울대 출판부, 1987).

정범진 외 역, 『사기 열전(상·중·하)』(서울: 까치, 1995).

김원중, 「〈伯夷列傳〉의 "怨邪非邪"와 "是邪非邪"를 통해서 본 行間的 脈絡과 重意的 層位」, 『中國人文科學』, 제72집, 중국인문학회, 2019. pp.285~305.

_____, 「『史記』「貨殖列傳」을 통해 본 '富'와 權力의 關聯 樣相」, 『東洋學』, 제66집, 단국대학교 동양학연구원, 2017. pp.1~20.

_____, 「"孔子問禮於老子"句에 나타난 司馬遷의 敍述視覺에 관한 몇 가지 검토」, 『한중인문학연구』, 제63집, 한중인문학회, 2019. pp.55~79.

_____, 「司馬遷의 경제관에 관한 몇 가지 검토: 경제지리와 도시경제에 따른 致富 양상을 중심으로」, 『중국학』, 제69집, 대한중국학회, 2019. pp.199~221.

_____, 「"先黃老後六經"설을 통해서 본 司馬遷의 黃老思想 수용양상 ―「老子韓非列傳」·「孟子荀卿列傳」·「儒林列傳」을 중심으로」, 『한중인문학연구』, 제65집, 한중인문학회, 2019. pp.157-181.

_____, 「『史記』「屈原賈生列傳」을 통해서 본 司馬遷의 치유적 글쓰기 전략 ― 發憤과 憐憫의 승화적 차원을 중심으로 ―」, 『동북아 문화연구』, 제1권59호, 동북아시아문화학회, 2019. pp.235~252.

_____, 「司馬遷의 通變論에 관한 몇 가지 검토」, 『中國人文科學』, 제49집, 중국인문학회, 2011. pp.231~249.

세계문학전집 410

사기 열전 4

1판 1쇄 찍음   2022년 5월 30일
1판 1쇄 펴냄   2022년 6월 10일

지은이 사마천
옮긴이 김원중
발행인 박근섭, 박상준
펴낸곳 ㈜민음사

출판등록 1966. 5. 19. (제 10-490호)
서울특별시 강남구 도산대로1길 62(신사동) 강남출판문화센터 5층 (우편번호 06027)
대표전화 02-515-2000 팩시밀리 02-515-2007
www.minumsa.com

ISBN 978-89-374-6410 2 04800
ISBN 978-89-374-6000-5 (세트)

세계문학전집 목록

세계문학전집은 계속 간행됩니다.